Le frisson de la peur

DÉJÀ PARUS DU MÊME AUTEUR

La peur à fleur de peau
Le passé dans la peau
La peur sans mémoire

LORI FOSTER

Le frisson de la peur

BestSellers

Collection : BEST-SELLERS

Titre original : A PERFECT STORM

Traduction française de BARBARA VERSINI

HARLEQUIN®
est une marque déposée par le Groupe Harlequin

BEST-SELLERS®
est une marque déposée par Harlequin S.A.

ÉDITIONS HARLEQUIN

83-85, boulevard Vincent Auriol, 75646 PARIS CEDEX 13.
Service Lectrices — Tél. : 01 45 82 47 47
www.harlequin.fr

ISBN 978-2-2803-0928-8 — ISSN 1248-511X

1

Arizona Storm s'était installée dans un fauteuil, le menton posé sur ses genoux ramassés, les doigts entrelacés autour de ses tibias.

Elle restait silencieuse. Elle patientait.

Elle respira l'odeur si particulière de cette chambre plongée dans la pénombre : un mélange d'après-rasage, d'huile pour revolver et de sueur masculine. Sur le dossier du fauteuil, il avait jeté son jean et un T-shirt tout froissé. Sur la table de nuit, à portée de main, il avait déposé son couteau à cran d'arrêt et son arme à feu, vraisemblablement après l'avoir nettoyée.

Son boxer traînait par terre.

Ce spectacle avait quelque chose de fascinant.

Après s'être introduite chez lui par effraction, elle avait ôté ses baskets, qu'elle avait déposées près d'une paire de bottes masculines, dans le couloir, à l'entrée. La clim marchait à fond, et elle avait les pieds gelés. Lui n'était couvert que d'un léger drap : de toute évidence, il n'était pas frileux.

Elle le parcourut du regard, passant de son grand pied qui dépassait sur le côté du lit à son ventre plat, dont elle devinait les abdominaux bien dessinés à travers le fin tissu blanc du drap, puis, un peu plus haut, à son torse nu parsemé d'une toison de poils plutôt suggestive.

Sa tête reposait sur l'un de ses bras, découvrant la touffe noire de son aisselle — pose qui aurait pu le faire paraître vulnérable, si elle n'avait mis en évidence un biceps impressionnant.

Celui de Spencer Lark, un mètre quatre-vingt-dix, musclé, admirablement sculpté. Une force de la nature.

Le visage n'était pas mal non plus. De longs cils, des pommettes hautes. Elle sourit en apercevant l'ecchymose bleutée qui soulignait l'un de ses yeux. Il s'était récemment battu, sans doute, et il était probablement sorti vainqueur du combat. Elle l'avait déjà vu à l'œuvre. Ses talents de lutteur étaient tout aussi remarquables que son grand corps.

Oui, décidément… Tous les aspects de Spencer Lark l'intéressaient.

Elle trouvait même du charme à son grand nez légèrement de travers — séquelle d'une mémorable bagarre, probablement.

Elle prit une profonde inspiration et exhala un discret soupir. Discret, mais pas suffisamment pour ne pas alerter le dormeur. Elle ne fut pas mécontente qu'il se réveille enfin, car elle commençait à s'impatienter. Cela faisait un bon moment qu'elle était assise dans le fauteuil de sa chambre, à le contempler.

Il tourna la tête sur l'oreiller, et ses jambes remuèrent.

Elle se figea, un peu inquiète tout de même de sa réaction quand il la verrait.

Ils se connaissaient à peine, après tout.

Ils s'étaient rencontrés un mois plus tôt, en poursuivant les mêmes criminels. Il l'avait frustrée de sa vengeance, et elle venait aujourd'hui lui demander des comptes.

Il laissa échapper un gémissement rauque tout en étirant son long corps, puis se souleva légèrement en rentrant le menton, les muscles bandés.

Un peu au-dessous de la taille, le drap se souleva.

Arizona ouvrit de grands yeux. Une érection matinale. Il ne manquait plus que ça… Elle n'avait que du mépris pour le désir des hommes et elle doutait d'être capable un jour de le percevoir autrement que comme une agression. Mais aujourd'hui, elle avait un but précis en tête et n'allait pas se laisser impressionner par cette manifestation somme toute naturelle.

Elle regretta tout de même de ne pas lui avoir subtilisé son arme en arrivant. Stupide erreur… En le trouvant endormi dans son lit, à demi nu, si vulnérable, elle en avait oublié qui il était.

Le spectacle était si intéressant qu'elle n'avait plus songé qu'à en profiter.

Depuis le jour maudit où Spencer Lark l'avait dépossédée de son destin, elle avait tenté de l'oublier.

Mais elle n'avait pas pu.

Il s'étira de nouveau et dégagea le bras qui lui servait d'oreiller pour se passer la main dans les cheveux, puis il se frotta le visage et gratta son torse.

Et ensuite… Oh… Sa main glissa sous les draps tandis qu'il poussait un gémissement rauque et ensommeillé.

Le cœur d'Arizona s'emballa. Il était temps de se manifester. Elle se racla la gorge.

— Spence ?

La main s'arrêta, puis Spencer ouvrit les yeux. Leurs regards se rencontrèrent.

Elle fronça les sourcils.

Il n'eut même pas l'air surpris et ne fit aucun commentaire. Il se contenta de la fixer. Toujours immobile.

Avec sa main toujours sous le drap.

— Mmm…

Ravie de son petit effet, elle désigna du menton la zone située sous les draps.

— On va dire que je n'ai rien vu, lâcha-t-elle d'un ton ironique. Et surtout… que je ne tiens pas à voir la suite.

Il extirpa sa main de sous le drap et cala de nouveau son bras sous sa tête, silencieux, sans la quitter des yeux, tout à fait détendu.

Son regard était si sombre, si intense, qu'elle ne put s'empêcher de se trémousser sur son fauteuil.

— Je peux attendre à côté, si tu veux, reprit-elle. A condition que ça ne soit pas trop long.

Elle fut déçue de son absence de réaction. Il n'avait pas le moins du monde l'air gêné : c'était comme s'il avait l'habitude de trouver une femme dans sa chambre en ouvrant les yeux. Il la parcourut posément du regard, de ses pieds nus jusqu'à ses longs cheveux décoiffés par le vent.

— Ça fait longtemps que tu es là ? demanda-t-il enfin.

— Environ une demi-heure. Tu vas traîner encore longtemps au lit ?

Il haussa une épaule.

— Ce serait plutôt à moi de te poser des questions, répliqua-t-il. Tu es entrée par effraction ?

Elle haussa les épaules à son tour, d'un air tout aussi dégagé que lui.

— Tu n'es pas inconscient au point de laisser ta porte ouverte, il me semble. Donc oui, je suis entrée par effraction.

Il tourna la tête du côté de la table de nuit, mais ce n'était pas pour vérifier l'heure. Constatant que son revolver était bien là où il l'avait laissé, il reporta son attention sur sa visiteuse.

— Tu es capable de préparer du café ? demanda-t-il.

Elle haussa ostensiblement un sourcil.

— Tu cherches une excuse pour me faire sortir de ta chambre ? Aurais-tu peur de te montrer nu ? Je ne suis pas une oie blanche, tu sais… Avec ce que j'ai vécu, crois-moi, j'ai vu pas mal de…

Il repoussa le drap et s'assit sur le lit, coupant court au sarcasme.

— Si tu ne sais pas te servir d'une cafetière, il suffit de le dire…, rétorqua-t-il.

Il s'étira de nouveau, plus longuement que la première fois. Puis il ramassa son boxer et l'enfila en se levant.

Ce truc lui collait à la peau comme un gant.

Et ne dissimulait rien de sa virilité triomphante.

Impossible de ne pas regarder.

Il attrapa son revolver pour vérifier qu'il était chargé, puis, découvrant qu'elle ne l'avait pas touché, il acquiesça d'un air satisfait.

Il était donc méfiant. Elle n'en fut pas surprise.

En passant devant elle, il lui saisit le menton.

— Ça s'appelle la trique matinale, ma petite. Simple réflexe. Tu n'as aucune raison de t'inquiéter.

Le revolver à la main, il disparut dans la salle de bains. La porte se referma silencieusement derrière lui.

Arizona se tut. Comme elle détestait qu'il l'appelle « ma petite » ! Elle n'était pas aussi jeune qu'il le pensait et, avec ce qu'elle avait vécu, elle ne s'était pas sentie « petite » depuis bien longtemps.

Elle fronça alors les sourcils et se redressa. Elle ne lui laisserait pas prendre le dessus. Il n'en était pas question.

Elle avait l'intention de mener le jeu. Et de lui rabattre son caquet une fois pour toutes. Elle se leva d'un bond, mais sans bruit. Ses émotions ne devaient pas la trahir : il ne devait pas savoir à quel point il l'avait troublée.

— Tu me trouveras dans la cuisine ! cria-t-elle en direction de la salle de bains, d'une voix froide et posée.

Puis, joignant l'acte à la parole, elle alla préparer le café.

Spencer s'appuya des deux mains à la vasque de porcelaine, la tête basse, les muscles noués.

Qu'est-ce que tout cela signifiait ?

Il savait qu'Arizona était une jeune femme impulsive, impétueuse, capricieuse. Il l'avait compris dès leur première rencontre, au bout de quelques secondes.

Mais jamais il ne l'aurait crue capable d'entrer chez lui par effraction.

Pourquoi diable avait-elle éprouvé le besoin de rester assise à le regarder dormir ?

Il se sentait presque violé dans son intimité. Furieux.

Et il éprouvait, en même temps, une immense pitié pour elle.

Bon sang… Mais il ne voulait pas de cette gamine dans sa maison ! Et encore moins dans son crâne.

Pour la maison, c'était facile à régler.

Pour le crâne, c'était plus compliqué.

En vérité, il ne cessait de penser à elle depuis le jour où il l'avait rencontrée.

Il songea brusquement qu'elle était capable de profiter de ce qu'il était occupé pour fouiller ses affaires. Aussi, renonçant à la douche et au rasage, il se brossa rapidement les dents, se passa un peu d'eau sur le visage, se coiffa à la hâte avec les doigts et quitta la salle de bains.

Arizona ne se trouvait plus dans la chambre ; il l'entendit s'activer dans la cuisine.

Il prit donc le temps d'enfiler un jean mais, plutôt que de mettre le harnais de son arme, il la coinça dans sa ceinture. Il attrapa son couteau, qu'il ouvrit et referma avant de le glisser dans sa poche.

Pieds nus et torse nu, il partit trouver Arizona. Il était impatient de la rejoindre.

Elle était assise sur une chaise de cuisine, les bras croisés, une jambe enroulée autour du pied de chaise, légèrement déhanchée.

Dieu tout-puissant, qu'elle était belle !

Mince, de longues jambes, des formes voluptueuses, un visage au charme exotique, Arizona aurait fait tourner la tête de n'importe quel homme. Une longue chevelure noire et ondulée de sauvageonne lui couvrait le dos. Sa peau couleur de miel mettait en valeur ses yeux bleu clair ourlés de longs cils. Elle avait une bouche charnue, le menton volontaire, des pommettes hautes.

Quel heureux métissage avait donc pu produire cette créature de rêve ?

Elle ne se maquillait pas, n'utilisait pas de vernis, ne faisait rien pour se mettre en valeur — elle n'en avait pas besoin. Il l'observait depuis le seuil, mais elle ne l'avait pas remarqué et mordillait l'ongle de son pouce.

— Nerveuse ? lança-t-il.

Elle se figea, puis affecta un air désabusé, avant de tourner la tête vers lui.

— Tu dors toujours jusqu'à midi ? demanda-t-elle.

— Seulement quand j'ai passé la nuit debout, répondit-il.

Il fila droit à la cafetière, sans même la remercier d'avoir préparé le café. Il n'oubliait pas qu'elle était entrée par effraction.

— Je te sers une tasse ? proposa-t-il.

— Si tu as du sucre et du lait.

— J'ai de la crème.

Il remplit deux tasses et les déposa sur la table, puis alla chercher la crème dans le réfrigérateur. Le sucrier était déjà sur la table, encadré par une salière et une poivrière.

Un ensemble en forme de vache, choisi des années plus tôt par sa femme.

Tout en soufflant sur son café, il repoussa le souvenir de cette dernière et observa Arizona, qui se servait deux grandes cuillerées de sucre et une généreuse dose de crème.

Puis, durant quelques secondes, il contempla, fasciné, sa bouche voluptueuse qui buvait à petites gorgées.

Quand il se décida à goûter son café, il faillit s'étrangler. Ce breuvage était amer, infect, beaucoup trop fort — un truc tout juste bon à décaper la bouche et l'estomac ! Mais Arizona avait l'air de le trouver à son goût, et il le but sans se plaindre.

Après tout, une overdose de caféine lui ferait du bien.

Il laissa s'installer entre eux un silence gêné. A elle de faire l'effort de le briser. C'était elle qui s'était invitée chez lui, après tout.

Finalement, elle se décida.

— Comment se fait-il que tu aies passé la nuit dehors ? Tu as picolé ?

Il avait tout simplement éprouvé le besoin de dépenser un trop-plein d'énergie, pour des raisons qu'il préférait ne pas analyser de trop près. Il haussa les épaules.

— Je suis allé dans un bar, et ça a dégénéré.

Il se tourna vers elle.

— Je crois savoir que tu connais bien ce genre de situation, ajouta-t-il avec une pointe d'agacement.

Il désapprouvait ses manières de garçon manqué et fut agacé de la voir acquiescer.

— Oui, j'ai fait la même chose. Mais je m'en suis tirée mieux que toi.

Elle eut un petit sourire en coin et lui fit un clin d'œil.

— Moi, je n'ai pas de coquard.

Se fichait-elle de lui, ou était-elle vraiment allée dans un bar pour chercher la bagarre ?

Une fois de plus…

Il n'avait pas besoin de se justifier, surtout pas avec elle, mais il ne put s'en empêcher.

— Tu n'as pas vu les trois types à qui j'avais affaire.

— Ah oui ? Seulement trois ?

Elle le regarda d'un air condescendant.

— Tu as reçu d'autres coups ?

— Non.

Elle posa son menton sur son poing.

— Et toi, tu as cogné ?

Ça l'amusait donc à ce point, de commenter les bagarres de bistrot ?

— Quelque chose comme ça, répondit-il, évasif.

En fait, il avait pris une chaise en pleine figure, mais il n'avait pas envie de le lui raconter. Il n'allait pas l'encourager à poursuivre sur ce sujet en lui donnant des détails.

— Et toi, ma petite ? Que faisais-tu dans un bar, hier soir ?

Elle détourna le regard et caressa d'un doigt le rebord de sa tasse.

— J'y vais parfois, quand j'ai besoin de me distraire, avoua-t-elle à voix basse.

Le cœur de Spencer se serra. Il se tut, attendant qu'elle poursuive. Il aurait voulu qu'elle se confie à lui. Qu'elle lui parle de ce qu'elle avait vécu durant sa séquestration. Mais ses bourreaux étaient morts, et peut-être, à présent, préférait-elle essayer d'oublier.

Soudain, elle se pencha en avant.

— Tu sais garder un secret ? demanda-t-elle.

Il n'aimait pas beaucoup que la conversation prenne ce genre de tournure.

— Ça dépend…

Elle se rembrunit aussitôt.

— Ça dépend de quoi ?

— De ce que ça implique. Je ne couvrirai pas une bêtise.

Elle se redressa et s'adossa à sa chaise.

— Et pourquoi donc ?

— Pourquoi voudrais-tu me confier un secret ? rétorqua-t-il.

Ils se défièrent du regard l'espace d'un instant, puis elle lâcha :

— Je n'ai plus la moindre envie de te le confier, maintenant.

Elle vida sa tasse, puis repoussa bruyamment sa chaise.

— Je m'en vais.

Il la retint par le poignet. Et, bien entendu, elle réagit au quart de tour.

Emportée par son tempérament colérique et aussi par réflexe, tout simplement, elle lui balança un coup de poing. Il l'évita, mais elle enchaîna par un coup de pied qui l'atteignit au tibia. Heureusement, elle ne portait pas de chaussures.

Il n'eut donc pas mal. Pas trop, en tout cas.

Dans la mêlée qui s'ensuivit, il fit tomber sa tasse, qui se brisa.

Elle était habile mais moins puissante que lui musculairement. Il ne tarda pas à prendre le dessus et la chargea sur son épaule. Puis il referma une main sur sa cuisse et la prévint :

— Tu pourrais me mordre le dos mais, si tu osais, tu le paierais cher…

Plutôt que de se débattre, elle enfonça tranquillement ses deux coudes dans son dos.

— Je crois avoir déjà entendu cette menace.

— C'est probable. Ce n'est pas la première fois que tu m'agresses.

Il enjamba les débris de tasse et passa dans le salon, où il déposa Arizona sur le canapé.

Elle se leva d'un bond, prête à se battre.

Il s'ensuivit une deuxième mêlée. Vu qu'il sortait à peine du lit et qu'il se sentait épuisé, il n'avait pas envie de remettre ça.

— Arizona !

Il l'immobilisa contre lui — le dos contre son torse, les bras bloqués le long du corps — et la tint serrée.

— Arrête ça, veux-tu ? dit-il.

Elle renversa la tête en arrière, de manière à pouvoir le regarder. Il attendit, refusant de se laisser fléchir, poussé par… Dieu seul savait quoi.

Elle acquiesça d'un bref signe de tête.

Il ouvrit les bras, tout en reculant prestement, pour se mettre hors de sa portée.

— C'est d'accord ?

— Va te faire voir.

Elle était pleine de rage et d'animosité. Elle ne l'aurait sans doute jamais admis, mais elle avait besoin d'un ami, d'un confident, et si ça le mettait à la torture quelle importance ? La torture, à cause d'elle, il la vivait maintenant depuis pas mal de temps.

— C'est toi qui es venue chez moi, fit-il.

— Exact. Je voulais te parler, mais j'ai changé d'avis.

Il commençait à avoir la migraine. Si elle partait maintenant, il allait se faire du souci pour elle toute la journée.

Ou bien… il allait la suivre.

Il serra les dents. Puis se décida.

— Je saurai garder ton secret. Dis-moi ce que c'est.

— Tu es vraiment trop bon, ironisa-t-elle.

— Le sarcasme t'enlaidit. Dis-moi de quoi il s'agit, qu'on en finisse.

Elle plissa les yeux, ce qui souligna leur couleur bleu clair et l'épaisseur de ses longs cils d'encre. Elle inspira profondément, et ses seins se soulevèrent. Il ne put s'empêcher de le remarquer.

— C'est mon anniversaire.

Ah… Il s'était attendu à tout, sauf à ça !

— Ton anniversaire ? répéta-t-il bêtement.

— Eh bien oui, mon anniversaire, le jour où je suis née. On ne m'a pas trouvée dans une rose, au cas où tu te poserais la question.

Comme il demeurait silencieux, elle ajouta :

— J'ai vingt et un ans. Je suis une adulte. Et plus une petite fille, comme tu ne cesses de le dire.

Pour toute famille, Arizona n'avait que Jackson, l'homme qui lui avait sauvé la vie. Elle avait aussi, par extension, Alani, la future femme de Jackson. Et aussi leurs amis.

Mais pas de vraie famille.

— C'est ça, ton secret ? demanda-t-il en secouant la tête.

C'était pour lui annoncer ça qu'elle était entrée chez lui comme une voleuse et qu'elle s'était assise dans un fauteuil pour le regarder dormir ?

Elle leva les yeux au ciel.

— Oui. Qu'est-ce que tu croyais ? Que j'allais t'avouer un meurtre ?

— Je ne sais pas.

Avec elle, en vérité, il s'attendait à tout. Ainsi, elle considérait la date de son anniversaire comme un secret important ? Mais pourquoi diable ? Il caressa sa mâchoire mal rasée, tout en la dévisageant, mais il ne parvint pas à trouver de réponse à cette question. Pas même le commencement d'une explication. Il laissa retomber sa main.

— Joyeux anniversaire, dit-il.

— Merci.

Ils restèrent là, à se regarder. C'était une situation bizarre. Mais tout était bizarre, avec Arizona.

A commencer par les sentiments qu'elle lui inspirait, les émotions qu'elle déclenchait, les désirs qu'elle éveillait.

Elle se laissa tomber sur le canapé, comme si elle avait totalement oublié qu'elle venait de l'agresser.

— Cela fait tellement longtemps que personne ne me l'a souhaité que j'ai failli l'oublier moi-même, soupira-t-elle. D'ailleurs, autrefois, il n'y avait que ma mère pour me le souhaiter… Et encore, comme ça, en passant. Sans tralala.

Elle eut un sourire en coin.

— On n'était pas du genre gâteau et bougies.

Elle n'avait donc jamais eu de cadeau d'anniversaire ? Personne pour fêter sa venue au monde ?

— Il n'y a pas de quoi en faire une affaire. Mais, comme tu ne cesses de me reprocher d'être jeune, je voulais t'annoncer que j'étais bel et bien majeure.

— Majeure ou pas, tu es une très jeune femme. Ce n'est pas un reproche, c'est un fait.

Un fait qu'il ne devait oublier à aucun prix.

A trente-deux ans, il n'avait que onze ans de plus qu'elle, mais il avait l'impression d'avoir le double de son âge. Attendait-elle un cadeau ? Qu'il l'invite à sortir ce soir ? Il n'avait pas la moindre idée de ce qui pouvait lui faire plaisir.

— On pourrait aller acheter un gâteau, proposa-t-il.

Le petit sourire se transforma en un sourire moqueur.

— Ne sois pas ridicule. Je ne veux rien de tout ça, crois-moi. Tout ce que je te demande, c'est de ne plus m'appeler « ma petite ».

Il la rejoignit sur le canapé.

— Entendu, ma grande, dit-il en riant. Mais pourquoi dois-je considérer comme un secret le fait que c'est aujourd'hui ton anniversaire ?

Elle eut un rire cynique.

— Tu connais Jackson. S'il était au courant, il voudrait absolument organiser une fête, et je n'y tiens pas.

Elle marqua une pause et ajouta entre ses dents :

— Je suis déjà un fardeau pour lui, je n'ai pas envie d'en rajouter.

— Je ne pense pas qu'il te considère comme un fardeau. Plutôt comme une petite sœur.

Jackson aurait tenu à marquer le coup. Arizona n'avait pas eu une existence facile, et Jackson cherchait à la gâter, Spencer avait déjà eu l'occasion de le remarquer.

— Si tu le dis…

Elle caressa distraitement du plat de la main le velours du canapé.

— Peut-être pas. Mais je suis tout de même un fardeau.

Il savait qu'il aurait dû s'abstenir de commentaire, mais il ne put s'empêcher de rétorquer :

— Tu ne devrais pas lui cacher que c'est ton anniversaire. Il tient à toi.

— Je sais.

Elle croisa les bras sur son ventre.

— Mais il est très occupé. Il prépare un mariage, au cas où tu l'aurais oublié.

Etait-elle jalouse d'Alani ? Elle n'avait que Jackson, au fond. Et il comptait beaucoup pour elle.

— C'est surtout Alani, qui s'occupe du mariage, fit-il.

— Alani est enceinte.

— J'ai entendu dire ça, oui.

Il avait aussi entendu dire que cette grossesse était une bonne surprise, et qu'elle n'était pour rien dans la décision de Jackson et Alani de se marier.

— Ça te contrarie ? demanda-t-il.

— Bien sûr que non ! répliqua-t-elle avec véhémence. Mais, avec tous ces bouleversements dans sa vie, il n'a pas besoin que j'en rajoute avec des tracas.

Un dîner en ville, un petit cadeau, un gâteau et des amis qui vous souhaitent votre anniversaire… ? C'était cela, pour elle, en rajouter ?

— Il me semble que Jackson pourrait très bien…

Elle lui coupa la parole.

— De plus, n'oublie pas que j'ai changé d'identité. Je n'ai pas le droit de revenir en arrière, ni de crier sur tous les toits que c'est mon anniversaire.

Pour la protéger, Jackson avait effacé les traces de son passé, autant que possible, puis il lui avait fourni une nouvelle identité et un nouveau nom. Elle était censée repartir de zéro, entamer une nouvelle vie.

Mais rien de tout cela ne l'aiderait à guérir ses blessures.

Spencer ne trouva rien à répondre.

Il ne connaissait Arizona que depuis peu. Il l'avait rencontrée alors qu'il traquait un réseau de proxénétisme qu'elle cherchait aussi à démanteler. Au cours de l'aventure, il avait rencontré Jackson, lequel lui avait expliqué qu'il avait sauvé Arizona de la noyade un an plus tôt.

Depuis, il la considérait comme sa protégée. Il était amoureux d'Alani et n'avait pour Arizona qu'une affection toute fraternelle. Mais elle, elle en pinçait peut-être pour lui. Il était son sauveur et son protecteur.

— Bon sang ! s'exclama Arizona en le prenant par l'épaule pour le secouer. Qu'est-ce que tu as ? Laisse tomber cette mine catastrophée, s'il te plaît !

Il se promit intérieurement d'essayer.

— Pourquoi es-tu venue ici, si ce n'est pas pour fêter ton anniversaire avec moi ? demanda-t-il.

A peine avait-il prononcé ces mots qu'il se tourna vers la porte d'entrée.

— Tu n'as pas abîmé ma serrure, j'espère ?

— Pas du tout. Ta serrure, c'est de la merde, mais elle est intacte.

Elle allongea ses jambes et posa ses pieds sur la table basse.

— Je suis douée pour trafiquer les serrures, ajouta-t-elle.

— C'est bizarre, mais ça ne me surprend pas.

Elle contempla ses longues jambes et remua les orteils.

— Je suis venue te trouver parce que j'ai besoin de ton aide, lâcha-t-elle enfin d'un ton nonchalant.

Une vague d'appréhension le secoua.

— Besoin de mon aide ?

S'était-elle encore fourrée dans le pétrin ? Avait-elle une fois de plus des types à ses trousses ?

— Je vais tout t'expliquer, mais tu dois d'abord me promettre que tu ne diras rien à Jackson. Il me ferait sûrement la morale, et j'en ai plus que marre de ses sermons.

— Je promets, assura-t-il. Je ne dirai rien à Jackson.

Il aurait promis n'importe quoi pour savoir. Il se sentait trop inquiet, en cet instant.

— Mmm…, fit-elle en plissant les yeux. Je trouve que tu acceptes un peu trop facilement.

— Je n'ai qu'une parole, tu peux me faire confiance. Vas-y, insista-t-il. Crache le morceau.

— Très bien.

Elle se remit à caresser le canapé, et il contempla, hypnotisé, le lent mouvement de sa main sur le velours.

— J'ai repéré un restaurant qui a une activité suspecte. Enfin, c'est plutôt un bar sordide, mais ils servent à manger dans la journée.

C'était bien ce qu'il avait soupçonné. Elle s'était encore fourrée dans le pétrin.

— Il est où, ce bar ?

— Ne me regarde pas comme ça, s'il te plaît ! s'exclama-t-elle. Je te dirai où il est quand je serai sûre que tu marches avec moi. Pour l'instant, tout ce que tu as besoin de savoir, c'est qu'ils font travailler au noir des étrangers qu'ils ne paient pas, et probablement aussi des filles qu'ils exploitent et maltraitent. Je voudrais voir ça d'un peu plus près. Mais je ne suis pas complètement stupide, j'ai besoin de quelqu'un pour me couvrir.

Seigneur…

Arizona travaillait pour le trio de choc que Jackson Savor formait avec Trace et Dare. Ils lui avaient confié quelques tâches destinées surtout à l'occuper et à l'empêcher de prendre des risques. Elle était censée effectuer des recherches sur de petits trafics au niveau local.

Et rien d'autre que des recherches.

Spencer comprenait maintenant pourquoi elle ne voulait pas que Jackson soit au courant.

— J'ai pensé que je pourrais de nouveau servir d'appât. Traîner un peu dans ce bar et attendre que ça bouge. Si tu étais là pour me protéger, discrètement, ce ne serait pas un gros risque. S'ils essayaient de m'embarquer ou quoi que ce soit, tu…

— Non !

C'était bien ce qu'il avait craint. Elle était décidément incorrigible, et il en avait des sueurs froides.

— Non, répéta-t-il avec encore plus de véhémence.

Elle ne parut pas se formaliser de cet éclat et chercha posément son regard, tout en haussant les épaules.

— Très bien. J'avais cru que tu serais d'accord pour faire équipe avec moi mais, puisque ce n'est pas le cas, je me débrouillerai toute seule.

Elle fit mine de se lever, mais il la retint par le bras.

Un bras très fin. Et tellement doux…

Elle lui jeta un regard courroucé, et ses yeux bleus lancèrent des éclairs.

— Je te suggère de me lâcher, dit-elle.

Comprenant, au ton de sa voix, qu'elle ne plaisantait pas, il ouvrit la main.

— Laisse-moi au moins une seconde pour réfléchir, dit-il.

Elle se laissa mollement retomber sur le canapé, comme quelqu'un qui n'est pas pressé.

— Merde ! Alors comme ça, avec toi, « non » ne signifie pas « non », mais seulement que tu as besoin de réfléchir ?

— Je dois évaluer les risques, répondit-il sèchement. Il n'est pas question que tu prennes le moindre risque. Et surtout pas seule.

— Ah oui ? Mais l'ennui, tu vois, c'est que tu n'es pas mon papa. Ni mon petit copain. Ni rien entre les deux. Donc, si tu refuses de m'aider, tu n'as pas ton mot à dire.

« Entre les deux » ? Que mettait-elle donc, entre les deux ?

— Je voudrais faire un pari avec toi, dit-il.

Elle parut intéressée.

— Un pari ? Quel genre de pari ?

Il savait déjà qu'elle n'allait pas apprécier. Il se prépara à l'affronter.

— Je parie que tu n'es pas capable de passer un mois sans dire de grossièretés.

Elle avança le menton et fronça les sourcils.

— Quel rapport avec ce dont nous étions en train de parler ?

Aucun rapport, mais ça le chiffonnait qu'elle s'exprime comme un charretier.

— Un mois sans dire de gros mots, insista-t-il. Et, chaque fois que tu en laisseras échapper un, tu me devras un baiser.

Elle se figea. Le silence se mit littéralement à hurler dans la pièce.

— Eh bien ? lança-t-il, tout en étant conscient de jouer un jeu dangereux.

Provoquer Arizona, c'était un peu comme tirer la queue d'un tigre. Il fallait s'attendre à une réaction.

Elle se leva lentement, avec des yeux brillant de colère.

— Je t'emmerde, murmura-t-elle.

Il vit une veine battre dans son cou.

Il vit également la peur qu'elle cherchait à dissimuler.

— Ça fait un baiser, ça, Arizona. Et, quoi que tu en penses, « non », pour moi, ça veut dire « non ». Et tu n'as pas à avoir peur.

— Je n'ai pas peur.

— Tu n'as pas à t'attendre non plus au pire.

Ils se fixaient si intensément qu'il avait l'impression de la toucher.

Mais elle le déstabilisait, il dut se l'avouer.

— Je ne te ferai jamais de mal, promit-il. Au contraire, je m'efforcerai toujours de te protéger.

— Je n'ai pas besoin de ta protection.

Elle eut soudain un regard ému, presque humide.

— Je suis capable de me débrouiller.

Il n'y avait pas si longtemps, elle aurait pourtant eu besoin de protection. Et elle n'en avait pas eu, hélas.

— Un baiser, ça te semble si écœurant que ça ?

Elle secoua la tête.

— Je ne sais pas. Je… je n'ai pas eu tellement d'occasions d'embrasser un homme.

— Ah bon ?

Elle serra les dents.

— Non. Un type qui se paie une prostituée ne gaspille pas son fric en baisers.

Puis elle ajouta, sur un ton de défiance :

— Grâce à Dieu !

Il eut l'impression d'avoir reçu un coup de poing dans le ventre.

— Arizona…

— Les clients n'embrassent pas des femmes qu'ils jugent impures, poursuivit-elle en avançant le menton. Et c'est tant mieux.

Avait-elle jamais reçu un baiser tendre et sincère ? Il n'en savait rien. Mais ils devaient commencer par quelque chose, sans quoi elle ne se libérerait jamais de son passé.

Il se redressa.

— A voir ta tête, j'ai bien l'impression que l'idée de m'embrasser te répugne. C'est pourquoi je trouve que notre pari pourrait t'aider à lisser un peu ton langage. Tu piges ?

Elle recula d'un pas. Puis d'un autre. Les bras ballants, elle se planta dans le sol, les pieds légèrement écartés. Prête à se battre.

Depuis la mort de sa femme, Spencer ne se laissait pas facilement émouvoir. Mais avec Arizona…

Tout devenait nouveau et douloureux.

— Tu as confiance en moi, affirma-t-il.

Elle secoua la tête.

— Je n'ai confiance en personne.

Il se leva au ralenti et fit un pas vers elle.

— Si, tu as confiance. Tu t'en défends, et je comprends pourquoi. Vraiment, je t'assure que je comprends. Mais on ne peut pas vivre en se barricadant et en refusant de communiquer.

Elle secoua de nouveau la tête.

— Tu te trompes, murmura-t-elle, le regardant droit dans les yeux. Tu te trompes, répéta-t-elle plus fort.

Il cessa d'avancer.

— Tu as forcé ma porte pour m'annoncer que c'était ton anniversaire. Tu m'as laissé mon revolver et mon couteau à portée de main. Tu me demandes de faire équipe avec toi. Et tu prétends ne pas avoir confiance en moi ?

Il entendit sa respiration s'accélérer, et elle referma sa

petite main en un poing serré, comme un avertissement. Il ne s'en inquiéta pas.

Si elle l'agressait encore, il comprendrait peut-être, une fois pour toutes, qu'elle n'était pas pour lui.

Et il cesserait enfin de penser à elle.

— Va te faire foutre, murmura-t-elle.

Il allait répondre, quand on sonna à sa porte.

2

En entendant sonner, Spencer avait pris une expression impassible.

— Je te prie de m'excuser, déclara-t-il d'un ton posé de professeur d'université.

Un ton parfaitement ridicule.

Puis il se détourna et l'abandonna pour aller ouvrir.

Elle laissa échapper un soupir. Elle se sentait tellement soulagée d'interrompre cette invraisemblable conversation qu'elle en avait les genoux en coton.

Mais pourquoi l'ébranlait-il à ce point ? Elle n'avait pas peur de lui, après tout. Enfin, peut-être que si, d'une certaine manière.

La peur, elle l'avait longtemps côtoyée. Avec son père et les ordures qu'il fréquentait. Avec les trafiquants qui l'avaient enlevée et avec leurs clients. Ensuite, une fois libre, elle avait eu peur de la solitude, peur aussi d'être incapable d'aider les femmes qui vivaient ce qu'elle avait vécu.

Ce qu'elle ressentait face à Spencer était tout de même différent.

Il parlait en ce moment avec la personne qui avait frappé à sa porte et qu'elle ne voyait pas, mais dont elle entendait la voix — une voix de femme.

— Spencer, je suis si contente que tu sois là…, souffla la femme.

Arizona en resta saisie. Qu'est-ce qu'elle voulait, celle-là ? Contente pour quoi ? Elle en retrouva ses forces et se leva d'un bond, en tendant l'oreille.

Ils ne parlaient plus. Est-ce que… est-ce que ça voulait dire qu'ils s'embrassaient ?

— Désolé, poupée, murmura enfin Spencer. Tu n'arrives pas au bon moment.

« Poupée » ? Au bon moment pour quoi ? Poussée par la curiosité et par d'autres sentiments mesquins qu'elle n'aurait pas osé s'avouer, Arizona se rapprocha de la porte d'entrée.

Elle voulait savoir.

Mais elle ne vit que le dos de Spencer, qui barrait l'entrée à sa visiteuse.

— Ça fait un temps fou qu'on ne s'est pas vus, reprit la femme, toujours avec cette insupportable voix enjôleuse. Et tu m'avais promis que…

— Promis ? Je t'arrête tout de suite. Je n'ai rien pu te promettre. Je ne fais jamais de promesses.

— Je sais…

La femme eut un soupir exagéré.

— Ce n'est pas ce que je voulais dire, mais…

Elle prit alors un ton geignard.

— Spencer, j'ai tellement besoin de toi…

Des mains fines et pâles s'agrippèrent au cou de Spencer.

Cette fois, il n'y avait plus de doute à avoir quant à la nature du silence. Ils faisaient ça sur le pas de la porte, sous son nez, au vu et au su de tout le monde !

Agacée, Arizona fit quelques pas en avant, juste assez pour apercevoir une jolie blonde qui échangeait avec Spencer un baiser torride. Ils avaient tous deux les yeux fermés. Ils étaient parfaitement emboîtés.

Spencer ne manquait pas de culot ! Il savait qu'elle l'attendait, mais il flirtait avec une blonde sur le pas de sa porte… Il lui enserrait la taille d'une main, de l'autre il tenait le battant, de manière qu'on ne puisse pas les voir depuis le salon — ou, plutôt, de manière qu'*elle* ne puisse pas les voir.

Arizona croisa les bras et s'adossa au mur.

— Est-ce que je pourrais savoir combien de temps c'est censé durer, en gros ?

Comme ils se tournaient tous les deux vers elle, la blonde

avec une expression surprise, Spencer avec un air résigné, elle leur adressa un grand sourire.

— Je veux dire… Est-ce que vous avez l'intention d'aller plus loin ? Dois-je déguerpir et vous laisser tranquilles plusieurs heures ? Ou bien dois-je seulement attendre dehors quelques minutes ?

La blonde ouvrit deux fois la bouche, mais n'émit aucun son. Elle avait les lèvres humides et elle était écarlate.

Spencer, lui, paraissait totalement indifférent à ce qui se jouait et fixait Arizona d'un air amusé.

Attitude qui déplut à la blonde.

— Salaud ! s'exclama-t-elle en le repoussant.

Puis elle fit volte-face et s'éloigna à grands pas.

— Il ne vous a rien promis ! lui cria Arizona. Vous ne devriez pas le prendre comme ça…

Alors que la blonde traversait la pelouse, Arizona en déduisit qu'il s'agissait d'une voisine. Ah, c'était commode, évidemment, de fricoter avec sa voisine !

Spencer lui jeta un regard noir et pointa son index vers elle.

— Ne bouge pas d'ici, ordonna-t-il.

Et il fila pour rattraper la blonde.

Comptait-elle donc, pour lui ? Mais qui pouvait bien être cette femme ?

Elle lança un petit « Ouaf » pour qu'il sache ce qu'elle pensait de ses ordres, puis s'avança jusqu'au seuil pour observer la scène.

Les relations amoureuses la laissaient perplexe. Elle n'avait jamais ressenti le besoin d'être en couple. Elle ne comprenait pas qu'on apprécie de tout partager avec un autre être.

Les attentes… Les obligations… Le sexe…

Tout ça n'était pas pour elle.

En attendant, elle fut prodigieusement agacée de voir Spencer prendre la blonde dans ses bras avec tant de douceur. Il avait l'air de se justifier, et la blonde l'écoutait calmement. Mais qu'est-ce qu'il pouvait bien lui raconter ?

Il ne lui disait sûrement pas qu'il l'avait trouvée au pied

de son lit ce matin, en train de le regarder dormir, et qu'il s'était levé en se pavanant tout nu devant elle.

Et sûrement pas, non plus, qu'ils étaient tous deux des espèces de mercenaires qui traquaient les proxénètes pour les remettre à la justice.

Et voilà maintenant que la blonde lui jetait à la dérobée un regard plein de compréhension et de sympathie. Le sang d'Arizona se mit à bouillir.

Qu'est-ce que cela signifiait ?

Cette bimbo avait pitié d'elle ?

Elle fit volte-face et retourna dans la cuisine, tout en donnant au passage des coups de poing et de pied rageurs. Puis elle s'obligea à respirer. Elle avait repéré la configuration de la maison avant d'entrer et elle aurait pu filer par-derrière.

Mais pas question de prendre la fuite. Elle ne fuyait devant personne. Plus maintenant. Plus jamais.

Pour tromper son attente, et aussi pour calmer les sentiments qui l'agitaient, elle entreprit de ramasser la tasse brisée et d'éponger le café.

Elle fit comme chez elle, trouva la poubelle, fouilla les placards à la recherche d'un rouleau d'essuie-tout. Elle avait presque fini quand Spencer revint.

En le voyant, elle jeta le dernier morceau de papier et se leva d'un bond.

— Vous avez fait ça dans l'allée ?

— Pardon ? demanda-t-il d'un ton prudent.

Elle se servit de ses deux mains pour mimer un accouplement.

Le visage de Spencer se ferma.

— Ça suffit, dit-il.

— C'est pourtant bien ça, insista-t-elle en s'adossant au comptoir. Vous avez eu le temps.

— En cinq minutes ? dit-il avec un petit rire. Je n'ai pas l'habitude de bâcler.

Elle ne trouva rien à répondre.

— Si tu le dis…, murmura-t-elle enfin.

Il tira une chaise de dessous la table.

— Tu es jalouse à ce point-là ?

— Je ne suis pas jalouse.

— Dans ce cas, pourquoi te préoccuper de ce que j'ai fait dans l'allée ?

Elle serra les dents.

— Mais je m'en fiche, de ce que tu as fait ! protesta-t-elle.

Elle ne s'en fichait pas tant que ça et elle le savait très bien. Son cœur battait la chamade.

— Tu as refusé de m'embrasser, lui rappela-t-il.

Il ne croyait tout de même pas que…

— Bien sûr que j'ai refusé.

— Dans ce cas, je me demande pourquoi tu fais toute une histoire parce que j'embrasse une femme.

Elle fut tentée de lui lancer à la figure le morceau de tasse qu'elle avait à la main. Mais à quoi bon… ? Elle se serait trahie et elle aurait eu à nettoyer de nouveau.

Vu la tournure que prenait leur conversation, elle aurait bien pris la fuite, finalement. Mais il lui barrait l'accès au couloir et donc à la porte principale. Quant à tenter une sortie par la porte de derrière, il ne fallait pas y songer : il l'aurait aisément rattrapée.

— Je t'ai dit que je ne te ferai pas de mal, bon sang ! lança-t-il enfin, exaspéré.

Cette sortie brutale la fit sursauter.

— Calme-toi et arrêtons ça, mon cœur, tu veux ? ajouta-t-il plus calmement. Je m'énerve parce que je vois bien que tu cherches un moyen de filer…

— Pas du tout, rétorqua-t-elle, tout en se demandant comment il avait deviné.

— Je l'ai vu dans tes yeux, Arizona. Tu as un visage expressif, tu n'y peux rien.

— Vraiment ?

Pourtant, il lui avait fallu si souvent dissimuler ses émotions. Sa tristesse. Sa crainte. Son désir. Jamais personne n'avait lu dans ses pensées.

— Oui, vraiment, insista-t-il.

Il inspira, tout en se passant les mains dans les cheveux.

— C'est pas la peine de te mettre dans cet état pour Marla. Elle n'est qu'une amie, rien de plus.

— Une amie que tu baises ?

Il serra les dents.

— Occasionnellement. Nous y trouvons notre compte tous les deux.

Mais pourquoi cette idée lui faisait-elle aussi mal ? C'était incompréhensible. Au fond, ça ne la regardait pas.

— J'ai quand même interrompu un petit moment coquin, n'est-ce pas ?

Le sarcasme n'était pas dissimulé. Elle secoua la tête en affectant un air condescendant.

— Je suis vraiment désolée, dit-elle.

— Non, tu ne l'es pas. Inutile de mentir.

En effet, elle ne l'était pas. Elle était même ravie de l'avoir empêché de se vautrer dans un lit avec cette blonde.

— Elle s'appelle Marla, hein ? Joli prénom. Et elle a aussi de jolies courbes.

— Elle est un peu ronde, oui, et après ?

— Tu aimes les grosses ?

Il se frotta le visage avec un geste d'exaspération.

— La plupart des hommes apprécient les femmes voluptueuses.

Elle ne put s'empêcher de baisser les yeux vers ses membres délicats. On ne l'aurait pas traitée de grosse, c'était certain. Elle avait elle aussi quelques courbes, mais s'il préférait…

— Arrête, Arizona.

— Arrête quoi ?

— De te comparer à elle.

Il la balaya d'un regard rapide mais appuyé. Puis il détourna les yeux.

— Tu es terriblement sexy, ajouta-t-il.

— Terriblement ?

Elle savait qu'elle plaisait aux hommes. La plupart du temps, cette pensée l'effrayait plus qu'autre chose.

Mais pas cette fois.

— Il y a plusieurs types de femmes, reprit-il. Mais elles sont toutes belles, dans leur style.

— Ah oui ?

Il croyait vraiment à cette ânerie ?

— J'ignorais que tu étais un poète, ironisa-t-elle.

— Les hommes te trouvent attirante, et je suis sûr que tu le sais.

— Je sais qu'ils… qu'ils me remarquent.

Sa gorge se noua. Pourquoi la fixait-il avec ce regard songeur ? Elle agita la main et s'efforça de prendre un air dégagé.

— Qu'ils ont tendance à me regarder et qu'ils comprennent aussitôt qui je suis, ajouta-t-elle.

— Comment ça, qui tu es ?

— Qui je suis. Ce que j'ai fait.

— Non, répliqua-t-il d'une voix douce. Quand ils te regardent, ils trouvent que tu as un charme particulier, très exotique, et aussi que tu es une très belle femme. C'est tout.

Si cela lui plaisait de le croire, tant mieux pour lui. La vérité, elle la connaissait : son passé lui collait à la peau comme un T-shirt humide.

Il se laissa tomber sur sa chaise.

— Revenons à notre pari, tu veux bien ?

Elle ne voulait pas, justement.

— Qu'est-ce que tu as dit à cette femme, à propos de moi ? demanda-t-elle.

Cela lui faisait encore mal de penser au regard apitoyé que lui avait lancé la blonde.

— Ça a vraiment de l'importance ? demanda-t-il en soupirant.

— Pour moi, oui.

Elle tendit le cou vers lui.

— Allez, avoue, qu'est-ce que tu lui as raconté ?

Il fit la grimace.

— Je lui ai dit que tu étais un coup d'un soir, mais que tu n'avais pas bien saisi l'idée et que tu avais du mal à t'y faire.

En gros, il l'avait fait passer pour une traînée, quoi. Il la jugeait donc crédible dans ce rôle-là.

— Et elle a gobé ça ?

— Qu'on avait couché ensemble ?

Il lui jeta un regard sarcastique.

— Oui, elle l'a gobé.

— Et aussi que je te collais ?

— Elle l'a gobé, répéta-t-il posément, avec un visage impassible.

— Hum… Tu m'as présentée comme une hystérique. Voire comme un danger potentiel.

Elle prit le temps de réfléchir à la chose, puis sourit.

— Pas mal. Ça m'amuse.

Il leva les yeux au ciel.

— Et notre pari ? reprit-il.

Au fond, cela ne lui ferait pas de mal d'épurer un peu son vocabulaire. Elle avait déjà essayé, mais elle se mettait à jurer dès qu'elle perdait patience.

— Qu'est-ce que j'aurai, si je gagne ? demanda-t-elle.

— Qu'est-ce que tu voudrais ?

— Ton aide pour vérifier ce qui se passe dans ce bar et aussi, en cas de besoin, pour y mettre bon ordre.

Il la dévisagea quelques secondes, puis acquiesça.

Il avait accepté trop vite pour ne pas éveiller sa méfiance.

— Tu es sérieux ?

Il s'adossa à sa chaise et croisa les bras.

— J'ai déjà fait ça, il me semble. Alors, pourquoi pas ?

— Tu…

Elle se tut et fronça les sourcils. Il était d'accord pour faire équipe avec elle ? Sans conditions ? Elle avait du mal à y croire.

— Tu m'aiderais ? Vraiment ?

— Je ne peux pas t'empêcher d'y aller. Alors, j'aime autant t'accompagner.

Il soupira.

— Tu croyais vraiment que je te laisserais mener ça seule ?

Il croyait vraiment qu'il avait son mot à dire ? Si c'était

le cas, il se trompait lourdement. Elle lui en voulut de prétendre avoir un droit de regard sur sa vie, mais elle eut aussi une sorte de pincement au cœur…

Parce qu'il s'inquiétait de ce qui pouvait lui arriver.

Idiote ! Triple idiote ! On ne mêlait pas le travail aux sentiments.

Au lieu de s'émouvoir des bonnes dispositions de Spencer à son égard, elle devait en profiter. Elle avait justement une faveur à lui demander, une autre, qui n'avait rien à voir avec les obligations professionnelles.

Elle s'installa sur la chaise en face de la sienne, de l'autre côté de la table, puis se lança prudemment.

— Très bien… Puisque nous sommes d'accord sur ce point et que nous allons faire équipe, en quelque sorte, peut-être que… Je voudrais mettre une condition supplémentaire.

Elle poussa un long soupir.

— Pourrais-tu être mon cavalier au mariage de Jackson ?

— Marché conclu, dit-il en tendant sa main.

Eh bien… Il avait accepté avec tant d'empressement qu'elle se demanda si ça ne cachait pas une entourloupe. De plus, elle n'avait aucune envie d'assister à un mariage. Malheureusement, elle n'avait pas le choix. Il lui fallait donc un cavalier.

— Et autre chose, poursuivit-elle après une pause de quelques secondes, tu n'as pas le droit de jurer, toi non plus.

— Pas de problème.

Il tendait toujours la main, comme s'il attendait quelque chose.

Mais elle avait toujours l'impression d'avoir accepté un marché de dupe. Elle était à peu près sûre de gagner le pari et elle n'aurait donc pas à donner de baiser, mais tout de même, par prudence, elle voulut savoir à quoi elle s'engageait.

— De quel genre de baiser parlons-nous ? demanda-t-elle.

L'expression de Spencer changea : il se détendit brusquement et eut même un petit sourire en coin.

— Rien d'inquiétant, je te promets…

La manière dont il prononçait ces mots, avec une satisfaction évidente, était plus inquiétante que tout. Mais elle lui serra tout de même la main, parce qu'ils n'allaient pas palabrer toute la journée.

— Prépare le costume pour le mariage, Spence. Parce que je vais gagner ce pari.

Il ne releva pas l'emploi du diminutif, et pourtant elle savait que cela l'agaçait prodigieusement.

— Si tu le dis…

Il retint sa main quelques secondes.

— Je t'aurais de toute façon accompagnée au mariage, donc ça ne me coûte pas grand-chose.

Le contact de sa peau provoquait de drôles de sensations dans son ventre. Elle se sentait instable, nerveuse, elle avait chaud… Elle dégagea sa main et repoussa sa chaise.

— Tu m'aurais aidée et tu m'aurais accompagnée au mariage, avec ou sans ce pari. Donc, si je comprends bien, je viens de me faire rouler.

— Trop tard, tu as accepté, fit Spencer avec un grand sourire. On s'est serré la main. Et je sais que tu es une femme de parole.

Il ne savait rien d'elle, au contraire. Pour qui se prenait-il donc ? Elle se dirigea vers la cafetière et se resservit.

— Très bien, dit-elle. Peu importe. Et maintenant, parlons un peu de ce bar…

— Comprends bien, Arizona, que même si tu perds ce pari…

— Je ne le perdrai pas.

Elle ne pouvait pas se permettre de perdre. Des baisers ? Hors de question.

— J'irai avec toi à ce mariage…

— On verra, coupa-t-elle.

Mais elle était soulagée de l'entendre. En compagnie de Spencer, cette pénible formalité serait moins insupportable.

— Et je te seconderai, pour le bar.

— Super. C'est super…

— Mais je veux que tu m'écoutes. Attentivement.

Nous y sommes… Je vais savoir ce qu'il veut vraiment.

Elle se servit une tasse de café et revint s'installer à la table.

— Je t'écoute.

— Si tu me réclames mon aide, tu devras te plier à quelques règles.

— Lesquelles ?

— Donne-moi le nom et l'adresse de ce bar, j'y vais tout de suite.

Il avait pris un air sévère qui n'augurait rien de bon.

— Mais toi, tu ne fais rien. Tu restes bien planquée, tu ne t'en approches pas. Je ne veux pas qu'ils te voient, qu'ils sachent qui tu es.

Elle lui éclata de rire au nez.

— Désolée, Spence, mais c'est trop tard ! J'y suis déjà allée deux fois, et ils m'ont vue et bien vue.

Elle haussa les épaules avant de poursuivre :

— Je suis déjà mouillée jusqu'au cou. On doit y aller demain soir, parce qu'ils m'attendent. En gros, on n'a pas le choix.

En entrant dans le petit restaurant familial où Trace lui avait donné rendez-vous, Spencer le repéra aussitôt, assis dans le fond, devant un Coca et un sandwich.

Comme un client ordinaire, en somme.

Sauf que Trace Miller n'était pas un client ordinaire.

Il appartenait à un trio de mercenaires d'élite dont la spécialité était de démanteler les réseaux de proxénètes. Jackson, le protecteur d'Arizona, faisait également partie du trio. Le troisième était Dare. Spencer les avait rencontrés en même temps qu'Arizona, qu'ils entouraient et protégeaient. En plus d'être des combattants redoutables et entraînés, ces trois hommes avaient de nombreux contacts bien placés, les deux justifiant qu'ils se considèrent comme quasi invincibles.

Jackson, surtout, était le fanfaron du groupe. Il avait l'arrogance dans le sang.

Spencer était capable de jauger quelqu'un et il avait rangé Trace Miller, celui qu'il rencontrait aujourd'hui, dans la catégorie de ceux qui prennent tout en charge, qui protègent les innocents, qui ne renoncent jamais. Trace était un homme dangereux mais doux avec les faibles.

Les trois mercenaires lui avaient accordé leur confiance, mais ils ne se fondaient probablement pas que sur leur instinct. Spencer aurait parié qu'ils avaient fouillé son passé. Et, s'ils ne faisaient jamais allusion à ce qu'ils savaient de lui, c'était uniquement parce qu'il ne leur donnait aucune raison de le faire.

Il allait demander à Trace de couvrir son intervention au bar avec Arizona. Si elle n'avait pas été dans le circuit, il se serait débrouillé seul. Mais elle était impliquée, et cette donnée changeait tout.

Il ne voulait pas qu'il lui arrive quoi que ce soit.

En traversant le restaurant pour rejoindre Trace, il eut cependant la sensation de la trahir. Il s'efforça de refouler sa culpabilité : il avait promis ne rien dire à Jackson. Il n'avait rien promis pour les deux autres.

Quand il arriva près de la table, Trace posa sa serviette et leva lentement les yeux vers lui.

— Pourquoi t'es-tu arrêté à l'entrée pour m'observer ? lui demanda-t-il.

Spencer n'avait rien à cacher ; aussi, il ne prit pas la peine de se justifier et entra tout de suite dans le vif du sujet.

— J'ai voulu te rencontrer parce que j'ai un problème, annonça-t-il.

— Ce problème ne s'appellerait pas Arizona, par hasard ? demanda Trace avec un petit sourire.

— Bingo.

— Qu'est-ce qu'elle a fait, encore ? s'enquit Trace en s'adossant à sa banquette. Tu devrais plutôt t'adresser à Jackson. Elle est comme une sœur pour lui.

Vraiment ? Jackson considérait peut-être Arizona comme une petite sœur, mais elle, de son côté... Leur relation n'était peut-être pas aussi transparente qu'on pouvait le croire. Spencer soupçonnait Arizona d'être un peu amoureuse de Jackson.

— Arizona m'a fait promettre de ne pas en parler à Jackson.

— Et elle n'a pas pensé à inclure Dare et moi dans cette interdiction, c'est ça ?

— En effet. Je suppose qu'elle s'est dit que je n'aurais pas l'idée de m'adresser à vous. Elle ne se doute pas que nous sommes restés en contact.

Mais il avait tout de suite pensé à eux, évidemment. Quelques mois plus tôt, ils avaient sauvé ensemble la vie d'un groupe de femmes et celle d'Arizona.

Spencer en avait le ventre noué chaque fois qu'il y pensait. Jusqu'à présent, au cours de sa jeune vie, Arizona n'avait connu que le malheur. Et pourtant, elle ne s'était jamais résignée.

— Tu la vois souvent ? demanda Trace.

— Non, mais elle est passée chez moi hier.

Il n'en dit pas plus. Il ne pouvait tout de même pas raconter à Trace qu'il l'avait trouvée dans sa chambre en se réveillant.

— Pour t'embarquer dans l'une de ses cascades ?

Cette fois, Spencer ressentit le besoin de la défendre.

— Ce qu'elle ne possède pas en taille et en force, elle le compense par l'intelligence et le courage.

— Le courage ?

Trace haussa un sourcil et attrapa son Coca.

— Je dirais plutôt l'imprudence.

— Peut-être, concéda Spencer.

Il n'avait pas envie de s'étendre sur le sujet.

— Je reconnais qu'elle prend trop de risques, admit-il.

— En effet, elle prend trop de risques.

Trace soupira et ajouta, sur un ton d'avertissement :

— L'homme qui se mettra en couple avec cette fille aura besoin de patience, parce qu'elle n'est pas docile et qu'elle ne va pas le devenir de sitôt.

Spencer n'était pas venu pour évoquer ce sujet, et il lui déplaisait d'imaginer Arizona en couple avec un homme. A la manière dont elle avait réagi à l'idée d'échanger avec lui un simple baiser, ce n'était pas pour tout de suite, en tout cas. Elle avait peur des hommes. Peur de la sexualité.

Trace vida son verre de Coca.

— Je croyais que Jackson avait réussi à l'occuper en lui confiant des recherches sur internet, fit-il.

— Il ne l'a pas assez occupée, de toute évidence. Elle a fait des recherches, et autre chose.

Trace soupira de nouveau.

— Dans quoi s'est-elle encore fourrée ?

Spencer lui parla du bar et des soupçons d'Arizona.

— Elle m'a dit qu'elle s'y était déjà montrée et qu'on l'avait remarquée.

— Elle se ferait remarquer n'importe où, déclara posément Trace.

C'était un fait irréfutable. N'était-elle pas d'une beauté à couper le souffle ?

— S'il se passe des trucs louches dans ce bar, comme elle le pense, elle est peut-être déjà suivie.

— Oui, si elle est vraiment tombée sur un réseau, approuva Trace. Ils peuvent même l'enlever dans la rue, à n'importe quel moment.

Il lui jeta un long regard.

— Malheureusement, ça arrive régulièrement, poursuivit-il.

Spencer en était bien conscient. Et c'était la raison pour laquelle il tenait à protéger Arizona.

— Je suis obligé de marcher avec elle, si je veux la protéger, répondit-il.

— En effet, tu n'as pas le choix.

Trace prit le temps de la réflexion.

— Donne-moi le nom et l'adresse de ce bar.

— C'est le Green Goose, à Middleville, dans le centre-ville.

Le visage de Trace se ferma.

— Merde ! dit-il.

— Ne me dis pas que vous êtes déjà sur le coup ?

Trace mit quelques secondes à réagir, puis il éclata de rire.

— Elle a de l'instinct, il faut lui reconnaître ça.

Spencer eut l'impression d'avoir reçu un coup sur la tête.

— Elle a raison, à propos de ce bar, c'est ça ?

— J'en ai bien peur. On l'a déjà repéré, mais on n'en est qu'au stade des premières approches. Dare recherche le nom du propriétaire, et moi, j'avais prévu une visite sur place pour tester de l'intérieur.

— Arizona vous a pris de vitesse, pour la visite.

Spencer se frotta le nez. A présent, il ne devait plus rien cacher à Trace.

— Elle s'est installée à une table, et un jeune serveur est venu prendre sa commande. Elle a remarqué qu'il avait des ecchymoses et aussi un doigt cassé. Le gamin n'osait pas la regarder dans les yeux. D'après elle, il n'avait pas plus de seize ans.

Une expression de colère se peignit sur le visage de Trace, mais il répondit calmement :

— Je regrette qu'on n'ait pas eu l'idée de s'y intéresser plus tôt.

La violence était partout. Et ils ne pouvaient être partout à la fois.

— Arizona a dit au serveur qu'elle cherchait du travail.

— Et que lui a répondu le gamin ?

— Il a été incapable de lui dire combien il touchait de l'heure.

— Parce qu'il n'est probablement pas payé, déclara tristement Trace.

— C'est aussi ce que pense Arizona. Le garçon était très nerveux et s'est mis à bégayer, mais il lui a désigné l'homme à qui il fallait s'adresser pour être embauché. C'est un grand type maigre, la quarantaine, des cheveux bruns, un début de calvitie, yeux marron, avec un bouc, une boucle d'oreille et une sorte de tatouage tribal très coloré sur le bras gauche. D'après ce qu'Arizona a cru comprendre, c'est le propriétaire de l'établissement.

— Terry Janes, dit Trace en croisant les bras. Il a fait de la prison dans sa jeunesse pour vente de stupéfiants, ensuite pour vol avec effraction. Il a aussi été soupçonné de viol et accusé d'avoir battu un type à mort, mais il n'y avait pas suffisamment de preuves pour l'inculper. Il ne peut pas être le propriétaire.

Seigneur… C'était encore pire que ce que Spencer avait imaginé.

— Arizona s'est postée pour surveiller la fermeture du bar, et seuls quelques-uns des employés, Janes, son barman et le videur en sont sortis. Les serveurs et les filles sont restés à l'intérieur. C'est un quartier pourri, alors rien d'étonnant à ce qu'il y ait des barreaux pour protéger la vitrine, mais dans ce cas précis…

— Les barreaux sont là pour empêcher les « employés » de s'enfuir.

Après un instant de réflexion, Trace se pencha en avant, les bras sur la table.

— S'il te plaît, dis-moi qu'Arizona n'a pas parlé à Janes.

C'était l'unique bonne nouvelle de ce scénario tordu.

— Elle ne lui a pas parlé, mais elle a dit au garçon qu'elle repasserait demain soir et elle est à peu près sûre que Janes a entendu.

— Je suppose qu'elle s'est arrangée pour qu'il entende ?

— Probablement.

Trace secoua la tête.

— Alors ils vont la chercher.

— Tu connais Arizona. C'est son plan.

Un plan qui, naturellement, ne lui disait rien qui vaille.

— Elle veut qu'ils sachent où elle est. Elle veut les pousser à agir, pour les obliger à s'exposer.

— Elle a eu au moins le bon sens d'aller te trouver pour avoir du renfort.

Trace sortit son téléphone.

— Où est-elle, en ce moment ? demanda-t-il.

Spencer n'en savait rien, et c'était justement le problème, parce qu'il suffisait d'une minute à Arizona pour faire une grosse bêtise. Dès qu'il ne l'avait pas sous les yeux, il s'inquiétait de sa sécurité.

Il se demanda, au passage, si elle pensait à lui autant qu'il pensait à elle.

Il aurait bien voulu arriver à croire que ses motivations étaient totalement désintéressées. Mais c'était parfaitement faux, et il le savait.

Il jeta un coup d'œil à sa montre.

— Elle va venir chez moi dans quelques heures pour dîner et mettre au point un plan pour demain.

— Dîner ? C'est tout ce que tu as trouvé pour gagner du temps ?

Spencer haussa les épaules. Eh bien oui, c'était tout ce qu'il avait trouvé pour avoir le temps de rencontrer Trace — et pour acheter un gâteau d'anniversaire.

— Arrange-toi pour la garder chez toi cette nuit, dit Trace. Et ne la lâche pas d'une semelle jusqu'à ce qu'elle aille au Green Goose.

C'était facile à dire !

— Et comment est-ce que je suis censé m'y prendre ?

Sans la mettre dans mon lit ? ajouta-t-il intérieurement.

— Tu te débrouilles. Ce n'est pas mon problème. Dis-lui que tu veux revoir les choses en détail.

« Revoir les choses en détail » ? La phrase pouvait s'entendre de bien des manières.

Spencer secoua la tête.

— Et tu crois que ça va nous prendre toute la nuit ?

— Ça dépend des détails, répondit Trace avec un petit rire. Et de ton rythme.

L'allusion n'échappa pas à Spencer.

Il se massa la nuque. Trace en parlait à son aise. Il allait avoir bien du mal à convaincre Arizona de rester chez lui cette nuit.

— Le truc, c'est qu'elle est impulsive.

« Impulsive » était d'ailleurs un euphémisme. Elle était totalement imprévisible et elle explosait quand on s'y attendait le moins.

— Elle sait que tu la désires, déclara Trace. Tu n'as qu'à jouer là-dessus.

— Je ne la désire pas, protesta-t-il.

Il avait répondu un peu trop vite et avec un peu trop de véhémence.

Trace le fixa sans un mot.

— Je suis trop vieux pour elle.

La ferme, Spencer, tu t'enfonces !

— Vu ce qu'elle a traversé et sa façon de vivre, je dirais au contraire que tu es exactement ce qu'il lui faut.

Il n'avait pas envie de discuter de ce sujet avec Trace. Ni avec personne d'autre, d'ailleurs.

Trace dut le comprendre, car il n'attendit pas confirmation.

— Je m'occuperai d'immobiliser sa voiture pendant qu'elle sera chez toi, déclara-t-il. Sans voiture, elle ne pourra plus repartir, et je suis sûr qu'en plus elle sera ravie. Ça nous laissera le temps de nous organiser pour demain.

Spencer ne demanda pas de précision. Il savait que Trace ne lui en aurait pas donné.

— C'est parfait.

— Maintenant qu'Arizona a mis son nez là-dedans, on va devoir accélérer les choses, ajouta Trace.

— Je l'espère parce que, si tu la connais aussi bien que moi, tu sais que je ne pourrai pas l'empêcher d'agir.

Il aurait déjà de la chance si elle ne lui arrachait pas la tête, quand elle découvrirait que sa voiture ne démarrait pas.

— Quant à la ruse pour l'obliger à rester chez moi, ça ne marchera qu'une fois, ajouta-t-il. Ensuite, il faudra trouver autre chose. Et elle ne va pas apprécier qu'on se ligue pour la protéger.

Trace baissa les yeux.

— Je la comprends. Elle ne supporte pas l'idée que d'autres vivent ce qu'elle a vécu. Physiquement et émotionnellement.

— Oui, elle sait ce que ça fait, murmura Spencer. Elle ne le sait que trop…

Arizona avait besoin d'aider les autres pour échapper à ses souvenirs, pour avoir l'impression qu'il y avait une justice en ce bas monde.

Ils demeurèrent sombres et silencieux quelques instants, puis Trace ouvrit son téléphone et appuya sur une touche.

— J'ai un coup de fil à passer. Ensuite, je te dirai précisément comment nous allons procéder.

3

Arizona attendait dans sa voiture le retour de Spencer. Elle avait baissé le pare-soleil, pour ne pas être aveuglée.

Elle crevait de chaud dans l'habitacle et commençait à s'impatienter. Elle renversa la tête en arrière, fermant les yeux pour lutter contre l'éblouissement. Elle ne tarda pas à somnoler et… dériva dans un demi-sommeil vers le terrible jour où…

— Chandra va payer, ne t'inquiète pas pour ça, affirma Spencer.

Mais Arizona savait que c'était impossible. Chandra ne paierait jamais assez pour ce qu'elle lui avait fait. Même la mort serait un châtiment trop doux. Jamais elle ne se vengerait assez de cette femme qui avait orchestré tant de souffrances et brisé tant de vies.

Et voilà qu'à présent Chandra tenait entre ses mains d'autres filles.

Par sa faute.

Elle bouillait de haine, et la peur lui glaçait les os.

Pendant toutes ces années, elle avait cru Chandra morte, à l'abri de sa vengeance.

Et hors d'état de nuire.

Et pourtant, elle était là. Avec son sourire infernal.

Et elle tenait à sa merci Jackson et Alani.

Et aussi Spencer.

Non, pas Spencer. Spencer s'était éclipsé quelques

secondes avant que la situation ne dégénère. Mais où était-il passé ?

Quelle importance…

Elle ne devait compter que sur son courage. Elle parvint à ébaucher un sourire pour cacher son désespoir.

— Vous ne pouvez rien contre nous parce que vous êtes morte, dit-elle.

Chandra éclata de son rire de malade — ce rire qui se nourrissait de la souffrance des autres.

Arizona pâlit, mais ne faiblit pas.

— C'est entre nous, Chandra. Laisse-les en dehors de ça.

— Si elle ouvre encore la bouche, tuez-la, ordonna Chandra, que les menaces d'Arizona n'inquiétaient pas le moins du monde.

Les hommes de Chandra n'hésiteraient pas à tirer. Que faire ? Rester calme et ne rien tenter, comme le lui avait demandé Jackson ? Elle lui devait beaucoup, mais… ça, elle ne pouvait pas le lui accorder. En restant en arrière pour se protéger, elle n'avait aucune chance d'atteindre Chandra. Et elle devait l'atteindre. Il le fallait.

Et si ses mains tremblaient, au dernier moment ?

Si son cœur se mettait à battre, si sa vision devenait floue, si l'envie de fuir prenait le dessus ? Non. Jamais elle ne pourrait se résoudre à fuir.

Cette femme était la cause de son enfer.

Plus encore : elle était son enfer.

Elle devait la tuer.

Décide-toi. Décide-toi.

Puis tout se précipita. Il y eut un échange de coups de feu, le chaos.

Et Spencer.

C'était Spencer.

Avec une expression féroce sur le visage, il avançait vers elle.

Il lui avait volé sa vengeance.

Spencer avait abattu Chandra.

*
* *

— Hou hou !

L'appel fit sursauter Arizona. Elle se redressa sur son siège et attrapa son couteau, tout en regardant autour d'elle.

Près de la portière du passager, penchée sur la vitre, se tenait la voisine de Spencer. Elle affichait un sourire éclatant, un généreux décolleté et une détermination rusée.

Parfait. Il ne manquait plus que ça.

Arizona était en sueur, elle avait les paumes moites. Et surtout, elle avait le cerveau dans la brume.

Lentement, en espérant que la voisine ne remarquerait rien, elle lâcha le couteau caché dans la ceinture de son jean, puis repoussa les cheveux qui retombaient devant son visage.

Mais où était donc Spencer ? En arrivant ici, vingt minutes plus tôt, elle n'avait pas vu sa camionnette. Et, pendant qu'elle se demandait si elle devait l'attendre ou filer, elle s'était à moitié endormie et avait fait un cauchemar.

C'était stupide.

Elle essuya subrepticement son front du revers de son avant-bras, puis elle fit remonter la vitre de sa portière et défit sa ceinture.

— Hou hou, répondit-elle d'un ton railleur.

Qu'est-ce que cette sotte pouvait bien lui vouloir ?

— Spencer s'est absenté ? demanda la blonde.

— Sans blague ? répliqua Arizona avec ironie.

Elle sortit de la voiture et alla s'appuyer contre l'aile avant en croisant les bras.

— Vous surveillez le moindre de ses mouvements ou quoi ? ajouta-t-elle sur le même ton.

Le sourire s'effaça du visage de la blonde. Arizona eut vaguement honte de se moquer d'elle.

— Désolée, reprit-elle. J'ai eu une sale journée.

Elle tendit à la femme une main amicale.

— Arizona.

— Pardon ?

Elle était habituée à ce que son nom surprenne et se contenta de hausser les épaules.

— C'est mon prénom. Arizona.

— Oh…

Méfiante, la voisine retira prestement sa main et répondit, d'une voix à peine audible :

— Marla.

— Ravie de faire votre connaissance, Marla.

Spencer lui avait demandé de passer à 18 heures, et elle était arrivée avec vingt minutes d'avance, mais elle n'avait pas osé entrer une nouvelle fois chez lui par effraction — pas avec cette Marla qui surveillait la maison. Et voilà que maintenant elle était obligée de copiner avec elle. Tout ça, c'était la faute de Spencer, qui n'était pas capable d'arriver à l'heure.

— Il y a quelque chose entre Spencer et vous, hein ? demanda-t-elle.

Marla se frotta nerveusement l'épaule.

— Oui.

Oui ? Arizona fit la moue et attendit la suite. Marla allait manifestement craquer et tout lui dire. Elle n'en doutait pas.

— On se fréquente… euh… depuis un petit bout de temps, reprit Marla.

« Se fréquenter », ça voulait dire quoi ? Elle le rejoignait dans sa chambre, ou bien ils sortaient ensemble pour danser, dîner, aller au cinéma ? Arizona ne comprenait pas ce que recouvraient ces mots. Elle n'avait jamais eu de rendez-vous avec un homme.

Tout compte fait, elle ne regrettait plus d'être obligée de faire la conversation à cette Marla. L'expérience pouvait s'avérer instructive. Elle allait apprendre sur Spencer des détails qu'on ne trouvait pas dans un dossier, et aussi avoir le point de vue d'une personne expérimentée sur les rituels d'approche entre un homme et une femme.

— C'est vrai ? demanda-t-elle. Qu'entendez-vous par « un petit bout de temps » ?

Marla manqua de courage et esquiva la réponse.

— Suffisamment longtemps.

Arizona n'était pas plus avancée. Formaient-ils oui ou non un couple ?

— Ça ne m'étonne pas. Il suffit de vous regarder.

Elle désigna les seins de Marla.

— Aucun type ne passerait devant de pareils avantages sans s'arrêter, pas vrai ?

C'était probablement une remarque déplacée, car Marla recula aussitôt de deux pas.

— Vous aviez l'air de dormir, quand je suis arrivée.

— Euh… oui. Je somnolais. J'attends Spence.

— Pourquoi ?

Pour une raison qu'elle n'aurait pas su expliquer, sans doute une animosité de femelle qu'elle ne se soupçonnait pas, Arizona prit un malin plaisir à lui répondre :

— Il m'a invitée à dîner chez lui ce soir.

Tout en redressant ses épaules dodues, Marla tenta de l'impressionner avec un regard plein de défi.

— Si vous cherchez à me décourager, vous perdez votre temps, dit-elle sèchement.

Une attaque directe ? Bravo, Marla !

— Franchement, Marla, je vous trouve ridiculement possessive.

Cette remarque lui valut un deuxième regard provocateur.

— Spencer et moi, on n'est pas encore fiancés, mais…

— C'est dans l'air, c'est ça ?

— On se comprend, tous les deux.

Ils se comprenaient ? Elle ne voyait pas très bien, une fois de plus, ce que ces mots pouvaient signifier concrètement.

— Je vous écoute, dit-elle posément.

— Vous ne pouvez pas l'avoir.

Cela, elle l'avait déjà compris.

— Mais je n'ai pas dit que je le voulais, rétorqua Arizona en s'écartant de la voiture.

Marla recula précipitamment de deux pas supplémentaires.

— Du moins, pas pour ce que vous pensez, précisa Arizona.

— Non ?

— Non, répondit Arizona en riant. Vous voulez coucher avec lui ?

Sa gorge se noua, mais elle fit un effort pour poursuivre :

— Allez-y, ne vous gênez pas.

Marla prit le temps de réfléchir, puis elle eut un drôle de sourire.

— Qu'est-ce qui vous fait sourire ? demanda Arizona.

— Je viens de comprendre que vous n'avez pas couché avec lui, déclara Marla, qui avait brusquement retrouvé sa bonne humeur.

Comment avait-elle deviné ?

— Je ne raconte pas mes histoires intimes, rétorqua Arizona.

Marla secoua la tête.

— Spencer m'a dit que vous n'étiez qu'un coup d'un soir qu'il regrettait déjà, mais je sais maintenant qu'il m'a menti.

« Qu'il regrettait déjà » ? Le salaud ! Il allait payer pour ça.

— Vous traitez Spence de menteur, en somme.

— Je dis simplement qu'il ne m'a pas dit la vérité et je suppose qu'il avait une bonne raison. Peut-être voulait-il vous protéger. Je sais qu'il est un chasseur de primes. Vous travaillez peut-être avec lui ou quelque chose dans le genre.

Mais pour qui se prenait-elle ? Et qu'est-ce qu'elle pouvait comprendre au travail de Spencer ?

— Vous avez de l'imagination, dit-elle.

Marla haussa les épaules.

— En tout cas, c'est sûr, vous n'avez pas couché avec lui.

— Vous en êtes certaine ?

— Absolument.

Marla était manifestement si contente qu'elle se laissa même aller à provoquer Arizona.

— Si vous aviez couché avec lui, vous ne me le laisseriez pas avec tant de générosité.

Elle paraissait convaincue de ce qu'elle disait. Son assurance piqua la curiosité d'Arizona.

— Ah oui ? Et pourquoi donc ?

— Parce qu'il est hors norme, répondit Marla d'un ton suffisant. Question taille et pas seulement…

Le cœur d'Arizona faillit s'arrêter.

— « Hors norme » ? demanda-t-elle d'une petite voix apeurée. Et ça vous plaît ?

Le visage de Marla afficha une expression perplexe, presque mécontente.

— Evidemment que ça me plaît ! A qui est-ce que ça ne plairait pas ?

Des images passèrent devant les yeux d'Arizona, mais elle n'eut pas la réaction qu'attendait Marla. Elle fronça le nez d'un air dégoûté.

— Si vous le dites…

Marla fit mine de frissonner de plaisir.

— C'est un surdoué au lit.

— Et le fait qu'il soit hors norme question taille, ça ne vous fait pas peur ? Vous ne vous sentez pas…

Elle chercha le mot juste.

— Menacée ?

— Menacée, avec Spencer ? Jamais de la vie ! Il est très doux.

Bon. Spencer, en somme, avait toutes les qualités. Il était grand, beau, fort, intelligent, riche et… bien nanti. Et doux, par-dessus le marché.

Elle dut reconnaître qu'avec elle aussi il s'était toujours montré doux et délicat. Chaque fois qu'elle l'agressait, il s'arrangeait pour la maîtriser sans lui faire mal.

Et, à part ça, elle découvrait que l'organe masculin qui l'effrayait tant plaisait beaucoup à Marla.

— C'est si bien que ça, avec lui ? demanda-t-elle. Vous ne pouvez pas être plus précise ? Me donner un exemple ?

— Non mais, dites donc ! Pour qui est-ce que vous me prenez ?

Arizona avait vraiment envie d'en savoir plus et elle décida de la provoquer pour la pousser à parler.

— C'est bien ce que je pensais. Vous ne pouvez pas me donner d'exemple parce que vous parlez dans le vide.

— Il est magique.

Arizona eut un petit rire.

— « Magique » ?

— Il est patient et attentionné.

— Mon banquier aussi, rétorqua Arizona. Mais ce n'est pas pour ça que je coucherais avec lui.

L'idée la faisait même frémir de dégoût…

Mordant à l'hameçon, Marla se pencha en avant.

— C'est l'amant le plus généreux que j'aie jamais eu.

— Vous en avez eu combien ?

— Mais dites donc ! s'exclama Marla en se drapant de nouveau dans sa dignité. Ça ne vous regarde pas.

— C'est vous qui avez engagé la conversation sur ce terrain.

Un terrain qu'elle n'était pas disposée à quitter tant qu'elle n'aurait pas eu ses réponses.

— Donc, allez-y. Dites-moi en quoi Spencer est un amant tellement extraordinaire, et pourquoi vous seriez prête à vous battre pour le garder.

Marla pâlit.

— A me battre ? Mais… mais non, je n'ai jamais parlé de me battre.

— Ah ? Alors que faisons-nous, en ce moment ?

Elle agita la main en les désignant toutes les deux.

— On prend le thé ?

Marla remua les lèvres, mais il fallut quelques secondes pour que les mots sortent de sa bouche.

— Il dit que… vous le harcelez, bredouilla-t-elle.

Elle était entrée chez lui sans permission pour le regarder dormir. Après tout, on pouvait considérer cela comme du harcèlement.

— Peut-être bien, admit-elle.

Marla parut reprendre courage.

— Enfin, en tout cas, quelle que soit la raison qui vous amène ici, vous feriez bien de renoncer à lui. Il est à moi.

Il allait pouvoir donner son avis sur la question, parce qu'il arrivait, justement. Sa camionnette passa devant elles :

il parut horrifié de les voir ensemble. Il se gara dans son allée et sortit précipitamment en faisant claquer sa portière.

Arizona mit sa main en visière au-dessus de ses yeux et le regarda traverser la pelouse à grands pas furieux. Il fronçait les sourcils. Pff… Mais qu'est-ce qu'il s'imaginait ? Elle n'avait pas touché à sa petite amie !

— C'est votre dernière chance de me dire ce qu'il a de si particulier.

— C'est personnel. N'insistez pas.

Comprenant qu'elle ne tirerait plus rien de la blonde, Arizona soupira.

— Petite joueuse, lui murmura-t-elle.

Et elle attendit que Spencer les rejoigne.

Arizona faisait comme si de rien n'était, mais Spencer bouillait de rage. Il n'arrivait pas à savoir si cette sale gamine ignorait totalement les bonnes manières, ou si elle s'amusait à le faire enrager.

Son intervention allait en tout cas compliquer sérieusement ses relations avec Marla, laquelle se montrait collante depuis quelque temps. Et, maintenant qu'elle considérait Arizona comme une menace directe, elle allait redoubler d'efforts.

Il n'avait pas besoin de ce genre de complication.

Il avait perdu sa femme quelques années plus tôt, et il lui arrivait de céder à ses besoins naturels. Il était un homme, célibataire depuis longtemps, il avait bien le droit d'avoir une maîtresse de temps à autre.

Mais il avait commis une grave erreur en cédant aux avances de Marla. Elle était sa voisine, et ça, c'était un premier problème. De plus, elle avait le mariage dans la ligne de mire, et cela aurait dû suffire à le faire fuir. Mais elle avait profité d'un moment de faiblesse. Il avait ensuite regretté, mais c'était trop tard. Bref, en tout et pour tout, il avait couché trois fois avec elle.

C'était parfaitement stupide.

Et, bien entendu, c'était avant d'avoir rencontré Arizona.

Car depuis qu'elle était entrée dans sa vie… il n'avait plus approché aucune femme.

Installée à califourchon sur une chaise, Arizona le regardait préparer le dîner. Il y avait dans ce regard quelque chose d'attentif qu'il n'avait pas remarqué auparavant, et il se demandait ce que ça pouvait bien signifier.

Arizona était une fille étrange. Parfois, il lisait en elle comme dans un livre. D'autres fois, il ne la comprenait pas du tout.

Ils n'avaient échangé que très peu de mots depuis qu'il l'avait emmenée à l'intérieur.

— Ça sent bon, dit-elle.

Il était devant la poêle, en train de faire griller des côtelettes, et se tourna vers elle. Elle lui tendait un rameau d'olivier ? Vu que ce n'était pas ordinaire chez elle, il eut la sagesse de le prendre aussitôt.

— Merci. J'aurais pu faire des côtelettes au barbecue, mais…

— Mais tu ne voulais pas que Marla puisse nous voir, coupa Arizona avec un grand sourire. J'ai pigé.

Elle fit mine de le viser avec un revolver.

— Tu es dans son point de mire, et elle s'apprête à tirer.

Le micro-ondes sonna, et il sortit les pommes de terre.

— Marla n'a pas bien compris la situation, dit-il.

— Tu te trompes. Elle sait que tu n'es pas vraiment amoureux d'elle, sinon elle ne serait pas si inquiète.

Elle eut un rire bref, avant d'ajouter :

— Pourquoi lui avoir dit qu'on avait couché ensemble ?

Il se raidit aussitôt.

— C'était une excuse comme une autre.

— Oui, peut-être… Mais elle est plus fine que tu ne le penses.

— Tu lui as dit la vérité ? demanda-t-il en ravalant un juron.

Marla allait se sentir autorisée à le harceler, si elle savait qu'il n'y avait rien entre Arizona et lui.

— Je ne l'ai pas vraiment fait exprès.

Le regard d'Arizona était si intense qu'il le brûlait.

Il découpa les pommes de terre et y ajouta du beurre.

— Comment en êtes-vous arrivées à parler de ça ?

— C'est elle qui a engagé la conversation sur ce terrain. Et, comme je ne me suis pas roulée par terre quand elle m'a dit qu'elle était ta maîtresse, elle a compris. Du moins, c'est ce qu'elle m'a expliqué.

Il lui jeta un regard un peu perplexe.

— Il paraît que tu es un amant extraordinaire, ajouta-t-elle nonchalamment, et que je me serais battue bec et ongles pour te garder, si j'avais eu l'honneur de te tester.

Spencer se sentit rougir malgré lui.

— C'est de la foutaise, protesta-t-il.

— Hé, c'est elle qui le dit, pas moi ! En ce qui me concerne, j'étais plutôt sceptique…

Tiens donc…

— Tu doutes de mes capacités ?

— Elle n'a pas vraiment parlé de tes… euh… capacités, elle a surtout souligné le fait que la nature t'avait doté d'un… bel organe.

Il abandonna le plat de pommes de terre et tourna lentement la tête vers elle.

— Mais elle doit sûrement exagérer, poursuivit-elle d'un ton imperturbable.

Spencer n'était pas franchement préparé à ce genre de conversation. Plus tard, peut-être… Quand il aurait eu le temps de réfléchir à la manière de formuler les choses pour ne pas l'effrayer. Il fallait aborder le sujet de la sexualité avec naturel. Pour l'aider.

Si c'était possible.

Mais pas question de discuter mensurations… Il ne fallait quand même pas pousser !

Il se racla la gorge et se pencha de nouveau sur son plat.

— Je ne m'intéresse pas aux ragots de femelles, dit-il en maugréant.

— Je lui ai demandé des détails, reprit Arizona. Mais elle a refusé de m'en donner.

Il lui fit de nouveau face.

— Tu as demandé à Marla des détails sur nos ébats ?

Arizona haussa les épaules.

— C'est sa faute, elle avait excité ma curiosité, avec son enthousiasme délirant…

Sa curiosité était excitée ? Ma foi, c'était un bon début. Mieux valait la curiosité que la peur, en tout cas. Il fut soudain ému de sa candeur, de la facilité avec laquelle elle abordait avec lui ces choses privées. Cela prouvait au moins qu'elle avait confiance en lui, non ?

Le visage d'Arizona s'illumina.

— Tu serais prêt à m'en donner, toi ?

Il secoua la tête. Il ne lui dirait rien du tout. Pas maintenant.

— Plus tard, peut-être.

— Mais pourquoi plus tard ?

Il éteignit la cuisinière.

— Le dîner est prêt, annonça-t-il.

Elle fronça les sourcils, visiblement déçue.

— Tant mieux, parce que j'ai faim, répliqua-t-elle néanmoins.

Il sauta sur cette occasion de changer de sujet.

— Quand est-ce que tu as mangé pour la dernière fois ?

— Je ne m'en souviens pas.

Elle ne répondait jamais aux questions qu'on lui posait ; il allait devoir s'y habituer. A condition qu'il la fréquente suffisamment longtemps pour cela, ce dont il doutait.

— Comment ça, tu ne t'en souviens pas ?

— J'ai mangé une barre de céréales à l'heure du déjeuner.

— Et rien depuis ? Et, au petit déjeuner, qu'est-ce que tu as mangé ?

— J'ai pris un café, avec toi.

Il sentait venir la migraine.

— Et hier soir, tu as dîné ?

Elle prit le temps de réfléchir, puis secoua de nouveau la tête.

— Mais pourquoi est-ce que tu ne manges pas ? demanda-t-il, agacé.

— Parce que je n'y pense pas, c'est tout.

Elle quitta sa chaise et s'approcha de la cuisinière.

— Est-ce que je peux t'aider pour que ça avance plus vite ? J'ai l'estomac qui gargouille, maintenant…

Pendant qu'elle reniflait les côtes de porc, Spencer contempla le dessus de son crâne. Elle avait des cheveux d'un noir d'encre. Et un épi. Tout, en elle, était attachant. Si du moins un hérisson pouvait être attachant…

— Tu peux mettre la table, dit-il.

— Bien sûr.

Elle lui donna un petit coup de hanche.

— Dresser un beau couvert, ça fait partie des trucs que j'ai appris à l'école où Jackson m'a envoyée. Mais je suppose que tu n'es pas à cheval sur les convenances, dans ce domaine ?

— Pas vraiment, non.

Après avoir rencontré Arizona, il avait cherché à se renseigner sur son passé, mais il n'avait pas trouvé grand-chose. Sans doute Jackson s'était-il arrangé pour effacer ses traces. C'était la façon dont travaillait le trio d'élite. Moins on en savait sur eux et leur entourage, mieux ils se portaient.

Il la suivit du regard, fasciné, tandis qu'elle se déplaçait dans la cuisine, se hissant sur la pointe des pieds pour atteindre les placards. Elle avait laissé ses baskets à l'entrée — ça devenait une habitude ! — et il put constater qu'elle avait de jolis pieds, fins et délicats. Tout comme ses mains. Et ses poignets.

Elle était incroyablement féminine mais totalement électrique et imprévisible.

— Parle-moi un peu de cette école, dit-il.

Il avait conscience que la question pouvait lui déplaire, mais il s'en fichait.

— C'était une école pour jeunes filles de bonne famille triées sur le volet, répondit-elle sans se faire prier.

Elle se tourna vers lui pour lui sourire.

— Pas vraiment mon genre, mais Jackson payait rubis sur l'ongle, et donc ils étaient bien obligés de me supporter.

Il lui lança un regard incrédule. Ça existait encore, ce genre d'institutions ?

— Tu es sérieuse ?

— Mais oui, on ne peut plus sérieuse !

Elle prit deux assiettes qu'elle déposa sur la table.

— C'était un bon endroit pour disparaître. Personne n'aurait eu l'idée de me chercher là-bas.

— J'ai même du mal à croire que des jeunes filles acceptent d'y aller.

Il était surtout surpris qu'Arizona ait accepté d'y aller. Il la voyait mal se pliant à une routine et à des règles destinées à lui inculquer un savoir-vivre dépassé.

— Et ça se passait comment ?

— On nous apprenait à bien nous comporter en société, et on avait quelques cours sur…

Elle eut un vague geste de la main.

— L'étiquette. Tu penses bien que je m'en fous, de l'étiquette, mais bon, tu vois ce que je veux dire…

— Et tu as marché dans la combine ?

— Pourquoi pas ? C'était un jeu. Je suis entrée dans un personnage. L'idée, c'était de me fondre dans la masse. Jackson était content parce qu'il était persuadé que c'était le meilleur moyen de me mettre à l'abri du danger.

Elle secoua la tête avec un air attendri.

— Jackson est parfois un vrai raseur.

Jackson avait toute la sympathie de Spencer.

— Vous étiez souvent en conflit ? demanda-t-il d'un ton taquin.

— Je pense qu'il voulait m'éloigner de chez lui parce que je lui avais fait des avances.

Spencer en resta muet. Ecrasé.

— C'était idiot de ma part, non ?

— Des avances, toi ?

— Eh bien, Spence, je ne m'attendais pas à ce que tu restes bouche bée pour une affaire de sexe…

— Du sexe ?

Elle avait donc couché avec Jackson ? Une brume rouge envahit sa vision.

— Du calme, dit-elle en levant les yeux au ciel. Je me suis offerte à lui, mais il a refusé, et ensuite son comportement avec moi a changé. Je crois qu'il était gêné. Je ne pouvais pas savoir qu'il réagirait comme ça.

— Il a refusé ?

Elle soupira, rêveuse.

— Oui, il a refusé, murmura-t-elle.

Soudain, Spencer comprit.

— Tu voulais le remercier, c'est ça ?

— Non… Enfin, si, peut-être.

Elle fit la grimace.

— Quelque chose d'approchant, je suppose. Mais Jackson l'avait compris. Et il s'est montré… délicat.

Délicat… Tu parles ! Il l'avait enfermée dans une école au règlement étouffant, où elle ne pouvait que se sentir décalée.

— Un vrai prince, dit-il d'un ton ironique.

— Oui, c'est un prince.

Avec un petit sourire, elle ajouta :

— C'est moi qui ai proposé d'entrer dans un internat, mais je ne m'attendais pas à ça. Je voulais m'instruire un peu, tu comprends ? Je lui en ai parlé, et l'idée lui a plu.

Elle lui jeta un regard en biais.

— Je ne me doutais pas que ça lui coûterait aussi cher.

— Il a tout payé ?

— Oui. C'est dingue, non ?

Elle se dirigea vers les placards.

— Ce type a les poches percées, conclut-elle.

— Considère plutôt qu'il a investi dans ton avenir.

Il fit des efforts pour lutter contre la jalousie. D'abord parce qu'il n'avait aucun droit d'être jaloux. Ensuite parce qu'il n'avait aucune raison de l'être. Jackson était un homme d'honneur et, de plus, il était amoureux d'Alani.

Mais savoir qu'Arizona avait envisagé de coucher avec lui… Il n'aurait pas su dire pourquoi, mais cette idée lui déplaisait. Jackson avait été bien inspiré de repousser ses avances. Le moment venu, il tâcherait de se montrer aussi chevaleresque que lui.

— C'est aussi ce que dit Jackson.

Il remua une fois de plus les légumes cuits à la vapeur, puis les versa dans un grand bol et les porta sur la table. Il lâcha une côtelette et une pomme de terre dans l'assiette d'Arizona, puis dans la sienne. Il avait encore beaucoup de questions à lui poser, mais elle avait faim, apparemment.

— Qu'est-ce que tu voudrais boire ? demanda-t-il.

— J'aimerais bien du lait.

Le choix le surprit, et il se demanda pourquoi.

— Voilà du lait.

Tout en remplissant son verre, il s'enquit :

— Donc, tu as aimé cette école ?

— Disons plutôt que je m'y suis faite.

Elle plissa le nez.

— Sauf qu'ils caftaient un peu trop. C'était Jackson qui payait, donc il avait le droit de savoir ce que je faisais de son investissement, ce qui peut se comprendre… Mais tout de même, je ne pouvais pas m'éclipser un jour ou deux sans qu'ils le préviennent.

— Et pourquoi tenais-tu tant à t'éclipser ? demanda Spencer en prenant un ton dégagé.

Il ne voulait pas avoir l'air de s'intéresser de trop près à la question.

— Je me sentais comme un lion en cage, j'avais besoin d'air…

Elle contempla les assiettes d'un air avide. Il la rejoignit à table avec un verre de thé glacé.

— Vas-y, tu peux manger, dit-il.

Elle le surprit par ses manières impeccables. Elle posa sa serviette sur ses genoux, découpa un petit morceau de côtelette, mâcha posément.

— C'est bon ?

— Mmm… Délicieux.

Elle posa sur lui un regard lumineux.

— Tu es doué pour le sexe, pour faire la cuisine, pour

casser la gueule aux fils de p… Pardon, aux criminels… Y a-t-il quelque chose que tu ne saches pas faire ?

Elle avait failli jurer, et lui, il venait de rater un baiser. Il s'efforça de lui dissimuler sa déception.

— Tu t'es rattrapée de justesse, déclara-t-il.

Il prit une bouchée de pommes de terre au beurre.

— Ne crois pas tout ce que raconte Marla à propos du sexe, reprit-il. Et pour ce qui est du combat je me débrouille, mais j'ai pris quelques coups, tu peux me croire.

— Et modeste, avec ça !

Elle prit une bouchée, elle aussi.

— Et pourquoi est-ce que je ne devrais pas croire tout ce que raconte Marla ?

— Tu l'as dit toi-même, elle a des vues sur moi. Donc, elle a intérêt à me flatter, même par personne interposée.

— Sans doute. Mais il n'y a pas que ça. Elle a vraiment l'air d'en pincer pour toi et…

Il jugea prudent de l'interrompre.

— Que voulais-tu dire, tout à l'heure, quand tu parlais de t'intégrer ?

Elle prit un air songeur, puis haussa les épaules.

— Je ne savais pas grand-chose de la vie normale. Même avant que je sois enlevée par les trafiquants, ma famille n'était pas une famille qu'on pouvait qualifier de normale.

— Et comment la qualifierais-tu ? demanda-t-il d'une voix douce.

— Mmm… Eh bien… Ma mère, ça pouvait aller, sauf qu'elle buvait trop et qu'elle couchait avec les copains de papa. Quant à mon père, je ne peux pas te répondre parce que je n'ai pas le droit de jurer.

Elle sourit avant de poursuivre :

— Disons seulement qu'il n'aurait pas gagné le prix du meilleur papa de l'année.

— Ça laisse pas mal de possibilités d'interprétation.

— Oui. Tu n'as qu'à imaginer le pire, et c'était mon père.

Elle leva son verre

Le pire ? A vrai dire, Spencer préférait ne pas savoir…

Elle ne lui laissa pas le temps de s'apitoyer.

— Ensuite, avec les trafiquants, tu imagines la vie que j'ai eue. Le strict minimum, dans tous les domaines.

Il en eut le cœur serré.

— On ne te servait pas du lait à table, je suppose.

— Non, sauf si un client en commandait pour moi. Et, dans ce cas-là, j'avais toujours peur qu'il en profite pour me droguer. Je n'avais pas vraiment de contacts avec le monde extérieur, je n'étais au courant de rien… Bref, j'étais inculte, sotte, mal dégrossie. Même toi, tu es choqué par mon vocabulaire, n'est-ce pas ?

Il se sentit soudain coupable. Elle avait besoin d'être soutenue et encouragée, pas critiquée. Et lui…

— Pour le vocabulaire, c'est différent, se défendit-il. Tu es capable de t'exprimer correctement. Si tu jures, c'est parce que tu aimes choquer les gens.

— J'ai appris à m'exprimer correctement dans cette école que Jackson a payée si cher. Spontanément, mon langage est grossier.

Il n'en crut pas un mot.

— Tu es loin d'être une sotte mal dégrossie, dit-il.

— Je sais.

— Tu le sais ?

Elle avait la bouche pleine, aussi se contenta-t-elle d'opiner.

Il eut envie de lui demander si elle avait été au bout de sa scolarité, dans cet internat, et si elle avait obtenu un diplôme, mais il redoutait la réponse. Il poserait la question à Jackson, quand il en aurait l'occasion.

— Tu as tout mangé, fit-il. C'était bon ?

Elle s'adossa à sa chaise avec un soupir de satisfaction.

— Divin. Merci. Ça faisait vraiment longtemps qu'on n'avait pas cuisiné pour moi. La dernière fois, ça devait être Jackson, avant que j'entre à l'internat.

— Ta mère, elle cuisinait ?

Elle eut un rire bref et amer.

— Pas vraiment, non.

Spencer repoussa son assiette et croisa les bras sur la

table. Puis il posa la question qui le taraudait depuis un certain temps.

— Ça s'est passé comment, ton enlèvement ?

— Tu veux vraiment que je te raconte ?

Oui, il le souhaitait, parce qu'il était persuadé qu'elle serait soulagée d'une partie de son fardeau si elle parvenait à se confier. A condition qu'elle le fasse entièrement de son plein gré.

— Si ça ne te dérange pas, précisa-t-il.

— Bah, ce n'est pas un secret... Enfin, tout le monde n'est pas au courant, heureusement. Mais mes proches savent ce que je fais et ce que j'ai été...

Il attendit la suite.

Elle eut alors ce sourire sarcastique qui lui servait de défense.

— Je n'ai pas été enlevée. C'est mon père qui m'a vendue contre de la drogue.

Spencer déglutit péniblement. C'était encore plus terrible que tout ce qu'il avait imaginé. Il était partagé entre la colère et la pitié.

— Tu avais quel âge ?

— Dix-sept ans.

Elle se mordilla la lèvre inférieure, perdue dans ses pensées.

— Quand je suis devenue une jeune fille, ses copains se sont mis à me lorgner d'un drôle d'air. Et plus je grandissais, plus ça s'aggravait. J'avais de plus en plus de remarques salaces, sur le ton de la plaisanterie, plus ou moins... Tu vois ce que je veux dire ?

— Oui, je vois très bien.

— Et puis le moment est venu où ils ne plaisantaient plus du tout.

Spencer savait pourtant qu'il y avait de beaux salauds sur terre. Mais un père vendant sa fille... ça dépassait tout !

— Ton père connaissait des proxénètes ?

Ce père savait parfaitement ce que les femmes subissaient avec eux et il leur avait donné sa propre fille.

— Oui, il en connaissait. Je crois même qu'il les admirait. Pour lui, ils étaient des hommes, des vrais, parce qu'ils étaient capables d'obliger des femmes à se prostituer.

Elle eut une moue méprisante.

— C'était un malade.

— Et ta mère, elle n'avait pas son mot à dire ?

Arizona haussa les épaules.

— Elle acceptait pas mal de choses, y compris qu'il se serve des filles, même si elle savait dans quelles conditions elles vivaient. Mais me vendre à ces types, c'était trop pour elle.

Elle baissa les yeux sur sa fourchette.

— Malheureusement, quand elle a voulu s'interposer, ils l'ont tuée.

S'ils avaient tué sa mère, le père devenait un témoin dangereux. Ils l'avaient donc probablement éliminé aussi. Mais il posa tout de même la question.

— Et ton père, ils l'ont tué ?

Il se demanda, en posant cette question, si elle avait assisté au carnage.

— Oui. Et ça m'a fait plaisir.

Elle s'était donc retrouvée orpheline à dix-sept ans et livrée à des proxénètes. Spencer se concentra sur l'idée qu'elle avait finalement réussi à s'échapper.

— Comment as-tu fait pour t'enfuir ? demanda-t-il.

— Au bout d'un mois, j'ai décidé que je ne pouvais pas endurer plus longtemps ce qu'ils me faisaient subir. Je savais qu'en m'enfuyant je risquais ma peau, mais…

Elle haussa les épaules.

— J'étais déjà presque morte, alors…

Il ne trouva rien à répondre.

— Nous étions dans un relais routier, sur le point de conclure une transaction, quand j'ai vu une femme au volant d'un semi-remorque. Je me suis dit que c'était peut-être ma chance.

— Tu l'as appelée à l'aide ?

— Reviens sur terre.

Elle eut un demi-sourire.

— Cette pauvre femme… Je me suis mise à courir et j'ai grimpé dans sa cabine. J'étais au bord de la crise d'hystérie. J'ai bloqué la porte du passager et, ensuite, je lui ai hurlé de démarrer, de démarrer, de démarrer… Et heureusement pour moi, elle a démarré.

4

Elle avait beau raconter la chose d'un ton dégagé, l'horreur de la situation n'échappa nullement à Spencer.

— J'imagine qu'elle a cru à une agression, dit-il.

— Exactement, répondit Arizona avec un petit soupir. Elle a cru, au début, que je voulais la voler, ou quelque chose comme ça, et elle était terrorisée. Mais ensuite, Jerry…

— Qui était Jerry ?

— L'un des gros bras chargé de nous faire filer droit.

Elle fit un vague geste de la main pour signifier que Jerry n'était qu'un personnage secondaire.

— Jerry s'est avancé vers le camion, furieux, les yeux rouges de haine. Quand elle l'a vu sortir son arme, la femme a démarré en trombe. Bien sûr, elle m'a demandé des explications. Je lui ai raconté qu'il avait essayé de me violer. Ce n'était pas tout à fait un mensonge, mais ce n'était pas non plus la vérité… Je… je ne me sentais pas le courage d'entrer dans les détails, tu comprends ?

— Je comprends.

C'était parfaitement compréhensible, en effet. Les femmes qu'on forçait à se prostituer avaient honte de parler de ce qui leur était arrivé. Se confier à une inconnue était difficile.

— Elle voulait m'accompagner chez les flics, mais moi, tout ce que je voulais, c'était ma liberté.

Un mot de trois syllabes. Mais qui signifiait tellement pour elle…

— Je suis descendue du camion sur une autoroute, en la remerciant de son aide.

Seule sur une autoroute ? Elle venait tout juste d'échapper à des proxénètes et elle avait décidé de faire du stop sur une autoroute plutôt que de rechercher la protection de la police ? Ça dépassait l'entendement.

Mais comment avait-elle donc fait pour survivre ?

— Je sais ce que tu penses, dit-elle en secouant la tête. Mais je ne risquais rien. Par chance, il ne faisait pas froid et il ne pleuvait pas. J'ai piqué une voiture, mais il me fallait du fric, alors j'ai branché un dealer.

— J'espère que ce n'était pas vraiment un dealer.

— Si. Mais bon… Il était pitoyable, mais je lui plaisais. Je lui ai laissé croire qu'il avait ses chances.

Elle eut de nouveau un petit rire sans joie.

— Il s'est empressé de m'embarquer dans sa chambre et, quand il a voulu me peloter, je lui ai piqué son flingue.

Spencer s'efforça de ne pas montrer à quel point il était atterré.

— Tu l'as tué ?

Elle lui jeta un regard surpris et un peu méprisant.

— Un coup de feu aurait attiré l'attention, répondit-elle.

C'était uniquement pour cette raison qu'elle n'avait pas descendu ce type ?

— Je vois, dit-il.

— J'ai utilisé la vieille méthode et je l'ai assommé avec son arme. J'ai dû m'y prendre à deux fois.

Elle fit un large geste, comme si elle maniait un club de golf.

— Mais il respirait quand je suis partie, ajouta-t-elle.

— Et tu lui as pris son fric ?

— Oui. J'espérais trouver dans ses poches de quoi acheter à manger, mais ce crétin avait cinq billets de cent.

— Cinq cents dollars ?

Il émit un petit sifflement. Le type avait dû être fou de rage en se réveillant.

— Et tu as filé sans demander ton reste ?

— Evidemment. J'ai quitté le coin, avec son flingue et son argent.

Elle eut un petit sourire triomphant.

— Je n'étais en cavale que depuis deux jours et j'avais déjà une voiture, une arme et cinq cents dollars. Je suis partie dans une autre ville et j'ai cherché un endroit où je pourrais m'arrêter un peu. Je me suis dit qu'il me suffisait de recommencer l'opération autant de fois qu'il le faudrait, puisque ça avait si bien marché la première fois. Et c'est ce que j'ai fait. Je braquais des dealers, je changeais d'endroit, je vivais quelque temps avec leur fric. De temps en temps, je gagnais un peu au jeu.

Il ne s'étonna pas qu'elle ait été capable de désarmer tous ces hommes. Elle savait se battre. De plus, elle avait chaque fois bénéficié de l'effet de surprise.

— Tu as appris à te battre sur le tas, si je comprends bien ?

— La nécessité est le meilleur des profs.

Elle eut un petit sourire en coin.

— Mais je préférais tout de même le jeu, à cette période.

— Et maintenant, tu préfères te battre ?

Elle ne répondit pas.

— J'ai gagné pas mal en jouant parce que je bluffe bien. Je suis aussi un bon cambrioleur et je me débrouille pour forcer une serrure.

Evidemment qu'elle savait forcer une serrure : elle avait passé un certain temps enfermée derrière des portes dont elle n'avait pas les clés.

Spencer s'efforça de conserver un ton neutre.

— Si ce sont ces talents qui t'ont permis de survivre, je suis ravi que tu les possèdes.

— Même si je m'en suis servie pour entrer chez toi par effraction ?

— Je peux te laisser une clé de chez moi, si tu veux, proposa-t-il en lorgnant son verre de thé.

— Sérieusement ? Tu me ferais suffisamment confiance pour me confier un double de tes clés ?

En vérité, il ne lui faisait pas du tout confiance. Il la croyait même capable de fouiller dans ses affaires. Mais, d'une manière inexplicable, il avait très envie de lui faire plaisir.

Il rencontra son regard moqueur.

— Est-ce que tu oserais me voler ? demanda-t-il.

— Non ! protesta-t-elle.

— Dans ce cas, je peux te laisser un double de mes clés.

Elle demeura un instant silencieuse, visiblement sceptique.

— C'est très généreux de ta part, Spence.

— Spencer, lâcha-t-il d'un ton faussement patient.

Il en avait un peu assez de cette manie qu'elle avait d'estropier son nom.

— Mais enfin, reprit-elle en se détournant, ce n'est peut-être pas très utile que tu me laisses une clé. Je ne prévois pas de venir ici régulièrement.

Probablement pas, mais ça n'aurait pas dérangé Spencer qu'elle le fasse. Il appréciait sa compagnie, même si c'était pour se disputer avec elle.

— Dans ce cas, n'hésite pas à forcer ma porte chaque fois que tu en auras envie, dit-il en plaisantant.

— Pff…, répliqua-t-elle en riant à demi. Si j'ai l'autorisation, ça me gâche tout le plaisir.

Il lui sourit en retour, mais il ne trouvait pas ça drôle. Elle plaisantait, mais il lui avait fallu une certaine dose de désespoir, et aussi de courage, pour vivre ce qu'elle avait vécu. Elle était sans doute marquée à vie par ces événements. Il connaissait par Jackson les grandes lignes de son histoire mais, puisqu'elle paraissait d'humeur communicative, il décida de l'interroger encore, pour connaître sa version.

— Comment Jackson est-il apparu dans le tableau ? demanda-t-il.

— Oui, c'est là que ça devient vraiment intéressant…

Son visage s'anima, et elle se pencha vers lui en souriant.

— Les salauds qui m'avaient séquestrée étaient furieux que je me sois enfuie mais, quand ils m'ont récupérée, ils ne voulaient plus de moi pour le truc habituel.

Le « truc habituel », c'était apparemment louer ses services.

— Qu'est-ce qu'ils voulaient de toi ? demanda-t-il doucement.

— Ils voulaient que je serve d'exemple. Ils voulaient me tuer.

La circonstance étant exceptionnelle, Spencer s'autorisa un juron. Ces hommes avaient été de vraies ordures. Arizona racontait son histoire d'un ton détaché, mais il n'était pas dupe. Elle avait beaucoup souffert et, manifestement, elle souffrait encore

— Ils...

Sa voix se brisa, puis elle se reprit.

— Ils m'ont malmenée. Vraiment. J'ai essayé de me débattre, mais ils m'avaient attaché les mains derrière le dos. Et ensuite...

Elle hésita et fronça légèrement les sourcils.

— Ils m'ont jetée par-dessus un pont. Dans un torrent.

Il en eut le souffle coupé, et tous ses muscles se bandèrent. Il le savait déjà par Jackson, mais le fait de l'entendre de la bouche d'Arizona rendait la chose plus... réelle.

— Ils voulaient... te noyer ?

Elle se secoua avant de poursuivre :

— Il y avait un orage terrible avec des éclairs, du tonnerre... Quand ils m'ont balancée par-dessus le pont, j'ai eu la présence d'esprit de cesser de m'agiter pour prendre une grande inspiration avant d'atteindre l'eau.

Elle repoussa ses cheveux en arrière, de ses deux mains.

— J'ai cru ma dernière heure arrivée.

— Seigneur...

Il en eut l'estomac retourné. Il mourait d'envie de la prendre dans ses bras, de l'attirer sur ses genoux, de la serrer contre lui et de lui dire... De lui dire quoi, d'ailleurs ? Que pareille chose ne lui arriverait plus jamais ?

Elle ne se serait pas laissé cajoler, de toute façon. Aussi se contenta-t-il de lui prendre la main.

— Je suis désolé que tu aies eu à subir tout ça, dit-il.

— Oui, c'était vraiment la galère...

Elle lui pressa la main et se dégagea.

— J'ai réussi à maintenir ma tête hors de l'eau, mais ce n'était pas facile, et je savais que je ne tiendrais pas le coup longtemps. Je savais aussi que si je parvenais à regagner la rive ils m'auraient remise à l'eau. Ou abattue.

Elle avait dû atteindre le dernier degré de la panique… Il en eut le cœur serré pour elle.

— Ils me surveillaient depuis le pont. Ils attendaient de me voir couler. Ça les faisait marrer que je me débatte.

— Je vois le tableau.

Il eut envie de tuer ces hommes. Tous. Mais inutile d'y songer, car ils étaient déjà morts.

— Seulement, ils n'avaient pas prévu l'arrivée de Jackson.

Elle posa son menton sur son poing et sourit.

— Le pauvre est tombé là-dessus par hasard. Je n'ai jamais compris pourquoi, mais il n'a pas hésité une seconde. Il s'est d'abord occupé de mes ravisseurs, et ensuite…

Spencer attendit.

Elle soupira et chercha son regard.

— Il a plongé dans le torrent pour me repêcher.

Elle avait eu une chance incroyable qu'il passe par là. Sans lui, elle serait morte.

— Ils étaient combien, les hommes ?

— Trois.

Elle sourit d'aise.

— Mais, quand je repense à lui ce soir-là, je me dis que même s'ils avaient été une douzaine il en serait venu à bout.

Spencer, lui, ne parvint pas à sourire. Pas même par politesse. Cette admiration sans bornes pour Jackson avait quelque chose d'indécent.

— Il a tué les trois ?

— Je ne sais pas.

Elle agita une main dans les airs.

— Je ne sais pas s'il les a tués ou si…

Elle parut hésiter.

— Je suis au courant de ce que font Jackson, Dare et Trace, ma chérie, dit-il.

Elle se figea, puis inclina la tête de côté pour le regarder.

— Je ne suis pas ta chérie, mais O.K., si tu es au courant, tu devines qu'aucun de ces salauds n'a survécu.

Il ne put résister à l'envie de la toucher. Il tendit le bras vers sa main si délicate et la caressa de son pouce.

— J'en suis heureux.

— Moi aussi.

Elle contempla d'un air étonné leurs deux mains, puis elle se racla la gorge et retira la sienne.

— Voilà, c'est tout. Tu sais déjà que Chandra, la femme qui était à la tête du réseau, n'était pas sur le pont ce soir-là, mais je l'ignorais et j'ai longtemps cru qu'elle était morte.

— Elle ne pourra plus te faire de mal.

Arizona le fixa, les sourcils froncés.

— Oui, parce que tu l'as tuée. Alors que ce privilège me revenait.

— Je suis désolé, dit-il. Vraiment désolé.

— Ceux qui m'avaient enlevée sont morts, et ce n'est pas moi qui les ai tués.

Il comprit qu'il s'agissait d'un reproche indirect. Elle lui en voulait encore d'avoir tiré sur Chandra avant elle. Ce qu'elle ignorait, c'était que lui aussi avait eu de bonnes raisons de l'éliminer.

Mais il ne prit pas la peine de se justifier.

— Tu es prête pour le dessert ?

Elle accepta, sans se faire prier, de laisser tomber les souvenirs morbides pour revenir au présent.

— Un dessert ? C'est sérieux ? Je vois que tu sais comment recevoir une femme.

Arizona ne regrettait pas de s'être confiée à Spencer. Ce récit, si douloureux soit-il, lui avait fait du bien. De plus, il ne s'était pas apitoyé sur son sort, il n'avait pas tenté de la consoler. Il s'était contenté d'écouter.

Et elle savait qu'il avait compris.

Elle s'était sentie un peu mal à l'aise quand il lui avait pris la main, mais enfin tout le monde faisait des trucs comme ça, non ? Les gens se touchaient pour communiquer. Elle avait déjà constaté que c'était un comportement courant et considéré comme normal, apparemment.

Normal, peut-être. Mais pas pour elle.

Tandis qu'elle réfléchissait, Spencer avait ouvert le réfrigérateur. Et à présent il en sortait… un superbe gâteau d'anniversaire.

Abasourdie, elle repoussa sa chaise.

— Qu'est-ce que c'est que ça ? murmura-t-elle.

Il répondit d'un ton parfaitement naturel :

— Un gâteau avec de la crème à la vanille et un glaçage de crème fouettée. Je crois qu'il est fourré à la framboise.

Il chercha son regard.

— Aucun danger, Arizona. Il n'est pas empoisonné. Ne t'affole pas.

— Je ne m'affolais pas ! protesta-t-elle.

Mais elle n'en était pas loin. Son cœur battait la chamade, et elle devait lutter contre une terrible envie de prendre la fuite.

— Tu parles… On voit que tu es sur le point de partir en courant.

Elle avança le menton. Comment pouvait-il le savoir ? Et comment osait-il le dire si tranquillement ?

— Je ne suis pas du genre à prendre la fuite.

Il déposa le gâteau devant elle, sur la table, avec un grand sourire.

— Tu devrais parfois fuir, mais pas en ce moment.

Il s'approcha d'elle. Il la dominait à présent de toute sa hauteur.

— Tu n'as aucune raison de me fuir, murmura-t-il.

Elle n'osait plus le regarder et garda donc les yeux fixés sur le gâteau. Il était décoré de jolies rosettes en sucre et d'un triomphant « Joyeux Anniversaire ! », en sucre bleu pâle.

Elle en eut un nœud à la gorge.

— Je t'avais dit d'éviter ce genre de sottises, articula-t-elle avec difficulté.

Il écarta une mèche de cheveux de son visage et la cala derrière son oreille. Le geste était si tendre qu'elle crut qu'elle allait en défaillir d'angoisse. Il prenait décidément des libertés avec elle…

— Je m'en suis souvenu, dit-il. C'est pourquoi je me suis abstenu pour les bougies.

Elle eut un petit rire.

— Si tu avais osé les bougies, je…

— Tu quoi ? Tu m'aurais tapé dessus ? Envoyé le gâteau à la figure ?

— Possible.

Il était trop près d'elle, à cet instant, et cette proximité la rendait nerveuse.

— Bien, dit-il. Mais heureusement, je n'ai pas commis l'erreur d'ajouter des bougies. Donc, assieds-toi, et mangeons ce bon gâteau.

Elle n'osait toujours pas le regarder, mais elle aurait juré qu'il souriait.

— Je te sers encore du lait, ou tu préfères un café ?

— Du lait.

Il s'était écarté d'elle, à présent, et elle respirait de nouveau normalement.

— C'est un très beau gâteau, reconnut-elle d'un ton réticent. Merci.

— De rien.

Il lui servit du lait.

— Et, au cas où tu voudrais me rendre la pareille, mon anniversaire à moi, c'est juste avant Thanksgiving.

Il plaisantait, bien sûr, mais elle resta tout de même songeuse à l'idée de ce que cela pouvait être d'offrir à quelqu'un un gâteau d'anniversaire, de partager la joie de ce jour si particulier… Comme ils le faisaient en ce moment. Comme des gens normaux, en somme…

— Non, je n'oublierai pas, grommela-t-elle.

Le sourire de Spencer s'élargit encore.

— Je considère ça comme une promesse.

Il prit une pelle à dessert, coupa une grosse part de gâteau et la servit.

Elle ne comprenait toujours pas pourquoi il se montrait

si prévenant avec elle, et cela l'angoissait. Elle avait besoin de connaître ses motivations.

— Je t'ai dit pourquoi j'avais fait cette proposition à Jackson, dit-elle en guise de préambule.

Il était en train de couper sa part de gâteau et s'arrêta pour lever vers elle un regard interrogateur.

— De quelle proposition parles-tu ?

— De coucher avec lui.

Elle lui jeta un regard furtif, puis ajouta :

— Proposition qu'il a refusée. Et tu sais pourquoi il l'a refusée ?

— Parce qu'il a compris que c'était pour toi une manière de le remercier, déclara-t-il d'un ton solennel.

Elle avait espéré le déstabiliser avec ses questions faussement naïves, mais il s'en tirait à merveille.

— Il avait fait tellement de choses pour moi..., répondit-elle.

Spencer aussi tenait à s'occuper d'elle, de toute évidence... Pourquoi donc ?

— Beaucoup trop, conclut-elle.

Quelques secondes s'écoulèrent dans le silence, tandis qu'il la dévisageait.

— Je ne pense pas qu'il soit de cet avis, déclara-t-il enfin.

Il n'avait pas besoin de le lui dire. Elle savait parfaitement ce que pensait Jackson à ce sujet.

— Il en a trop fait, insista-t-elle. Mais, s'il n'a pas accepté mon offre, c'est parce qu'il avait pitié de moi.

Spencer secoua la tête.

— Non.

— Je ne parle pas du fait qu'il m'a sauvé la vie, dit-elle. Il a aussi sauvé celle d'Alani, et ça ne l'a pas empêché de la draguer. Elle ne lui inspirait aucune pitié.

Spencer se frotta la lèvre d'un air songeur et prit le temps de bien peser ses mots avant de répondre :

— J'ai de la compassion quand je pense à ce que tu as vécu, Arizona. Et quand je pense à tout ce qu'on t'a fait.

Mais à part ça, tu es une battante, pas une victime. Tu n'inspires pas la pitié mais l'admiration.

Elle chercha son regard, le cœur battant.

— Et tu veux donc coucher avec moi ?

Il hésita, puis haussa les épaules.

— Je suis un homme en pleine santé, non ?

La réponse avait de quoi l'alarmer. Et plus que ça, même.

— Donc… ? insista-t-elle d'une voix altérée.

— Te désirer, c'est une chose. Projeter de passer à l'acte en est une autre. Un homme digne de ce nom est capable de se contrôler, Arizona. Il ne prend pas les femmes de force.

Il tendit la main, paume vers le ciel, attendant qu'elle lui offre la sienne en signe d'acceptation.

Mais elle secoua la tête et croisa les bras. Elle avait conscience qu'il s'agissait d'un aveu de faiblesse, d'un manque de courage, mais elle ne pouvait pas faire mieux.

Il laissa donc sa main sur la table, dans la même position, et accepta sa décision sans commentaire.

— Tu es une très belle fille, je ne peux pas le nier…

— Une femme, souffla-t-elle.

Puis elle se mordit la lèvre. Quelle idiote !

— Je suis majeure, précisa-t-elle. C'est ce que je voulais dire.

Elle se sentit encore plus sotte de se justifier.

— Tu es une très belle femme de vingt et un ans. Une femme superbe.

— « Superbe », répéta-t-elle avec une grimace moqueuse. Si tu le dis.

Mais au fond, ça ne lui déplaisait pas que Spencer la trouve attirante.

— Les hommes vont te désirer. Ils auront envie de te voir nue et de faire l'amour avec toi. C'est normal. Il n'y a pas de quoi s'en effrayer. Ce n'est pas une tare de plaire aux hommes.

— C'en est une à mes yeux, répliqua-t-elle sèchement.

— Et en ce qui nous concerne tous les deux tu n'as pas d'inquiétude à avoir, ajouta-t-il. Tu es trop jeune pour moi.

Tu as vécu trop de choses difficiles pour savoir exactement ce que tu veux ou ce qui est bon pour toi. Et tu ne me fais pas vraiment confiance. Aussi, même si tu t'offrais à moi, je refuserais.

Il refuserait parce qu'il était encore amoureux de sa femme. Arizona n'était pas dupe.

Elle caressa le manche du couteau à dessert.

— Je suppose que c'est ta femme qui avait choisi ce couteau, dit-elle.

Il la contempla fixement, sans un mot.

Elle ne se laissa pas démonter et reprit :

— Je dis ça parce qu'il me semble que c'est le genre de chose qui intéresse une bonne maîtresse de maison.

Il attrapa sa fourchette et la planta dans son gâteau.

— Et une mauvaise, elle s'intéresse à quoi ?

— A la drogue. A l'alcool. Je ne sais pas. Des trucs comme ça.

Il leva la tête vers elle.

— Arizona, où veux-tu en venir ?

— Tu veux bien me parler de ta femme ? demanda-t-elle.

Il soupira, puis secoua la tête.

— Mange ton gâteau.

— Il est presque trop beau pour être mangé, protesta-t-elle.

Des cristaux de sucre brillaient sur les fleurs. La garniture rouge à la framboise coulait entre les couches de pâte. Elle prit une grosse bouchée et poussa un grognement de plaisir.

— Oh oui… ! murmura-t-elle. Il est encore meilleur qu'il n'en a l'air.

Ils dégustèrent en silence pendant quelques minutes, puis, brusquement, Spencer déclara :

— Je sais que tu t'es renseignée sur mon passé.

Elle ne voyait pas l'intérêt de nier.

— Oui, eh bien, c'est…

— Peu importe. Moi aussi j'ai essayé de fouiller le tien.

Il n'avait pas dû trouver grand-chose. Tandis qu'elle… Elle

savait tout au sujet de sa femme, dans quelles circonstances elle était morte. Et aussi qu'il avait enchaîné les aventures sans lendemain depuis sa disparition.

Mais sa curiosité au sujet de leur couple n'était pas rassasiée. Elle voulait des détails. Savoir ce qui faisait qu'un homme et une femme s'entendaient bien. Comment ils préservaient leur amour. Pourquoi ils appréciaient de tout partager.

— Tu veux bien me parler d'elle ?

Il but lentement une gorgée de café, puis reposa sa tasse.

— Non.

Elle tenta de maîtriser sa curiosité, mais après tout il l'avait harcelée de questions indiscrètes. Alors pourquoi se serait-elle gênée ?

— Est-ce qu'elle était jolie ?

Il ferma les yeux avec une expression résignée et posa son front sur son poing. On aurait pu croire qu'il dormait. Puis il se décida.

— Elle était jolie, dit-il.

C'était absurde, mais cette réponse la blessa. Elle avait pourtant insisté pour qu'il la renseigne.

— J'ai vu une photo d'elle sur internet, murmura-t-elle. Mais elle était trop petite, on ne voyait pas bien.

— Elle avait de longs cheveux bruns.

Il se redressa sur son siège.

— Pas aussi noirs ni aussi ondulés que les tiens. Des yeux marron. Le teint clair.

— Voluptueuse ?

Il secoua la tête.

— Plutôt délicate.

Il avait terminé son gâteau. Il prit son assiette et alla la déposer dans l'évier.

— Je peux faire la vaisselle, dit-elle en se levant précipitamment.

— Pas la peine. Je rince et je mets dans le lave-vaisselle.

Ils se heurtèrent, et il lui jeta un regard courroucé. Elle s'écarta avec une mine contrite.

— C'était ton premier amour ?

— Elle… elle était tout.

Il en parlait comme s'il considérait qu'elle était irremplaçable, qu'il ne tomberait plus jamais amoureux. Avait-il prévu de rester célibataire pour le restant de ses jours ?

— Vous vous étiez mariés jeunes ?

— A la fin de nos études.

Il referma le lave-vaisselle, puis resta dos à elle, les mains agrippées à l'évier, les bras raides.

— Elle avait deux ans de moins que moi. Elle était assistante dentaire et elle avait le sens de la décoration, comme tu peux le constater. Elle aimait bien le style cow-boy.

— J'aime beaucoup aussi.

Le décor un peu rustique donnait une ambiance chaleureuse à la maison.

— Cette maison est très agréable, ajouta-t-elle.

C'était une maison ancienne, petite mais bien rangée, avec du parquet, des moulures aux plafonds et des boiseries aux murs.

Spencer acquiesça.

— Elle s'y plaisait énormément. Elle était heureuse de m'avoir épousé, elle voulait des enfants. C'était prévu, mais…

Mais sa vie avait été brutalement écourtée.

Emue, Arizona posa une main timide et compatissante sur le bras de Spencer.

Il se figea, comme si un tel geste le surprenait, venant d'elle. Puis il se reprit.

— Un soir, elle rentrait du travail, elle s'est arrêtée pour faire des courses dans une épicerie. Deux hommes…

— Deux hommes appartenant à un réseau de proxénétisme, coupa-t-elle.

Elle l'avait appris au cours de ses recherches.

— Oui. Ils tentaient d'embarquer une fille. Ma femme a voulu s'interposer.

Arizona ferma les poings. Ce genre de récit déclenchait toujours en elle une fureur noire.

— Je suis désolée, murmura-t-elle.

— Un des employés de l'épicerie y a laissé la vie, lui aussi. Et un client a été blessé.

— C'est absurde et cruel, lâcha-t-elle. Comme toujours.

Il s'écarta d'elle.

— Assez parlé de ça, dit-il.

— Tu as tué ces hommes, répliqua-t-elle.

— Oui. Mais ils travaillaient pour un vaste réseau.

Il la défia du regard.

— J'avais autant de raisons que toi de vouloir me venger de Chandra.

Chandra, bien sûr. Encore elle… Chandra, qui avait orchestré son enlèvement. Chandra, qui l'avait vendue. Chandra, qui s'était chargée de lui apprendre la rue.

Chandra, qui avait tenté de la tuer.

— Je m'en doutais un peu, murmura-t-elle en s'adossant au comptoir. Ça nous fait donc un point commun.

Elle demeura rêveuse.

— C'est rare, tu sais, que je me découvre un point commun avec quelqu'un… Puisque nous poursuivons le même but, je serais encline à te pardonner de m'avoir volé ma vengeance. A condition que nous fassions équipe.

Il fut aussitôt sur la défensive.

— Nous faisons équipe. C'est bien du Green Goose que tu parles ?

— Oui, du Green Goose.

Elle s'efforça de prendre un air assuré.

— Mais ça pourrait aller plus loin si tu es d'accord. Je me chargerais des recherches, je débusquerais les réseaux, et toi, tu serais le bras armé de l'équipe.

Il plissa les yeux. Ce qui n'était pas bon signe.

— Je vois que tu es partant, ajouta-t-elle en plaisantant pour détendre l'atmosphère.

Elle tendit le bras et fit mine de tâter ses biceps.

Il avait des biceps solides. Et aussi des réflexes, elle était bien placée pour le savoir.

Pas de doute, Spencer était un combattant. Un monstre

de puissance et d'adresse. Deux qualités qu'elle admirait sans doute un peu trop, surtout dans ce cas précis.

Elle croisa les bras et s'efforça de prendre un air détaché.

— Alors, Spence ? Que dis-tu de ma proposition ? Tu serais d'accord pour une collaboration à long terme ?

5

— Je m'appelle Spencer, pas Spence.

Il la prit par le bras et l'entraîna vers le salon.

— Pourquoi tiens-tu absolument à écorcher mon nom ? reprit-il.

— En fait… Je n'en sais rien.

Elle cessa d'avancer.

— Tu m'emmènes où, là ?

— J'ai pensé qu'on pourrait regarder un film à la télé. Ou autre chose.

Elle bâilla ostensiblement, puis libéra son bras.

— Je crois que j'ai surtout besoin de me reposer. Je n'ai pas dormi, la nuit dernière, et je suis épuisée. Je voudrais rentrer dans mon motel et dormir.

Spencer consulta sa montre.

— Mais il n'est que 20 heures, protesta-t-il.

— L'avenir appartient à ceux qui se couchent et se lèvent tôt.

Elle se dirigea vers la porte d'entrée et ramassa ses chaussures.

— Tu es une lève-tôt ?

— Je me lève quand je me réveille. Et le plus souvent je n'arrive pas à dormir. Donc…

— Comment se fait-il que tu n'arrives pas à dormir ?

Elle lui jeta un regard impatient par-dessus son épaule.

— Je te parlerai demain de mes problèmes de sommeil, si tu veux bien.

Elle se pencha et enfila une basket, sans prendre la peine

de nouer son lacet, puis la seconde. Elle cultivait l'art du négligé dans sa tenue, allure qui s'accordait parfaitement avec son attitude nonchalante.

— Nous devons encore régler des détails à propos du Green Goose. Comment on y entre, à quelle heure… Enfin, ce genre de chose.

Trace avait-il eu le temps de trafiquer la voiture ? se demanda Spencer. Arizona manifestait l'intention de partir plus tôt qu'il ne l'avait prévu. A condition qu'il soit possible de prévoir et d'anticiper quelque chose, avec elle.

— Nous ne sommes que deux, et le terrain d'action sera large.

— J'ai quelques idées à ce sujet, et il faudra qu'on en discute, mais ça peut attendre demain matin, répliqua-t-elle.

Les coins de sa bouche s'étirèrent en un sourire amer.

— A moins que tu n'aies des projets avec Marla ?

Spencer préféra ignorer la pique.

— Pourquoi es-tu si pressée ?

Elle ouvrit la porte.

— Parce que je suis crevée, je te l'ai dit.

Un air chaud, humide et épais, qui sentait l'orage, le frappa de plein fouet quand il la suivit dehors. Il devait absolument trouver un moyen de gagner du temps. Il regrettait à présent de l'avoir questionnée à propos de son passé. Il l'avait fait fuir en se montrant indélicat… Mais il était trop tard pour se rattraper.

— Tu dors où, en ce moment ? demanda-t-il.

C'était tout ce qui lui était venu à l'esprit.

— Dans un motel, répondit-elle sans le regarder.

Il eut brusquement un affreux soupçon.

— Quel motel ?

— Un petit motel que j'ai choisi au hasard.

A mi-chemin, sur le trottoir, elle jeta un coup d'œil du côté de la maison de Marla.

— Tu ne devrais pas me suivre comme un toutou. Ta petite amie est probablement planquée derrière une fenêtre, en train de nous surveiller.

— Ce n'est pas ma petite amie.

Mais il ne put s'empêcher de regarder, lui aussi, et vit une ombre bouger derrière des carreaux. Bon sang… Il rattrapa Arizona avant qu'elle ne monte dans sa voiture.

— Oublie Marla. Pourquoi est-ce que tu n'as pas répondu à ma question ?

— Quelle question ?

— Je t'ai demandé dans quel motel tu dormais.

— J'ai répondu.

Elle ouvrit la portière pour laisser sortir la chaleur, puis se pencha sur le garde-boue.

— Il me semble que tu n'es pas encore tout à fait mon partenaire, et donc je ne vois pas pourquoi je devrais tout te dire.

— Du chantage ?

Ses yeux, qui brillaient maintenant de malice, étaient encore plus bleus à la lumière naturelle.

— Non, je cherche juste à faire pression sur toi pour que tu acceptes.

Il se massa la nuque. Il commençait à se sentir vraiment nerveux. Elle allait lui échapper, s'il ne trouvait pas un moyen de la retenir.

— Je vais réfléchir à ta proposition de partenariat, promit-il.

Et il en parlerait à Trace et à Dare.

— Oui… C'est ça, réfléchis.

N'ayant plus rien à ajouter, Spencer recula. Elle monta dans sa voiture.

— Tu ne pourrais pas au moins me dire vers quelle heure tu te réveilles ?

Elle mit la clé dans le contact.

— Je ne sais pas. Disons entre 5 heures du matin et midi.

Allait-elle de nouveau entrer chez lui comme une voleuse pour le regarder dormir ? Il n'allait pas pouvoir fermer l'œil de la nuit.

— Je pourrais te pister et te suivre dans ton motel, dit-il en agrippant sa portière.

— Et pourquoi ferais-tu ça ? demanda-t-elle d'un ton incrédule.

Elle tourna la clé, pour mettre le moteur en route, mais il ne se passa rien. Elle fronça les sourcils.

— Ce serait ridicule, reprit-elle.

Elle tenta de nouveau de tourner la clé, mais il ne se produisit rien, pas même un petit sursaut du moteur.

Spencer attendit sa réaction.

Elle devint écarlate, ses yeux lancèrent des éclairs, et elle fronça un peu plus les sourcils : le spectacle valait le coup d'œil. Elle pompa sur l'accélérateur, fit une nouvelle tentative, puis, de plus en plus furieuse, sortit précipitamment et claqua violemment sa portière.

Pas besoin d'être un génie pour comprendre qu'elle ne prenait pas bien la chose. Elle était encore plus sombre que le ciel.

Impassible, il déclara :

— Ta voiture ne démarre pas.

Il la vit serrer les dents, mais elle ne prononça pas un mot.

— Bon, eh bien, allons-y, dit-elle.

Fascinant. Il n'avait jamais vu un visage aussi expressif que le sien.

— Où ça ? demanda-t-il d'un air innocent.

— Chez toi. Retournons à l'intérieur.

Elle prit la direction de sa maison, tout en lui jetant par-dessus son épaule :

— Sauf si tu préfères que je pique une crise ici, devant tes charmants voisins.

— Allons à l'intérieur, dit-il.

Vaguement amusé et tout à fait ravi, il lui emboîta le pas.

Malheureusement, Marla sortit sur son porche. Vêtue d'un haut qui laissait voir un profond décolleté et arborant un regard de censeur, elle ouvrit la bouche. Mais Arizona ne lui laissa pas le temps de s'exprimer.

— Non, pas de commentaire, dit-elle d'un ton hargneux. Je ne crois pas que je supporterais le moindre mot.

Et, sur cet avertissement sans équivoque, elle rentra dans

la maison sans se retourner. Marla resta figée sur place, en affichant un air blessé.

— Désolé, lui dit Spencer. Elle a eu une mauvaise journée.

L'impressionnante poitrine de Marla se souleva.

— Elle passera sans doute une bonne nuit, murmura-t-elle.

— Marla, fit-il sur le ton de la réprimande. Je t'ai dit que ce n'était pas sérieux. Pas plus avec toi qu'avec elle.

Elle rassembla manifestement tout son courage.

— Je ne te comprends pas…, geignit-elle. C'était pourtant bien, entre nous.

— Oui, c'était bien.

Et peut-être que s'il n'avait pas rencontré Arizona… Mais voilà, il l'avait rencontrée.

— Je dois y aller, dit-il.

— Attends !

Elle s'humecta les lèvres.

— Tu penses qu'il va y avoir un orage ?

Il jeta un rapide coup d'œil vers le ciel.

— Probablement.

Il avait déjà compris où elle voulait en venir.

— Ton toit fuit toujours ? demanda-t-il.

Elle se pencha sur la balustrade, histoire de lui offrir une vue plongeante sur son décolleté.

— L'eau goutte du plafond de ma chambre. Une suggestion ?

— Oui. Pour ce soir, mets un seau. Et ensuite, fais réparer ton toit le plus vite possible. Avec ces vieux toits, une fuite peut créer une catastrophe. Il risque même de s'effondrer.

Il se sentait coupable de ne pas lui proposer de l'aider, mais aussi, elle exagérait… Ce toit fuyait depuis l'hiver, et elle ne l'avait jamais fait réparer. Il lui servait d'excuse pour l'attirer chez elle.

Il la salua donc de la main et rentra chez lui. Il venait à peine de refermer sa porte d'entrée qu'Arizona se précipita sur lui.

*
**

Elle se hissa sur la pointe des pieds et enfonça un doigt menaçant entre ses côtes.

— Tu as parlé à Jackson, dit-elle.

— Non ! protesta-t-il.

Si elle le prenait ainsi, il allait se mettre en colère. Il fit l'effort de se ressaisir et tenta de la contourner pour avancer dans le couloir, mais elle le retint par un bras.

— Tu lui as parlé ! insista-t-elle. Tu lui as tout raconté, et il a trafiqué ma voiture.

— Tu te rends compte que tu es en train de me traiter de menteur ? rétorqua-t-il durement.

Mais elle était trop en colère pour se laisser impressionner.

— Je t'ai fait confiance !

— Tu parles ! Tu es aussi confiante qu'un chien de garde.

Elle poussa un cri étouffé.

— Je n'ai rien dit à Jackson, insista-t-il. Et je te demande de cesser de trépigner comme une gamine capricieuse.

Il s'était mis lui-même à crier, rouge de colère.

— Bon très bien, dit-elle. Je vais vérifier ça. Jackson me dira la vérité.

— Tu vas l'appeler ?

C'était parfait pour lui. Elle apprendrait elle-même la vérité à son protecteur.

— Ne te gêne pas, ajouta-t-il avec un large geste de la main.

— Je ne vais pas me gêner, ça non !

Elle sortit son téléphone portable de la poche arrière de son jean et sélectionna un numéro préenregistré.

— Tu veux bien mettre le haut-parleur ? demanda-t-il.

Il se réjouissait d'avance et ne voulait pas manquer un mot de la conversation.

— Tu te sens une âme de fouineur ? s'enquit-elle avec un petit rire.

— C'est juste que je doute que tu puisses admettre mon innocence. Mais bien sûr, si tu as peur que j'entende…

— Je n'ai pas peur, murmura-t-elle.

Tout en le fusillant du regard, elle appuya sur le bouton

qui actionnait le haut-parleur. Sa voiture était hors service, et ce n'était sûrement pas un hasard. Elle fréquentait Jackson depuis trop longtemps pour ne pas flairer le piège.

Comme elle n'avait pas utilisé le numéro d'urgence, Jackson lui répondit d'un ton joyeux.

— Salut, Arizona, quoi de neuf ?

— Qu'est-ce que tu as fait à ma voiture ? demanda-t-elle sans préambule.

Ils croyaient vraiment la paralyser avec un truc aussi grossier ? Aucune chance. Mais pour qui la prenaient-ils ? Elle n'était pas stupide.

— De quoi est-ce que tu parles ? demanda Jackson, dont la voix avait changé. Tu as un problème avec ta voiture ?

Il paraissait sincèrement inquiet, à vrai dire.

— Ne nie pas, insista-t-elle tout de même. Je sais que tu l'as trafiquée.

— Mais non, je t'assure que non. Ce n'est pas moi. Alani et moi, on dîne avec Dare et Molly.

Il y eut un temps de silence, puis il reprit, méfiant :

— Tu es où, Arizona ?

Sa batterie avait peut-être lâché, après tout. Mais c'était tout de même peu probable.

— Arizona ?

La colère d'Arizona s'envola d'un seul coup.

— Je suis chez Spencer, avoua-t-elle.

— Ah oui ? Et qu'est-ce que tu fais chez Spencer ?

— Peu importe, c'est pas le problème…

La réponse était maladroite, et Spencer avait l'air de jubiler.

— Ma voiture ne démarre pas. Elle est morte. Tu es sûr que tu n'y as pas touché ?

— Mais pourquoi est-ce que j'aurais fait ça ? Alani ? Qu'est-ce que tu mijotes encore ? Oh… Attends.

Elle entendit des voix en sourdine, puis Jackson revint en ligne.

— D'après Dare, c'est Trace qui s'est chargé de ta voiture, annonça-t-il.

Elle allait se répandre en imprécations, mais il ne lui en laissa pas le temps.

— Pourquoi est-ce que tu ne m'as pas rappelé que c'était ton anniversaire, bon sang ?

Comment allait-elle s'en sortir, maintenant ?

Elle poussa un long gémissement mélodramatique.

— Arrête ça, coupa Jackson. Tu aurais dû me le dire.

Il soupira.

— Ou, plutôt, j'aurais dû m'en souvenir. Je suis désolé.

Il était sincèrement ému, et elle en eut la gorge nouée. Elle n'osait plus regarder Spencer.

— Mais tu vas te marier, bon sang ! rétorqua-t-elle. Et tu vas être papa. Tu as assez à faire comme ça.

— Ce n'est pas une excuse.

Elle devait absolument arrêter ça. Et tout de suite.

— Non, franchement, ce n'est pas grave, murmura-t-elle.

— Bien sûr que c'est grave.

Il était vraiment temps de changer de thème.

— Qu'est-ce que Dare t'a dit ? Pourquoi pense-t-il que ça vient de Trace ?

— Spencer a parlé à Trace. Et Trace a parlé à Dare. Pour résumer, j'étais le seul à ne pas être au courant, parce que tu avais fait jurer à Spencer de ne rien me dire. Et je t'avoue que ça me met hors de moi.

— Oh… Je vois…

Spencer rit, alors qu'il aurait pourtant dû rentrer sous terre.

— Oui, enfin, c'est juste que je…

— Tu étais censée faire des recherches pour moi. Pas passer à l'action.

— Mais c'est que…

— N'aggrave pas ton cas en rajoutant des bobards, coupa Jackson en éclatant de rire. Je suis ravi que tu sois en ce moment chez Spencer et soulagé que tu aies eu la bonne idée d'aller le trouver, plutôt que de te lancer seule dans une opération hasardeuse.

— Je suis prudente, tu le sais.

— « Prudente », oui, c'est le mot qui me vient à l'esprit pour te qualifier, pas de doute.

— Jackson…

Il lui coupa de nouveau la parole.

— Trace a trafiqué ta bagnole parce qu'il veut que tu restes tranquille, et c'est ce que tu vas faire.

Il enchaîna, sans lui laisser le temps de protester :

— Sinon, je vais devoir abandonner mon charmant dîner avec ma fiancée et mes amis. Je suis sûr que tu ne veux pas m'imposer ça.

En effet. Elle n'avait aucune envie de le déranger. Et encore moins d'affronter sa colère. Elle se tourna alors vers Spencer.

— Pas question que je reste ici, murmura-t-elle.

— Et pourquoi pas ? rétorqua Jackson.

Il était décidément têtu. Têtu comme un âne.

— Et pourquoi pas ? demanda Spencer en écho.

Elle poussa un gémissement exaspéré.

— Parce que je ne veux pas ! Voilà pourquoi.

Comme elle s'y attendait, Jackson ne considéra pas son désir comme un argument recevable.

— Sois raisonnable, Arizona. Réfléchis un peu. Une fois que tu auras mis un pied dans l'affaire, tu devras te protéger, changer tes habitudes, éviter les endroits que tu fréquentes habituellement.

Elle le savait et elle avait prévu de changer de motel cette nuit. Elle avait même pris la précaution d'emporter un sac de couchage dans sa voiture, au cas où.

— Tu me prends vraiment pour une demeurée, protesta-t-elle.

— Pas du tout. Mais tu brûles les étapes. Une opération, ça se prépare.

Il parla de nouveau à voix basse avec Dare, puis elle l'entendit rire.

— Dare me dit que Trace est déjà sur le coup. Et surtout, ne t'en prends pas à Spencer. Trace avait repéré ce bar avant que tu n'en parles.

— Vraiment ?

Ça devenait intéressant.

— Ça veut dire que j'avais raison. Cet endroit sert bien de couverture à un réseau de trafiquants ?

— C'est probable, mais il est trop tôt pour l'affirmer et encore plus pour s'impliquer. Nous en sommes aux recherches préliminaires.

Il baissa la voix.

— Passe-moi Spencer.

— Non.

Il n'en était pas question.

— Arizona…

Elle avait les épaules tellement crispées que c'en était douloureux.

— Je n'ai pas besoin que quelqu'un me serve de nounou. Tout va bien.

— Tu resteras en dehors de ça ?

— Mmm… Peut-être.

Ça dépendrait de ce que Spencer avait dit et de ce qu'il avait prévu. Ces quatre-là étaient des professionnels, mais elle était capable de se débrouiller seule.

Jackson soupira.

— Attends une minute, mon chou.

Quelques secondes plus tard, le téléphone de Spencer sonna. Il décrocha avec un grand sourire.

Pas croyable !

Et lui, il n'avait pas mis le haut-parleur, et elle ne pouvait suivre que la moitié de la conversation.

— Oui, bien sûr, dit Spencer. C'est ce que je pensais.

Il hocha la tête.

— Je vais faire de mon mieux, mais je ne peux rien promettre.

Il se tut pour écouter.

— Oui, d'accord. C'est ce que j'aurais fait, de toute façon.

Arizona en avait les cheveux qui se dressaient sur la tête.

— Tu es rassuré ? demanda-t-elle à Jackson de son côté.

— Presque. Joyeux anniversaire, ma chérie, ajouta-t-il doucement.

Elle sentit la chaleur lui envahir le cou.

— Oui… euh… Merci.

— Je te promets de ne plus oublier, ajouta Jackson.

Elle leva les yeux au ciel.

— J'ai entendu dire que les hommes ne se souvenaient jamais de ces trucs-là.

— C'est faux, se défendit-il d'un ton offensé.

Bon sang… Il n'avait pas besoin de prendre la chose tellement à cœur.

— Pas la peine de t'inquiéter, dit-elle. Spencer s'occupe de moi. Il a acheté un gâteau et tout…

— « Et tout » ? répéta Jackson sans chercher à lui dissimuler son amusement. C'est parfait. Mais moi, je te dois un cadeau. Et ne discute pas. Alani m'aidera à le choisir. On se voit bientôt, d'accord ?

Un cadeau, c'était le comble. Elle fit une tentative désespérée.

— Non, non, dit-elle précipitamment. Ce n'est pas la peine. Je sais que tu es très occupé avec les préparatifs de ton mariage et…

Cette fois encore, il ne tint pas compte de ses protestations.

— On invitera Spencer. Dare dit qu'on peut aller chez lui ce week-end. Qu'en penses-tu ?

Zut ! Il l'avait coincée.

— Ecoute, je ne…

— Super. Alors, disons, samedi à 14 heures. On fera un truc décontracté, un déjeuner sur la terrasse. Et apporte ton maillot de bain. On se baignera dans le lac. Ça te dit ?

Il ne lui laissa pas le temps de répondre et ajouta :

— On est d'accord, alors. Bon, il faut que je retourne à table avant que mon steak ne refroidisse.

Elle aurait voulu refuser sa proposition et ses projets de week-end, mais elle ne voulait pas l'empêcher de manger.

— Très bien, soupira-t-elle.

Ils l'avaient manipulée. Mais tant pis. Elle trouverait, ce

week-end, un moyen de contourner ce qu'on lui imposait — la baignade, surtout, lui donnait d'avance des sueurs froides.

— Désolée de t'avoir dérangé pendant ton repas.

— Tu ne m'as pas dérangé.

Il marqua un temps d'hésitation.

— Prends soin de toi, dit-il d'un ton bourru.

Elle rangea le téléphone dans sa poche, tout en se demandant ce qu'elle allait faire. Elle se sentait si mal à l'aise qu'elle aurait volontiers disparu dans un trou de souris, si elle avait pu.

— Alors, qu'est-ce que je t'avais dit ? déclara posément Spencer.

Il avait le culot de jouer les offensés, et elle ne put se retenir plus longtemps d'exploser.

— Tu as tout raconté à Trace !

Il haussa les épaules comme s'il considérait qu'il n'était pas en faute.

— Mais pas à Jackson. Tu me dois des excuses.

Elle ouvrit la bouche, puis la referma. Il avait raison, elle lui devait des excuses. A contrecœur, elle murmura :

— Désolée…

Il lui prit le menton pour l'obliger à lever son visage vers lui.

— Je ne te mentirai jamais, Arizona.

Elle en doutait fortement.

— Tout le monde ment, répliqua-t-elle. Plus ou moins. Personne n'est honnête à cent pour cent.

— Pas même toi ?

Surtout pas elle. Elle croisa les bras sur son ventre.

— Je n'hésite pas à falsifier la vérité quand c'est nécessaire, répondit-elle.

— Je ne ferai jamais ça avec toi.

Il était sur le point de la convaincre, et elle tenta de résister. Son regard erra dans la pièce. Elle se sentait terriblement humiliée. Elle avait dérangé Jackson en plein repas pour avoir droit à un sermon. Elle fronça les sourcils, furieuse contre elle-même, mais Spencer le prit pour lui et se crut obligé de se justifier une nouvelle fois.

— J'ai été obligé de parler à Trace. Tu es intelligente, Arizona. Tu peux comprendre ça.

— Mais tu savais que Trace le dirait à Jackson, rétorqua-t-elle.

Il croisa les bras, imitant sa posture.

— Tu déformes les faits. Trace m'a promis de ne pas parler à Jackson et il ne l'a pas fait. C'est à Dare qu'il s'est confié. Et Dare n'aurait jamais craché le morceau si tu n'avais pas appelé pour accuser Jackson d'avoir trafiqué ta voiture. Alors je ne suis pas responsable. J'ai tenu ma part du marché, autant que je le pouvais.

Elle secoua la tête, tout en reconnaissant intérieurement qu'il disait vrai. De plus, au fond, elle avait toujours su qu'il s'arrangerait pour alerter les autres.

— Pourquoi avez-vous la manie de protéger ceux qui vous entourent ? On dirait que vous les prenez pour des handicapés.

— C'est l'impression que tu as ?

Il posa ses grandes mains sur ses épaules, sans chercher à l'attirer à lui. Il s'agissait uniquement d'un geste de réconfort.

— Tu t'inquiètes de ce que Trace pense de toi ? insista-t-il.

— Je sais ce qu'il pense. Il pense que je suis irresponsable et qu'il faut me surveiller.

Il lui jeta un regard hésitant.

— Tu connais Priss, la femme de Trace ?

— Oui, je l'ai rencontrée… Pourquoi ?

Priss était une femme drôle et spontanée. Trace était très amoureux d'elle.

— Elle n'a pas eu la vie facile. Pas beaucoup de roses. Surtout des épines.

Les hommes se faisaient apparemment des confidences. Etait-ce Jackson qui avait parlé à Spencer de Priss ? L'avait-il également renseigné sur Molly, la femme de Dare ?

— Où veux-tu en venir ?

— Je suis allé vers Trace car nous aurons besoin de renfort si nous passons à l'action.

— Pourquoi « si » ? Nous *allons* passer à l'action.

Il n'avait pas le droit de changer d'avis maintenant. Elle voulait agir, se rendre utile. De plus, cela ne lui déplaisait pas d'avoir une occasion de côtoyer Spencer, mais elle n'allait certainement pas le lui avouer.

— Trace comprend ce que tu vis, reprit Spencer.

Il la secoua gentiment.

— Priss et toi, vous avez de nombreux points communs. Et, si tu penses qu'il a pitié de sa femme, c'est que tu ne les as pas vus ensemble.

— Je les ai vus.

A l'inverse de Jackson, qui était plutôt facile à vivre, Trace avait un drôle de caractère, froid et exigeant. Mais Priss s'entendait merveilleusement bien avec lui. Tout le monde pouvait voir que Trace éprouvait tout sauf de la pitié pour elle.

— Ils forment un très beau couple, admit-elle.

— Oui, ils forment un beau couple.

Ses deux pouces lui caressèrent les épaules.

— Tu n'abordes pas la situation correctement, dit-il. Tu tiens tellement à défendre ton indépendance que tu en oublies la manière correcte de procéder.

— De quoi parles-tu ?

— Du travail. Des précautions à prendre quand on travaille avec des méthodes d'infiltration. Tu crois que Jackson se jette tout seul dans la bataille ? Ou Trace ? Ou Dare ? Non. Ils fonctionnent toujours en équipe.

S'il savait ça, c'était que l'un d'eux lui avait parlé de leurs méthodes. Jackson, sans doute. Ce qui signifiait qu'il avait su gagner sa confiance.

Elle leva le menton.

— Mais toi, tu travailles seul.

— Je travaille seul, mais je ne m'attaque pas aux mêmes adversaires. Je ne chasse que des petits poissons. Et maintenant, avec les réseaux de trafic humain qui ont pris une ampleur nationale et qui s'étendent parfois au-delà de nos frontières, tu peux être sûre que je ne mettrai pas les pieds là-dedans sans avoir quelqu'un pour me couvrir.

L'explication se tenait. Arizona se mit à faire les cent pas pour réfléchir, et l'absence des mains chaudes de Spencer sur ses épaules lui fit l'effet d'un manque. Il attendit, sans bouger. Elle se sentait sur le point de céder. Elle était même certaine de céder. Mais elle n'avait pas envie de se rendre tout de suite.

— Qu'est-ce que Jackson t'a demandé, à mon sujet ?

— Il m'a demandé de te suivre si tu partais d'ici et de ne pas te quitter de toute la nuit.

Comme elle ouvrait des yeux ronds, il ajouta :

— Je lui ai dit que c'était d'accord.

En s'approchant de la fenêtre, elle remarqua qu'il commençait à pleuvoir. Il était peut-être temps qu'elle aille chercher son sac à dos dans sa voiture, avant le déluge. Si elle décidait de rester, bien entendu…

— Dors ici, insista-t-il d'une voix impérieuse.

— Tu as promis de ne pas me mentir, dit-elle.

— Oui, je te l'ai promis.

— Bon, d'accord.

Elle se retourna pour lui faire face et rassembla son courage pour poser la question qui lui brûlait les lèvres.

— Pourquoi est-ce que tu fais tout ça ? Aurais-tu par hasard l'intention de coucher avec moi ? C'est vrai, c'est tout de même bizarre… Pourquoi te montrer si attentionné, si protecteur, si compréhensif ? Et tout le reste, quoi…

— Tout le reste ?

Il eut un petit sourire en coin.

— D'accord, je vais te dire la vérité. Je voudrais que tu voies d'un autre œil les relations entre un homme et une femme. Je voudrais que tu évolues.

Qu'entendait-il par là ? Il aurait voulu qu'elle ait un petit copain ? Sérieusement ?

L'idée lui parut si saugrenue qu'elle éclata de rire.

— Que j'évolue… ? Tu veux dire que je me marie un jour ? Ça n'arrivera pas !

— Pas besoin d'aller jusque-là.

Il la dévisagea intensément, en s'arrêtant sur sa bouche, puis chercha de nouveau son regard.

— Ça pourrait être tout simplement un rendez-vous, reprit-il.

— Un rendez-vous ? Parce que, d'après toi, ça pourrait être agréable ?

Il eut un soupir résigné.

— Oui, c'est agréable. La plupart du temps. En tout cas, le but est d'y prendre plaisir.

— Tu as déjà eu ce genre de rendez-vous avec Marla ?

— Avec Marla ? Euh… non.

— Avec elle, ça n'est que pour le sexe, c'est ça ?

— Arizona, tout de même…

— Et le sexe, ça peut être agréable aussi ?

Il la fixa droit dans les yeux.

— Oui.

— Tu veux bien m'en dire un peu plus ?

Il serra les dents, et les muscles de son visage se crispèrent.

— Qu'est-ce que tu veux savoir ?

Elle voulait tout savoir… parce qu'elle ignorait tout. Elle se demanda par où elle pourrait commencer.

— Est-ce que c'est aussi bien avec Marla que ça l'était avec ta femme ?

Il eut un regard attristé.

— Les femmes ne sont pas interchangeables, si c'est ce que tu me demandes. Quand on a vraiment des sentiments pour une femme, c'est différent. Du moins quand on est un type bien.

Cette réponse lui déplut.

— Tu tiens à Marla, donc.

— Pas comme je tenais à ma femme. Mais en un sens, oui, je tiens à elle.

Il mit ses mains sur ses hanches et renversa la tête en arrière avec un petit rire.

— Seigneur, quelle drôle de conversation !

Elle s'en moquait. Il avait accepté de lui expliquer certaines choses, et elle tenait à entendre ce qu'il avait à dire. Elle attendit donc la suite. Il soupira, puis chercha son regard.

— Avec Marla, j'ai été franc. Je ne l'ai pas menée en bateau. Ce n'est pas mon genre, de faire marcher les femmes.

Tout de même, avec son pari, il n'était peut-être pas tout à fait franc. Il prétendait vouloir l'aider à maîtriser son langage mais, si elle dérapait, il gagnerait un baiser. N'était-ce pas ce qu'il voulait, au fond ?

— Tu veux dire qu'avec Marla ce n'était que du sexe ?

— Entre un homme et une femme, il peut y avoir du sexe sans amour, oui.

— Je suis bien placée pour le savoir, murmura-t-elle.

Il ne releva pas le commentaire.

— Parfois, le plaisir suffit, poursuivit-il.

— Si tu le dis.

Elle avait des doutes au sujet du plaisir. On en parlait beaucoup, mais elle, elle n'en avait jamais ressenti.

— Tu as eu combien de maîtresses ?

Il laissa échapper un grognement.

— Quelques-unes. Mais je suis un homme adulte, Arizona.

Elle fut aussitôt sur la défensive.

— Ah oui, j'ai déjà entendu ça ! dit-elle sur un ton moqueur. Tu es un homme adulte et tu as des besoins.

— Tout le monde a des besoins. Même toi.

Comme elle secouait la tête pour nier, il l'arrêta net.

— Tu en as. Et ça nous ramène au point de départ de notre discussion. Tu n'as connu que des abus et donc tu ne sais rien de ce qui se passe entre un homme et une femme qui se glissent ensemble entre des draps.

— Pas forcément entre des draps…

Il la fixa intensément.

— Pas forcément.

Il fit un pas vers elle, puis s'arrêta.

— On peut faire l'amour de bien des manières, dans des tas d'endroits différents.

— Et dans différentes positions ?

— Des positions que tu apprécierais sûrement.

Il avança la main vers elle, comme s'il voulait la toucher, puis la retira et se frotta le dos.

— Mais, pour cela, il ne faut pas aller directement à l'acte lui-même. Et certaines conditions sont nécessaires.

— Ah bon ?

— Oui. Il faut prendre son temps. Il faut aussi une attraction mutuelle au départ.

— Malheureusement, tu ne peux pas me le prouver.

Il chercha son regard.

— Je le sais. C'est bien le problème.

Il avait prononcé ces mots d'un ton si solennel qu'elle ne put s'empêcher de lever les yeux au ciel.

— Une attirance mutuelle ? répéta-t-elle. Prendre son temps ? Vas-y, je t'écoute.

Il hocha lentement la tête.

— Oui. On flirte, on échange des baisers, on se caresse un peu. Ce sont des préliminaires que l'on peut faire durer autant qu'on veut. Une heure, une journée. Des préliminaires que les deux recherchent et apprécient.

Dit comme ça, évidemment… c'était presque tentant.

— Je sais bien que c'est censé se passer comme ça, dit-elle.

Elle n'était tout de même pas totalement inadaptée socialement. Elle avait déjà vu des films d'amour, elle avait vu des gens, dans la vraie vie, marcher la main dans la main, parler ensemble. Etre proches.

Amoureux.

Mais le lien entre le sexe et l'amour, elle n'arrivait pas à le concevoir. Quant au sexe sans amour, elle ne voyait pas quel intérêt il pouvait présenter.

Comme s'il avait lu dans ses pensées, il ajouta doucement :

— Ça peut être très agréable quand les deux en ont vraiment envie.

— Et tu penses qu'il faudrait que j'en fasse l'expérience, hein ?

— Tu es une femme pleine de vie et d'énergie. Ça me déplaît de penser que la cruauté dont tu as souffert étouffe en toi des élans naturels.

Pour des raisons qu'elle ne parvint pas à analyser, ces paroles l'exaspérèrent.

— Laisse-moi te dire ce que je pense. Tu veux m'aider, tu veux me mettre dans le crâne qu'il faut que je baise et, ensuite, tu veux que j'aille chercher un mec pour concrétiser la chose… Tu sais quoi, Spencer ? De mon point de vue, c'est une attitude d'entremetteur, voire de proxénète. Le truc qui m'intrigue, c'est que je ne vois pas ce que tu as à gagner dans l'affaire.

6

Evidemment, si c'était ainsi qu'elle interprétait ses paroles, elle ne pouvait guère les apprécier ! Dieu savait pourtant à quel point son intention n'était pas de la pousser dans les bras d'un homme… Au contraire, à l'idée qu'un autre puisse poser les mains sur elle, il voyait rouge. Mais elle ne lui était pas destinée. Il y avait d'abord leur différence d'âge, qui n'était même pas le problème le plus grave. Arizona méritait un homme capable de s'impliquer à long terme, un homme heureux et optimiste.

Or, il était tout le contraire.

Il n'avait pas la moindre intention de s'engager pour la vie. La mort de sa femme l'avait rendu cynique et désabusé.

— Mon intention n'est pas de te forcer à coucher avec n'importe qui, se défendit-il.

Ce qu'il voulait, c'était qu'elle ne soit pas… abîmée au passage. Mais il ne pouvait tout de même pas lui dire une chose pareille.

— J'aimerais vraiment que tu abandonnes ta forteresse et que tu communiques avec les gens pour qui tu comptes.

Il tenta un sourire qu'elle ne lui rendit pas.

— Parce que, tu sais, tu peux être une femme très attachante…

Elle posa une main sur son torse pour le repousser et s'éloigna de lui et de la fenêtre.

— Peu importe. En tout cas, si je reste chez toi ce soir, j'exige que Trace vienne réparer ma voiture.

Ce subit retournement le prit par surprise.

— Tu vas rester ici ?

Avec moi ?

Elle eut un vague geste de la main.

— Pour le moment.

— Je vais demander à Trace de venir réparer ta voiture.

Elle lui jeta un regard en coin, hésita, puis se détourna.

— Je ferais mieux d'aller chercher mes affaires, dit-elle.

— Quelles affaires ?

— Mes affaires pour la nuit et mon ordinateur portable. Je ne suis pas aussi sotte que vous le pensez, toi et ce trio de machos.

Quand elle ouvrit la porte d'entrée, une lourde rafale de vent la frappa, chargée de pluie.

— Tu as vu ces nuages pourpres, c'est quelque chose ! s'exclama-t-elle.

Il referma la porte. Il comprenait qu'elle ait son ordinateur dans la voiture, mais pourquoi un sac avec des affaires pour la nuit ?

— Tu as tes affaires pour la nuit dans la voiture ?

— Oui, parce que, vois-tu, je n'avais pas l'intention de rentrer dormir dans mon motel habituel.

Il en fut surpris, mais se réjouit de sa prudence. Elle avait donc songé à se protéger ? Cela le rassurait un peu. Elle tenait manifestement à respecter quelques règles de prudence élémentaire.

— Je vais chercher tes affaires, déclara-t-il en lui prenant le bras.

Il ne voulait pas qu'elle sorte sous cette pluie.

— Pourquoi ? Je ne suis pas en sucre. Je ne vais pas fondre.

Le devant de son T-shirt était déjà trempé et son visage aussi. Elle était incroyablement attirante, ainsi, et il ne voulait pas la voir revenir dans des vêtements qui colleraient à son corps trop bien fait.

De plus, cette pluie l'inquiétait pour d'autres raisons, beaucoup plus sérieuses. Le ciel s'était encore assombri, et on sentait que ça n'allait pas tarder à exploser. Il allait tomber un véritable déluge, comme la nuit où elle avait été jetée dans un torrent, pieds et poings liés — cette nuit où elle aurait dû mourir, oubliée de tous.

Submergé par l'émotion, il écarta de sa joue une vrille humide de cheveux.

— Je crois qu'il va y avoir une tempête, dit-il. Ça va aller, pour toi ?

Les mots étaient à peine sortis de sa bouche qu'un éclair zébra le ciel sombre. Quelques secondes plus tard, le tonnerre gronda en faisant vibrer les fenêtres.

Arizona sourit. Elle avait compris.

— Tu penses que j'ai peur de l'orage, n'est-ce pas ?

— Etant donné ce que tu as vécu, je comprendrais que tu aies peur, oui.

— Je vois…

Cette fois, quand elle posa sa main sur son torse, ce ne fut pas pour le repousser, mais seulement pour établir un contact.

— Tu penses que ça me secouerait, c'est ça ?

Heureux et reconnaissant qu'elle baisse sa garde, pour une fois, il couvrit sa main de la sienne. Elle avait des os petits et délicats.

— Et ça te secouerait ?

Elle s'esclaffa.

— Tu sais à quoi je pense, chaque fois qu'il y a un orage ? Je pense qu'avant cette fameuse nuit où Jackson m'a sauvée la vie n'était pour moi qu'une série de souffrances. Mais ensuite tout a changé.

Elle lui caressa distraitement le torse, puis retira sa main.

— Donc, j'aime les orages.

Jackson lui avait offert un nouveau départ dans la vie, mais de toute évidence elle n'était pas heureuse pour autant. Elle avait saisi sa chance, mais sans conviction, sans trop savoir pourquoi. Il se promit de l'aider à inverser la tendance.

Il l'éloigna de la porte, avec encore plus de détermination.

— Désolée, ma chère, mais vous avez devant vous un

véritable gentleman. Je vais donc affronter la pluie et vous rapporter vos affaires. Inutile de discuter.

Elle hésita, comme si elle allait protester. A la seconde où elle céda intérieurement, il le lut sur son visage.

— Très bien, dit-elle. Si ça t'amuse de te mouiller. Comme tu veux.

Elle lui tendit ses clés.

— Tout est dans le coffre. Tu trouveras un sac de sport bleu et une mallette en toile contenant mon ordinateur. Mais ne t'avise surtout pas de toucher au reste.

Elle se détourna et s'éloigna dans le couloir.

Elle avait excité sa curiosité. Il avait maintenant hâte de voir ce qu'elle cachait dans son coffre. A peine eut-il quitté le porche qu'il se retrouva trempé. Loin d'alléger l'air, la pluie épaississait l'humidité chaude de septembre. Une vapeur trouble s'élevait de l'asphalte, agitée par le vent. Spencer balaya le secteur du regard, puis, ne remarquant rien d'anormal et personne en vue, il déverrouilla le coffre.

Ce qu'il découvrit lui coupa le souffle et lui fit oublier l'orage et la pluie cinglante. Il y avait là tout un attirail de survie — eau, couverture, trousse de premiers soins — et aussi un fusil sniper, des jumelles de vision nocturne, une machette, un gilet pare-balles, une pelle. Le coffre était bourré à craquer.

Seigneur… Avait-elle prévu un raid ou bien considérait-elle qu'il s'agissait là du strict nécessaire pour la vie de tous les jours ?

Il s'empressa d'attraper le sac qu'elle lui avait indiqué et la mallette contenant l'ordinateur, puis il referma précipitamment le coffre. Jackson, Trace ou Dare savaient-ils qu'elle transportait cet arsenal ?

Si oui, ils auraient tout de même pu le prévenir.

Il serra le sac et la mallette contre lui pour les protéger de la pluie et remonta l'allée en courant. Avec le vent, les gouttes frappaient son dos à l'horizontale comme une pluie d'aiguilles.

En rentrant dans la maison, il se débarrassa de ses bottes et de sa chemise détrempée.

Arizona apparut, le sourire aux lèvres. Puis ses yeux s'arrêtèrent fixement sur son torse, et elle cessa de sourire.

Oh ! oh… Il connaissait ce regard et il savait ce qu'il signifiait.

Elle n'en était peut-être pas pleinement consciente, mais elle était troublée par sa présence. Et lui-même, de son côté, se sentait chauffé à blanc…

Il lâcha ses bottes sur le tapis. Quand il se redressa, des gouttes de pluie coulèrent sur sa tempe, le long de son épaule et sur les poils qui couvraient son torse.

Elle le fixait toujours avec intensité, d'un air avide, comme si elle le touchait, et il se dandina d'un pied sur l'autre, un peu gêné.

Il en oublia totalement le contenu du coffre.

— Tu te rends compte que tu me troubles, à me regarder comme ça ? dit-il.

Les longs cils d'Arizona se soulevèrent quand elle leva les yeux vers son visage, et elle eut un sourire narquois.

— Je suis désolée…

Une couleur rosée teintait ses joues, mais elle lui tendit une serviette d'un air dégagé.

— Tu as peut-être envie de te sécher, dit-elle.

— Merci…

Elle posa de nouveau un regard insistant sur son torse.

— Arizona ?

— Tu es si grand… Et tu as un corps vraiment incroyable.

Si elle continuait à le contempler ainsi, il n'allait plus rester maître de certaines réactions de son corps. Il la prit par le menton pour l'obliger à lever les yeux.

— Toi aussi, tu as un très beau corps, déclara-t-il.

— Mais je ne me balade pas torse nu et trempée, dit-elle en reniflant.

Grâce à Dieu ! songea Spencer.

— Tu pourrais essayer, suggéra-t-il cependant, avec un petit sourire.

— Ah oui ?

Elle ramassa son sac et se détourna.

— J'espère que ça ne te dérange pas que j'aille me doucher au plus vite, poursuivit-elle, avant qu'il n'y ait plus d'électricité.

Arizona. Dans ma douche. Nue et enduite de savon…

— Dépêche-toi ! lança-t-il en direction de son dos, qui s'éloignait déjà. Avec tous ces éclairs, c'est dangereux de…

Il n'eut pas le temps de finir sa phrase : la porte de sa salle de bains se refermait déjà.

N'ayant plus aucune raison de se montrer pudique, il se dépouilla de son jean, dans le couloir, et alla mettre ses vêtements dans la buanderie, où il ôta également son slip et ses chaussettes. Puis il s'enveloppa dans une serviette et se rendit dans la salle de bains attenante à sa chambre, avec l'intention de prendre une douche froide pour calmer sa libido. C'était nécessaire pour parler posément avec Arizona de leurs projets du lendemain. Avec un peu de chance, elle aurait suffisamment confiance en lui pour lui expliquer la présence de cet attirail de guerre dans son coffre, et aussi celle de la pelle, qui le tracassait encore plus que tout le reste.

Après une douche interminable qui ne vint même pas à bout de sa tension, Arizona se brossa les dents, sécha ses cheveux et enfila un grand T-shirt gris sur un short. Elle avait pour habitude de dormir en T-shirt et culotte mais, vu qu'elle allait passer la soirée avec Spencer, elle jugea utile de se couvrir un peu plus.

Elle rangea ensuite la salle de bains et rassembla ses vêtements dans son sac, pour ne laisser aucune trace de son passage. Spencer n'était pas maniaque, mais chez lui tout était propre et bien rangé. Elle aimait bien cette maison. La salle de bains était particulièrement agréable, avec son carrelage vintage noir et blanc. Les serviettes étaient assorties à la douche, qui était assortie aux fenêtres — elles-mêmes assorties aux bibelots et aux décorations qui ornaient les murs.

Sa femme avait dû être une excellente maîtresse de maison.

Du genre qui enfile un tablier et qui surveille les cookies qu'elle a enfournés avec un doux sourire aux lèvres.

Pas étonnant que Spencer l'ait beaucoup aimée, et qu'au bout de trois ans elle lui manque encore…

Vu qu'elle s'était suffisamment attardée dans la salle de bains, elle se décida à affronter l'inévitable et sortit.

Pieds nus, elle partit en quête de Spencer, qu'elle trouva affalé sur le canapé du salon en train de regarder la télévision, une bouteille de bière à la main. En l'entendant approcher, il tourna la tête vers elle et se figea, comme un homme qui apprécie ce qu'il voit en contemplant une femme.

Elle remarqua que son regard s'attardait sur ses jambes, à peine, mais suffisamment pour qu'elle ait l'impression que son cœur allait cesser de battre.

Elle aurait dû se sentir mal à l'aise. Avant Spencer, elle avait toujours détesté le regard lubrique des hommes.

Cette fois… elle n'aurait pas su dire ce qu'elle ressentait, mais en tout cas aucun malaise. Spencer n'était pas comme les autres. Il ne ressemblait en rien aux brutes vicieuses qui l'avaient enlevée, ni à ceux qui avaient payé pour ses services. Mais il la regardait tout de même comme une femme.

— Me revoilà, dit-elle…

Elle passa devant lui, contourna la table basse et alla poser son sac près de la porte d'entrée, là où il avait laissé la mallette de son ordinateur portable. Il la suivit des yeux quand elle revint s'asseoir. Elle se laissa tomber sans un mot à l'autre bout du canapé.

Il contempla l'endroit où elle avait abandonné son sac, puis lui jeta un regard interrogateur.

Elle posa ses pieds sur la table, se retenant de sourire, et désigna du menton l'écran de la télévision.

— Qu'est-ce qu'on regarde ? demanda-t-elle.

Le silence s'installa entre eux. Elle haussa un sourcil.

— Tu as avalé ta langue ?

Il secoua la tête et regarda de nouveau ostensiblement le sac, mais ne demanda pas pourquoi elle avait éprouvé le besoin de le déposer à l'entrée.

— Désolé, dit-il en se tournant vers elle, les sourcils légèrement froncés. Tu veux une bière ?

Elle plissa le nez.

— Non. Mon père passait son temps à descendre des bières.

— Ça te dérange que j'en boive ?

Il se pencha en avant, comme pour reposer sa bouteille. Elle l'arrêta d'un geste.

— Pas du tout. J'aime bien l'odeur. C'est le goût qui me déplaît.

Il prit le temps de jauger sa réponse, comme s'il la soupçonnait de mentir par politesse, puis acquiesça.

— Je te sers autre chose ?

— Non, merci. Je me suis déjà brossé les dents.

Elle caressa le doux tissu du canapé.

— Je vais dormir là ? demanda-t-elle.

De nouveau, il y eut un temps de silence. Puis il répondit, d'une voix rauque :

— Eh bien oui, tu dors là, chez moi.

— Je parlais du canapé. Est-ce que je dors sur ce canapé ?

— J'ai une chambre d'amis. J'aurais pu y déposer ton ordinateur tout de suite, mais la mallette était encore humide. Si tu veux, je transporte tes affaires dans la chambre.

L'idée d'utiliser la chambre d'amis ne l'emballait pas vraiment. Elle ne se considérait pas comme une invitée. Après tout, il ne l'accueillait que par nécessité. Et s'enfermer dans une pièce… Elle lutta contre un frisson.

Avant qu'elle ait eu le temps de lui expliquer sa réticence, il consulta sa montre.

— Tu veux te coucher tout de suite ?

— Non.

Elle attrapa un plaid posé sur le dossier du canapé et pivota pour s'adosser à l'accoudoir, en allongeant les jambes vers lui. Elle posa ses pieds à quelques centimètres à peine de ses hanches.

— Ça te gêne, si je me mets un peu à l'aise ?

— Pas du tout.

Il lui tendit un coussin rembourré.

— Fais comme chez toi.

Après une longue hésitation, il lui prit le plaid des mains et s'en servit pour couvrir ses pieds nus.

— Et installe-toi confortablement, ajouta-t-il.

— Merci.

Elle cala l'oreiller contre sa taille.

— Ils passent quoi, à la télé ?

— De vieilles émissions de combat libre. Tu veux que je mette autre chose ?

— Non, ça me va. J'aime bien les combats.

— Pourquoi ne suis-je pas étonné ? dit-il avec un petit rire.

— Parce que tu me connais, répondit-elle posément.

Elle suivit les combats pendant un instant, puis se tourna vers lui.

— Tu as un lutteur favori ?

— J'en ai plusieurs.

Il posa une grande main sur son petit pied, comme par inadvertance.

— On dirait que tu as envie de parler, fit-il.

Le cœur battant — juste parce qu'il lui touchait le pied —, elle haussa les épaules.

— Mais oui, pourquoi pas ?

Il coupa le son de la télévision.

— Dans ce cas, je propose de parler de nos projets pour demain, dit-il.

Quel rabat-joie ! Elle ne put réprimer un gémissement.

— Je suppose que je n'ai pas le choix ?

Il hésita.

— Tu sais bien qu'il faut qu'on mette les choses au point…

Oui, elle le savait. Pour se mettre à l'aise, elle se tourna sur le dos, les genoux repliés sous le plaid, la tête sur le coussin, et le fixa depuis l'autre bout du canapé.

— Nous arriverons séparément, toi dans ta camionnette et moi en bus, dit-elle. Nous repartirons ensemble, dans ton véhicule. Et il faudra te garer loin de l'entrée, pour que personne ne remarque que nous sommes ensemble.

— Bien sûr, dit-il d'un ton impassible.

— J'entre la première et je prends un tabouret au bar. Cinq ou dix minutes après, tu entres à ton tour et tu prends une table.

— Et pourquoi pas un tabouret au bar ?

— Parce que j'y serai déjà.

Elle haussa une épaule.

— C'est là que j'attirerai le plus facilement l'attention sur moi. Et toi, tu observeras mieux les choses en choisissant une table discrète un peu à l'écart.

Il ne parut pas ravi de la suggestion, mais acquiesça tout de même.

— Je n'attendrai pas dix minutes pour entrer, protesta-t-il tout de même.

Il paraissait déjà mécontent. Leur collaboration commençait mal.

— Eh bien, entre plus tôt, si tu veux... Mais sois discret.

Lorsqu'il caressa du pouce la cambrure de son pied, elle frôla la crise cardiaque.

— Je n'en suis pas à mon premier rodéo, chérie.

Elle n'était pas sa « chérie », mais...

— Qu'est-ce que tu fais ? demanda-t-elle sèchement.

— Comment ça, qu'est-ce que je fais ?

Elle désigna son pied du menton.

Il baissa les yeux vers sa main, comme s'il la découvrait, puis lui caressa de nouveau le pied.

— Tu parles de ça ?

Il prit les deux pieds et les posa sur sa cuisse.

— Tu es très tendue, fit-il.

Elle l'était, mais elle avait cru être capable de le lui dissimuler.

— Oui, bon...

— Tu n'aimes pas ça ?

Il pressa la cambrure de son pied, puis la massa, d'une main ferme.

Elle cessa de résister. Après tout, pourquoi pas ? C'était agréable…

— Mmm… oui. J'aime ça, en fait.

Il se figea et posa sur elle un regard brûlant.

— C'est la première fois qu'on te masse les pieds ?

— Tu plaisantes, j'espère ?

— Dans ce cas, détends-toi et profite.

C'était un peu trop intime mais tellement bon qu'elle ne put se résoudre à refuser. Elle n'avait pas envie que ça s'arrête.

— Fais-toi plaisir, murmura-t-il.

Elle poussa un soupir de contentement et fit l'effort de reprendre la conversation, histoire que la soirée ne dérape pas complètement.

— D'accord, dit-elle. Bien évidemment, tu m'ignoreras complètement en entrant.

— Si je t'ignorais, ils se douteraient de quelque chose, fit-il avec un petit rire.

Il déposa sa bière, se tourna à demi vers elle, fixant toujours son visage, et continua à masser, encore plus intensément. C'était tellement délicieux qu'elle en eut le souffle coupé.

— N'importe quel homme normalement constitué te remarquerait, Arizona, dit-il doucement. Je prendrai donc le temps de t'accorder l'attention que tu mérites. Tu crois que ça ira, pour toi ?

Les yeux mi-clos, elle s'enfonça un peu plus sur le canapé.

— Oui, ça ira.

Il eut un petit sourire.

— Je te préviens que je feindrai aussi de m'intéresser à d'autres clientes.

Cette remarque la tira de sa transe.

— Pourquoi ?

— Parce que, si cet endroit est bien ce que nous pensons, il y aura de la marchandise. Il faudra bien que je m'y intéresse pour collecter les indices. Sinon, nous perdrons notre temps.

Il avait entièrement raison. Elle décida de ne pas se torturer avec ça maintenant. Et le lendemain elle assumerait.

— Très bien, dit-elle. Peu importe.

Elle remua les orteils quand il reprit son massage.

— Dès que tu seras là pour me couvrir, dit-elle, je commencerai à poser quelques questions, je flirterai un peu, je prendrai mon air naïf. Tu vois ce que je veux dire... Je m'arrangerai pour passer pour une proie facile.

— Tu as déjà fait ça ?

Elle ferma les yeux et soupira.

— Oui. Et pas qu'une fois. Ça marche très bien pour démasquer les salauds sans scrupule.

Les mains de Spencer remontèrent jusqu'à ses chevilles, qu'elles pétrirent délicatement, puis revinrent du côté de ses pieds. C'était une sensation absolument délicieuse.

— Et quand les salauds seront démasqués ?

— Toi et moi, on leur bottera le... les fesses.

Elle avait ravalé un mot interdit, juste à temps. Surveiller son langage s'avérait plus difficile qu'elle ne l'aurait cru.

— C'était moins une, fit Spencer en serrant un peu plus ses pieds. Et, à part ça, je ne suis pas d'accord avec cette partie de ton plan.

— Ah bon ? Et tu proposes quoi, à la place ? De les baratiner pour les convaincre de s'allonger face contre terre ?

— Je propose que tu restes tranquille et que tu me laisses faire.

Elle le regarda fixement.

— Pauvre Spencer... Tu croyais m'amadouer avec un massage ?

Etait-ce pour cela qu'il l'avait massée ? Elle était à deux doigts de le croire.

— C'est loupé, ajouta-t-elle.

Il posa une main sur le dossier du canapé, une autre près de son genou, et se pencha sur elle.

Cette fois, elle se sentit vaguement en danger. Elle était sur le dos, à sa merci. A peine habillée. Un homme de sa taille et de sa force avait de quoi faire peur, même sans manifester d'intentions belliqueuses.

— Euh…, balbutia-t-elle.

Tout en se demandant si elle devait lui envoyer son genou dans les côtes.

— Voilà comment ça va se passer, chérie, dit-il d'un ton calme et égal. Tu poseras les bonnes questions, tu joueras les naïves et, si quelqu'un mord à l'hameçon, on se retire.

— « On » ?

Elle contempla les puissants muscles de son cou.

Concentre-toi, Arizona.

— Tu ne me mets donc pas hors du coup ?

Il secoua la tête.

— Non. Pas pour l'instant. Mais je veux qu'on la joue tranquille, le temps de sonder les profondeurs de l'affaire.

Après tout, c'était une bonne idée. Il y avait toujours plus de gens impliqués dans un réseau que ceux que l'on détectait facilement. Elle déglutit et posa une main à plat sur ses pectoraux, à gauche. C'était dur et solide.

— Et après ?

— Une fois que nous saurons à quoi nous avons affaire, nous passerons à l'action. Mais avec un plan bien pensé. Et en assurant nos arrières.

Il contempla sa bouche et baissa la voix.

— Pas avant.

Puis il se redressa.

Elle se rendit compte, alors, qu'elle avait jusque-là retenu sa respiration.

— Je veux ta parole, insista Spencer. Ou on arrête tout.

Il était là, assis, à la dévisager, attendant sa réponse, et elle eut soudain envie de rire.

— Tu sais quoi, Spence ? Après ce délicieux massage des pieds, ce serait mesquin de ma part de refuser.

Elle se tourna de nouveau sur le côté, remonta ses genoux de manière à éloigner ses pieds de lui et cala une main sous sa joue.

— Mais, si quelqu'un ose poser la main sur moi, je te préviens que j'explose.

— Personne ne posera la main sur toi.

Il avait l'air de dire qu'il y veillerait. Elle aurait dû être agacée qu'il joue les protecteurs, mais ce ne fut pas le cas.

— Assez discuté, dit-elle. J'ai le cerveau fatigué. Regardons les combats.

A travers la couverture, il l'effleura du pied au genou, puis du genou au pied — une caresse légère et affectueuse, amicale, familière… et pourtant… excitante.

Et quand il laissa sa main sur son pied, comme par inadvertance, cela ne la dérangea pas le moins du monde. Elle profita quelques secondes de ses doigts tièdes sur sa peau, avant de se dégager.

Spencer remit le son, comme s'il n'avait pas remarqué qu'elle s'était soustraite à son contact, puis ils demeurèrent silencieux et s'intéressèrent aux combats.

Arizona se sentit soudain incroyablement bien, en sécurité. Pour la première fois de sa vie, sans doute, elle oublia qu'il fallait se méfier de tout et de tous. Elle était vraiment en confiance, détendue. Et elle dut reconnaître que c'était une sensation absolument merveilleuse.

Depuis que Spencer avait évoqué avec elle sa défunte femme, Arizona ne cessait de penser à tout ce qu'elle n'avait pas connu et qu'elle ne connaîtrait jamais : une famille, une maison… des enfants à elle.

Bercée par le bruit de fond de la télévision, rassurée par la paisible présence de Spencer auprès d'elle, elle glissa lentement dans le sommeil.

Et ses rêves l'emportèrent vers ce passé qui la hantait encore.

Elle n'arrivait pas à détacher son regard des deux hommes. Ils étaient en pleine transaction. Un des deux tendait du fric à l'autre, tout en frottant l'une contre l'autre ses grosses lèvres humides de salive.

L'air épais et collant du soir lui donnait la nausée. Le chant nocturne des grillons, les bruits lointains du trafic, l'aboiement éphémère d'un chien semblaient se refermer autour d'elle.

Et cette cour abjecte lui donnait le vertige.

Elle balaya les alentours du regard, mais ne repéra aucune issue. Il n'y avait jamais d'issue. Une haute clôture surmontée de barbelés entourait le terrain. Un gardien, posté non loin d'elle, repéra son agitation et la fixa avec un petit sourire ironique.

Ne regarde pas. Ne regarde pas.

Mais son regard chercha instinctivement la petite cabane où elle serait bientôt enfermée avec l'homme aux grosses lèvres, qui payait en ce moment même pour ça.

Sa vision devint sombre et floue. Sa gorge la brûlait. Elle était malade de dégoût. Si elle se mettait à courir, le garde la tuerait.

Mais après tout… Peut-être valait-il mieux mourir que de continuer à endurer ça.

La drogue qu'ils lui faisaient avaler pour la rendre docile aurait déjà dû l'engourdir, l'anesthésier, mais ses sens étaient en éveil, et elle percevait tout avec une acuité atroce : les regards concupiscents, les pensées malsaines, les intentions perverses, chaque douleur et chaque humiliation.

La transaction conclue, l'homme aux lèvres molles se dirigea vers elle.

Son cœur se mit à battre trop fort et trop vite.

La panique la submergea.

Une haine phénoménale se déversa en elle.

Il était déjà plus de minuit. Envahi par une impatience à la limite du supportable, Spencer envisagea de se verser à boire quelque chose de fort. Il avait déjà descendu deux bières, mais ça n'avait pas suffi à calmer son désir — le tourment était physique autant qu'émotionnel.

Arizona dormait profondément. Il pouvait se soûler, elle ne s'en apercevrait même pas.

Mais cela diminuerait ses réflexes, et il devait conserver sa lucidité pour la protéger. Il décida donc d'en rester là avec l'alcool.

Il renversa la tête sur le dossier du canapé et ferma les yeux. Il aurait dû se mettre au lit, mais il n'en avait pas la moindre envie. C'était absurde, mais il préférait rester là, à s'imprégner du calme qui régnait dans la pièce.

Il avait toujours connu une Arizona en colère, sur la défensive, pleine d'ironie provocatrice. Il la voyait sereine pour la première fois de sa vie.

Elle remua, et ses petits pieds poussèrent sa cuisse. Il referma la main autour de l'une de ses chevilles, remarquant une fois de plus combien ses os étaient fins et délicats. Sa peau nue devait être soyeuse, il en sentait la tiédeur à travers le plaid.

Elle émit un petit bruit.

Il se tourna vers elle et la dévisagea. Elle avait les yeux fermés. Sans son regard trop bleu qui le mettait à nu, il aurait dû se sentir plus à l'aise. Mais c'était tout le contraire : il avait dans la poitrine une bombe sur le point d'exploser.

C'était décidément un péché d'être aussi sexy… Dans la pénombre, ses cheveux brillants coulaient autour de son visage et sur ses épaules comme de la soie liquide. Et son visage… Ces cils épais, ces pommettes hautes, ce nez mutin, cette bouche pleine…

Mais franchement, même si elle avait eu une tête de sorcière, son corps aurait suffi à faire délirer les hommes.

Quant à lui, il l'avait toujours convoitée, il s'en rendait compte à présent.

Auprès d'elle, il était saisi d'un désir violent et irrésistible, malheureusement gâché par un sentiment de culpabilité.

Elle remua de nouveau, ce qui mit une fois de plus son pauvre cœur à rude épreuve. Il en eut honte. Il était là, comme un pervers, à avoir presque une érection en regardant dormir une femme qui se serait probablement effrayée de la direction que prenaient ses pensées.

Pour elle, tous les hommes étaient des pervers.

Arizona n'avait connu que des ordures qui avaient pris leur plaisir avec elle sans son consentement, la rudoyant, la traitant sans le moindre respect, dans le seul but de satisfaire leurs appétits.

Il se promit de ne jamais la blesser et de tout faire pour modifier l'image qu'elle s'était forgée des hommes.

Comme il la regardait, il remarqua qu'elle fronçait les sourcils et que son visage se crispait. Elle tressaillit et serra les poings.

— Hé…, murmura-t-il.

Il caressa son pied, et sa main remonta jusqu'à son genou.

— Arizona ?

Elle remua de nouveau, cette fois brusquement, comme prise de panique, tandis qu'un petit cri de détresse, à peine audible, lui échappait.

Manifestement, elle faisait un cauchemar.

— Arizona ?

Il referma sa main sur son genou et la secoua délicatement.

— Réveille-toi, Arizona…

Elle poussa de nouveau un cri étouffé, balançant ses jambes et ses poings en avant. Il esquiva les coups, le cœur battant, en tentant de la maîtriser.

— Arizona !

Il parvint à lui saisir les bras et les plaqua contre le canapé pour l'immobiliser.

— C'est moi, Spencer.

Elle cessa de s'agiter et le fixa en silence avec de grands yeux apeurés.

— Tout va bien, ma chérie.

Il desserra son étreinte.

— Tout va bien, répéta-t-il.

Elle le dévisagea durant quelques secondes, puis se débattit et se leva du canapé, bien droite, les épaules vers l'avant, les pieds joints, le souffle court. Des larmes perlaient à ses cils.

Il la fixa en silence, ne sachant que dire ni que faire.

Puis il vit passer sur son visage une expression paniquée, tandis que son regard balayait le canapé.

— Arizona…, murmura-t-il sur un ton de reproche.

Croyait-elle vraiment qu'il aurait pu profiter de ce qu'elle dormait pour la tripoter ? Sans doute que oui… Avec ce qu'elle avait vécu, ce genre de soupçon n'avait rien de surprenant.

Elle vérifia avec des mains fébriles le nœud de son short et l'encolure de son T-shirt.

Constatant que tout était en place, elle enroula ses bras autour d'elle et ferma les yeux en poussant un soupir désolé.

— Tu t'es endormie sur le canapé, dit-il d'une voix aussi douce que possible.

— Tu n'es pas parti te coucher, fit-elle.

Parce que j'étais trop bien près de toi.

Pas question d'avouer ça, cela dit…

— J'ai fini ma bière et j'ai regardé les nouvelles, c'est tout, expliqua-t-il avec un rire qui sonnait un peu faux.

— Bien sûr, murmura-t-elle.

Elle passa ses doigts dans ses cheveux, tout en lorgnant du côté de la porte d'entrée.

— Tu envisages de partir ? demanda-t-il. Je te le déconseille.

Elle couvrit son visage avec des mains qui tremblaient.

— Désolée, mais je ne peux pas faire autrement, dit-elle.

Puis elle se détourna précipitamment.

— Arizona ! ordonna-t-il d'une voix dure.

Elle se figea, haletante.

Que pouvait-il dire pour l'aider ? Comment la rassurer ?

— Il va bientôt faire jour, dit-il.

Il se pencha en avant.

— Prenons un café, Arizona.

Elle secoua la tête.

— Non, je dois y aller.

— Pas du tout, insista-t-il. Tu peux rester avec moi.

Il chercha les mots qui auraient pu la convaincre.

— Et puis tu es pieds nus, et il pleut toujours.

Il se leva lentement, mais resta où il était, devant le canapé, de peur de la faire fuir.

— Tout le monde fait des cauchemars, tu sais… Tu n'as pas à avoir honte.

Elle se retourna pour lui faire face et agita un poing dans sa direction.

— Mais qu'est-ce que tu en sais, si j'ai fait un cauchemar ? Arrête.

— Tu pourrais me le raconter, insista-t-il, comme s'il n'avait pas entendu.

Elle recula d'un pas, visiblement effrayée à cette perspective.

— Non.

Elle répéta son refus à voix basse, en secouant fermement la tête.

— Non. Pas question.

— D'accord.

Bon sang… Ce qu'il aurait aimé avoir une idée lumineuse pour l'approcher ! Il avança l'un de ses pieds de quelques centimètres.

— Mais, si tu veux en parler, sache que je t'écouterai sans te juger.

Elle fit la moue.

— Parfait. Merci de cette offre généreuse.

Elle se passa de nouveau la main dans les cheveux, puis regarda autour d'elle d'un air indécis.

— Ma stupide voiture est hors de service, grommela-t-elle.

— Parce qu'ils veulent que tu restes ici.

Avec moi. Seule avec moi.

— Ils me font confiance, Arizona. Et tu devrais en faire autant.

— Jackson, Trace et Dare… Tu parles… Ils me font penser à des vieilles femmes trop curieuses.

Il mesura, pour la première fois, à quel point elle était

marquée par ce qu'elle avait vécu. Elle n'avait donc vraiment confiance en personne ?

— Ce sera répété, dit-il en avançant l'autre pied. Oublie un peu ta cuirasse avec moi, ajouta-t-il.

Elle passa aussitôt à l'offensive.

— Et pourquoi ? Qu'est-ce que tu as de particulier ?

Il songea que c'était une bonne question, une question à laquelle il ne pouvait pas répondre. Parce qu'il ne pouvait pas lui avouer qu'il voulait la garder près de lui. Ou, plutôt, la garder pour lui.

7

Parce qu'il tenait à ce qu'Arizona lui fasse confiance, il décida de lui montrer l'exemple et de lui laisser entrevoir un peu de son âme.

S'il voulait qu'elle se confie à lui, il devait d'abord se confier à elle.

— Moi aussi, je fais parfois des cauchemars, dit-il.

Les yeux toujours humides, elle le foudroya du regard.

— Ce ne sont sûrement pas les mêmes que les miens.

— Ce ne sont pas les mêmes, non, murmura-t-il.

C'était la première fois qu'il en parlait avec quelqu'un, et ce n'était pas facile.

— Dans mes cauchemars, je vois ma femme qui crie pour m'appeler à l'aide, mais je ne peux rien faire pour elle.

Elle le regarda fixement, visiblement surprise. Cette fois, il avait réussi à capter son attention. Elle ne grelottait plus. Elle respirait normalement.

— C'est vrai ? demanda-t-elle.

— Je sens sa peur, répondit-il en hochant la tête. Je vois ces hommes qui la bousculent, qui la frappent…

Il serra les dents avant de poursuivre :

— J'entends ses hurlements de désespoir… Et je ne suis pas là.

Il haussa les épaules, comme pour lui signifier qu'il lui était impossible d'exprimer à quel point c'était affreux, pour lui, de penser qu'il n'avait pas été là pour elle.

Elle le regardait, silencieuse, à l'écoute.

— Je ne l'ai pas protégée comme j'aurais dû.

Le visage fermé, le cœur serré, il soupira.

— Mon rêve finit toujours avec la même image : ils lui tirent dessus, et elle meurt dans une mare de sang.

Elle se radoucit et enroula ses bras autour d'elle.

— Ce n'est pas le même rêve que moi, mais c'est terrible tout de même, dit-elle d'une voix douce.

Il franchit la distance qui la séparait de lui.

— C'est après l'un de ces rêves que je suis allé vers Marla.

— Je ne vois pas le rapport.

— J'avais besoin de réconfort. D'un contact physique.

Il posa une main sur son épaule et s'approcha un peu plus d'elle.

— J'aurais bien besoin d'un contact physique en cet instant précis, ajouta-t-il. Et toi ?

— Tu parles de sexe ?

— Non.

Il en eut le ventre noué.

— Je parle de réconfort.

— Oh…

Elle était raide et figée.

— Je ne sais pas… Je n'ai jamais…

— Je sais que tu n'as pas l'habitude de te laisser cajoler.

Il l'attira lentement contre son torse, et elle se laissa faire. Et comme c'était délicieux !

Et juste.

Il posa son menton sur son crâne.

— Alors, ce n'est pas si terrible que ça, non ?

— En effet.

Il prit garde de ne rien faire qui puisse l'effrayer, de ne pas remuer les mains qu'il avait posées sur son dos, de résister au désir de lui embrasser la tempe.

— Je n'ai qu'une vague idée de ce que tu as souffert, mais je pense que tu devrais refuser d'en souffrir encore, dit-il.

Elle se laissa aller contre lui et, timidement, ses bras l'enlacèrent.

— Peut-être, murmura-t-elle.

Il sentait ses petites mains dans son dos, son corps doux

et moelleux contre le sien. Elle frotta son visage contre son épaule, sans doute pour essuyer des larmes. De nouveau, il dut faire un effort pour ne pas bouger, ne pas l'inquiéter. Il ne devait surtout pas rompre la magie de cet instant.

Au bout de quelques secondes, elle se pressa légèrement contre lui.

— Tu es si chaud…, murmura-t-elle.

— Et toi, tu es glacée.

Il frictionna précautionneusement ses bras nus. Il brûlait du désir de remplir ses mains de ses longs cheveux, de la presser contre lui, de réagir à cette caresse.

— Tu veux que je baisse la clim ? demanda-t-il.

— Non.

Elle avait froid, mais elle refusait qu'on baisse la climatisation… Rien n'était jamais simple, avec elle.

— Et pourquoi pas ? demanda-t-il.

— C'est ta maison. Je suppose que la clim est réglée pour obtenir la température qui te convient. Je n'ai qu'à m'adapter.

— Mais je voudrais que tu te sentes bien, aussi. J'espère que tu en es convaincue.

Elle renversa la tête légèrement en arrière pour voir son visage.

— On va continuer le psychodrame, ou s'asseoir pour se mettre à l'aise ? dit-elle.

Elle émit un bâillement avant de poursuivre :

— On pourrait peut-être se coucher et dormir. J'ai encore sommeil.

Il ne fut pas dupe de son attitude. Elle cherchait à dissimuler ses sentiments, mais elle était désespérée, il en avait conscience. Il ne put s'empêcher de se sentir ému par son courage.

Il caressa alors la masse soyeuse de ses cheveux et lui prit la joue.

— Tu devrais essayer de voir le bon côté de la vie, à présent. Ça changerait beaucoup de choses pour toi.

Elle posa son poing sur son œil gauche.

— Oui, enfin, n'en fais pas trop tout de même. Je n'ai pas l'intention de m'ouvrir les veines.

Comme elle faisait mine de se détourner, il la retint par les épaules.

— Où vas-tu ?

— Aux toilettes, peut-être ?

— Oh…

Il s'écarta, un peu gêné, les bras ballants, et la laissa s'éloigner, tout en appréciant le balancement de ses hanches dans ce short trop large et les grandes foulées souples de ses longues jambes bien galbées.

Tout en ayant la sensation d'être un voyeur.

Quand elle revint, quelques minutes plus tard, il put constater qu'elle avait encore froid et que ses mamelons se tendaient sous son T-shirt. Elle avait des seins lourds et fermes que son corps élancé rendait encore plus visibles.

Elle bâilla de nouveau, ostensiblement, et fila droit sur le canapé.

— Tu crois que tu vas pouvoir dormir ? demanda-t-il en se frottant la nuque.

— Oui.

Elle lui jeta un drôle de regard.

— A condition que tu ne restes pas là à veiller sur moi, ajouta-t-elle d'un ton désinvolte.

Il n'aurait pas su dire pourquoi, mais il doutait qu'elle ait vraiment sommeil. Il se demanda si elle ne mijotait pas quelque chose. Probablement que oui.

— Tu seras là, tout à l'heure, quand je me lèverai ? demanda-t-il en la dévisageant.

Elle fronça les sourcils, à peine, pour signifier que la question la surprenait.

— Tu voudrais que j'y sois ?

— Oui.

Il crut lire du soulagement dans ses yeux.

— J'y tiens, insista-t-il.

— Dans ce cas, je serai là.

Néanmoins, il ne se sentait pas tout à fait rassuré.

— Si tu fais encore un cauchemar…

— Non, je ne te réveillerai pas, inutile de me le proposer. Ce serait totalement stupide. Je suis une grande fille. Je peux assumer un cauchemar.

Elle se glissa sous le plaid.

— Je te promets de ne pas m'enfuir en pleine nuit. Ça te va ?

Il était bien obligé de s'en contenter.

— Ça me va.

— Et à présent laisse-moi. Sinon, je vais te mettre dans le même sac que les trois autres, ceux qui jouent les mères poules avec moi.

Il vint s'accroupir devant elle et lui lissa les cheveux.

— Je suis au bout du couloir, si tu changes d'avis.

Mais bon sang… Qu'est-ce qui lui avait pris de dire ça ?

Elle rentra son menton sous le plaid et le regarda fixement.

— Changer d'avis à propos de quoi ?

C'était une bonne question. Il se la posait à lui-même.

— Si tu n'arrives pas à te rendormir, nous pouvons parler, ou regarder la télé, ou prendre un petit déjeuner matinal.

Il tira le plaid jusqu'à ses épaules.

— N'hésite pas, ajouta-t-il.

Pour toute réponse, elle leva les yeux au ciel, renversa la tête en arrière sur l'accoudoir et feignit de respirer régulièrement. Avec un petit sourire, il lui pressa l'épaule et se releva.

Il aurait voulu lui apporter un oreiller, s'asseoir près d'elle, rester, poser encore ses mains sur elle. Mais il n'était pas maladroit au point de commettre l'erreur de la brusquer. Aussi se contenta-t-il d'aller régler la climatisation, puis il alla dans sa chambre, ferma la porte et se déshabilla.

Il mit un peu de temps à s'endormir, mais il y parvint tout de même.

Et, pour une fois, il ne fit pas de cauchemars mais d'agréables rêves mettant en scène Arizona.

*
* *

Arizona acheva de se doucher en chantonnant. Elle s'apprêtait pourtant à enfiler un déguisement de… Enfin, bon. Elle n'aimait pas les tenues destinées à attirer l'attention des hommes, mais elle les acceptait comme une nécessité. Aujourd'hui, elle devait se faire remarquer dans un bar mal famé ; elle avait donc choisi ses vêtements en conséquence.

En général, ça la mettait plutôt de mauvais poil.

Mais aujourd'hui, elle se sentait légère. Bizarre… Est-ce que Spencer y était pour quelque chose ? Jamais un homme ne lui avait procuré un tel sentiment d'apaisement.

Bien sûr, elle vouait à Jackson une sorte d'adoration, et cela ne changerait probablement jamais. Jackson la trouvait sûrement encombrante, mais il était tout pour elle. Il était son grand frère, son meilleur ami, son camarade, et même son confident — jusqu'à un certain point. Il en savait sur elle plus que quiconque, parce qu'il l'avait vue passer par-dessus ce pont et qu'il avait risqué sa vie pour la sauver.

Elle débordait de honte et de gratitude chaque fois qu'elle pensait à lui.

Elle lui devait tout et elle n'était pour lui qu'un fardeau — alors qu'il avait déjà tant de choses à assumer.

Elle se sentait une dette envers lui. Un jour, elle trouverait le moyen de la payer.

Avec Spencer, c'était différent. Elle ne lui devait rien et elle pouvait le considérer comme un véritable partenaire. Le fait qu'il l'ait surprise en plein cauchemar la dérangeait un peu, mais après tout il avait surtout eu l'air compatissant et il lui avait parlé de ses propres cauchemars.

Ce qui faisait toute la différence.

Depuis le début, elle sentait que le courant passait entre eux. Ils allaient former une bonne équipe, ils uniraient leurs efforts pour envoyer des ordures en prison.

Tout à l'heure, chez lui, quand elle l'avait entendu sortir de sa chambre, elle l'attendait déjà depuis un moment et s'était réjouie de prendre son petit déjeuner avec lui. En ne la trouvant pas sur le canapé, il avait cru qu'elle était partie et s'était précipité dans l'entrée, puis, comme il avait dû y voir ses affaires, il était venu dans la cuisine et avait poussé un soupir de soulagement en la découvrant tranquillement assise, en train de boire un café.

Une barbe d'un jour ombrait ses joues, il avait les cheveux ébouriffés, il ne portait qu'un boxer. Il l'avait regardée fixement.

Elle avait remarqué à quel point il paraissait soulagé qu'elle soit là. Apparemment, c'était important à ses yeux.

Son cœur avait eu de nouveau cet étrange frémissement.

L'ombre de barbe lui donnait un charme fou, mais le plus terrible, c'était ce boxer. Il n'aurait pas dû avoir le droit de se promener dans cette tenue, qui ne cachait rien de son corps exceptionnel. Il était grand, fort, musclé. Il était de ceux qui imposent leur volonté — comme Jackson, Dare et Trace.

Chaque fois qu'il posait sur elle son regard sombre et langoureux, elle sentait un étrange flottement dans le ventre. Ce n'était pas désagréable mais simplement déconcertant.

Et pourtant, elle lui avait faussé compagnie dès qu'elle en avait eu l'occasion. Elle se sentait un peu coupable, mais elle ne devait pas oublier qu'elle devait conserver son indépendance et aussi prouver sa valeur à ce groupe de combattants d'élite qui la traitaient comme une gamine — se prouver à elle-même qu'elle n'avait pas besoin d'eux.

Elle avait donc profité de ce que Spencer était sous la douche pour filer.

Tout en vérifiant qu'elle n'était pas suivie, elle avait récupéré ses affaires dans le vieux motel où elle avait précédemment dormi, acheté les vêtements qu'elle devait porter ce soir, et un maillot pour la baignade chez Dare. Puis elle avait pris une chambre dans un hôtel. Elle avait gardé son téléphone allumé, certaine que Spencer l'appellerait, mais il ne s'était pas manifesté.

Pas encore, en tout cas.

Elle lutta contre sa déception. Il allait la retrouver ce soir pour l'aider à tendre son piège, et c'était le plus important.

Une fois sa douche terminée, elle mit un masque sur ses cheveux et hydrata sa peau avec une lotion parfumée, s'enroula dans une serviette, en mit une autre en turban sur sa tête. Elle venait juste de sortir de la salle de bains quand son téléphone sonna.

Spencer.

Refusant de s'abandonner à la course joyeuse de son cœur, elle prit une profonde inspiration pour se calmer et s'empara du téléphone. Spencer était sûrement furieux. Mais se chamailler avec lui ne manquait pas d'attrait. Elle était impatiente.

— Allô ? répondit-elle avec une nonchalance parfaitement étudiée.

— Tu m'as abandonné.

Son pouls s'emballa au timbre, ô combien familier, de cette voix. Elle ne l'avait pas abandonné. Elle était juste partie. Pourquoi en faisait-il une affaire personnelle ?

— Tu viens seulement de t'en apercevoir ? ironisa-t-elle. Tu n'es pas un rapide.

— Tu as profité de ce que j'étais sous la douche, protesta-t-il. C'était déloyal. Comment voulais-tu que je m'en aperçoive ?

Il semblait prendre la chose calmement, et elle en fut surprise. Après tout, elle avait réussi à échapper à sa surveillance, ce qui prouvait qu'elle était meilleure que lui. Non ? Il aurait dû au moins en être agacé. Mais il avait un drôle de ton, presque amusé.

— J'avais à faire, se défendit-elle. De plus, j'étais là quand tu t'es réveillé, comme promis. J'ai même pris mon petit déjeuner chez toi. D'un point de vue strictement technique, j'ai tenu ma promesse, comme toi à propos de notre virée de ce soir.

— Je vois. Tu me rends la monnaie de ma pièce.

Elle se redressa, piquée au vif.

— J'ai respecté notre accord à la lettre, comme toi quand tu as parlé à Trace mais pas à Jackson.

Il ne répondit rien. Il n'eut pas même un soupir de frustration.

Ce silence gâcha le plaisir d'Arizona.

— J'ai fait des courses, se défendit-elle. Il fallait que je m'achète une tenue appropriée pour ce soir.

— Ce n'était donc pas seulement pour te venger de moi ?

— Non.

Pas seulement, mais tout de même un peu.

— Je devais aussi quitter mon motel et en chercher un autre… Tu sais bien qu'une femme doit s'apprêter un peu quand elle veut séduire.

— J'aurais voulu que tu restes chez moi.

Eh bien… il ne cherchait pas à lui cacher qu'il était déçu. Voilà même qu'il réussissait à l'attendrir.

— Je t'avais dit qu'il n'en était pas question. Je ne peux pas.

— Toi et moi, il faut qu'on ait une discussion à propos de ce que tu peux ou ne peux pas faire.

Ces mots sonnaient comme un ordre, et elle fut tentée de lui raccrocher au nez. Mais elle n'avait pas intérêt à se disputer avec lui, si elle voulait qu'ils continuent à faire équipe.

— Très bien, dit-elle. Quand ?

— Dès que tu m'ouvriras ta porte.

— T'ouvrir ma p… ?

Elle eut une bouffée de colère.

— Où es-tu ?

On gratta à sa porte.

— Ouvre, ma chérie.

Au lieu d'ouvrir, elle recula pour s'écarter du battant.

— Qu'est-ce que tu fous là, Spencer ? s'écria-t-elle d'une voix vibrante de rage.

— Il vaudrait mieux éviter d'attirer l'attention sur nous, répondit-il. Ouvre.

— Non.

Vu qu'elle ne portait qu'une petite serviette de bain qui la couvrait à peine, il allait au moins attendre qu'elle s'habille convenablement. Et tant pis s'il se gelait dans le couloir minable du motel.

— Tu n'avais pas le droit de me suivre jusqu'ici.

— Comme tu voudras, dit-il.

Et il coupa la communication.

Furieuse, mais aussi déçue qu'il abandonne si aisément, elle serra le téléphone dans son poing. Elle s'apprêtait à le balancer contre la porte, de rage, mais elle se reprit. Elle allait plutôt sortir dans le couloir, rappeler Spencer et lui demander des comptes.

Mais, comme sa main se refermait sur la poignée de la porte, elle entendit une sorte de grattement à l'intérieur de la serrure.

Il était en train de la forcer !

Elle en oublia sa colère et chercha instinctivement du regard un endroit où se cacher dans la chambre. Trop tard : le battant s'ouvrait déjà.

Tout en remettant une pointe en acier et un tendeur dans un petit étui en cuir, Spencer entra, en se servant de son talon pour refermer derrière lui. Puis il lui fit face.

En la découvrant presque nue, habillée de deux serviettes, il eut l'air abasourdi. Il demeura immobile, tandis que son regard la parcourait fébrilement. Quand il s'arrêta enfin sur son visage, ses yeux s'assombrirent.

— Salut, dit-il.

« Salut » ? C'était donc tout ce qu'il trouvait à dire ? Elle en oublia qu'elle était presque nue. Ou, plutôt, elle oublia à quel point elle était gênée. Elle avança vers lui, pleine d'une digne colère, et le poussa en enfonçant un doigt dans sa poitrine.

— Mais pour qui tu te prends, merde ?

Il avait attrapé son doigt et le tenait fermement.

— Tu pensais être la seule à pouvoir crocheter une serrure ?

Elle se libéra d'un coup sec — et faillit en perdre sa serviette. Elle resserra le nœud entre ses seins et recula.

— Ce n'est pas ce que je veux dire, et tu le sais, murmura-t-elle, un peu calmée.

Il haussa un sourcil et fit un pas vers elle.

— Je t'avais dit que j'étais excellent pour retrouver les gens…

— Tu m'as suivie, Spencer. C'est complètement déloyal.

Il haussa les épaules et parcourut la chambre du regard.

— Je t'ai même suivie d'assez près.

Il souleva d'un air amusé le T-shirt qu'elle avait abandonné sur le lit, puis son soutien-gorge.

Elle les lui arracha des mains, et il se mit à sourire comme l'idiot qu'il était.

— J'ai pu constater que tu n'étais pas du genre à traîner dans les magasins. Pas plus de vingt minutes pour une tenue complète. Mes compliments.

Il l'avait donc suivie depuis le début !

Elle lui saisit le bras et tenta de l'obliger à se tourner vers elle, mais sans résultat.

— Mais tu étais sous la douche ! protesta-t-elle. Comment as-tu su que je partais ?

Il s'approcha du rideau et le souleva pour regarder au-dehors.

— Tu pensais vraiment que je te faisais confiance ? Pas si bête ! Je me suis méfié. J'étais certain que tu chercherais à m'échapper. C'est bizarre, Arizona : je lis en toi comme dans un livre.

Il contempla fixement la main qui serrait son bras, jusqu'à ce qu'elle cède, puis leva les yeux vers son visage.

— Je savais que tu guettais l'occasion de me fausser compagnie. Je l'avais lu dans tes yeux.

Elle voulut nier, mais cela n'aurait servi à rien. Elle avait déjà remarqué qu'il devinait souvent ses intentions et se demandait d'ailleurs ce que ça pouvait bien signifier.

— Je suis donc censée te faire confiance, dit-elle. Mais la réciproque n'est pas vraie ?

— Donne-moi des raisons de te faire confiance, rétorqua-t-il.

Il marcha jusqu'à un fauteuil, puis changea d'avis et se dirigea vers le lit, où il s'installa.

Il la regarda droit dans les yeux, sourit et tapota le matelas pour l'inviter à prendre place près de lui.

Elle secoua la tête. Avant de s'asseoir près de lui, elle tenait à s'habiller décemment. Elle savait qu'il ne chercherait pas à profiter de la situation, mais ce n'était pas une raison pour discuter avec lui enroulée dans une serviette.

Il la dévisageait à présent avec insistance.

— Tu voulais savoir pourquoi Marla vantait tant mes mérites au lit ?

Elle ouvrit de grands yeux, mais n'ouvrit pas la bouche. Il n'était pas sérieux ? Pourtant si, il avait l'air.

— Euh…, bredouilla-t-elle. Oui…

Elle mourait d'envie de savoir. Elle y pensait même un peu trop, alors qu'elle aurait dû avoir d'autres préoccupations en tête.

— Allez, viens, dit-il en tapotant de nouveau la place près de lui.

Elle jeta un regard en coin vers la serviette qui cachait sa nudité et toucha celle qui enveloppait ses cheveux.

— Laisse-moi quelques minutes, veux-tu ?

Elle se détourna pour s'éloigner vers la salle de bains, mais il se pencha en avant et lui prit la main.

— Non.

Il la tira d'un coup sec, et elle se retrouva assise à côté de lui.

A présent, ses cuisses nues touchaient le jean usé qui recouvrait celles de Spencer, et elle respirait une odeur chaude de mâle, celle de sa peau imbibée de soleil et de son après-rasage.

Elle tira les pans de la serviette sur ses cuisses.

— Je crois vraiment qu'il vaudrait mieux que je m'habille, dit-elle d'un ton hésitant.

— Ça ne sera pas long.

En attendant, il avait le regard rivé sur ses cuisses. Elle se sentit rougir et remua les doigts de pied. Ce n'était pas du tout désagréable.

— D'accord, dit-elle en se raclant la gorge. Vas-y. Je t'écoute.

Le regard de Spencer remonta lentement le long de ses cuisses, jusqu'à sa poitrine, ses épaules. Enfin, il rencontra ses yeux.

— Le secret est de prendre son temps.

Perdue dans ses pensées, elle en avait presque oublié de quoi ils parlaient.

— Pardon ?

— Un amant attentif prend du temps en préliminaires.

Il était donc un amant attentif ? C'était très probable.

— Tu parles des baisers, des petites caresses et tous ces trucs ?

Elle fit la moue. Pour elle, ce n'était qu'une manière de différer l'inévitable.

— Oui, des baisers et des caresses. Ça lui donne l'occasion de tester les réactions de sa partenaire et de repérer ce qu'elle aime.

Il tendit la main et caressa tendrement sa joue, en l'effleurant à peine de sa main à demi fermée. Elle se figea, le souffle coupé, puis inspira fortement.

— Par exemple, quand je te caresse comme ça, ton regard change, murmura-t-il.

Elle s'était laissé envahir par la sensation, mais la remarque la fit revenir sur terre.

— Je n'ai aucun regard spécial ! répliqua-t-elle avec véhémence.

Un regard apeuré, peut-être, et qu'elle avait du mal à cacher. Et encore, ce n'était pas vraiment de la peur, comme avec les autres hommes. Elle n'avait pas peur de Spencer, juste de ce qu'il éveillait en elle.

Il sourit d'un air entendu et secoua tranquillement la tête, comme quelqu'un qui sait de quoi il parle.

— Ton regard me dit que tu aimes que je te caresse, à condition que je n'aille pas trop loin.

Elle releva le menton.

— Quel regard ? Tu m'énerves, à la fin !

— Un regard doux et plein de chaleur.

Tout en parlant, il fit glisser sa main sur sa nuque, qu'il caressa du bout des doigts.

— Très doux et très chaleureux, ajouta-t-il.

Elle déglutit péniblement.

— Je croyais qu'on parlait de toi et de Marla.

Il redevint sérieux, presque solennel.

— Je sais que ça te dépasse un peu, mais un gentleman ne raconte pas à une femme les détails de son intimité avec une autre femme.

— Tu n'es qu'un sale tricheur !

Il n'avait donc jamais eu l'intention de lui parler de…

— Mais, reprit-il en posant une main apaisante sur son épaule, je peux au moins te donner des indications d'ordre général.

Elle croisa les bras. Il faudrait bien qu'elle s'en contente.

— Je t'écoute.

Il eut un sourire en coin, puis fit l'effort de redevenir sérieux. Il cessait de se moquer d'elle, ce qu'elle trouva plutôt charitable.

— Un homme intelligent apprend à deviner les femmes. N'importe qui peut coucher avec n'importe qui, en théorie, et je suis sûr que tu sais qu'un homme trouve assez facilement son plaisir.

Il était pour le moins… direct. On ne pouvait lui dénier cette qualité. Elle lui jeta un regard en coin.

— Oui, je sais.

Pour certains, il suffisait de regarder. D'autres, au contraire… Mais elle n'avait pas envie de penser à ça.

Une expression peinée s'était affichée sur le visage de Spencer.

— Je vois que tu sais. Donc, je reprends où j'en étais : un homme éprouve encore plus de plaisir quand sa partenaire en éprouve aussi.

— Ah bon ?

Elle voulait bien le croire sur parole, mais elle avait du mal à l'imaginer.

— D'après mon expérience, reprit-elle en haussant les épaules, la plupart des hommes ne se soucient pas de ce qu'éprouve leur partenaire.

Il posa un doigt sur sa bouche pour la faire taire.

— Honnêtement, ma chérie, tu n'as qu'une expérience très partielle, étant donné que tu n'as connu que des salauds.

Il baissa la voix.

— Est-ce qu'il t'est arrivé de choisir un partenaire ?

— Non, murmura-t-elle.

— Tu n'avais jamais eu d'amants avant d'être enlevée ?

Il la dévisagea avant de poursuivre :

— Ni pendant ni après ?

— Avant, répondit-elle avec un petit rire, avec mes parents, j'aurais vraiment eu du mal… Pendant et après…

Elle détourna le regard.

— Pareil.

Il lui caressa le bras, puis remonta jusqu'à son épaule et lui prit la joue.

— Dans ce cas, crois-moi sur parole. Un homme sain d'esprit apprécie qu'une femme ait envie de lui et prenne du plaisir.

— Mais comment est-ce qu'il le sait ?

Elle en savait aussi peu sur le désir et le plaisir féminin que sur les hommes sains d'esprit.

— Ses gémissements, les spasmes de son corps au moment du plaisir, expliqua-t-il d'une voix rauque. Une femme peut aussi se déchaîner et…

Il se tut.

En effet, dit comme ça… Mais elle avait tout de même du mal à y croire.

— Continue, insista-t-elle.

Elle avait la gorge nouée, et un poids sur la poitrine.

Il secoua la tête, toujours en la fixant intensément.

— Tu comprends très bien ce que je veux dire, murmura-t-il.

Il avait les joues rouges, en cet instant. Pourquoi ?

Elle se pencha pour mieux étudier son expression.

— Tu es excité, Spence ?

— Un peu.

Il prit une profonde inspiration, expira, puis reprit, d'une voix un peu trop aiguë :

— Amener une femme à l'orgasme n'est pas facile, et la plupart des hommes se donnent du mal pour y arriver.

Tiens donc…

— Et tu prétends y arriver avec toutes les femmes ?

Il la fixa longuement en silence, puis éclata brusquement de rire.

— Tu es impayable, tu sais ça ?

Non, elle ne le savait pas. Elle avait toujours eu un prix, au contraire, et pas très élevé.

— Tu détournes la conversation, fit-elle.

— Les hommes mentent à ce sujet. Presque tous.

— Même les hommes bien ?

— Oui, malheureusement.

Il lui jeta un regard tellement chaleureux qu'elle le sentit se diffuser en elle.

— Parce que c'est tellement important pour eux qu'ils refusent d'admettre qu'ils n'ont pas su satisfaire une femme, poursuivit-il. Mais, puisque je t'ai promis l'honnêteté, je dois avouer qu'il m'est arrivé de ne pas donner de plaisir à ma partenaire.

Elle posa sa main sur son cœur, d'un geste moqueur et théâtral.

— Non ? Toi ?

— Pas très souvent, et jamais sans avoir essayé jusqu'au bout. Mais le corps d'une femme, c'est subtil. Beaucoup plus que celui d'un homme.

— Donc, même si une femme ne te plaît pas…

— Je ne coucherai jamais avec une femme qui ne me plaît pas.

— Arrête !

Il n'allait tout de même pas lui faire avaler ce genre de chose.

— Les hommes aiment bien tirer un coup, juste comme ça, lâcha-t-elle.

— Les femmes aussi, parfois, ajouta-t-il. Mais il faut quand même un minimum d'attirance, d'intérêt, de respect…

Il prenait la chose tellement au sérieux qu'elle eut envie de le taquiner.

— Tu n'as jamais payé une pute ?

— Non, jamais. Et jamais non plus couché avec une mineure.

— N'en fais pas une affaire d'Etat. C'était une simple question.

Il fronça les sourcils.

— Tu fais la différence entre une femme qui choisit de se prostituer et une femme qu'on force à le faire, tout de même ?

— Oui. Je fais la différence. Celle qui se vend de son plein gré est une cinglée.

— Ou une désespérée. Mais pas toujours. Ce que je veux te faire comprendre, c'est qu'un homme digne de ce nom ne prendrait jamais une femme de force et ne participerait jamais à un viol. En vérité, il ferait tout pour l'empêcher.

Ce n'était pas ce qu'elle avait constaté. Elle n'avait connu que des hommes qui participaient volontiers — ou, du moins, qui laissaient faire.

— Il ne doit pas y avoir beaucoup d'hommes dignes de ce nom, fit-elle.

— C'est une vision faussée et cynique des choses, dit-il. Tu le comprendras tôt ou tard.

Elle allait protester, mais il l'en empêcha.

— Je fais de mon mieux pour être à l'écoute et m'adapter au rythme de la femme qui est dans mon lit. Mais il peut m'arriver de mal interpréter.

— Tu as déjà eu des plaintes ?

Il sourit.

— Le plus souvent, je me débrouille plutôt bien.

Oui… Elle voulait bien le croire.

— Vantard !

— Mais non, je ne me vante pas. Je suis franc, comme promis.

Il était sans doute franc, et nuancé, mais il restait dans le vague. Il n'avait rien dit de précis, au fond. Mais, pour l'instant, elle décida de ne pas insister. D'ailleurs, elle se sentait un peu survoltée et elle préférait abandonner cette conversation.

— Merci de faire mon éducation, dit-elle.

Elle claqua ses mains sur ses genoux.

— C'était très sympa et très intéressant, mais maintenant, je dois…

— Donne-moi le baiser que tu me dois…

Son ventre se noua, elle n'eut tout à coup plus de jambes, son dos devint raide. Un sentiment mêlé d'angoisse et d'anticipation se déversa en elle.

Spencer approcha son visage du sien.

— Tu as dit des gros mots.

— Jamais de la vie. Quand ?

— Quand je suis entré. Deux fois. Donc, si on tient bien les comptes, tu me dois deux baisers.

Qu'avait-elle dit ? Elle fit un effort de mémoire. Ah oui… la mémoire lui revenait. Mais c'était en partie la faute de Spencer.

— Tu avoueras que j'avais des raisons, se défendit-elle. J'ai été prise par surprise.

— Je sais. Et ça t'arrivera encore. Tu ferais donc bien de t'habituer à payer le prix.

Le pouls d'Arizona s'accéléra.

— Je ne sais pas si je peux…, gémit-elle.

Ce qu'elle détestait cette voix geignarde et ridicule !

— Spencer…

— Tu n'as jamais apprécié un baiser, c'est ça ?

— Non. J'ai voulu embrasser une fois Jackson, mais tu sais déjà comment ça s'est terminé.

— Il a refusé parce que tu ne voulais pas l'embrasser pour de bonnes raisons.

— Il aurait refusé, de toute façon.

Elle haussa les épaules.

— Je ne lui inspire que de la pitié.

— Tu te trompes, mais peu importe pour l'instant. Allez… Je ne te demande qu'un tout petit baiser. Tu n'as pas peur d'un petit baiser, tout de même ?

Elle déglutit péniblement, une fois de plus, tout en secouant la tête. La vérité, c'était qu'elle était morte de peur. Tout le monde la prenait pour quelqu'un qui ne craignait rien, mais c'était tout le contraire. Elle était une vraie froussarde. Un rien l'effrayait.

— J'ai été franc avec toi, Arizona… Tu pourrais au moins me rendre la pareille.

Il lui caressa doucement le bras.

— Dis-moi ce qui te fait peur.

Elle fixa la porte de la salle de bains, le tapis, la main posée sur son bras. Il voulait de la franchise ? Très bien. Elle chercha son regard.

— Je pense que, si je t'embrasse, tu ne pourras pas t'empêcher d'essayer d'aller plus loin.

Un lourd silence s'installa dans la pièce. Elle s'attendait à ce qu'il nie. A ce qu'il y aille de son petit baratin. A ce qu'il tente de l'amadouer.

— Donne-moi ta main, dit-il.

L'ordre était calme mais ferme. Elle serra les poings.

— Mais…

— Tu ne fais que te rendre les choses plus difficiles, insista-t-il.

Elle commençait à en avoir assez. S'il tenait à jouer à ce jeu stupide, elle allait jouer. Elle avait donné sa parole et, à présent, elle se retrouvait coincée.

Son visage se ferma, et elle tendit vers lui un bras tremblant.

Avec une douceur infinie, Spencer prit sa main dans les siennes. Elle remarqua qu'il avait des mains rêches et épaisses, qui faisaient presque deux fois la taille des siennes. Et aussi qu'elles étaient brûlantes.

L'espace d'un instant, il la tint ainsi, en la regardant, tandis que son pouce caressait ses articulations, jusqu'à ce qu'elle en frissonne et que des papillons s'affolent dans son ventre.

— Détends-toi…, murmura-t-il.

Il éleva la main à sa bouche, contempla sa paume, puis y déposa un baiser.

Long. Appuyé.

Le pouls d'Arizona manqua un battement. Une étrange chaleur enfla en elle. Elle sentait les lèvres tièdes de Spencer, son souffle humide.

Seigneur…

Soudain, il la lâcha, se leva d'un bond et marcha jusqu'à la fenêtre.

Elle garda le bras tendu pendant une demi-minute, puis elle se reprit et le laissa retomber.

— C'est tout ?

Les mains sur les hanches, les épaules rentrées, la tête baissée, il murmura :

— Pour cette fois, oui.

« Pour cette fois » ? Elle tenait sa main fermée contre sa poitrine et elle avait encore la sensation de sa bouche sur sa peau, de son regard sur son visage, de son souffle. Un petit frisson la traversa, comme une onde sur l'eau.

— Il n'y aura pas de prochaine fois, assura-t-elle.

— Tu m'en dois un de plus, déclara-t-il.

« Un de plus »… Un vent de panique la traversa. Elle n'allait pas vivre avec cette épée de Damoclès au-dessus de la tête. Les baisers de Spencer n'étaient pas désagréables, loin de là, mais ils étaient perturbants.

Elle se leva d'un bond.

— Tu n'as qu'à le prendre, maintenant, espèce de…

Amusé, il se tourna vers elle.

— Pas encore. Peut-être plus tard. Pour l'instant, j'ai besoin de te parler et je préfère que tu sois habillée.

— Pourquoi ?

Elle croisa les bras.

— Tu te sens dépassé ?

— Etant donné que j'ai une érection, je ne vois pas comment je pourrais nier.

Eh bien… Cet aveu, qui aurait dû l'affliger, lui procura au contraire une certaine satisfaction.

— Bien fait pour toi, dit-elle.

— Et cesse de regarder du côté de mon sexe, ça ne fait qu'aggraver les choses.

— Oh ! mon pauvre…

Elle se demanda s'il n'était pas un peu risqué, tout de même, de le provoquer. Mais elle ne se sentait ni effrayée ni révoltée à l'idée qu'il la désire. Il ne lui avait jamais caché qu'elle lui plaisait. Elle en avait simplement la preuve et…

— Arizona ! grommela-t-il.

Elle poussa un gros soupir et se força à regarder son visage.

— Ne bouge pas, dit-elle en le montrant du doigt. Je m'habille et je reviens. Je n'en ai que pour trois minutes.

8

A la seconde où Arizona s'enferma dans la salle de bains, Spencer laissa échapper un soupir.

Bon sang… Cette fille lui faisait un effet dévastateur.

Il alluma la télévision pour avoir un bruit de fond et se jeta sur le lit en gémissant.

Il n'avait fait que lui embrasser la paume, mais elle avait réagi au quart de tour. Et lui, dès qu'il avait posé ses lèvres sur elle, il avait eu envie de la dévorer de la tête aux pieds.

Mais aussi, quelle idée de se trimballer dans cette serviette pas plus grande qu'un mouchoir !

Dire que c'était lui qui l'avait dissuadée de s'habiller… Il était devenu complètement inconscient ou quoi ?

Depuis qu'il avait rencontré Arizona, il endurait les tourments de l'enfer, mais il s'obstinait à rechercher sa présence, tout en refusant de céder au désir qu'elle lui inspirait — sous prétexte qu'elle était vulnérable et qu'il n'avait pas le droit d'en profiter.

Et elle se pavanait sous son nez presque nue.

Il se frotta les yeux, mais ne parvint pas à effacer l'image des cuisses fuselées d'Arizona, de leur peau couleur de miel, de ses charmants petits pieds fins et cambrés, de ses adorables genoux…

Quelle incroyable paire de jambes elle avait !

Il les avait déjà remarquées la veille, mais aujourd'hui, à la lumière du jour, dans cette petite chambre qui ne comportait quasiment qu'un lit, il avait eu une envie folle de les caresser.

Ensuite, sa discussion avec Arizona avait achevé de le déboussoler. La franchise ingénue de cette fille allait le rendre littéralement fou.

Il rajusta son jean et se concentra pour calmer cette encombrante manifestation de désir.

Pour commencer, il devait cesser de penser au joli petit corps d'Arizona. Mieux valait réfléchir aux armes qu'elle cachait dans son coffre. Ou au plaisir qu'elle prenait à courtiser le danger.

Quelques instants plus tôt, quand elle était partie de chez lui, il en avait averti Trace, lequel s'était affolé. Il l'avait rassuré en lui promettant de ne pas la perdre de vue, tout en ayant conscience d'assumer une responsabilité écrasante, vu le caractère imprévisible du sujet. Trace avait insisté sur le fait qu'il fallait resserrer la surveillance autour d'Arizona.

Mais il n'était pas certain d'y arriver.

La porte de la salle de bains s'ouvrit à la volée, interrompant ses pensées. Les cheveux encore humides, vêtue d'un jean taille basse et d'une chemise côtelée, Arizona entra dans la chambre. A en juger par son expression et son pas décidé, elle avait recouvré tous ses esprits.

Il se redressa en soupirant. A travers le fin tissu de son haut, il devinait ses seins ronds et le renflement de ses mamelons. Il en eut la bouche abominablement sèche.

Elle se planta devant le lit, les mains sur les hanches.

— Très bien, Spencer. Quelques règles de base, à présent…

Il leva les yeux vers son visage courroucé.

— Premièrement, tu restes avec moi, dit-il.

Elle ouvrit la bouche, la referma, puis battit des paupières.

— Non, la première règle, c'est que tu vas te tenir en retrait.

— Nous avons conclu un marché, lui rappela-t-il.

Les joues d'Arizona rosirent de colère.

— Je ne parlais pas de ça, mais du fait que tu ne dois pas me suivre.

— Requête refusée, répliqua-t-il simplement.

Heureux qu'elle ne lui reproche pas son baiser, il se leva. Il était maintenant tout près d'elle.

— Tu restes avec moi, poursuivit-il, ou j'abandonne l'affaire et je te laisse te débrouiller avec le trio de choc.

Elle le regarda fixement, avec un petit rictus contrarié.

— « Le trio de choc » ?

Ne pas regarder ses seins relevait de l'exploit.

— Appelle-les comme tu veux. Tu sais qu'ils te couveront encore plus que moi.

— Oui, j'avoue…

Elle se mordilla l'intérieur de la joue.

— Ils ne vont pas me laisser faire un pas toute seule.

Exactement. Et il comptait là-dessus pour faire valoir son point de vue.

— Tu l'as dit !

Elle posa une main sur la table de chevet et tambourina du bout des doigts.

— Tu veux vraiment m'obliger à rester avec toi ?

— Pour être sûr que tu n'es pas en danger ? Sans la moindre hésitation.

Elle tambourina un peu plus vite.

— Ils vont me surveiller, que je reste avec toi ou pas, répliqua-t-elle.

Spencer ne chercha pas à nier.

— Sans doute, mais permets-moi de te faire remarquer qu'ils resteront au moins à distance. Tu ne les auras pas sur le dos. Aujourd'hui, par exemple, si je n'avais pas promis à Trace de te suivre, l'un d'eux s'en serait chargé. Et la conversation que tu aurais avec lui serait moins amicale que celle que nous avons en ce moment.

Elle cessa de tambouriner.

— Et je n'aurais pas eu de baiser, rétorqua-t-elle d'un ton sibyllin.

Etait-elle en train d'avouer qu'elle avait apprécié ce baiser ?

— Dare et Trace sont mariés. Jackson est fiancé. Tu n'aurais donc probablement pas eu de baiser.

Elle ne put s'empêcher de rire.

— « Probablement pas » ?

— Certainement pas, concéda-t-il. Même s'il est difficile de ne pas succomber à ton charme.

— Jackson n'y a pas succombé.

Bon sang, il n'avait pas envie de l'entendre raconter une fois de plus qu'elle s'était offerte à Jackson ! Elle ne cessait d'en parler. Il commençait vraiment à croire qu'elle avait le béguin pour lui. Et cette idée ne lui plaisait pas du tout.

— Revenons à nos moutons, dit-il. Pour résumer simplement la chose : tu dois rester près de moi tant que l'affaire du Green Goose n'est pas réglée.

Elle se mit à faire les cent pas, concentrée, comme si elle soupesait soigneusement ce à quoi elle s'engageait en acceptant.

— Ton canapé est confortable, dit-elle enfin.

— J'ai une chambre d'amis, je te signale.

Elle haussa une épaule.

— Ça t'ennuie que je dorme sur le canapé ?

Spencer croisa les bras. Où voulait-elle en venir ?

— Ça m'est égal que tu dormes sur le canapé, mais je ne vois pas pourquoi tu refuserais une chambre où tu serais bien mieux installée.

Pour achever de la rassurer, il crut bon d'ajouter :

— Je ne chercherai pas à t'approcher et je ne te proposerai rien d'indécent. A part un baiser, si tu lâches une grossièreté.

Elle lui jeta un regard noir.

— Je vais faire attention, ça n'arrivera plus.

— Je te laisserai autant de liberté que possible, mais tu devras me tenir au courant de tes déplacements. Plus question de filer en douce.

Elle se remit à arpenter la pièce, tête basse, les mains sur les hanches. Puis elle s'arrêta et lui fit face.

— C'est d'accord.

Spencer profita sans attendre de ces bonnes dispositions.

— Tu devras m'avertir de tous tes projets, déclara-t-il. On marche ensemble. Sinon, je laisse tomber.

— Oui, je te l'ai dit : c'est d'accord.

Elle devenait raisonnable ? A vrai dire, il éprouvait quelques doutes.

— Je pourrais savoir pourquoi tu as entassé toutes ces armes dans ton coffre ?

Elle répondit du tac au tac.

— Parce que je tiens à la vie.

Cette réponse brutale le prit au dépourvu.

— Tu as besoin d'une pelle pour rester en vie ?

— Tu sais très bien à quoi pourrait me servir cette pelle, répondit-elle en avançant le menton d'un air de défi.

Il en avait une vague idée, mais il aurait préféré se tromper.

— Eclaire-moi…

— Si je dois tuer quelqu'un, il faudra bien que je l'enterre.

Spencer se laissa retomber sur le lit. Il regrettait d'avoir posé la question.

— Ça va, Spencer ! répliqua-t-elle en éclatant de rire. Epargne-moi ton air abattu. Je plaisantais.

— Tu plaisantais ? Tu trouves que le meurtre est un sujet de plaisanterie ?

— Parfois. Tout dépend de la victime, non ?

Elle continuait à arpenter la pièce comme un lion en cage.

— J'ai des tas de bonnes raisons de transporter cette pelle. Elle peut me servir à dégager ma voiture si je suis embourbée. A enterrer un objet que je voudrais cacher, par exemple mon couteau.

Elle haussa les épaules avant de poursuivre :

— C'est un outil pratique et très utile.

— Tu n'as donc pas l'intention de tuer quelqu'un ? demanda Spencer, qui se sentait encore sceptique.

— Je n'ai pas dit ça.

Elle soupira.

— Je peux avoir besoin de tuer, pour défendre quelqu'un ou pour me défendre, ajouta-t-elle d'un ton neutre.

— Dans ce cas, c'est moi qui interviendrai.

De toutes ses forces, il aurait voulu lui éviter d'affronter la laideur du monde.

— Pas besoin, répliqua-t-elle. Je peux me débrouiller seule.

Quand donc comprendrait-elle qu'elle n'était plus seule ? Avec davantage de fermeté, pour être certain qu'elle avait bien saisi le message, il objecta :

— S'il faut avoir recours à la violence pour affronter la situation, je serai le seul à me battre.

Elle l'écoutait sans un mot, mais sa poitrine, qui se soulevait au rythme d'une respiration agitée, trahissait son émoi.

— Tout comme tu as été le seul à tuer Chandra Silverman ? Alors que ça me revenait de droit ?

Ils avaient déjà discuté de ce sujet, et il se sentit agacé qu'elle le remette sur le tapis. De plus, la situation était différente. Il n'interviendrait pas pour venger sa femme, cette fois, mais pour protéger Arizona. Il s'était engagé, auprès de Trace et de Jackson, à assurer sa sécurité.

De plus, Arizona méritait une vie normale. Il ne voulait pas qu'un meurtre vienne hanter ses cauchemars — des cauchemars, elle en faisait suffisamment à son goût. Elle cherchait à exorciser son passé en poursuivant des trafiquants, mais elle faisait de toute évidence fausse route. La violence, au lieu de l'apaiser, ne ferait qu'assombrir sa vie.

Il se leva et se dirigea vers elle.

— Calme-toi, dit-il.

Elle l'accueillit en enfonçant une fois de plus son index dans sa poitrine.

— Ce serait plutôt à toi de te calmer, riposta-t-elle.

— Ça suffit, répliqua-t-il en s'emparant de sa main.

Elle tenta de lui résister, puis abandonna. Ce qui ne l'empêcha pas de manifester sa colère.

— Si tu veux jouer les preux chevaliers, c'est ton problème, dit-elle. Mais si tu crois pouvoir me changer tu te trompes…

— Te changer ? Comment ça ?

Il était surpris qu'elle lui laisse tenir sa main. C'était une sensation très agréable. Il entrelaça prudemment ses doigts aux siens et attira sa main contre sa poitrine.

— Je ne comprends pas ce que tu veux dire…, reprit-il.

— Je connais bien la violence. Je l'ai souvent côtoyée. Et je suis capable d'encaisser un coup aussi bien que n'importe quel homme.

Jamais ! songea Spencer. Pas tant qu'il serait vivant, en tout cas.

— Mais tu n'es pas un homme, protesta-t-il.

Elle était une femme fragile, par bien des côtés, et il ne supportait pas l'idée qu'elle reçoive des coups.

— Et après ? Maintenant que je suis libre, je veux aider les femmes maltraitées et punir les proxénètes.

— Tu fais tout ça pour te venger ?

— Je fais ce qui me semble juste, répliqua-t-elle en serrant les dents. Je fais au mieux. Tu peux décider de m'aider ou pas, mais je ne te laisserai pas te mettre en travers de mon chemin.

— Je suis là pour t'aider, murmura-t-il en caressant son poing serré.

Son petit poing aurait pu impressionner, mais elle n'avait pas la puissance de frappe nécessaire pour se battre contre des brutes qui n'hésitaient pas à monnayer des êtres humains.

— C'est pour ça que nous devons établir des règles de coopération, ajouta-t-il.

— J'ai déjà accepté tes règles stupides.

C'était vrai, dut reconnaître Spencer. Et, puisqu'il serait toujours près d'elle, il se chargerait de l'empêcher d'utiliser des armes. Autant que possible.

— Qu'est-ce que tu portes sur toi ? demanda-t-il.

Elle comprit aussitôt à quoi il faisait allusion et se détendit.

— Ça dépend où je vais. Généralement, un couteau, une matraque, une bombe au poivre. La matraque est télescopique, elle tient dans mon sac.

Elle montra le gros sac mou qui lui servait de sac à main, et dans lequel on aurait pu faire entrer un évier de cuisine.

— Incroyable…, murmura-t-il.

Elle haussa les épaules.

— Si je juge que je peux avoir besoin d'une arme à feu,

je prends mon petit Beretta Bobcat. Il est facile à cacher. Si je n'ai pas besoin de dissimuler mes armes, je prends le Glock ou le fusil et je mets mon gilet pare-balles. J'ai des jumelles infrarouges qui peuvent être très utiles. Je les ai payées cher, mais ça valait le coup.

Spencer ne put s'empêcher de penser qu'elle était équipée comme un soldat en campagne.

— Et, ce soir, tu comptes prendre quoi ?

— Pas grand-chose, vu la façon dont je serai accoutrée.

Elle libéra sa main et alla fouiller dans son sac de voyage, dont elle sortit un couteau à cran d'arrêt. Elle l'ouvrit et le referma. Il était fin et plat, facile à dissimuler dans un sac à main.

— Ce n'est pas celui que je préfère, fit-elle. Mais je m'en contenterai.

Il croisa les bras sur la poitrine.

— Et c'est lequel, ton préféré ?

Elle plongea la main dans son sac et en sortit un étui en cuir dont elle tira un long couteau. Le néon fluo du plafonnier fit briller la lame quand elle l'inclina pour jouer avec la lumière.

— Mon bébé…, murmura-t-elle.

Spencer eut le cœur lourd à la vue de cette arme. Ce couteau à lame fixe était particulièrement impressionnant et dangereux. Il était conçu pour attaquer. Une lame de cette taille pouvait causer de gros dégâts.

— C'est un bijou, n'est-ce pas ?

Il s'efforça de dissimuler sa consternation et de ne montrer que de l'intérêt.

— Lame pointue, en acier inoxydable, non réfléchissante, enduite de poudre noire, fit-il.

— Exactement, approuva Arizona.

Elle tenait le couteau comme un poing américain.

— Et très maniable, ajouta-t-elle.

Elle le manœuvra avec une aisance déconcertante.

Spencer ne put s'empêcher de maugréer.

— Je l'attache à un harnais en Nylon qui me permet de le

garder à portée de main et je le cache sous mes vêtements. Jusqu'à ce que je décide de le sortir, ajouta-t-elle en lui jetant un regard en coin.

Elle eut un petit sourire.

— La plupart du temps, je n'ai pas à m'en servir. Il suffit que je le montre pour avoir la paix.

Spencer poussa un soupir. Elle était fière de l'effet qu'elle produisait avec ce couteau, et cette fierté ne lui disait rien de bon.

— Parfois…

Elle rangea le couteau dans sa gaine et le fit disparaître dans son sac.

— … je dois tout de même me battre, déclara-t-elle. Mais, quand on sait s'en servir, ce couteau est redoutable. Enfin, bref, comme tu peux t'en rendre compte, je suis parfaitement préparée et autonome.

Il dut faire un effort surhumain pour ne pas exploser. Bien sûr, avec ce couteau, elle pouvait tenir tête à un idiot sans entraînement, et soûl de surcroît. Mais comment pouvait-elle penser une seule seconde qu'un voyou ne serait pas capable de retourner cette lame contre elle ? Apparemment insensible à ses inquiétudes, elle prit un catalogue posé sur sa table de nuit.

— Tu veux que je te montre le truc que je convoite ?

Elle feuilleta le catalogue jusqu'à une page écornée, puis s'approcha, se collant presque à lui, pour lui montrer un modèle.

— Il n'est pas chouette ?

Il l'écouta d'une oreille distraite vanter les mérites de l'objet en énumérant ses qualités : métal microbillé, manche en titanium anodisé, système d'ouverture double action et vis à double pivot de la lame.

Spencer était effondré. Il se laissa tomber sur le lit.

— Je vois que tu connais les couteaux…, murmura-t-il.

— Je connais bien les armes, oui, dit-elle, comme s'il s'agissait d'une évidence, en s'installant à côté de lui sur le lit. Mais j'ai un faible pour les couteaux…

Le couteau qu'elle venait de lui montrer sur le catalogue était celui qu'il avait acheté à son propre usage. Apparemment, ils avaient en commun l'amour des belles lames.

— Dès que j'aurai assez économisé, je me l'achèterai, dit-elle.

Il en était abasourdi. Elle était là, jeune et jolie, terriblement féminine, à discuter d'armes mortelles sur un ton guilleret.

Il sentait sa cuisse contre la sienne. Son parfum enivrant lui montait à la tête.

Mais elle parlait de vengeance, et il était temps de mettre les choses au point. Il se leva d'un bond et la tira par le bras pour la mettre debout, posa ses mains sur ses épaules et la fixa d'un air sévère. Il ouvrait la bouche pour entamer un sermon, quand son téléphone sonna.

Il eut une brève hésitation. Malheureusement, il ne pouvait pas ignorer cet appel.

Elle s'éloigna de lui en haussant un sourcil.

— Tu attendais un appel ?

— Non, pas vraiment.

Il vérifia l'identité de l'appelant et vit qu'il s'agissait de Trace. Frustré d'avoir été interrompu, il répondit par un bref : « Je te rappelle », à quoi Trace rétorqua : « Je t'attends en bas. »

Tant pis… Le sermon, ce serait pour plus tard.

— Désolé, dit-il à Arizona.

Elle le fixa d'un air méfiant, les yeux plissés. Il ignora sa question muette.

— Il faudra penser à manger, avant de se rendre au bar, ajouta-t-il.

Elle fixa quelques secondes le téléphone qu'il tenait toujours à la main, puis chercha de nouveau son regard.

— Manger ? demanda-t-elle. Avant d'aller dans un bar qui sert à manger ?

Le sang de Spencer se glaça.

— Arizona, ne me dis quand même pas que tu as l'intention de dîner là-bas ?

Elle battit des paupières en affectant un air innocent.

— Et pourquoi pas ? Tu crois qu'ils seraient capables de m'empoisonner ?

Mais comment diable avait-elle survécu aussi longtemps, en se comportant d'une façon aussi inconsciente ?

— De t'empoisonner, non, parce qu'ils ont besoin de toi. Mais de te droguer, oui.

— Bah, ça reviendrait au même… Je serais totalement hors service, et ce n'est pas leur intérêt.

Elle marqua une pause avant de poursuivre :

— Mais non, si tu veux tout savoir, je n'avais pas l'intention de manger là-bas.

Puis elle ajouta, d'un ton sec :

— Tu pourrais tout de même me faire un peu confiance.

De toute évidence, elle venait encore de s'amuser à le faire marcher.

— Tu pourrais de temps en temps me donner une réponse claire ? rétorqua-t-il.

— Bien sûr. Bon, pour ce qui est de manger, je suis d'accord, il faut y penser, et je suis partante pour un hamburger.

— Il te faut combien de temps pour te préparer ?

Elle eut un sourire paisible, comme si elle n'avait pas conscience de l'avoir mis en rage.

— Vingt minutes environ.

Du doigt, elle désigna son visage.

— Je dois me ravaler la façade, si je veux attirer l'attention…

Elle allait de toute façon attirer l'attention. En plus d'avoir un corps de rêve et un visage d'une beauté à couper le souffle, elle avait une présence très intense. Dès qu'elle entrerait dans le bar, toutes les têtes se tourneraient vers elle.

— Tu promets de me rejoindre en bas quand tu auras terminé ? demanda-t-il.

— Je le jure.

Il sonda son regard et il vit qu'elle était sincère. Il se pencha alors vers elle, et déposa un baiser sur son front.

— Baiser numéro deux, dit-il.

— Oh…

Elle parut sidérée, puis se reprit.

— Eh bien… d'accord. Heureuse d'être débarrassée de ce souci.

Il l'embrassa une fois de plus, sur la tempe cette fois, en y appuyant sa bouche quelques secondes de trop. Il en profita pour respirer l'odeur de savon qui se dégageait d'elle, tandis que son nez effleurait ses cheveux mouillés et qu'il se remplissait de l'énergie électrique qu'elle dégageait.

Puis il se souvint que Trace l'attendait en bas. Et c'était sans doute une bonne chose. Sa présence, même lointaine, l'empêchait de faire des bêtises.

Il mit fin au baiser et se leva. Arizona resta clouée sur le lit.

En ouvrant la porte, il lança par-dessus son épaule :

— Et ne me fais pas attendre…

Trace prit le temps d'étudier le motel choisi par Arizona, et en particulier les issues, y compris les fenêtres. Il fit le tour du pâté de maisons, scrutant l'éclairage des ruelles, les établissements voisins, l'ambiance, la circulation.

Pas mal.

Cette petite avait de l'instinct, il fallait le reconnaître.

Puis il rejoignit Jackson, qui avait également fait le tour. Il le trouva devant les portes d'entrée, souriant aux anges, perdu dans ses pensées — songeant sans nul doute à son futur mariage ou à son bébé.

Trace avait tenté de convaincre Jackson de ne pas venir, mais il n'y avait pas eu moyen.

Il n'aimait pas se l'avouer, mais il appréciait Jackson et il était soulagé qu'Alani soit tombée amoureuse d'un homme capable d'assurer sa sécurité.

Il s'approcha de Jackson par-derrière et lui assena une grande claque sur l'épaule. Ce dernier sursauta.

— Qu'est-ce qui te prend ? protesta-t-il en affichant un air mécontent.

— Tu es venu ici pour m'aider à bosser, alors concentre-toi.

— Je suis concentré, répondit Jackson en souriant. Sauf quand je pense à ma belle fiancée.

— L'ennui, c'est que tu ne cesses de penser à elle, on dirait…, répondit Trace, tout en remarquant un couple qui entrait et un homme qui sortait.

— Pas de problème, je suis multitâches.

Ils entrèrent ensemble dans le motel.

— Alors, qu'est-ce que tu en penses ? demanda Trace.

Jackson haussa les épaules.

— J'aurais pu choisir cet endroit pour moi.

— A l'intérieur, ça va aussi.

— Je t'avais dit qu'Arizona n'était pas sotte et qu'elle avait compris beaucoup de choses sur l'organisation de notre boulot. Par contre, physiquement, elle n'est qu'une femme menue, avec plus de culot que de force.

— Spencer la surveille de près.

Jackson eut un rire amer.

— Oui, ça, je m'en doute.

Trace prit le temps de le dévisager.

— Ça te dérange qu'elle lui plaise ?

— Pas du tout. Sauf s'il lui fait du mal.

— Et s'il lui fait du mal ?

— Je me chargerai de lui.

Sur ce commentaire, Jackson s'éloigna pour jeter un œil sur le hall et les salons, ainsi que dans l'espace où se trouvaient les distributeurs de boisson et de nourriture.

Trace le regarda s'éloigner. Jackson et Arizona n'avaient aucun lien de parenté, mais ce que ressentait Jackson en ce moment à propos de Spencer lui rappelait ce qu'il avait lui-même ressenti quand Jackson avait approché Alani. Il ne put s'empêcher de se sentir vengé… Ah, Jackson comprenait, à présent !

Il ne partageait pas l'inquiétude de Jackson : Arizona était fragile, mais ils avaient méticuleusement fouillé le passé de Spencer et n'avaient rien découvert d'inquiétant. Par ailleurs, ce qu'ils savaient de lui justifiait qu'il éprouve le besoin de protéger Arizona.

C'était un homme bien, un combattant authentique. Depuis la mort de sa femme, trois ans plus tôt, il n'avait eu personne dans sa vie. S'il décidait de s'intéresser à Arizona, Trace lui faisait confiance pour se montrer patient et délicat.

Mais Arizona aurait damné un saint, et Spencer n'était pas un saint.

Ils étaient tous deux adultes et ils avaient le droit de faire ce que bon leur semblait. Mais tout de même, pour plus de sécurité, Trace décida d'avoir une petite conversation avec Spencer à ce sujet.

Quand Spencer descendit, il trouva Jackson planté au beau milieu du hall. Il était d'autant plus inquiétant qu'il faisait semblant d'être soûl. Les clients l'évitaient prudemment.

Spencer se demanda pourquoi il jouait un personnage, mais Jackson était un drôle de type, et il ne fallait pas toujours chercher à le comprendre. Il était un fameux combattant, précis, doté de réflexes fulgurants et d'une grande intuition. Mais il était aussi nonchalant et irrévérencieux, ce qui faisait de lui l'exact opposé de Dare et de Trace.

Trace avait la prestance d'un homme d'affaires et une allure menaçante, qui aurait dissuadé les plus courageux de s'attaquer à lui. Dare, que Spencer avait rencontré deux ou trois fois, était le plus calme des trois, et sans doute le plus sûr de lui. Il ne parlait pas beaucoup.

Spencer les appréciait et les respectait. Plus il en savait sur leurs opérations, plus il approuvait leurs méthodes.

Il chercha Trace du regard et le repéra dos à l'escalier, le regard rivé au parking. Il décida de le rejoindre et passa devant Jackson sans le saluer, comme s'il ne le connaissait pas. Trace le regarda approcher dans la baie vitrée, aussi ne prit-il pas la peine de s'annoncer.

— Désolé de t'avoir fait attendre, dit-il.

Trace demeura tourné vers le parking.

— Qu'est-ce que tu as dit à Arizona ?

— Rien.

Cette fois, Trace daigna se retourner.

— Elle ne sait pas que tu es venu me rejoindre ?

— Elle était en train de se préparer.

Spencer s'adossa au mur.

— Je n'ai pas parlé de vous. J'ai dit que je la laissais se préparer, et elle a trouvé tout naturel qu'un gentleman comme moi respecte son intimité.

— Tu te comportes toujours en gentleman avec elle ?

La question était posée sur un drôle de ton. Spencer fronça les sourcils.

— C'est pour ça que tu es là ? Tu viens te renseigner sur mes intentions ?

Trace eut un petit sourire en coin.

— Je ne viens pas me renseigner sur tes intentions, pour la bonne raison que tu ne les connais pas toi-même.

Le commentaire déplut à Spencer.

— Je sais ce que je fais.

Le sourire de Trace s'élargit.

— Si ça peut te rassurer de le croire.

— Où veux-tu en venir, à la fin ? demanda Spencer, agacé.

Trace était en train de lui gâcher sa bonne humeur.

— Elle ne t'a pas demandé qui t'avait appelé, ni où tu allais ? demanda Trace.

— Elle n'est pas très curieuse.

Il se souvint néanmoins de ses questions au sujet du sexe.

— Enfin… ça dépend à propos de quoi.

Trace accepta la réponse avec un hochement de tête.

— Tu vas me dire pourquoi tu es là ? demanda alors Spencer, qui sentait monter la tension entre eux.

Trace ne s'était sûrement pas déplacé pour satisfaire la curiosité que lui inspiraient ses rapports avec Arizona.

— Elle t'a faussé compagnie, aujourd'hui, répondit Trace.

Eh bien oui, elle lui avait faussé compagnie. C'était la réalité. Cependant, il n'apprécia guère la formulation.

— Elle avait des courses à faire, voilà tout, dit-il.

— Mais elle est partie sans te prévenir.

— Elle est indépendante, tu le sais aussi bien que moi…,

grommela Spencer. Je t'ai dit que j'avais la situation sous contrôle.

— Tu dois comprendre, Spencer.

Oh ! il comprenait… Il comprenait même très bien. Trace était venu lui donner un coup de semonce.

— J'écoute, dit-il d'un ton ironique.

— Jackson considère Arizona comme une sœur. Alani l'a adoptée. Priss et Molly l'aiment beaucoup. Dare et moi aussi.

Son regard se perdit au loin.

— Elle fait partie des nôtres, à présent.

« Partie des nôtres » ? Encore une fois, ce fut le ton, plus que la teneur du message, qui agaça Spencer.

— Ce qui signifie ?

— Ce qui signifie qu'avec ou sans toi nous la protégerons.

Ces mots ressemblaient un peu trop à une menace. Spencer s'écarta du mur et se redressa de toute sa hauteur.

— Tu penses que je ne suis pas capable de me charger de sa protection ? Ou pas assez motivé pour le faire correctement ?

— Je pense que les hommes se laissent parfois déborder par des motivations déplacées.

Jackson les rejoignit à ce moment.

— Tout à fait d'accord, dit-il. Et évite de réfléchir avec une certaine partie de ton anatomie, ajouta-t-il.

L'avertissement, même s'il comportait une part de vérité, était tout simplement insultant. Spencer se rebiffa.

— Seriez-vous du genre « Faites ce que je dis, pas ce que je fais » ?

— Non, se défendit Trace.

— Peut-être, admit Jackson.

Trace soupira et secoua la tête.

— N'écoute pas Jackson. C'est un gourmand.

— Il veut dire au lit, dit Jackson en riant. Mais, comme je vais épouser sa sœur, il préfère ne pas entrer dans les détails.

L'atmosphère se détendit aussitôt. Spencer s'adossa de nouveau au mur et observa l'échange entre les deux hommes.

— Elle est déjà enceinte, fit Trace en jetant un regard en coin du côté de Jackson.

— Oui, répondit Jackson avec un soupir théâtral. Et de savoir qu'elle porte mon enfant la rend à mes yeux encore plus désirable.

Trace avança d'un pas et écarta Jackson pour aller se planter devant Spencer.

— Pour l'instant, je vais te laisser gérer la situation avec Arizona, déclara-t-il.

— Merci, répondit Spencer d'un ton ironique.

Il ne prit pas la peine de préciser qu'il n'avait aucune intention de se retirer, même s'ils le lui demandaient.

— Hé ! protesta Jackson. Je n'ai pas mon mot à dire ?

— Tu en as assez dit, répliqua Trace.

Jackson ouvrit la bouche, puis sourit et la referma.

Revenant à Spencer, Trace ajouta :

— Tu peux t'arranger pour la garder près de toi, ça me va.

— Ça me va aussi, déclara Jackson. Près de toi, c'est bien.

— Sauf si elle n'est pas d'accord, dit Trace. Arrange-toi pour l'amadouer et pour la maîtriser. Ou tu seras obligé de disparaître.

— Ta mission ne va pas être facile, ajouta Jackson d'un air compatissant. Elle peut se montrer vraiment… récalcitrante. Mais je te conseille de ne pas perdre patience, avec elle. Si tu penses que c'est au-dessus de tes forces, tu ferais mieux d'abandonner tout de suite.

Spencer se figea. Qu'ils aillent se faire voir, tous les deux ! Pour qui se prenaient-ils ? Il n'était pas à leur botte et agirait comme bon lui semblerait.

— Je n'ai pas d'ordres à recevoir de vous, rétorqua-t-il.

— Tu prévois de coucher avec elle ? demanda Trace.

Spencer en resta saisi.

— Ça ne te regarde pas, que je sache !

Jackson croisa les bras.

— Bien sûr que ça le regarde. Et ça me regarde aussi.

Il échangea un regard entendu avec Trace.

— Tu n'es qu'un homme. Et Arizona… Bref.

— Ce n'est pas facile de lui résister, admit Spencer entre ses dents. Croyez-moi, je ne le sais que trop. Mais j'ai trente-deux ans, et elle est à peine adulte. Sans parler de ce qu'elle a vécu.

Trace le défia du regard.

— Ainsi, tu n'aurais que des motivations altruistes ? Tu n'attends rien en retour ?

— Ça ne vous regarde pas, répéta Spencer.

Ils ne se laissèrent pas impressionner par son sang-froid.

Jackson inclina la tête de côté et le dévisagea.

— Tu as accepté de faire équipe avec elle sans nous demander notre avis, lança-t-il soudain sur un ton accusateur.

— C'est elle qui est venue me solliciter. Vous le savez très bien.

— Donc, si elle n'était pas venue, tu n'aurais pas cherché à la revoir ? insista Jackson.

Ils essayaient manifestement de le coincer, et il n'avait pas l'intention de se laisser faire.

— Nous nous sommes croisés plusieurs fois.

— Mais chaque fois c'était à son initiative, n'est-ce pas ?

Il n'allait pas continuer à se justifier avec ces deux-là. Il serra les dents et fit un pas en avant.

— Du calme, les gars, vous attirez l'attention.

Arizona joua des coudes pour se placer entre Trace et Jackson, face à Spencer, qui l'accueillit en fronçant les sourcils.

— Tu vas attraper des rides, fit-elle.

Il l'entendit à peine. A vrai dire, il avait la tête vide.

Les mains sur les hanches, elle tourna lentement sur elle-même.

— Vous avez besoin de tout ce public pour comparer vos mérites respectifs de mâles ? demanda-t-elle en les regardant tour à tour.

Trace sursauta, puis il prit le parti de ne pas répondre et ferma les yeux.

— Sacré gamine…, murmura Jackson.

Il enleva sa veste et tenta de la lui mettre sur les épaules, exposant ainsi son revolver — ce qui était moins grave que de laisser Arizona s'exposer dans la tenue de combat qu'elle avait choisie pour l'opération Green Goose.

Elle avait échangé son éternel jean contre une minijupe en jean — mais vraiment mini, la jupe ! Le décolleté plongeant de son haut noir interdisait le port d'un soutien-gorge et mettait en valeur la rondeur et la fermeté de ses seins généreux. Des sandales à lanières et de grands anneaux d'oreilles complétaient l'ensemble.

Elle s'était maquillée, et cela lui allait très bien. Avec ses cils rehaussés de mascara noir et sa bouche peinte d'un rose brillant, elle était tout simplement divine.

En jetant un coup d'œil autour d'eux, Spencer put constater qu'elle attirait tous les regards.

— Il vaudrait mieux partir, fit Jackson.

Trace poussa un grognement mécontent quand Arizona tenta de se débarrasser de la veste de Jackson.

— Tu es une vraie bombe sexuelle, habillée comme ça, déclara-t-il.

Spencer recouvra enfin ses esprits. Il lui avait fallu plusieurs secondes pour y parvenir.

— Tu as laissé des affaires, dans la chambre ? demanda-t-il.

Elle montra son sac de voyage, la mallette de son ordinateur et son sac à main.

— Je pensais que nous n'aurions pas de raisons de repasser par ici après avoir mangé. J'avais prévu de tout déposer dans le coffre de ma voiture.

Elle ne possédait vraiment pas grand-chose. Il lui prit le sac de voyage et la mallette des mains, se promettant de l'interroger plus tard sur les raisons de ce dénuement.

— Nous allons dîner tout de suite.

Il se tourna vers Trace.

— Tu pourrais…

— Oui, je me suis occupé de régler les formalités de départ, coupa Trace. Eloigne-la de cet endroit.

— Et mangez dans la voiture, dit Jackson.

Ils sortirent tous les quatre du motel. Ils avaient à traverser le parking pour rejoindre la camionnette de Spencer : Trace et Jackson tentèrent de protéger Arizona des regards en formant autour d'elle un bouclier humain.

— Arrête de me bousculer, geignit Arizona en repoussant, Jackson qui la serrait de trop près.

Spencer vint se placer entre eux.

— Sois raisonnable, glissa-t-il à l'oreille d'Arizona. Moins tu te fais remarquer ici, mieux ça vaut.

Elle se remit à marcher, mais continua à protester.

— C'est votre petit manège qui attire l'attention sur nous, dit-elle.

— Ne me dis pas que tu es naïve à ce point-là, répliqua Trace.

— Je n'ai jamais dit que je l'étais, rétorqua-t-elle sèchement.

— Dans ce cas, tu sais que c'est ta tenue qui attire l'attention.

Avant de monter dans la camionnette, elle se tourna vers Trace et lui lança une œillade langoureuse.

— Je vous plais ?

Trace et Jackson émirent un sifflement admiratif, tout en riant de bon cœur.

— Pour l'amour du ciel ! lui dit Spencer. Arrête un peu, Arizona…

Il claqua la portière sur elle.

— Je vous tiens au courant, dit-il à Trace et à Jackson.

Il fit le tour de la camionnette, grimpa derrière le volant et s'empressa de démarrer en regardant droit devant lui.

9

Jackson savait depuis longtemps qu'Arizona était une beauté, mais la voir dans cette tenue lui avait tout de même causé un choc. C'était la première fois qu'il prenait conscience de la sensualité qui émanait d'elle.

S'il n'avait pas été amoureux d'Alani, si Arizona n'avait pas tant souffert, s'il n'avait pas obéi à un code moral qui lui interdisait de profiter de la faiblesse d'une femme… il se serait probablement laissé tenter.

Il suivit des yeux la camionnette qui emportait Spencer et Arizona, puis se tourna vers Trace, lequel demeurait silencieux, lui aussi sous le choc.

Ils échangèrent un regard entendu.

Puis ils éclatèrent de rire.

— Bon sang, tu as vu ça ? s'exclama Jackson en secouant la tête.

— J'aurais eu du mal à ne pas voir, répondit Trace en reprenant son sérieux. Je crois que Spencer a vu, lui aussi, ajouta-t-il.

— Oui, murmura Jackson en se passant la main dans les cheveux. Je crois que ça va devenir vraiment intéressant.

— Plus que ça, renchérit Trace. Ça va devenir torride.

— Arizona a l'air de ne pas se rendre compte qu'elle lui fait un tel effet.

— Tu parles ! Les femmes n'ont l'air de rien, mais elles se rendent compte, crois-moi.

— Tu es cynique, Trace, protesta Jackson en secouant

de nouveau la tête. De plus, Arizona n'est pas une femme comme les autres.

— Ce n'est rien de le dire, répondit Trace.

Il scruta le jardin et le parking du motel, puis déverrouilla sa voiture.

— Allons-y, avant de les perdre de vue.

Jackson s'installa sur le siège du passager et boucla sa ceinture, tandis que Trace démarrait et quittait le parking pour suivre Spencer à distance.

Jackson demeura un moment silencieux, à ruminer son mécontentement. Il n'aimait pas qu'Arizona sous-estime son sex-appeal et il aimait encore moins l'idée qu'elle serve d'appât.

— Elle se considère comme une marchandise, tu sais ? déclara-t-il.

Trace ne répondit pas.

— Elle pense que son corps a un prix, mais elle n'a pas conscience d'être incroyablement sensuelle.

Trace se tourna vers lui en haussant un sourcil.

— Mais non, je ne parle pas pour moi ! ajouta vivement Jackson.

Elle s'était offerte à lui, et il l'avait refusée.

— Ne fais pas l'idiot, Trace, tu sais ce que je ressens pour Alani. Je ne veux pas d'une autre femme. Je n'ai eu aucune autre femme depuis que j'ai rencontré ta sœur.

— Ça va, ça va…, grommela Trace. Pas de détails, j'ai compris.

Jackson ignora la gêne de Trace.

— Mais je ne suis pas aveugle et je suis encore capable de voir si une femme est sexy ou pas, même si je ne suis pas intéressé…

Trace leva les yeux au ciel.

— Pas besoin de chercher à me convaincre, je ne suis pas aveugle non plus.

— Je voulais en venir à Spencer, qui est aux premières loges. Il n'a pas de femme dans sa vie et il n'a donc aucune raison de résister au charme d'Arizona.

— En effet, approuva Trace. Mais il n'est pas complètement fou et il sait qu'elle est fragile.

— Dieu merci…, murmura Jackson.

Il frétilla sur son siège en apercevant la camionnette de Spencer devant eux.

— Et s'il oublie il faudra que je m'occupe de lui, dit-il tout bas. Ce serait dommage, parce qu'au fond je l'aime bien.

— Avant de t'occuper de lui, comme tu dis, tu ferais bien de demander à Arizona ce qu'elle en pense.

— Tu crois ?

— Nous avons tous les deux remarqué que Spencer n'était pas indifférent au charme de la belle.

Il jeta un regard en coin du côté de Jackson.

— Mais as-tu remarqué qu'elle n'était pas indifférente au charme du beau mâle ?

Jackson demeura songeur quelques secondes, puis poussa un gémissement.

— Tu as raison, ma parole… Elle est passée devant moi et…

Il soupira.

— Bon sang ! Tu sais quoi ?

Trace haussa un sourcil.

— Le pauvre Spencer me fait de la peine, à présent, déclara Jackson avec un grand sourire.

Ils éclatèrent de rire tous les deux.

Arizona s'efforçait de se montrer patiente, mais le silence lui devint bientôt insupportable.

— Bon ! lâcha-t-elle enfin. Crache le morceau. Quel est le problème ?

Tout en entrant dans le parking d'un fast-food, Spencer lui jeta un regard à la dérobée.

— Le problème, c'est toi.

— Pourquoi ? Qu'est-ce que j'ai encore fait ?

Il se rangea derrière une file de voitures pour prendre commande à l'extérieur.

— Tu es sortie dans une tenue…

Il la parcourut du regard.

— Une tenue…

Elle rajusta l'encolure de son haut, ce qui eut pour effet d'agrandir encore son décolleté. Spencer soupira, et elle leva les yeux au ciel.

— Du calme, Spence. Tu as déjà vu un haut échancré.

— Oui, sans doute…

Il remua sur son siège.

— Mais il y a échancré et échancré.

— Ce qui signifie ?

— Que tu montres tout.

— Tu as déjà vu des seins, non ?

Il marmonna quelque chose qu'elle ne comprit pas.

— Je n'allais tout de même pas m'habiller comme une gentille petite fille, avec un jean et un T-shirt. Je suis censée attirer l'attention, il me semble.

Il poussa un grognement incrédule.

— Tu n'aurais eu aucun problème pour attirer l'attention, crois-moi…

— J'ai l'air d'une nymphomane en chasse, c'est ça ? D'une fille facile ?

— Tu as l'air d'une…

Il s'interrompit et secoua la tête.

— Laisse tomber.

— L'air de quoi ? insista-t-elle en allongeant le bras pour lui donner un coup sur l'épaule. Vas-y. Qu'est-ce que tu allais dire ?

Il la couva d'un long regard appuyé, puis haussa les épaules.

— Tu as l'air comestible.

— Oh…

Elle ne savait pas trop comment elle devait prendre ce mot.

— Ravie que tu apprécies, dit-elle.

Il se massa la nuque, tout en regardant droit devant lui, à travers le pare-brise. La file avança, et il suivit le mouvement. Quand il ne resta plus qu'une voiture devant eux, il demanda :

— Qu'est-ce que tu veux manger ?

— Tu m'invites ?

Il poussa un long soupir résigné.

— Oui.

— Dans ce cas je prendrai un cheeseburger, complet, mais sans oignons. Des frites et un milk-shake à la fraise.

Il la gratifia de nouveau d'un long regard qu'elle ne sut comment interpréter, puis fit avancer la camionnette devant le comptoir pour commander deux cheeseburgers et deux portions de frites, en choisissant pour lui un milk-shake au chocolat.

— On a du temps à tuer, on pourrait manger au parc tout en discutant des détails de notre plan, suggéra-t-il.

— Je croyais que tous les détails étaient réglés, mais si tu veux les revoir…

— Je veux les revoir, coupa-t-il.

Il était pointilleux, et c'était une qualité qu'elle appréciait beaucoup.

— Le parc, c'est une bonne idée, mais ça risque d'être boueux.

— On restera dans la camionnette, dit-il en désignant du menton ses jambes nues. Je te garde à l'abri.

Déçue à la perspective de ne pas manger en plein air, elle fronça le nez.

— Etant donné que je vais bientôt m'exhiber dans un bar, c'est un peu idiot de me cacher, non ?

— Le plan est idiot. Si ça ne tenait qu'à moi, on annulerait tout.

Le plan était parfait, au contraire, songea Arizona. Que lui reprochait-il donc ?

— Au moins, Dare sera là pour nous couvrir, ajouta-t-il.

— La présence de Dare est un plus, mais je croyais que tu n'avais besoin de personne pour te couvrir.

— Si j'étais seul, si je n'avais pas à m'inquiéter de toi, je n'aurais besoin de personne. Mais les choses peuvent mal tourner, et nous ne savons pas combien ils seront dans ce bar.

— Ils n'étaient pas nombreux, la dernière fois que j'y suis allée.

— Ça ne veut rien dire. J'ai déjà affronté seul des situations compliquées, mais jamais en compagnie d'une femme.

Il lui jeta un regard enflammé.

— Et sûrement pas en compagnie d'une femme comme toi.

Elle supposa qu'il voulait dire : « avec une femme qui cherchait délibérément à attirer l'attention ».

— Mieux vaut prévenir que guérir, soupira-t-elle.

— Exactement. Donc, si Dare nous envoie un code pour nous demander d'abandonner, nous lui obéirons. C'est compris ?

— Oui. Bien sûr.

— Je suis sérieux, Arizona. Pas de discussion. Pas d'hésitation. Peu importe ce qui se passe.

— Oui, ça va, j'ai pigé. Pas la peine d'insister aussi lourdement.

Il la fixa d'un air sombre et méfiant.

— Je suis sérieux, répéta-t-il. Peu importe…

— Je filerai dès que tu me le demanderas, coupa-t-elle. Sans la moindre discussion. Je te dis que j'ai pigé. Ça suffit.

Il fit avancer la voiture pour payer et récupérer leur commande.

Elle attendit, la mine renfrognée, pendant qu'il prenait la monnaie.

Il conduisit en silence, tout en lui jetant de temps à autre un regard. Elle commençait à en avoir sérieusement assez et ne tarda pas à exploser.

— Tu te rends compte que tu es terriblement vieux jeu ?

Ils étaient arrivés au parc, désert à cette heure de la journée.

— Et toi, tu es terriblement naïve.

— C'est une plaisanterie ? s'exclama-t-elle. Comment est-ce que je pourrais être naïve après tout ce que…

— Arrête un peu, maintenant, Arizona !

Il gara sa camionnette dans un parking désert et se tourna vers elle.

— Pas la peine d'entrer dans les détails, dit-il.

Il avait l'air vraiment furieux. Elle en fut étonnée mais aussi amusée. Elle prit son air le plus innocent.

— Les détails à quel sujet ?

Il défit sa ceinture et se pencha vers elle.

— Tu ne dois pas te servir de ton passé comme d'une excuse pour te mettre en danger. Et surtout, tu ne dois pas te rabaisser. Tu n'es pas responsable de ce qu'on t'a obligée à faire. Tu ne dois pas te sentir avilie.

— En effet, on m'a obligée à faire pas mal de choses, et je me sens avilie. Tu ne crois pas si bien dire !

Il agita la main dans les airs.

— C'est terminé, à présent. Ce que tu as fait n'est pas ce que tu es.

Son regard la scruta lentement, de la tête aux pieds.

— Tu ne te résumes pas à ce corps.

Elle commençait à avoir très chaud. Elle défit sa ceinture de sécurité et se pencha vers lui, prête à affronter sa colère.

— Tu te trompes, ce corps résume très bien ce que je suis, au contraire, dit-elle.

Il voulut parler, mais elle referma son poing sur un pan de sa chemise et le tira brutalement à elle.

— Je suis une justicière, Spence, il va falloir t'y habituer.

— Non.

— Je suis forte et intelligente, ajouta-t-elle. Et mon plan n'est pas stupide, que je sache.

Une drôle de lueur brilla dans les yeux de Spencer.

— Tu supportes à peine que je t'embrasse, dit-il d'un ton provocateur. Qu'est-ce que tu feras quand un étranger posera ses pattes sur toi, merde ?

Elle fixa sa bouche. Tiens, un gros mot ? Avait-il l'intention de l'embrasser de nouveau ?

— Tu t'exprimes grossièrement, déclara-t-elle.

Il lui prit le poignet. Elle se demanda si c'était bien utile qu'elle continue à agripper sa chemise.

— De quoi est-ce que tu parles ? demanda-t-il, agacé.

Elle le regarda droit dans les yeux.

— Je n'ai pas dit de gros mots, mais toi, si, répondit-elle avec un plaisir évident.

— Et après ? Moi, j'ai le droit. Et je te servirai de cavalier au mariage de Jackson, que je gagne ou perde ce pari.

Il secoua la tête.

— Cesse de changer de sujet.

— Je ne changerai pas de sujet. Dès que j'aurai trouvé un gage pour toi. Après tout, tu as été grossier deux fois. Cavalier au mariage, ça ne vaut que pour une fois.

Quelques secondes s'écoulèrent, et une tension nouvelle emplit l'air.

— Qu'est-ce que tu veux ? demanda-t-il.

Elle commençait à vouloir beaucoup de choses. Des choses qu'elle aurait pensé ne jamais accepter, encore moins désirer. Le souffle chaud de Spencer lui chatouillait la bouche.

Elle poussa un soupir tremblotant.

— Je le supporte très bien…, murmura-t-elle.

— Je ne comprends rien à ce que tu racontes, Arizona.

— Quand tu m'embrasses, articula-t-elle avec peine. Je supporte ça très bien.

Le pouce de Spencer caressa le pouls qui battait à son poignet.

— Tout à l'heure, ce n'était pas un vrai baiser. Je t'ai juste embrassé la paume.

— Je sais.

Elle haussa une épaule.

— Pour en revenir à ce soir, au bar, ils vont simplement me tester. Je ne risque pas grand-chose.

— Mais si quelqu'un va trop loin selon tes critères ?

— Je verrai bien.

Il éleva sa main et lui embrassa les articulations des doigts, puis y appuya son front.

— Pour être franc, Arizona, je ne m'inquiète pas, murmura-t-il. Je pense que tu es tout à fait capable de t'en tirer.

— Dans ce cas, quel est le problème ?

— Si Terry Janes ose poser les mains sur toi, s'il ose

simplement te regarder avec un peu trop d'insistance, c'est moi qui ne vais pas le supporter.

Il lui vola un baiser, un vrai, sur les lèvres, en la prenant par surprise, puis s'écarta et s'adossa à son siège.

— C'est ça, le problème, conclut-il.

Il l'avait embrassée comme si c'était tout naturel, comme s'il l'avait déjà fait un million de fois, mais ce baiser rapide et léger l'avait étourdie, et elle mit un certain temps à comprendre de quoi il parlait. Elle préféra ne pas s'appesantir sur le problème qu'il soulevait — Spencer était un professionnel, elle lui faisait confiance, il saurait se tenir —, et s'intéressa plutôt au nom qu'il venait de lâcher.

— Terry Janes ?

— Je t'ai dit que Trace surveillait déjà ce bar.

— C'est Terry, le chef ? demanda-t-elle, un peu abasourdie. Le type tatoué que j'ai remarqué ?

Spencer acquiesça.

— Il gère le bar. Mais nous ne savons pas encore s'il est à la tête du trafic.

Elle se retint pour ne pas le gifler.

— Et c'est maintenant que tu me parles de lui, merde ?

— Je te rappelle que tu es partie de chez moi ce matin. Si tu étais restée, nous aurions parlé de tout ça après ma douche.

Elle agita son poing devant lui.

— Vas-y, dit-il. Frappe…

Il la défia du regard.

— … si tu l'oses.

C'était vraiment tentant de faire disparaître ce petit sourire suffisant de son visage, mais non, pas question de lui donner ce qu'il voulait.

— Je devrais et je pourrais.

Elle contempla ses ongles en affectant un air de suprême indifférence.

— Mais je n'ai pas la tenue adéquate pour me battre et je dois rester présentable pour ce qui nous attend. Je n'oublie pas pourquoi nous sommes là, contrairement à toi.

— Je ne risque pas de l'oublier, dit-il avec un petit rire. A cause de ta tenue, justement.

Elle en avait assez de ses remarques sur sa tenue. Elle posa ses mains sur ses hanches et baissa les yeux.

— Ce n'est rien comparé à ce que les proxénètes m'obligeaient à porter. Je me demandais même si c'était suffisamment osé mais, vu ta réaction, je crois que ça va…

— Je voudrais mettre les choses au point, à ce sujet.

— Je t'écoute.

Il tendit la main et prit entre ses doigts l'ourlet de sa jupe, lui effleurant au passage l'intérieur de la cuisse. Son cœur cessa de battre.

— Tu n'as pas besoin de ça, dit-il.

Il désigna son décolleté.

— Ni de ça. Si tu avais mis ton jean et un T-shirt, je t'assure que tous les mecs du bar se seraient retournés sur toi.

— Tu en es certain ?

— Certain.

— Mais si je tombe sur des mecs comme Trace ou Jackson ?

— Ils auraient remarqué aussi.

Il effleura son genou, puis laissa retomber sa main.

— Sauf que des mecs comme eux sont capables de t'apprécier sans chercher à profiter de toi.

— Je tâcherai de ne pas l'oublier.

Il poussa un soupir exaspéré et se tourna vers la vitre de sa portière pour scruter le parc.

— Arizona…

Il serra les dents, puis la transperça d'un regard plein de détermination.

— Je vais devoir insister.

— Tu ne fais que ça, insister.

— Désolé, mais je ne suis qu'un homme. Je t'assure que je fais de mon mieux.

Elle ne voyait pas du tout où il voulait en venir.

— Je ne voudrais pas te bousculer, murmura-t-il.

— Pourtant, quand je suis habillée comme ça, tu pourrais avoir envie de me bousculer.

— Quand tu es habillée comme ça, j'ai un mal fou à me concentrer, soupira-t-il. Et au fait, tu as encore dit un gros mot.

— C'est toi qui avais commencé, protesta-t-elle. Ça ne compte pas. Nous sommes quittes.

— Ce n'est pas comme ça que ça marche, rétorqua-t-il.

Elle ne l'avait pas vu bouger, et pourtant il s'était rapproché d'elle.

— Nous avons fait un pari. Tu dois soigner ton langage et payer un certain prix chaque fois que ta langue fourche.

Elle avança le menton. Pas question de lui montrer qu'il la déstabilisait.

— Admettons. Je te dois un baiser.

Lorsqu'il se pencha vers elle, elle avança le bras pour l'empêcher d'aller plus loin.

— Mais tu l'auras plus tard.

Il s'arrêta net.

Très bien. Il restait correct, et elle n'en fut pas étonnée.

— Je paierai mon dû. Mais tu devras aussi payer le tien.

Il se redressa, posa nonchalamment son poignet gauche sur le volant et laissa son bras droit sur le dossier du siège du passager. Après quelques secondes de réflexion, il haussa les épaules.

— Qu'est-ce que tu veux ?

— Des détails.

— Pas de problème.

Il lui adressa un sourire paisible et indulgent.

— De toute façon, j'allais te dire tout ce que je savais à propos du Green Goose.

Elle secoua la tête.

— Je ne parlais pas de ça.

— Non ? demanda-t-il en haussant un sourcil. Et de quoi, alors ?

— Nous verrons ça plus tard.

Satisfaite de l'avoir intrigué, elle ouvrit le sac contenant leur commande, et une vapeur odorante s'en échappa.

— Mmm… Mangeons avant que ça refroidisse, dit-elle.

Elle lui tendit sa part, puis ouvrit les frites et les déposa entre eux.

Ils étaient garés à l'ombre de grands arbres, et Spencer fit descendre les vitres pour profiter de l'air doux et léger de septembre. Des oiseaux voletaient de branche en branche. Les abeilles bourdonnaient. Une légère brise vint les caresser.

— C'est une belle journée, après l'orage de cette nuit, déclara Arizona.

Il émit un petit son approbateur, défit le papier d'emballage de son hamburger et mordit dedans. Tout en l'imitant, elle l'observa, surprise de la vitesse avec laquelle il faisait disparaître sa nourriture. Il fallait certainement une bonne dose de carburant pour faire fonctionner un homme de sa carrure.

Comme elle étudiait son profil, elle remarqua la déviation de son nez.

— Comment t'es-tu cassé le nez ? demanda-t-elle.

Son regard, perdu jusque-là au loin, revint vers elle. Il prit le temps d'avaler sa bouchée, puis passa deux doigts sur l'arête de son nez.

— Ça te gêne ? Tu trouves ça moche ?

Elle ne put s'empêcher de rire.

— Pas du tout !

Il aurait fallu bien davantage pour enlaidir son visage. Et il n'avait pas qu'un beau visage. C'était vraiment, à tout point de vue, un très bel homme.

— Non, ça te donne au contraire un côté dur à cuire.

La remarque lui valut un sourire en coin.

— Si tu le dis…

Il attrapa une poignée de frites.

— Tu n'as pas répondu à ma question, insista-t-elle. C'est arrivé comment ? J'ai envie de savoir.

— Il n'y a pas grand-chose à raconter.

Il se tourna à demi et s'adossa à sa portière.

— Je suivais un type, Willy Glassman. Violence conjugale, voies de fait, refus d'obtempérer. Bref, il collectionnait les chefs d'accusation. On l'avait libéré sous caution, et il avait filé. Je le pistais depuis des semaines. Je l'avais finalement localisé dans une vieille ferme au milieu de nulle part. Quand je suis arrivé, il était sur le porche, avec deux potes, en train de vider un pack de bière.

— Ils étaient trois ?

— J'ai su après que les deux autres étaient son frère et un cousin. Ils étaient tous les trois complètement soûls, et je cherchais un moyen d'embarquer Willy en faisant le moins de dégâts possible.

Il s'interrompit et secoua la tête.

— Eh bien ? demanda-t-elle.

Il avait l'air sombre, et elle le trouva plus impressionnant que jamais.

— Que s'est-il passé, ensuite ?

Il se frotta la nuque, puis attrapa son milk-shake. Elle lui laissa le temps de se reprendre. Elle savait mieux que personne que certains souvenirs étaient pénibles à évoquer.

— Je me suis fait doubler.

Il avait prononcé ces mots sur un drôle de ton.

— Il t'a échappé ?

— Oui.

Il appuya de nouveau sa tête à la vitre et plissa les yeux.

— Je n'ai jamais pu le coincer. C'est quelqu'un d'autre qui l'a eu.

Elle avait presque du mal à le croire. Spencer était comme elle, il ne supportait pas l'échec. Celui qui avait réussi à lui échapper était forcément un adversaire de taille.

— Que s'est-il passé ?

Il se mordit la lèvre supérieure, puis laissa échapper un rire amer.

— Quand je me suis approché et que j'ai vu ce qu'ils faisaient sur ce porche… je… j'ai perdu mes moyens…

Il s'interrompit pour déglutir. Elle posa une main sur son genou, et il la couvrit de la sienne.

— Ils torturaient un chien, dit-il enfin.

— Ils torturaient un chien ?

— Oui. C'était affreux. Le pauvre chien était attaché à un poteau, et ses pattes de devant…

Arizona se couvrit la bouche. Elle imaginait la scène…

— Ils s'amusaient à l'étrangler. Pour se divertir.

— Les salauds !

— Quand j'ai vu ça, j'ai complètement perdu les pédales.

Il enroula ses doigts aux siens et lui pressa la main avant de la lâcher.

— Au lieu de prendre mon temps et d'attendre le bon moment pour sauter sur Glassman, j'ai tiré. Ils se sont réfugiés dans la maison, et j'en ai profité pour couper la corde du chien.

— Et ensuite ?

— Je suis entré dans la maison pour leur administrer une correction.

— Sans blague ? J'aurais aimé voir ça.

Il marqua une pause, puis secoua la tête.

— C'était stupide de ma part. Si l'un d'eux avait été armé, je ne serais probablement pas en train de te raconter cette histoire.

— Ils n'avaient pas d'armes à feu ?

— Glassman en avait une, mais il avait pris la fuite. Je suppose que les deux autres étaient censés me ralentir. C'est en tout cas ce qu'ils ont fait. Ils ont eu leur compte, mais dans la bagarre j'ai reçu en pleine figure un coup de pied qui m'a cassé le nez.

Elle ouvrit de grands yeux. Elle voulait savoir comment l'épisode s'était terminé.

— Ça t'a mis K.-O. ?

— Non, mais j'ai pissé le sang et j'étais fou de rage.

Il serra son poing gauche.

— Je les ai maîtrisés tous les deux, en brisant quelques os au passage. Mais franchement, il n'y a pas de quoi se vanter, c'étaient des nazes, et tu aurais eu le dessus toi aussi.

Elle fronça les sourcils. Comment fallait-il prendre ce commentaire ?

— Je te remercie, dit-elle d'un ton pincé.

Il fit mine de ne pas avoir remarqué qu'elle était vexée et poursuivit :

— Je les ai menottés et j'ai appelé les flics. J'allais partir pour essayer de rattraper Willy, quand j'ai entendu le chien qui gémissait dans les buissons…

Il secoua la tête et baissa la voix.

— Je ne pouvais pas l'abandonner là.

Elle le trouva, soudain, terriblement émouvant et plus séduisant que jamais.

— Il s'est avéré qu'il y avait plusieurs mandats contre le cousin et le frère. Ils pourrissent en ce moment quelque part en prison, là où est leur place.

— Très bien. Et le chien ?

— La société protectrice des animaux devait le récupérer. Mais il était très sauvage, il avait peur.

Il la regarda droit dans les yeux.

— Il n'avait plus confiance en personne. Tu comprends pourquoi, je suppose ?

Ah non, pas ça… Il était en train d'établir un parallèle entre ce chien et elle ? Il ne fallait quand même pas pousser.

— C'était un beau chien. Un mélange de bâtard et de berger allemand.

Il soutint son regard et murmura :

— Je l'ai pris avec moi.

Avoir adopté ce chien, c'était très généreux de sa part, et cela montrait à quel point il avait bon cœur. Mais elle ne voulait pas être comparée à un animal. Elle avait été maltraitée, certes, et ces sévices l'avaient rendue agressive et méfiante. Mais elle n'avait jamais été réduite à l'impuissance comme cet animal, parce qu'elle s'était toujours battue. Elle avait pris sa vie en main et elle tenait à ce que Spencer la perçoive comme une femme indépendante et forte.

Elle voulait qu'il la considère comme son égale, ni plus ni moins.

Elle dut prendre plusieurs profondes inspirations avant de recouvrer sa voix.

— Tu as l'habitude de ramasser les chiens errants, c'est ça ?

Le ton qu'elle avait adopté était presque agressif, et elle s'en voulut.

Spencer tourna le regard vers les arbres au loin. Il avait compris l'allusion.

— Il a fallu un certain temps, mais il est finalement redevenu normal. Il a cessé de sursauter quand on l'approchait, il a recommencé à jouer…

— Et où est-il, maintenant ?

— J'ai confié Trooper à un ami vétérinaire qui m'avait aidé à l'apprivoiser.

— Trooper ?

— C'est le nom que je lui ai donné.

Il haussa les épaules.

— Mon ami a des enfants, une grande cour clôturée, Trooper est heureux, chez lui.

— Tu lui rends visite ?

— Parfois.

Il y avait décidément trop de similitudes entre elle et ce chien. Tout comme le pauvre Trooper, Spencer voulait l'apprivoiser, l'aider à cicatriser ses blessures et ensuite l'abandonner aux bons soins de quelqu'un d'autre.

Tu peux toujours courir !

Elle finit d'aspirer son milk-shake, puis décida qu'il était temps de changer de sujet.

— Tu aimes les animaux, on dirait ?

— Bien sûr, répondit-il.

Il acheva lui aussi son milk-shake.

— Mais je n'ai pas assez de place chez moi pour en avoir un. Il ne serait pas heureux.

— Pareil pour moi.

Elle aurait bien aimé avoir une maison, un foyer, et tout ce qui allait avec : des animaux domestiques, une pelouse à tondre, des carreaux à nettoyer, des photos à accrocher aux murs.

Mais le destin en avait décidé autrement. Ce serait dans une autre vie.

Agitée par cette pensée, elle se mit à rassembler les papiers et les gobelets pour les mettre dans le sac. Spencer l'aida.

— J'aime bien les chiens de Dare, dit-elle pour rompre le silence. Tai et Sargie sont des amours. Et le gros chat de Priss, Liger, est adorable et si affectueux.

Spencer sourit.

— Il vaut mieux qu'il le soit, vu sa taille.

— Dix kilos d'amour, approuva Arizona.

Il lui prit le sac des mains.

— Qu'est-ce que tu penses de Grim ?

Grim était le nouveau chat de Jackson, sauvé au cours d'une mission, le dernier arrivé.

— Je trouve que ce nom lui va bien. Il garde ses distances, mais il apprécie Jackson.

Elle inclina la tête.

— Il m'apprécie aussi. La plupart des animaux m'apprécient, d'ailleurs.

Il eut un regard chaleureux et plein d'affection. Comme son sourire.

— Les animaux sont d'excellents juges, dit-il.

Il paraissait tellement sincère qu'elle se demanda soudain pourquoi elle lui résistait avec tant d'acharnement. Combien d'hommes comme lui — agréables compagnons, honnêtes et courageux — croiserait-elle dans sa vie ?

Il la désirait, mais il la respectait et se souciait d'elle, de ce qu'elle éprouvait. Il se disputait avec elle, mais sans jamais perdre patience. Il avait suffisamment confiance en elle pour croire en sa parole.

Il se montrait aimable et souriant, franc, respectueux.

Pourquoi ne pas s'abandonner aux sentiments nouveaux qu'il éveillait en elle ?

Il se pencha vers elle pour attirer son attention, et elle se rendit compte qu'elle s'était perdue dans sa rêverie.

— Tu es là, ma belle ? demanda-t-il avec un petit sourire.

— Oui, désolée…

Elle poussa un soupir exagéré, dont il ne fut certainement pas dupe.

— Je réfléchissais.

— A quoi ?

— A rien de très intéressant.

Elle lui donna un coup d'épaule.

— On devrait y aller, lança-t-elle. C'est l'heure.

Il la dévisagea d'un air intrigué, jusqu'à ce qu'elle cesse de sourire.

— Je jette ça, et nous y allons, dit-il enfin.

Il ouvrit sa portière et descendit de la camionnette pour introduire le sac en papier dans une poubelle.

Tandis qu'il s'éloignait, elle en profita pour l'observer. Tout lui plaisait, chez cet homme : ses longues cuisses dont les muscles roulaient quand il marchait, la manière dont il fourrageait dans ses cheveux quand il était préoccupé, son penchant protecteur, l'aura de force physique et morale qui se dégageait de lui.

Et surtout, elle aimait son grand cœur.

Il avait abandonné la récompense liée à la capture d'un criminel pour sauver un chien.

On ne pouvait pas rester indifférent à un tel geste. Elle aurait fait la même chose, mais la plupart des gens préféraient détourner le regard devant le spectacle de la souffrance ou de la cruauté — par paresse, par indifférence, ou simplement par peur.

Pas Spencer. Il était un héros, en quelque sorte.

Elle soupira en le voyant revenir. Il demeurait attentif à ce qui l'entourait et scrutait les alentours, l'air de rien, parfaitement à l'aise et décontracté… et toujours aussi sexy.

De face, il était encore plus intéressant que de dos. Elle admira ses épaules larges et puissantes, sa démarche nonchalante, la manière dont son jean enserrait ses hanches étroites.

Spencer Lark était vraiment un sacré spécimen, un mélange surprenant de présence masculine, de tendresse, de sensualité, de force, de violence. Et tout ça avec un cœur immense.

Avait-elle ressenti pour un homme ce qu'il lui faisait éprouver ? En tout cas, elle ne s'en souvenait pas. C'était étrange, mais elle avait hâte qu'il l'embrasse de nouveau. Et surtout, elle se demandait si le prochain baiser serait plus audacieux que les premiers.

Le simple fait d'y penser lui donna des frissons d'impatience.

Il lui avait volé un baiser sur la bouche quelques minutes plus tôt.

Allait-il recommencer ? Plus longuement ? Plus profondément ?

Avait-elle envie qu'il recommence ?

Oui.

Ce soir, elle serait seule avec lui, dans sa maison. Peut-être oserait-elle lui avouer qu'elle le désirait ? Au moins, elle pourrait s'abstenir de protester, s'il tentait un rapprochement. Tout cela était nouveau pour elle, et elle n'avait pas la moindre idée de la manière dont il fallait procéder.

Mais elle trouverait.

Spencer remonta dans la camionnette et s'installa sur son siège. Mais, au lieu de démarrer, il se tourna vers elle.

— Tu me regardes d'un drôle d'air, fit-il en lorgnant sa bouche. Tu rêvasses encore ?

— En quelque sorte, oui.

Elle se sentait soudain incroyablement légère et se demanda pourquoi. Alors qu'ils s'apprêtaient à entrer dans un nid de vipères, elle avait le sourire aux lèvres. Pour contenir le sentiment d'euphorie qui l'envahissait, elle enroula ses bras autour d'elle.

— J'étais en train de penser que j'ai confiance en toi.

Il se figea, avec une expression indéchiffrable.

— Ravi de l'apprendre.

Elle ne put s'empêcher de rire. Il ne cherchait pas à en savoir plus, bien entendu, parce qu'il la considérait comme une petite chose fragile et abîmée, et qu'il ne pensait qu'à la « réparer ». Mais finalement, cela ne la dérangeait pas autant qu'elle l'avait cru. Elle finirait bien par lui prouver qu'il se trompait.

— O.K., dit-elle.

— O.K. quoi ? demanda-t-il d'un ton circonspect.

Ce « O.K. » ne lui était pas destiné : elle avait pensé tout haut.

— Peu importe, répondit-elle.

En retenant avec peine un sourire, elle fit basculer le pare-soleil et vérifia ses dents dans le miroir.

— Rien de collé aux dents, ça va.

— Hé…

Il lui saisit la main, pour attirer son attention.

— Tout va bien ?

— Oui.

Tout allait bien, et même mieux que jamais.

Mais il ne la crut pas, apparemment.

— Tu veux toujours aller au Green Goose ?

— Bien sûr que oui !

— Ce serait compréhensible, si tu changeais d'avis, insista-t-il en lui prenant la main et la dévisageant. Les clients du bar auront bu, ils se montreront entreprenants…

— Oui, je sais.

C'était le plan, justement. Attirer l'œil des clients et du patron. Elle lui pressa la main pour le rassurer.

— Mais ça va aller. Ne t'inquiète pas. J'ai déjà fait ça, ne l'oublie pas. Je vais très bien y arriver.

Il s'écarta d'elle, la mine sombre, et mit le moteur en route.

— C'est ta manière d'y arriver qui m'inquiète parfois, murmura-t-il.

— Tu as tort.

Elle attacha sa ceinture et lui adressa un sourire mutin.

— Nous avons assuré nos arrières, nous n'avons aucun souci à nous faire. Alors, allons-y !

10

Qu'il ne s'inquiète pas ? C'était facile à dire ! L'enthousiasme d'Arizona montrait qu'elle ne mesurait pas réellement les risques. Elle avait l'air de prendre cette affaire comme un jeu, presque un divertissement. Elle se réjouissait comme une gamine d'aller trancher des gorges — un peu comme les filles de son âge se seraient réjouies à l'idée d'un après-midi de shopping.

Elle n'avait peut-être pas conscience de l'effet qu'elle produirait avec ces vêtements, mais Spencer, lui, en était pleinement conscient, et cette pensée le tracassait beaucoup. Peu importait le but : le fait d'agiter Arizona comme une proie sexuelle pour attirer des proxénètes lui paraissait risqué.

De plus en plus risqué.

— Tu as l'air bien sombre, déclara-t-elle.

Elle inclina la tête de côté pour l'observer.

— Qu'est-ce que j'ai encore fait de mal ? demanda-t-elle.

— Rien du tout.

Elle n'avait rien fait, mais sa manière d'affronter la vie l'inquiétait. L'imprudence dont elle faisait preuve, surtout. Avait-elle des limites ? Trouverait-il un moyen de la maîtriser ? Et d'ailleurs, une telle chose était-elle seulement possible ?

— Mouais…

Elle lui lança un regard espiègle qu'il ne put ignorer.

— Ta bouche dit une chose, mais ton humeur en dit une autre.

Qu'est-ce qu'elle mijotait encore ? Il prit le temps de choisir ses mots.

— Contrairement à toi, je ne me réjouis pas trop tôt. Je sais que les meilleurs plans peuvent déraper.

— Pauvre Spencer…

Il s'aperçut qu'elle regardait fixement son torse, puis son ventre.

— Tu cherches à me faire craquer ? demanda-t-elle.

Pourquoi avait-elle soudain la voix rauque ?

— Bien sûr que non. Je ne cherche ni à te faire craquer ni à t'inquiéter outre mesure. Je voudrais seulement que tu montres un peu plus de réserve et de prudence.

— Donc…

Délibérément provocatrice, elle se pencha vers lui.

— Il faut aller jusqu'à quel degré de réserve pour te plaire ?

Elle caressa son cou et glissa sa main dans ses cheveux.

Il se figea, tellement tendu qu'il avait la sensation qu'il allait se rompre.

Il tâcha de se concentrer sur sa conduite.

— Est-ce que tu te sentirais mieux si j'avais peur, ou si je te disais que j'ai besoin de toi ? reprit-elle.

— Pas du tout.

Elle n'avait que trop vécu dans la peur, par le passé. Il serra les dents, pour cesser de s'agiter comme un gamin sur son siège.

— Je voudrais que la perspective de te jeter dans la gueule du loup te réjouisse un peu moins, ajouta-t-il.

Les doigts glacés d'Arizona glissèrent sur sa nuque.

— C'est ça qui t'a attiré chez Marla ?

— Quoi ?

Il n'était pas facile pour lui de suivre la conversation, pas avec ces doigts aventureux qui le caressaient. Pas quand elle se penchait ainsi, en lui offrant une vue plongeante sur son décolleté. Pas quand elle lui parlait avec cette voix rauque et altérée.

Elle croisa les jambes et se positionna légèrement sur le côté pour mieux le voir.

— Marla, répéta-t-elle.

Elle ferma le poing et lui caressa la mâchoire et le menton.

— C'est ce qui t'a attiré chez elle ? Son côté pauvre femme sans défense ?

Avec cette jupe qui remontait encore plus haut depuis qu'elle s'était tournée vers lui, il ne pouvait ignorer le spectacle de ses cuisses. Elles paraissaient si douces… Elles étaient minces mais musclées. Il les voyait déjà, s'écartant pour lui, s'enroulant chaudement autour de sa taille.

Il était surpris qu'Arizona utilise avec lui des stratagèmes de femme, mais il ne faisait aucun doute qu'en cet instant elle avait une idée derrière la tête. Restait à découvrir laquelle.

Tant qu'il ne savait pas où elle voulait en venir, il avait intérêt à se montrer prudent. Il prit soin, une nouvelle fois, de choisir ses mots avant de répondre. Arizona n'appréciait guère Marla, de toute évidence. Mieux valait ne pas exciter sa jalousie. La pauvre Marla ne méritait pas d'être prise pour cible.

— Marla est agent immobilier et elle gagne bien sa vie. C'est une femme indépendante, propriétaire de sa maison. Je ne la définirais pas comme une pauvre femme sans défense.

Le point faible de Marla, c'était qu'elle souffrait d'être célibataire et qu'elle cherchait un mari.

— Dans ce cas, c'est une calculatrice, déclara Arizona.

— C'est la jalousie qui te fait dire ça ?

Le visage d'Arizona se ferma, et elle laissa retomber sa main.

— Et pourquoi est-ce que je serais jalouse, je te prie ?

— Je n'en sais rien. Marla est simplement une voisine…

— Une voisine que tu invites dans ton lit.

Pas de doute : elle était jalouse. L'obliger à le reconnaître risquait de prendre du temps.

— J'ai invité un certain nombre de femmes dans mon lit.

Arizona sursauta sous l'affront.

— Ah oui ? Figure-toi que je ne suis pas en reste. J'ai moi-même couché avec…

— Tais-toi.

Il était soudain tendu comme un arc. Il ne voulait pas

la laisser comparer ce qu'elle avait vécu avec des relations entre adultes consentants.

— Ça n'a rien à voir, protesta-t-il.

— Oui, je sais, murmura-t-elle en tournant le visage vers la vitre.

— Qu'est-ce que tu mijotes ? demanda-t-il.

Elle secoua la tête.

— Rien.

— Ne me prends pas pour un idiot.

Elle fit la moue et plissa les yeux.

— Laisse tomber.

Laisser tomber ? Elle rêvait !

— Arizona…

— N'oublie pas de me déposer devant un arrêt de bus pour qu'on ne nous voie pas arriver ensemble, coupa-t-elle sèchement.

Il crispa ses mains sur le volant.

— Je sais ce que je fais.

— Ouais. Tu parles. En tout cas, tu m'emmerdes sérieusement.

Il marqua une pause avant de répondre :

— Tu m'en dois deux, déclara-t-il.

— Deux baisers. Oh… Génial !

Il tourna la tête vers elle.

— Tu plaisantes ?

Son regard bleu trahissait sa colère.

— Pas forcément, répondit-elle d'un ton désinvolte.

Elle eut de nouveau une petite moue et ajouta :

— Tes baisers d'écolier sont vraiment charmants.

Bon sang ! S'il s'était attendu à ça…

— Je crains d'avoir mal compris, dit-il. Tu es en train de me reprocher de ne pas t'avoir embrassée ?

Elle ne nia pas, mais ne confirma pas non plus.

— Je devrais te laisser m'embrasser, puisque tu y tiens tant. Comme ça, j'aurai la paix.

Le cœur de Spencer se mit à cogner dans sa poitrine.

— Peut-être bien, dit-il.

Elle croisa les bras en prenant un air renfrogné et se mit à balancer nerveusement son pied.

— Qu'est-ce qui se passe, Arizona ?

Il bifurqua dans la rue où Dare les attendait déjà, pour s'assurer qu'elle montait dans le bus et pouvoir la suivre jusqu'au bar.

— Parle-moi, insista-t-il, tandis qu'elle demeurait silencieuse, le visage tourné vers la vitre de sa portière. Qu'est-ce qui t'arrive ? Tu n'as pas l'air contente.

— J'étais très contente jusqu'à ce que tu manifestes ta grande admiration pour Marla.

— Mais je n'ai pas manifesté la moindre admiration !

C'était bien une attitude féminine, de retourner ainsi les choses !

— Tu m'as posé une question, et j'y ai répondu.

— Peu importe.

Cette réponse désinvolte le contraria encore plus.

— Oublie un peu Marla, veux-tu ?

Il ne voulait pas qu'elle entre dans le bar dans cet état d'esprit — blessée et en colère. Il tenait à ce qu'elle soit maîtresse d'elle-même, calme, concentrée.

— Pour la dernière fois, essaie de comprendre que Marla n'est qu'une voisine.

— Oui, j'ai entendu. Mais c'est à elle qu'il faudrait l'expliquer.

— Bon sang, Arizona ! Tu es sérieuse ? Tu crois que c'est le moment de me faire une scène ? Aurais-tu oublié où nous allons ?

Elle se figea pour le dévisager et poussa un gémissement étouffé. Puis elle renversa la tête en arrière et ferma les yeux.

— Oui, tu as raison, murmura-t-elle.

Elle demeura silencieuse durant quelques secondes avant de rire.

— Je ne vais pas gâcher ce moment avec des histoires de bonne femme.

— Ce moment ?

Elle agita une main entre eux.

— C'était sympa, ce petit pique-nique.

Cette fois, il perdit patience.

— Manger en vitesse un cheeseburger dans une camionnette, tu appelles ça un pique-nique, toi ?

Elle battit des paupières, surprise par cette soudaine explosion de colère.

— Eh bien…

Elle ouvrit son sac et en sortit un chewing-gum.

— J'ai trouvé ça sympa tout de même.

A présent, Spencer se faisait vraiment l'impression d'être un goujat.

— Oui, admit-il d'un ton réticent. C'est vrai que c'était quand même sympa.

— Mouais…

Elle mit le chewing-gum dans sa bouche et replia soigneusement le papier qui l'enveloppait pour le déposer dans le cendrier.

— Tu m'as bien promis de ne jamais me mentir, n'est-ce pas ? demanda-t-elle.

— Je ne te mens pas, je suis sincère. J'apprécie chaque minute passée avec toi. Avec toi, je ne m'ennuie jamais.

Il jugea prudent d'ajouter :

— Ce qui ne signifie pas que je partage ton enthousiasme pour les projets de ce soir.

Elle mâchonna son chewing-gum tout en regardant par la vitre de sa portière.

— Cesse de t'inquiéter. Je vais très bien me débrouiller, tu verras…

Elle avait dû souvent se débrouiller, il en avait parfaitement conscience. Mais à présent il était là, et elle pouvait compter sur lui. Il eut soudain envie de se montrer attentionné.

— Quel est ton restaurant préféré ? demanda-t-il.

— Mmm… Je ne sais pas.

Elle haussa une épaule.

— Le dîner que tu m'as préparé l'autre soir était le meilleur que j'ai jamais mangé. Le gâteau, surtout, était délicieux.

— Il en reste. Si tu veux, on pourra le terminer ce soir.

— Ma foi, l'idée me tente.

Elle se tourna vers lui pour lui sourire.

— Mais je préfère prendre mon temps et le déguster en plusieurs fois.

— Il y aura un gâteau chez Dare, déclara-t-il.

Elle poussa un gémissement.

— Evite de me le rappeler.

— C'est vraiment une corvée à ce point-là, de fêter ton anniversaire avec des amis ?

— Je suis sensible à l'intention, mais… je déteste être le centre d'attention, tu comprends ?

— Ce ne sera sûrement pas aussi terrible que tu le penses, assura-t-il.

Une fois chez Dare, elle allait s'amuser. Il y veillerait. Pour l'empêcher de ruminer sur le sujet, il changea de conversation.

— Puisque tu vas habiter chez moi quelque temps, tu pourrais me dire si tu as envie de manger quelque chose de particulier… Apparemment, tu aimes les sucreries.

Elle haussa les épaules.

— Si tu achetais des cookies, je ne m'en plaindrais pas.

— Pas de problème. On s'arrêtera à une épicerie. Et j'aime cuisiner. Donc, si tu as une préférence en matière de plats, n'hésite pas.

— A part pour les armes, je ne suis pas difficile.

Spencer était bien décidé à ne plus parler armes avec elle.

— Tu aimes la viande rouge ? Le poulet ? Allez, donne-moi un indice.

— Je ne suis pas un fin gourmet, vois-tu. Je mange quand j'ai faim. Tout endroit pas trop cher et correct me convient. Evite les calamars, les escargots et les poissons entiers avec la tête. Sinon, tout ce que tu cuisineras me conviendra.

— Moi non plus, je n'apprécie pas trop les poissons entiers.

Il prit une rue menant à une zone commerçante et fréquentée. Il allait bientôt devoir la déposer, et cette perspective ne lui était pas très agréable.

— Pourquoi choisis-tu des endroits pas trop chers pour manger ?

— Mes finances sont assez limitées. Surtout en ce moment. Jackson a voulu me payer une fortune pour les quelques recherches que je menais pour eux, mais…

Elle marqua une légère pause.

— … je n'aime pas qu'on me fasse la charité.

— Mais ce n'est pas…

— Je sais ce que je dis, coupa-t-elle. Jackson cherche à nier, évidemment, mais je sais. Et comme je ne braque plus les dealers pour mon argent de poche…

— J'espère bien que non !

Il n'avait même pas envisagé cette possibilité.

— Ne t'avise surtout pas de…

— Je n'ai pas d'ordres à recevoir de toi, trancha-t-elle de nouveau. Et j'ai laissé tomber le jeu… Donc…

Elle montra ses mains vides.

— Je ne peux m'offrir que le strict nécessaire, qui me suffit d'ailleurs largement.

Il discuterait plus tard de son obsession de rendre la justice par elle-même. Pour le moment, il souhaitait parler de ses moyens financiers.

— Et les vêtements ?

— Je ne me promène pas toute nue, non ?

Une image frappa son cerveau. Non… Elle ne se promenait pas toute nue, mais cela lui aurait plu. Il s'efforça de se concentrer sur la conversation.

— Tout ce que tu possèdes se trouve dans ton coffre et dans ce petit sac de voyage ? insista-t-il.

— Mais cesse de prendre cette mine désolée, veux-tu ? J'ai de bonnes raisons de ne pas m'encombrer.

— Lesquelles ?

— Quand on s'attache aux objets, on craint d'être volé.

Elle avait vraiment une drôle de conception de la vie. Spencer ne put s'empêcher d'en être attristé pour elle.

— Tu n'as pas de photos, pas de bijoux ?

— Des photos de quoi et de qui ? demanda-t-elle avec cynisme.

Elle montra l'anneau qu'elle portait à l'oreille.

— Quant aux bijoux, j'ai quelques boucles d'oreilles, des bracelets et des trucs que je porte quand je travaille. Mais je ne m'intéresse ni aux bijoux ni aux photos.

Quand elle travaillait… Décidément, il ne s'habituerait jamais à cette façon de parler.

— Tu ne t'intéresses pas à la mode ?

Elle éclata de rire.

— Est-ce que j'ai l'air d'une minette accro à la mode ? J'ai suffisamment de vêtements pour ne pas être obligée de laver tous les jours.

Ces réponses brisaient le cœur de Spencer.

Il se gara. Ils étaient arrivés, à présent. Il aurait bien voulu faire machine arrière, mais il ne lui demanda même pas si elle avait changé d'avis pour le bar, car il savait que non.

— Le bus passe au bout de la rue. Je te laisse là.

Elle défit sa ceinture.

— Je trouverai l'arrêt, ne t'en fais pas.

Il ne put s'empêcher de la retenir par le bras. Elle avait la peau douce et tiède.

— Promets-moi d'être prudente, dit-il.

— C'est promis.

Il en fallait bien davantage, cependant, pour le rassurer.

— N'oublie pas que je serai là pour te surveiller. Arrange-toi pour rester à un endroit où je pourrai te voir.

Elle poussa un soupir exaspéré.

— C'est évident.

Il n'arrivait toujours pas à la laisser partir.

— Dare va me relayer à l'arrêt de bus et te suivre jusqu'au bar.

— C'est d'accord, si vous y tenez.

Elle posa la main sur la poignée de sa portière.

— Je me doutais un peu que vous ne me lâcheriez pas d'une semelle. C'est une idée du trio, je suppose.

Etait-elle déçue que ce ne soit pas Jackson qui se charge

de sa surveillance ? Mais le moment était mal choisi pour jouer les jaloux.

— Le bus te déposera juste devant le Green Goose.

— Je sais. J'ai déjà repéré le quartier. Pour qui est-ce que tu me prends ?

— J'ai tous les codes de Dare. Si tu me vois vérifier mon téléphone, ça signifiera qu'il se passe quelque chose. Et n'oublie pas que si ça se gâte…

— Spencer, j'ai déjà promis tout ce que tu voulais. Je ferai attention. Je vais assurer et rester hors de danger.

Il caressa, du pouce, la peau fine de son bras.

— Je n'aime pas ça du tout, grommela-t-il.

Elle lui lança un regard indulgent et lâcha la poignée de sa porte.

— Tu sais quoi ?

Allait-elle enfin devenir raisonnable et renoncer à cette folie ?

— Quoi ?

Elle ôta son chewing-gum de sa bouche, l'enveloppa dans son papier et déposa le tout dans le cendrier.

Puis, avant qu'il ait eu le temps de comprendre ce qui lui arrivait, elle posa ses mains sur ses épaules et se pencha pour effleurer ses lèvres d'un baiser.

Il en resta saisi. Puis il devint rouge comme une pivoine.

— Il n'est pas trop tard, murmura-t-il en lui prenant la taille. Tu peux encore…

— Chut…, murmura-t-elle contre ses lèvres. Ne t'en fais pas, tout ira bien.

Elle déposa de nouveau sur ses lèvres un baiser léger comme un papillon, puis s'écarta de lui.

— Tu as ma parole.

Assis dans sa camionnette, Spencer ruminait des idées noires tout en surveillant l'entrée du bar. Arizona allait bientôt arriver en bus, et il se sentait de plus en plus angoissé.

Il n'avait pas encore eu de nouvelles de Dare. Il décida donc de l'appeler.

Dare Macintosh décrocha à la première sonnerie.

— Un problème ?

Spencer scruta le bout de la rue. Pas de bus en vue.

— Est-ce que tu la vois ? demanda-t-il.

— Bien sûr que je la vois.

Dare marqua une pause, puis ajouta d'une voix bizarre :

— Franchement, on ne peut pas la louper…

— Je sais, répondit Spencer en se grattant le front. Ce déguisement n'était pas mon idée, tu peux me croire.

— Le déguisement n'est pas le seul responsable. Sur quelqu'un d'autre, la minijupe aurait pu passer inaperçue. Sur elle, ça peut provoquer des catastrophes.

Le commentaire déplut à Spencer. Il ressentit même une pointe de jalousie.

— Je sais, grommela-t-il d'un ton mécontent.

— Tu sais ? Je te conseille, en tout cas, de te concentrer sur autre chose. Tu as intérêt à être présent, ce soir.

Où voulait-il en venir ?

— Tu as quelque chose de précis à me dire ?

— Tu es un peu trop investi personnellement, et ce n'est pas très bon, répliqua Dare d'un ton indifférent, comme s'il récitait le bulletin météo.

Spencer fut piqué au vif.

— Je sais ce que je fais, déclara-t-il sèchement.

— Quand il s'agit d'Arizona ? J'en doute. Elle te met la tête à l'envers.

Il ne chercha pas à nier. Mais Dare était tout de même mal placé pour lui faire ce genre de remarque.

— Il me semble que tu étais investi personnellement quand tu as sauvé ta femme.

— Toi et moi, ce n'est pas la même chose.

Cela aussi, c'était indéniable. Spencer avait conscience de ne pas être de la même trempe que Dare, Trace, ou Jackson.

— C'est vrai, avoua-t-il, toujours sur le même ton. S'il s'agissait d'une autre femme qu'Arizona…

— Tu pourrais prendre de la distance et envisager les choses froidement, je sais, coupa Dare. Et j'avoue que c'est difficile de ne pas se sentir impliqué, avec elle.

Spencer aperçut le bus au bout de la rue. Enfin !

— Elle est là, dit-il.

— Je sais.

Bien sûr que Dare le savait, puisqu'il était derrière le bus. Spencer retint un soupir de frustration.

— Si tu vois quoi que ce soit de suspect…

Dare l'interrompit de nouveau.

— Je t'envoie un code. J'espère que tu as bien mémorisé tous les codes.

Spencer serra les dents. Dare devenait vexant, à lui faire la leçon comme s'il était un gamin tête en l'air. Il le chercha du regard, mais ne parvint pas à le repérer. Il était malin, l'animal !

— Ne t'en fais pas pour ça, je les ai parfaitement mémorisés, répondit-il.

A la seconde où il coupa la communication, Arizona descendit du bus et fixa l'entrée du bar d'un air naïf et ébahi, comme si elle le découvrait pour la première fois. Deux types la repérèrent aussitôt, sans doute charmés par son sourire timide et ses manières réservées. L'un d'eux paraissait avoir la quarantaine, l'autre n'était guère plus âgé qu'elle.

Les mains de Spencer se crispèrent sur le volant, et il dut faire un terrible effort de volonté pour ne pas bouger de la cabine de sa camionnette. Il s'était garé sur le trottoir d'en face, sous un arbre, ce qui était censé l'aider à passer inaperçu.

En observant le comportement d'Arizona avec les deux hommes, il dut reconnaître qu'elle ne s'en tirait pas mal du tout. Il essaya de la regarder avec les yeux d'un étranger : elle jouait très bien les petites filles fragiles.

Le plus âgé des deux hommes fixa d'un air gourmand son décolleté, et le plus jeune se pencha pour voir ses fesses de plus près. Les salauds…

Mais Spencer n'en fut pas étonné. Arizona avait beau jouer les ingénues, elle était incroyablement sexy.

Trop. Beaucoup trop à son goût.

Il attendit qu'elle se libère des deux malotrus et qu'elle entre dans le bar, puis il alla se garer suffisamment loin pour qu'on ne les voie pas monter ensemble dans sa camionnette, quand ils repartiraient.

Il patienta encore quelques minutes, pour laisser à Arizona le temps de prendre ses marques à l'intérieur. Enfin, lorsqu'il jugea qu'il pouvait se montrer, il sortit et, la tête pleine de scénarios plus affreux les uns que les autres, remonta tranquillement le trottoir en direction du bar, tout en observant soigneusement les alentours.

Apparemment, personne ne s'intéressait à lui.

Une enseigne lumineuse en forme d'oie entourait les mots « Green Goose ». En dessous, en lettres rouges, clignotait l'indication *Bar And Grill*, mais les barreaux épais qui protégeaient les vitrines ne laissaient aucun doute sur le genre de service qu'on pouvait trouver dans l'établissement.

Au-dessus de la porte, une bannière éclairée indiquait : « Venez manger, boire et vous détendre », et une autre, agrémentée d'une silhouette au buste généreux, proclamait : « Ah, les femmes ! » Les trois projetaient leur éclairage sur l'immeuble d'en face, une imposante construction vide. Le bar était encadré par une station-service et une petite épicerie, laquelle était fermée pour la nuit, ainsi que la boutique de tatouage située tout à côté.

Le quartier était triste et délabré, pour ne pas dire sinistre.

Comme Spencer approchait de l'entrée, plusieurs femmes se tournèrent vers lui avec un sourire aguicheur — des prostituées, probablement. A l'intérieur, la musique était assourdissante et les lumières stroboscopiques aveuglantes. Il fallut quelques minutes à ses yeux pour s'y accoutumer.

Des plafonniers diffusant une lumière douce et tamisée éclairaient les box du coin repas. Les spots braqués sur le bar et les tabourets diffusaient à peine jusqu'aux tables réservées aux buveurs, les laissant dans une discrète pénombre propice aux tractations louches, voire lubriques, qu'on devinait par intermittence, aux rythmes de l'éclairage.

Il balaya discrètement la salle du regard, jusqu'à repérer Arizona. Elle était en train de finir un whisky et, à en juger par les deux verres devant elle, elle n'en était pas à son premier.

Qu'est-ce qui lui prenait, de boire comme un trou ? Mais, quand il vit le barman lui tendre un autre verre, il comprit. Quelqu'un lui offrait à boire. Les choses allaient vite. Beaucoup trop vite.

Elle était donc revenue.

Il en avait des décharges d'adrénaline.

Tout en se frottant la bouche, il l'admira.

Elle avait une classe folle et un physique de rêve. Celle-là, il la voulait pour lui, rien que pour lui, même s'il savait qu'elle aurait pu rapporter un max.

Elle se croyait protégée, à l'abri de tout. Mais il avait jeté son dévolu sur elle, et elle lui appartiendrait.

Rien ni personne ne l'empêcherait désormais de la posséder.

Spencer avait choisi un box suffisamment éloigné du tabouret d'Arizona, mais de manière à garder tout de même un œil sur elle.

On venait de lui offrir un troisième whisky, qu'elle ne buvait pas ; elle discutait avec le barman. Spencer n'entendait pas ce qu'ils se disaient mais, quand le barman héla un garçon pour avoir le menu, il comprit qu'elle avait l'intention de commander à manger, sans doute pour gagner du temps.

Le verre plein était toujours sur le comptoir, posé devant elle.

Combien de whiskies lui faudrait-il pour être complètement soûle ? A peine trois ou quatre, probablement. D'ailleurs, elle ne cessait de glousser. Elle était déjà ivre, ou bien elle faisait semblant.

Difficile de savoir, avec elle.

Mais il n'avait pas de mal à imaginer qu'elle deviendrait totalement incontrôlable si elle continuait à s'abreuver à ce rythme. Elle était même capable de tuer quelqu'un…

A la seconde où Spencer entra dans le bar, Arizona le sut. Pas besoin de le voir ou d'entendre sa voix : il possédait une présence particulière qui suffisait à le signaler — l'atmosphère de la salle changea brusquement, devenant plus intense, plus concentrée.

Les autres femmes du bar — danseuses, serveuses, entraîneuses — l'avaient remarqué aussi.

Eh oui… Ce bel homme grand et baraqué, qui paraissait si sûr de lui, aucune femme ne pouvait l'ignorer.

Avec un peu de retard, les hommes notèrent aussi son arrivée. Sans doute le percevaient-ils comme un rival ou une menace. Physiquement, il était d'une supériorité écrasante sur eux. Question séduction, il monopolisait l'attention des dames.

Arizona remarqua que le grand barman le fixait d'un air presque méchant et adressait quelques commentaires à Terry Janes, leur cible. Son regard croisa celui de Janes, à qui elle adressa un petit sourire timide.

Et, bien entendu, l'imbécile mordit à l'hameçon. C'était vraiment un jeu d'enfant, de manipuler les hommes.

A présent, Terry Janes la fixait avec une petite moue indulgente, tout en posant sur elle un regard de propriétaire.

Un regard qu'elle connaissait bien.

Bingo !

De près, sa calvitie naissante était plus voyante, surtout avec cette mèche de devant qu'il coiffait en arrière pour la dissimuler. Son bouc mal taillé et grisonnant trahissait son âge — il devait avoir dans les quarante-cinq ans. Quand il tira sur son anneau d'oreille, Arizona vit de nouveau le tatouage coloré au motif tribal de son bras gauche.

Ce soir, en dépit de son air cruel, il lui faisait l'effet d'une cible facile.

Dire que Spencer se faisait du souci… Il n'y avait vraiment pas de quoi.

Janes s'accouda au bar pour parler tout bas avec le barman et un autre type, tout en continuant à la surveiller. Son regard infect de pervers lui donnait des brûlures d'estomac, mais elle continua à lui lancer des œillades, comme s'il l'intéressait.

Elle ne le quitta des yeux que pour lire le menu qu'on lui apportait.

— Vous êtes revenue, murmura le serveur.

Elle reconnut le jeune homme qu'elle avait repéré la première fois et qu'elle soupçonnait d'être maltraité. Elle lui sourit tout en repoussant, avec un petit rire gêné, le verre de whisky qu'il lui proposait de nouveau.

— J'ai l'estomac vide, objecta-t-elle. Je ne peux pas boire une goutte de plus.

Il se frotta la nuque avec la main qui n'était pas blessée.

— Vous voudriez peut-être boire autre chose que de l'alcool ?

Elle embrassa du regard sa tignasse noire, sa peau basanée, ses épaules voûtées. Comme la première fois, il n'osait pas la regarder dans les yeux, et elle trouva cette attitude étrange. Il était très jeune, sans doute mineur. Trop jeune, en tout cas, pour travailler dans un bar. Mais sans doute n'avait-il personne pour le conseiller, personne pour s'inquiéter des mauvais traitements qu'on lui faisait subir.

Il n'était pas de taille à lutter contre ce tyran de Janes. Le majeur de sa main gauche était toujours violacé et enflé, bandé avec son index. Il devait être cassé.

Les salauds qui lui avaient fait ça allaient payer… Avec les intérêts.

— Vous auriez du thé glacé ? demanda-t-elle.

Elle se pencha vers lui pour tenter de croiser son regard, mais il se détourna.

— Oui, répondit-il en déposant sur le bar la carte des boissons.

L'espace d'une seconde, la manche de sa chemise blanche remonta sur son poignet, révélant une ecchymose fraîche et violacée. Il retira vivement son bras pour le soustraire à son regard.

— Vous savez déjà ce que vous voulez manger, ou je vous laisse le temps de consulter la carte ?

Elle avait déjà la gorge et l'estomac brûlés par le whisky. La vue de ce jeune homme maltraité lui brûla l'âme.

— Si ça ne vous dérange pas, je préfère commander tout de suite, dit-elle.

Elle se frotta le ventre comme si elle avait faim et plissa le nez d'un air contrit.

— Qu'est-ce qu'il y a de moins cher ? demanda-t-elle.

Elle savait que Janes la surveillait avec attention. Le pauvre serveur en avait conscience, lui aussi, ce qui augmentait encore sa nervosité.

Il humecta ses lèvres pâles et gercées.

Il avait la peau sèche et déshydratée, légèrement rouge, les os saillants, l'air morne et fatigué. Elle reconnut des signes de malnutrition.

— Nous avons de la soupe pimentée aux haricots. De la salade maison.

Il haussa une épaule décharnée.

— Ou un sandwich club.

— Voyons…

Elle fit semblant de se concentrer sur sa commande, mais en vérité elle cherchait à inciter Terry Janes à intervenir.

— Tout ça est très alléchant, murmura-t-elle.

Janes ne se déplaça pas, comme elle l'avait espéré, mais adressa un signe à l'un de ses hommes.

Elle rendit le menu.

— Je vais me contenter de la salade, dit-elle.

L'homme que Terry avait envoyé, celui qui lui avait offert à boire un peu plus tôt, vint se placer derrière elle.

— Sers-lui tout ce qu'elle veut, Quin.

— Oh…

Feignant la surprise, Arizona jeta un coup d'œil par-dessus

son épaule. Elle eut un mouvement de recul quand elle découvrit que l'homme s'était presque collé à elle.

— C'est très gentil, dit-elle. Mais non, je ne peux pas accepter.

— C'est offert par le patron, insista l'homme.

La musique s'arrêta. Les lumières posaient sur le visage de l'homme des ombres démoniaques, et elle remarqua qu'il caressait ses seins du regard.

— Une jolie fille comme vous ne devrait jamais souffrir de la faim, dit-il.

Le ton doucereux donna à Arizona des envies de meurtre, mais elle parvint à se forcer à sourire.

— Merci, mais…

— J'insiste.

Il posa une main sur son épaule et se pencha vers elle, mais ne daigna pas décliner son identité.

— Dites à Quin ce qui vous ferait vraiment plaisir.

— Puisque vous me le proposez si gentiment, murmura-t-elle timidement. Je prendrais bien un sandwich avec ma salade.

L'homme lança à Quin un regard méprisant.

— Apporte-lui aussi un morceau de tarte, ordonna-t-il.

Le garçon allait s'éloigner, mais elle lui toucha le bras.

— Merci, Quin.

Des yeux hantés croisèrent son regard. Puis Quin acquiesça et s'éclipsa, la laissant seule avec l'enquiquineur.

Super !

Elle s'obligea à pivoter pour lui faire face. A présent, ses genoux le touchaient, mais il ne recula pas. Il avait l'attitude d'un homme habitué à obtenir ce qu'il veut.

Mais, avec elle, il n'allait pas tarder à être déçu.

A côté de Spencer, il avait l'air d'une mauviette. D'ailleurs, dans ce bar rempli d'alcooliques, pas un homme n'arrivait à la cheville de Spencer.

Celui qui se tenait devant elle n'avait de pouvoir que sur les minables de son espèce — sur le barman, par exemple, qui paraissait de mèche avec lui.

Tous ces gens étaient des malfaiteurs, tandis que Spencer était un juste. En cas d'affrontement, il les écraserait sans la moindre difficulté.

Mais ces hommes avaient tout de même un avantage sur lui : l'absence de scrupule. Ils ne se souciaient de rien ni de personne.

— Vous êtes le patron ? demanda-t-elle d'une voix douce, nuancée de respect.

Elle connaissait la réponse et cherchait simplement à flatter son ego.

— Non.

— Oh !

Elle eut une moue amusée.

— Vous vous comportiez comme tel, c'est pour ça… J'ai cru que vous l'étiez.

Il vint se placer à côté d'elle et posa ses deux coudes sur le comptoir, attitude qui tendit sa chemise sur son ventre plat et fit ressortir les os de son torse.

— Je me comportais comme tel, hein ?

Ils étaient si proches qu'elle sentait son souffle sur elle.

— Oui, comme… comme…

Elle sourit et frissonna.

— Comme si vous commandiez.

— C'est parce que je commande.

Il prit un air suffisant.

— Je suis le bras droit du patron.

Elle fit mine d'être prodigieusement intéressée.

— C'est vrai ?

— Oui, c'est vrai.

Il fixa sa bouche avec insistance.

— Quel est votre nom, jolie jeune fille ?

Elle s'était attendue à cette question et répondit sans hésiter.

— Candy.

Il haussa un sourcil et ricana.

— Je n'en doute pas.

Il effleura son menton de l'index.

— Vous êtes si douce et si sucrée que j'en ai mal aux dents.

Quel baratineur ! Elle regretta de ne pas savoir rougir sur commande et baissa modestement les yeux.

— Merci, dit-elle.

Il lui tendit la main.

— Je m'appelle Carl.

— Ravie de faire votre connaissance, Carl.

Elle lui tendit la main, et il la prit. Elle crut même qu'il allait y déposer un baiser et elle en eut l'estomac retourné.

Elle ne voulait à aucun prix du contact de cette bouche écœurante. Elle retint son souffle et attendit la suite.

Mais il ne l'embrassa pas et examina attentivement ses ongles courts et sans vernis.

— Pas de manucure ? Pas de bagues ?

— Je n'ai pas les moyens, avoua-t-elle comme si elle confessait un péché.

— C'est vrai ?

Il poussa un gros soupir, tout en jetant de nouveau un regard appréciatif du côté de ses seins. Elle en fut presque soulagée. Il lui était plus facile de dissimuler sa haine quand elle n'était pas obligée de regarder une ordure dans les yeux.

— Vous voulez dire qu'une jeune femme avec un châssis comme le vôtre n'a personne pour prendre soin d'elle ?

Le compliment était grossier, mais elle se força à sourire.

— Je suis seule au monde.

Des yeux perspicaces la dévisagèrent.

— Pas de petit copain ?

— J'ai bien peur que non.

Il l'étudia quelques secondes d'un air dubitatif.

— C'est vraiment difficile à croire, conclut-il enfin.

Elle avait éveillé sa méfiance et s'empressa de rectifier.

— J'ai déjà eu des petits copains, bien sûr, plutôt sympas, mais…

— Mais quoi ?

— Ils étaient un peu trop… euh… collants.

Elle joua avec la pointe d'une mèche de cheveux qui retombait sur sa poitrine.

— J'ai envie de vivre un peu. De voir le monde. Je n'ai pas envie de m'engager à ce point. Pas tout de suite.

Il la fixait toujours d'un air méfiant et prit le temps de réfléchir.

— Je vous ai vue parler à Quin, dit-il.

— Oui, je lui demandais s'il y avait moyen de bosser ici.

Il plissa les yeux.

— Et qu'est-ce qu'il vous a répondu ?

— Qu'il fallait que je vous pose la question.

Quin n'avait rien dit de tel, mais elle ne voulait surtout pas lui attirer des ennuis.

— C'est pourquoi je suis revenue. J'espérais que… eh bien… que vous auriez besoin de quelqu'un.

Sa bouche s'étira lentement en un drôle de sourire.

— Il ne serait pas impossible que le patron décide d'embaucher.

— Sérieusement ?

Elle se redressa.

— Est-ce que je pourrais le rencontrer ?

— Peut-être.

Il regardait, hypnotisé, le lent mouvement de ses doigts qui jouaient avec ses cheveux.

— Quelles sont vos compétences professionnelles ? demanda-t-il.

— Eh bien…

Il était difficile d'avoir une conversation, avec cette musique. Le moment n'était-il pas venu de lui suggérer de se replier dans un coin plus tranquille ?

— Je n'ai pas de compétences particulières, mais je travaille dur. Je sais me montrer docile et respectueuse.

Il leva les yeux vers son visage, mais cela lui coûtait, apparemment.

— Quel âge avez-vous, chérie ?

— Vingt et un.

— Mmm…

Ses yeux brillèrent d'intérêt.

— Ça me semble parfait, dit-il.

— N'est-ce pas ?

Il eut un grand sourire qui dévoila ses dents blanches.

— Le seul emploi qu'on pourrait vous proposer, serait celui d'entraîneuse.

— Oh ! ça m'irait très bien.

Elle lui pressa la main et poursuivit, d'un ton enthousiaste :

— Je vous promets que je serai toujours à l'heure et assidue. J'apprends vite et…

— Je vais voir ça avec le patron, coupa-t-il.

Sur ces mots, il jeta un coup d'œil du côté de Terry Janes tout en lui adressant un signe de tête.

Apparemment, elle avait réussi l'examen de passage. Les idiots… Elle avait hâte de leur donner une bonne leçon.

Quin, qui arrivait avec la commande, s'arrêta à distance, comme s'il hésitait à les aborder pendant la tractation.

Carl lui fit signe d'approcher.

— Voici votre repas, dit-il en lui tapotant gentiment la main. Mangez. Ensuite, vous pourrez parler au patron.

— Sérieusement ?

Il lui prit le menton.

— Si tout se passe bien et qu'il vous engage, l'un de nous vous fera faire le tour des lieux.

Zut ! Elle était supposée rester dans la salle, là où Spencer pouvait la surveiller et intervenir en cas d'urgence. Elle s'arrangea pour croiser son regard et, même dans la pénombre, avec ces lampes stroboscopiques qui découpaient tout, elle put voir qu'il n'avait pas l'air précisément satisfait. Pas satisfait du tout, même.

Avait-il deviné ce qui se passait ? A en juger par son air sombre, c'était le cas…

Mais elle n'avait pas le choix : impossible de refuser la proposition de Carl. Il ne restait plus à Spencer qu'à lui faire confiance.

Elle adressa à Carl un sourire ravi.

— Ça me ferait très plaisir, dit-elle. Merci beaucoup !

11

Spencer luttait contre l'envie de se lever et d'emmener Arizona loin de ce bar. Elle n'avait donc rien compris à ce qu'il lui avait demandé ?

Plus le temps passait, plus les clients paraissaient éméchés. Presque plus personne ne dansait, et les danseuses elles-mêmes se trémoussaient mollement, comme si elles se déhanchaient d'ennui.

Spencer savait ce que Carl avait en tête, mais le pire, c'était de penser que ce salaud n'était pas le seul à avoir des vues sur Arizona. En vérité, tous les minables présents dans cette salle la reluquaient — plus ou moins discrètement.

Mais aussi, cette façon dont elle se mettait en scène, sur ce tabouret, avec ses fesses en forme de cœur moulées dans sa jupe trop courte, en exhibant ses longues jambes fuselées…

Il détourna les yeux de ces jambes tentatrices, juste à temps pour surprendre un type qui jetait sur elle des regards brûlants qui auraient pu creuser un trou dans le tissu de sa jupe. Celui-là ne faisait pas dans la dentelle.

Un autre murmura quelque chose à l'oreille de son copain, tout en fixant Arizona, et les deux pouffèrent avec des airs entendus. Leur manège donna à Spencer des envies de meurtre.

Il fit de son mieux pour se contenir. S'il déclenchait une bagarre, leur plan tomberait à l'eau, et Arizona ne le lui pardonnerait pas.

Parmi les clients, il y avait tout de même des hommes corrects, propres, pas complètement alcoolisés. Mais d'autres avaient passé la journée ici à picoler, voire la nuit précédente, à en juger par leur attitude avachie et leurs yeux rougis.

Un poivrot d'un certain âge empestant l'alcool et la sueur arpentait la salle en marmonnant, les yeux fixés sur Arizona. Un jeune type était assis tranquillement à une petite table et griffonnait sur un carnet à dessin, levant par intermittence la tête vers elle.

Spencer aurait voulu les éliminer, tous tant qu'ils étaient. Pourtant, tout se passait comme ils l'avaient espéré. Arizona était censée attirer l'attention…

Sauf que ça fonctionnait un peu trop bien à son goût.

Même les entraîneuses l'observaient à la dérobée avec envie ou ressentiment. Sans doute craignaient-elles sa concurrence.

Quand une rousse l'aborda, Spencer accueillit avec reconnaissance cette agréable diversion. La rousse était une femme, pas une gamine, et une cliente, pas une employée, ce qui la rendait inoffensive. Elle l'aiderait à se fondre dans la masse et lui permettrait de surveiller Arizona sans se faire remarquer.

— Hello, murmura-t-elle.

— Hello, répondit-il.

Vu qu'Arizona accaparait son attention, les appas de cette femme trop maquillée ne l'intéressaient pas le moins du monde, mais il lorgna tout de même du côté des seins qu'elle exhibait dans un chemisier au décolleté plongeant.

— Je peux vous offrir à boire ? proposa-t-il.

— Mon chou, vous pouvez m'offrir tout ce que vous voulez, répondit-elle avec une sorte de ronronnement.

Elle installa des fesses charnues et bien rondes sur le siège en face du sien.

— C'est la première fois que je vous vois ici, dit-elle.

— C'est la première fois que je viens.

Tout en faisant signe à une serveuse, il jeta un coup d'œil autour de lui et surprit une fois de plus Arizona, qui venait d'engager la conversation avec le jeune serveur. Elle paraissait sur les nerfs. C'était dangereux.

Ne te précipite pas. Calme-toi.

Elle avait tendance à s'emballer pour la cause des opprimés, aussi doutait-il de sa capacité à s'en tenir à ce qu'ils avaient décidé.

Comme la serveuse ne venait pas, il se tourna vers la rousse.

— Qu'est-ce que vous buvez ?

— Un rhum-coca.

— Restez ici, dit-il.

Il posa sa main sur la sienne.

— Je vais chercher votre verre.

— Je n'irai nulle part, ne vous inquiétez pas pour ça, susurra-t-elle en le parcourant d'un regard appréciatif.

Il la remercia d'un clin d'œil et traversa la salle à grandes enjambées pour aller s'accouder au bar, tout près d'Arizona, en s'arrangeant pour lui effleurer le dos.

— S'il vous plaît ? lança-t-il en s'adressant au barman.

Arizona leva les yeux de son assiette. Il constata qu'elle avait la présence d'esprit de picorer sa nourriture et de donner le change en la déplaçant dans son assiette. Elle avait à peine mordu dans son sandwich, et la salade paraissait intacte.

Le barman, remarquant qu'il s'intéressait à Arizona, s'approcha de lui, le visage fermé.

— Qu'est-ce que vous voulez ? demanda-t-il sèchement.

— A boire pour la dame, répondit Spencer en désignant du menton le box où l'attendait la rousse. Un rhum-coca.

— Je vous l'apporte tout de suite.

— Merci.

Il s'écarta, tout en effleurant de nouveau le dos d'Arizona.

— Pardon, dit-il.

Le jeune serveur avait profité de son arrivée pour s'éclipser, mais Arizona ne l'avait pas encore remarqué. Son regard alla de Spencer à la rousse, et il vit à sa mine qu'elle avait compris de quoi il retournait.

Elle pinça la bouche et leva son verre de thé glacé.

— Pas de problème, dit-elle d'un ton détaché dont il ne fut pas dupe.

Parfait.

Si elle était occupée à s'interroger sur ses intentions avec la rousse, cela l'empêcherait peut-être de faire des bêtises. De son côté, il tiendrait compagnie à sa conquête, tout en surveillant le bar, prêt à intervenir si nécessaire.

Parce qu'il ne se faisait pas d'illusions. Avec Arizona, les choses pouvaient dégénérer à tout instant.

Dare avait garé sa camionnette noire de location à l'écart du Green Goose, en haut d'une côte qui le surplombait, près d'un garage fermé pour la nuit. L'air était humide et épais. L'orage menaçait. De gros nuages noirs passaient devant la lune.

Le dos de sa chemise lui collait à la peau. Des moustiques l'agaçaient. L'air était chargé d'odeurs d'huile de voiture, d'essence et d'ordures.

Le garage était installé à l'extrémité d'un pont où il ne passait quasiment personne. D'ici, il pouvait aisément surveiller le Green Goose et se rendre sur place en quelques secondes, en cas de besoin.

Son téléphone vibra, et il le sortit de sa poche. Toujours prudent, il attendit que son interlocuteur se présente.

— Alors ? demanda Trace.

— J'attends. Je surveille.

— Ça devrait se passer sans anicroche.

En principe. Sauf qu'il y avait Arizona dans ce bar, et qu'il fallait s'attendre à tout, avec elle.

Elle était la protégée de Jackson, et le reste du groupe ne la connaissait pas depuis longtemps, mais elle avait su gagner leur sympathie, et ils se sentaient tous concernés par ce qui pouvait lui arriver. Elle avait quelque chose d'incroyablement touchant : il suffisait d'un regard pour deviner qu'elle cachait derrière son attitude bravache une grande fragilité.

Par ailleurs, elle était courageuse, pleine de compassion, déterminée à se battre pour que le bien triomphe sur le mal.

Dare l'appréciait énormément. Elle lui inspirait beaucoup de respect.

— Tu m'appelles pour en avoir confirmation ? demanda-t-il à Trace.

— Je t'appelle pour rassurer Jackson, qui arpente la pièce comme un lion en cage.

Dare sourit. Jackson considérait Arizona comme sa petite sœur. Il avait aussi un mariage et l'arrivée d'un bébé à préparer. Après tout, il avait de bonnes raisons d'arpenter la pièce.

— Pourquoi est-ce qu'il n'appelle pas lui-même ?

— Parce que je tenais à te parler. Tu as vu Arizona… Qu'est-ce que tu en penses ?

— Tu parles de son allure ?

Il haussa les épaules.

— J'ai remarqué, oui.

— C'est un vrai canon, soupira Trace.

Dare comprit qu'il voulait dire que la beauté d'Arizona pouvait être une source de problèmes.

— C'est un canon, oui, reconnut Dare. Et je pense que Spencer n'y est pas insensible.

— Probablement, approuva Trace. Mais je le crois capable de garder la tête sur les épaules.

— A mon avis, elle va grandement intéresser Janes, poursuivit Dare.

— Tu veux dire qu'elle va intéresser tous les types du bar ?

Trace avait raison. Arizona n'avait pas qu'un physique de rêve. Elle avait aussi beaucoup de classe, et une présence qui attirait l'attention.

— C'est bien le problème, soupira de nouveau Dare. Spencer a le béguin pour elle, je crois.

— Oui, mais il fait un sacré déni.

Spencer pouvait bien nier l'évidence, cela n'y changerait rien.

— Elle aussi, elle a le béguin pour lui.

— Plus que ça ! s'exclama Trace avec un petit rire. Et je ne crois pas me tromper.

— Spencer s'en est aperçu, d'après toi ?

Dare savait par expérience que la plupart des hommes ne voyaient pas venir ce genre de chose. Surtout quand ils étaient eux-mêmes amoureux.

— Il la trouve trop jeune, reprit Trace. Et, avec ce qu'elle a vécu, il a peur de l'approcher.

— Seul un idiot n'aurait pas peur de l'approcher. Mais, pour ce qui est de l'âge, je ne vois pas le problème. Elle est très mûre. C'est un peu comme si elle avait vécu trois vies.

En bas, une camionnette blanche ralentit devant le Green Goose, puis contourna le bâtiment pour aborder l'établissement par l'arrière. Dare plissa les yeux. A cette heure-ci, il ne devait pas s'agir d'une camionnette de livraison…

— Je crois qu'on a un problème, dit-il.

Trace comprit aussitôt.

— Une menace directe ?

— Je n'en sais rien encore.

Il lui décrivit la camionnette.

— C'est mon instinct qui parle, mais il me semble que cette camionnette vient pour embarquer Arizona, ou d'autres filles.

— Spencer s'arrangera pour garder un œil sur Arizona, déclara Trace, qui réfléchissait tout haut. A moins que ça ne dégénère, elle ne risque rien.

— Je n'en suis pas si sûr, rétorqua Dare. Tu la connais, elle est capable de mettre le feu aux poudres à tout instant.

Et, si ça se gâtait dans ce bar bondé, il en résulterait un beau désordre.

— On pourrait peut-être laisser tomber pour ce soir, suggéra Trace.

Il était encore temps de tout arrêter. Spencer avait leurs codes, il suffisait de lui envoyer le signal du repli.

— On verra. Je vais d'abord me rapprocher et tenter de voir de quoi il retourne.

— Parfait. Moi, je m'occupe de maîtriser Jackson.

Dare sourit.

— C'est ça, maîtrise Jackson, dit-il avant de couper la communication.

En quelques secondes, il fut devant le bar. A travers la grande vitrine, il put constater qu'il y avait en effet beaucoup de monde, mais il ne parvint pas à repérer Spencer ou Arizona. Il se gara, puis se faufila derrière le bâtiment et s'approcha de la camionnette en avançant à pas de loup.

Il s'arrêta à distance raisonnable pour ne pas se faire repérer, mais suffisamment près pour entendre la conversation entre le conducteur et son passager, lequel était armé d'un fusil de chasse.

Apparemment, ils étaient seuls.

Un rat passa en courant entre ses pieds. Au-dessus de lui, une brise agitait le feuillage et les branches d'un vieux sycomore. Une lumière diffuse filtrait à travers la porte vitrée de l'entrée de service, éclairant à peine des poubelles qui débordaient et un petit muret en briques à moitié démoli.

— J'ai entendu dire qu'elle est canon, déclara le conducteur en riant.

— D'après Carl, c'est de la marchandise de premier choix.

Le conducteur termina sa bière et lança sa canette en direction d'une poubelle, qu'il manqua. La canette alla rebondir avec fracas sur le muret en briques.

— Tu crois qu'on va pouvoir l'essayer ?

— Je ne vois pas pourquoi on ne l'essaierait pas. Une fois qu'elle sera entre nos mains, ça ne dérangera personne qu'on en profite un peu.

— Je passe avant toi, si ça ne te dérange pas, annonça le conducteur.

Il soupira et ajouta d'un ton plaintif :

— Tu es une vraie brute. Quand tu es passé par là, elles ne sont même plus conscientes.

— C'est parce que je les fais défaillir de plaisir.

Ils éclatèrent d'un rire tonitruant.

Ils ne le savaient pas encore, mais ils venaient de sceller leur destin.

Dare avait compris qu'ils parlaient d'Arizona et il n'avait pas l'intention de les laisser lui faire du mal.

Ni à elle ni à personne d'autre. Plus jamais.

Arizona avait toutes les peines du monde à ne pas tourner la tête du côté de Spencer. Il exagérait, de s'amuser comme ça... Avait-il oublié qu'ils étaient en mission ? Cela faisait déjà deux ou trois fois qu'elle l'entendait rire, malgré la musique. Elle ne pouvait s'empêcher de jeter des regards discrets du côté du box où il s'éclatait avec la rousse. Il était penché vers elle, tout près, suffisamment en tout cas pour l'embrasser. Leurs mains se touchaient, ils se faisaient du pied sous la table, ils se jetaient des regards langoureux.

— Vous voulez un café, pour accompagner votre tarte ?

Arizona laissa son regard errer dans la salle, comme si elle s'intéressait aux clients en général, et pas à Spencer en particulier.

Elle se tourna vers le serveur.

— Non, merci, dit-elle.

Il ramassa l'assiette de son sandwich.

Pour l'empêcher de s'éloigner, elle tenta de nouveau d'engager la conversation.

— Quin, c'est votre vrai nom ?

Il hésita.

— C'est... Oui.

Elle inclina la tête de côté.

— Ça ne sonne pas très hispanique.

— C'est le diminutif de Quinto.

Ainsi, c'était son vrai nom.

— Il y a toujours autant de monde, dans ce bar, Quinto ?

Il haussa les épaules.

— A cette heure-ci, oui. Et le week-end, c'est encore pire.

Elle fut surprise qu'il en dise autant et se sentit encouragée à poursuivre. Jusque-là, il n'avait fait que servir les clients qui se présentaient au bar, sans s'arrêter une seconde et quasiment sans ouvrir la bouche.

— Vous travaillez le week-end ?

— Oui.

— Quels sont vos jours de congé ?

Il s'arrêta net et lui lança un regard inquiet.

— Ça dépend.

Elle se pencha en avant, les bras croisés sur le comptoir.

— Ça vous plaît, de travailler ici ?

Il eut l'air affolé et chercha instinctivement Carl du regard, comme s'il craignait d'être entendu par lui. Carl et Terry Janes ne cessaient d'aller et venir dans la salle pour surveiller les employées, tout en échangeant quelques mots avec les clients. De temps en temps, ils disparaissaient derrière, dans les bureaux. Il était difficile de suivre leurs déplacements, mais Quin avait su tout de suite repérer Carl.

Il s'humecta les lèvres.

— Je dois me rendre en cuisine, dit-il.

Les clients assoiffés ne laissaient pas de répit au barman, et Carl était occupé par un trafic quelconque — sans doute une vente de drogue. Terry Janes était invisible, mais Arizona ne perdit pas de temps à le chercher.

Elle devait absolument faire passer un message à ce garçon avant qu'il ne lui file entre les doigts.

— Dites-moi un peu, Quin…

Il lui lança un regard prudent et interrogateur.

— Oui ?

Elle se pencha vers lui et murmura :

— Comment c'est arrivé, ce doigt cassé ?

Quin ouvrit la bouche, mais aucun son n'en sortit.

Elle allongea le bras vers lui et, tout en faisant mine de lisser le devant de sa chemise, elle glissa un papier dans sa poche de poitrine.

Au regard paniqué qu'il lui lança, elle sut que la manœuvre ne lui avait pas échappé. Et aussi qu'il se demandait ce qu'elle lui voulait.

— Je peux vous aider, dit-elle.

Il se mit à trembler et s'humecta de nouveau les lèvres.

Il avait peur, de toute évidence, mais une lueur d'espoir brillait à présent dans ses yeux.

— De quoi parlez-vous ? demanda-t-il.

Elle lui adressa un sourire plein de gentillesse.

— De votre doigt ?

Il se figea, puis se décida.

— C'était un accident, affirma-t-il.

— Je ne vous crois pas.

— Je dois y aller.

Il ramassa ses couverts avec tant de précipitation qu'il faillit renverser le whisky qu'elle n'avait pas terminé.

— Vous devriez finir votre verre, dit-il.

Le pauvre était vraiment terrorisé. Elle se sentit soudain emplie de pitié, mais aussi de rage. Elle avait envie de rayer ce bar maudit de la surface de la terre.

Envie d'aider ce jeune homme maltraité.

— Vous habitez le quartier ? demanda-t-elle.

Les réactions de Quin étaient suffisamment éloquentes, et elle aurait pu s'arrêter là, mais elle insista.

— A moins que vous ne viviez ici ? Dans ce bar ?

Il jeta un regard inquiet autour de lui et poussa le verre dans sa direction.

— Buvez. Je vous en prie.

Pour le calmer, elle prit le verre et le vida, puis le lui tendit.

— Ça va comme ça ? demanda-t-elle.

Quin ne répondit pas. Elle eut l'impression qu'il fixait un point par-dessus son épaule et se retourna. Terry Janes était là, à quelques mètres d'elle. Une femme était pendue à son bras gauche, et un homme comptait de l'argent à sa droite. Mais lui, il les regardait, elle et le serveur.

Bon sang… Elle ne l'avait pas senti approcher.

Avec la musique et le brouhaha des conversations, il n'avait pu entendre un seul mot de sa discussion avec Quin, mais l'air coupable du jeune homme avait sans doute suffi à le renseigner parce qu'il les enveloppait d'un regard méchant.

Elle espérait n'avoir pas attiré d'ennuis à Quin.

— Laissez-moi vous aider, dit-elle précipitamment en se tournant vers lui.

— Si vous n'avez besoin de rien d'autre…, répondit Quin. J'ai du travail.

Il voulut s'éloigner, mais elle le retint par sa manche de chemise.

— Attendez…

Une expression abattue passa sur le visage de Quin.

— Que voulez-vous ? demanda-t-il.

— Je surveille mon poids et je préfère ne pas manger cette part de tarte. Mais, comme on me l'a offerte, je n'ose pas la laisser. Vous ne voudriez pas la manger ?

Il serra les dents.

— C'est à vous qu'on l'a offerte.

— Mais je n'en veux pas.

— Vous devriez tout de même la manger, répondit-il d'un ton agacé.

Et, sur ces mots, il s'éloigna. Sans emporter la tarte.

Il avait eu un drôle d'air en insistant pour qu'elle mange sa part de tarte. N'y avait-on pas ajouté une drogue destinée à la rendre docile ? Ou pire ?

Elle repoussa l'assiette en soupirant. Quin était parti, ses deux cibles étaient occupées, elle se sentit soudain désœuvrée.

Elle n'avait jamais eu beaucoup de patience.

Quin avait à présent son numéro de portable, c'était déjà ça. Elle espéra qu'il l'appellerait.

Elle avait envie de passer à l'action, de régler ce problème à sa manière, de préférence en démolissant une à une les ordures qui travaillaient dans ce bar.

Elle se mit à tambouriner sur le bar du bout des doigts et à battre la mesure avec son pied, tout en jetant un regard noir à un poivrot qui la reluquait.

Il était temps qu'il se passe quelque chose d'intéressant, parce qu'elle commençait à s'ennuyer sérieusement.

*
* *

— Une petite seconde, chérie.

Esquivant des mains qui s'agrippaient à lui et une bouche humide, Spencer tira de sa poche son téléphone, qui venait de vibrer. Il l'ouvrit pour lire le message.

Lumières coupées dans trente minutes.

Ce n'était pas un code, mais ça venait de Dare. Qu'est-ce que cela signifiait ? Devait-il s'attendre à une bagarre ? A une panne d'électricité ? Ou aux deux ? Il jeta un coup d'œil sur sa montre. La rousse tenta de nouveau de l'embrasser et, comme il se dérobait, elle lui mordilla le menton.

Il lui pressa gentiment le dos.

— Attends, chérie…

Il s'empressa d'envoyer un accusé de réception et remit le téléphone dans sa poche.

— Les affaires ? demanda-t-elle avant de s'adosser à son siège d'un air résigné.

— Rien d'important, répondit-il.

Devait-il faire un signe à Arizona et filer avec elle ? Il n'en savait rien. Dans le doute, il décida de la surveiller d'encore plus près. En ce moment, elle avait l'air de s'ennuyer à mourir, et cette attitude ne lui inspirait rien de bon.

Puis, soudain, Terry Janes passa devant elle et prit un couloir dans le fond de la salle, en direction de la cuisine et des toilettes.

Et Spencer sut — il sut, sans le moindre doute — ce qu'allait faire Arizona.

C'était réellement incroyable qu'il puisse lire aussi aisément dans ses pensées, mais quand elle glissa de son tabouret, sans même lui jeter un regard — ce qui lui aurait permis de lui adresser un signe pour lui demander de rester à sa place —, il avait déjà compris qu'elle s'apprêtait à suivre Janes.

Il allait lui passer un solide savon, tout à l'heure.

Le cerveau en ébullition, il décida de lui emboîter le pas, et au diable leur couverture…

Mais heureusement, cela s'avéra inutile, parce qu'un client

la retint par la manche et que Janes disparut dans le couloir avant qu'elle ait eu le temps de se débarrasser du gêneur.

Il serra les poings et s'efforça de se maîtriser.

C'était foutu, une fois de plus, il devait se rendre à l'évidence…

Cela faisait plusieurs soirs qu'il attendait qu'elle revienne dans son bar, et maintenant qu'elle était là, pas moyen de passer à l'action.

La frustration le rongeait, en dépit du calme de surface qu'il parvenait à afficher. Il devait absolument avoir cette fille, et le plus tôt serait le mieux. Mais il risquait de tout gâcher en précipitant les choses.

Il ne lui restait plus qu'à se montrer patient.

Avec l'attente, on appréciait d'autant plus la récompense.

Pour l'instant, cette petite idiote accordait son attention à des sous-fifres.

Quand le moment serait venu, il lui ferait savoir qui était le maître.

Patience, c'était pour bientôt.

12

— Attendez…

Arizona fixa d'un air incrédule la délicate main blanche qui agrippait son bras.

— Je vous en prie…

Celui qui tentait de la retenir était un petit freluquet à l'air gauche, portant d'épaisses lunettes, avec une masse de cheveux bruns indisciplinés dépassant d'une casquette de sport élimée.

— Attendez, répéta-t-il en la lâchant.

Mais pour qui se prenait-il, celui-là ? Elle haussa des sourcils indignés.

— Pardon ? dit-elle.

— Je voudrais que vous regardiez ça.

Il lui présenta en tremblant une grande feuille de papier.

— C'est vous, murmura-t-il.

Elle le soupçonna d'avoir viré au rouge vif, mais dans cette pénombre il était à peu près impossible de s'en assurer. Il n'avait pas l'air méchant, et elle ne voulait pas le froisser, mais elle n'avait pas de temps à perdre avec lui.

— Qu'est-ce que c'est ? demanda-t-elle froidement.

Tout en jetant autour de lui des regards inquiets, il inclina le papier pour le présenter à la lumière. Un dessin au crayon apparut.

Oh ! C'était son portrait. Elle se pencha sur la petite table ronde où était assis le jeune homme. Il l'avait représentée de profil, mais le croquis était très réussi, vraiment ressemblant.

Il avait trouvé le moyen de faire un portrait fidèle, où

elle souriait avec naturel. Elle remarqua qu'il n'avait pas insisté sur ses seins ou sur ses jambes.

Ce dessin représentait une jeune femme insouciante, innocente, douce.

Celle qu'elle aurait voulu être, même si elle ne l'aurait avoué à personne.

— Je ne sais pas quoi dire..., murmura-t-elle.

Il eut un sourire éclatant.

— Alors, ça vous plaît ?

— Eh bien, oui... C'est fantastique. Vraiment flatteur.

Il baissa le nez d'un air contrit.

— Vous êtes beaucoup plus belle que ce portrait.

— Pff..., souffla-t-elle.

Il leva les yeux vers elle en affichant un air surpris.

— J'ai fait de mon mieux, mais je n'ai pas réussi à me montrer à la hauteur de l'original, insista-t-il.

Puis, avec un froncement de sourcils perplexe, il ajouta :

— Vous n'avez pas conscience d'être une beauté exceptionnelle, on dirait...

Sur la petite table, il y avait une pile de dessins, des crayons, un carnet. La curiosité l'emportant, Arizona prit le dessin qui se trouvait sur le dessus de la pile et qui représentait le juke-box et quelques tables. Elle jeta ensuite un coup d'œil au suivant — une vue de la lune à travers les barreaux de la vitrine.

— C'est ça que vous faites dans ce bar ? murmura-t-elle en montrant les dessins. Vous vous installez à une table pour dessiner ?

— Je suis tout de même obligé de commander à manger, répondit-il avec un sourire timide. Sinon, ils me mettent dehors.

— Mais pourquoi ce bar ?

— J'aime bien l'éclairage.

L'éclairage ? Elle leva les yeux vers la petite lampe suspendue au-dessus de la table. Seule la zone autour du bar était vraiment éclairée. Et encore, il s'agissait plutôt d'un éclairage d'ambiance.

— Les lumières stroboscopiques ne doivent pas vous faciliter la tâche, fit-elle.

— Elles donnent des ombres intéressantes. Et puis je peux travailler sans que personne me remarque…

Il fronça les sourcils.

— En tout cas, personne ne m'a jamais rien dit. Sans doute que tout le monde s'en fiche. L'art n'intéresse pas beaucoup les clients de ce bar.

Il avait quelque chose de touchant, avec ses vêtements mal assortis et ses manières gauches. Quel âge pouvait-il bien avoir ? Il n'était plus un gamin, mais… Impossible à dire. Il était inclassable.

— Vous êtes vraiment doué, lui dit-elle avec sincérité.

Il rajusta sa casquette, se dandina sur sa chaise, puis poussa le portrait vers elle.

— C'est pour vous, je vous l'offre. Gardez-le.

— Sérieusement ? Eh bien… merci.

Qu'allait-elle faire de ce portrait ? Elle ne pouvait pas l'accrocher chez Spencer, encore moins dans une chambre de motel. Mais elle l'accepta, pour ne pas froisser ce gentil garçon.

Le bruit enfla soudain autour d'eux. Quelqu'un la bouscula, un couple la dépassa, deux hommes rirent bruyamment.

Jugeant qu'elle avait perdu suffisamment de temps, elle roula la feuille et la glissa dans son sac. Celle-ci était d'un grand format et dépassait : Arizona se promit de prendre garde à ne pas la perdre.

— J'apprécie beaucoup, dit-elle. Merci.

Les lumières ne lui donnèrent qu'un vague aperçu du sourire béat qui s'affichait sur le visage de l'artiste.

Avec tout ça, elle ne savait pas où était passé Terry Janes. Il ne se trouvait plus dans le couloir. Il avait dû disparaître par une des portes, mais laquelle ? Elle ne pouvait pas les essayer toutes.

Spencer en aurait eu une attaque.

Pourtant, elle devait absolument retrouver Janes. Elle

hésitait sur la conduite à tenir, quand l'artiste la prit de nouveau par le bras.

— Je suis désolé, je ne voudrais pas me montrer indiscret, mais…

A présent, il paraissait inquiet. Le sourire béat avait disparu.

— … vous devriez éviter ce type.

— Quel type ?

Il déglutit péniblement et jeta un regard craintif autour de lui.

— Celui que vous vous apprêtiez à suivre.

Elle était donc si facile à deviner ? Elle se redressa de toute sa hauteur et se drapa dans sa dignité.

— Qu'est-ce qui peut bien vous faire croire que je m'apprêtais à suivre quelqu'un ?

— Vous n'avez cessé de le regarder, murmura-t-il d'un ton contrit.

Il ôta nerveusement sa casquette, qu'il se mit à triturer.

— Je vous ai vue, insista-t-il.

Sans la casquette, elle distinguait mieux ses traits. Il avait un visage plutôt banal, à part une petite cicatrice sous l'œil droit. Il devait avoir un peu plus de trente ans.

Comme elle ne répondait pas, il haussa les épaules.

— J'ai cru comprendre que vous posiez des questions au sujet d'un emploi.

Même avec les lumières changeantes, elle crut pouvoir juger, à son regard, qu'il était parfaitement sincère.

— Et alors ?

Visiblement angoissé, il regarda de nouveau autour de lui puis, sans doute pour ne plus avoir à crier pour se faire entendre, il lui prit de nouveau le bras et l'attira à lui. Elle se laissa faire.

— Il ne faut pas travailler ici, murmura-t-il dans un souffle.

Un allié ? Pourquoi pas ? Elle se glissa sur le siège en face du sien, posa son sac sur la table et se pencha vers lui.

— Pourquoi me dites-vous ça ? demanda-t-elle, elle aussi à voix basse.

— Ce type à qui vous alliez parler, Terry Janes, c'est le propriétaire du bar.

A présent qu'elle était tout près de lui, elle sentait son odeur — un mélange de sueur et d'herbe, un peu comme quelqu'un qui aurait marché longuement dans un parc ou qui aurait tondu une pelouse. Mais d'où pouvait lui venir cette cicatrice sous l'œil ?

— Vous le connaissez ? demanda-t-elle.

— En quelque sorte, oui. Et je ne pense pas qu'il soit…

Il mordilla sa lèvre supérieure.

— … très recommandable. Ni très sympathique.

Pas très recommandable… C'était un euphémisme ! Arizona se demanda si elle devait se confier à ce nouvel ami. La prudence lui conseilla tout de même de se taire. Moins elle aurait de contacts dans ce bar, plus ce serait facile de jouer le jeu et de s'en tirer indemne. Mais ce type l'attendrissait : il lui faisait l'effet d'un chiot impatient, envahissant, un peu agaçant, mais irrésistible. Et, s'il savait quelque chose à propos de Janes, il lui serait peut-être utile, après tout.

Elle lui adressa son sourire le plus engageant et lui tendit la main.

— Je m'appelle Candy. Et vous ?

— Oh… Je… euh…

Il rougit de nouveau et lui pressa la main avec un peu trop de ferveur.

— Joel Pitts, mais vous pouvez m'appeler Joel.

Avec un nom pareil, il avait dû essuyer pas mal de quolibets à l'école.

— Très bien, Joel.

Elle dut tirer pour libérer sa main.

— Je vous écoute. Qu'avez-vous à me dire ?

Il hésita, puis rajusta ses lunettes et se pencha vers elle avec un air mystérieux.

— Je n'ai pas de preuves, mais je suis presque certain que…

— Tu recommences, Joel ?

Arizona sursauta quand une main d'homme se posa sur son épaule. Elle vit les yeux de Joel s'arrondir de terreur et sa bouche se crisper. Pendant un instant, elle crut qu'il allait se trouver mal.

Elle regarda la main qui la serrait et leva les yeux le long d'un bras et orné d'un tatouage coloré.

Enfin !

Elle prit un air gêné et attendit que Terry Janes vienne se placer à sa hauteur.

Le pauvre Joel faillit en tomber de son siège.

— Monsieur Janes… Je… je lui montrais son portrait, c'est tout.

Consciente de cette main chaude qui appuyait toujours sur son épaule, Arizona intervint :

— Il a beaucoup de talent, dit-elle.

Elle ouvrit le portrait sur la table et sourit à Janes.

Il se figea et la fixa avec une expression gourmande.

C'est ça, mords à l'hameçon !

Elle s'humecta les lèvres du bout de la langue et battit des cils. La main se crispa sur son épaule.

— Ce portrait est très flatteur, vous ne trouvez pas ? insista-t-elle.

Il fronça les sourcils en se penchant sur le portrait.

— Elle a dit qu'il lui plaisait…, bredouilla Joel. C'est pour ça qu'elle s'est assise à ma table.

Le regard de Janes passa plusieurs fois du portrait au modèle.

— Pas mal, Joel, mais tu n'as pas su rendre sa sensualité, déclara-t-il en caressant du pouce l'épaule d'Arizona.

Il portait un jean noir moulant, une chemise à manches courtes et des bottes à bout pointu — l'ensemble avait d'ailleurs quelque chose de grotesque. Elle supposa que les manches courtes lui permettaient d'exhiber son tatouage, mais avec sa poitrine décharnée, ses épaules osseuses et ses biceps ridicules, c'était du plus mauvais effet.

— Vous êtes donc monsieur Janes ? demanda-t-elle en plaquant un sourire sur son visage.

— Vous pouvez m'appeler Terry. Ou « Cow-boy ».

— Cow-boy ?

D'où sortait-il ça ?

— C'est comme ça que m'appellent les habitués. Je vous ai déjà vue une fois ici et je devine que vous avez l'intention de devenir une habituée, non ?

Feignant d'être surprise qu'un personnage aussi important se souvienne d'elle, elle ouvrit de grands yeux.

— Vous m'avez remarquée ?

— Oh ! oui, ma chérie, je vous ai remarquée…

Il ôta de son épaule cette main de propriétaire et fit signe au barman. Aussitôt, deux verres et une bouteille de whisky apparurent sur la table. Elle aurait bien voulu refuser de boire, pour garder l'esprit clair, mais Terry ne lui laissait pas vraiment le choix.

Comme il remplissait les deux verres, elle joua les naïves et tenta de se lever.

— Je vois qu'il faut que je vous laisse discuter entre hommes, dit-elle.

Il la saisit de nouveau par l'épaule et la fit asseoir.

— C'est pour vous, dit-il. Buvez.

Il vida son verre d'un trait et s'en servit un autre, tandis qu'elle tripotait le sien.

— Vous n'avez pas l'air d'un cow-boy, dit-elle.

Non, il avait plutôt l'air d'un animal fouineur. Ou d'un ver de terre.

— Pourquoi ce surnom ?

Il la regarda droit dans les yeux, et sa bouche eut un rictus mauvais.

— Buvez, dit-il d'une voix doucereuse mais glaciale.

Arizona retint un gémissement et éleva lentement son verre pour y tremper les lèvres.

— Pas comme ça, insista-t-il avec un ricanement. Pour de bon.

Il inclina le verre pour l'obliger à boire.

— Buvez tout.

— Mais… c'est que je n'ai pas l'habitude, protesta-t-elle.

— Vous apprendrez.

Bon sang… Il tenait le verre contre sa bouche, et elle n'avait vraiment pas le choix. Elle avala donc le whisky et reposa le verre en haletant.

— C'est bien, approuva-t-il tout en la resservant. On m'a donné ce surnom parce que je mate les femmes indociles.

— Vous matez les femmes indociles ?

Ce salaud faisait-il allusion à son activité de proxénète ou à ses prouesses sexuelles ?

— C'est ça. Je les mate.

Son sourire découvrit des dents larges et bien alignées.

— Dites-moi, petit sucre de canne, on vous a déjà matée ?

Elle eut envie de le frapper, mais elle avait son rôle de jeune fille naïve à tenir et elle se retint. Mais elle ne put s'empêcher de relever l'allusion à la couleur de sa peau.

Elle leva les yeux vers lui.

— C'est une insulte raciste ? demanda-t-elle d'un ton vaguement menaçant.

— C'est un compliment, au contraire. Vous êtes d'une beauté saisissante, et votre peau couleur de miel y est pour quelque chose.

Il caressa son bras.

— A qui devez-vous cette jolie peau ? A maman ou à papa ?

Non, finalement, le frapper ne suffirait pas. Elle rêvait plutôt de le tuer.

— A maman.

— Et elle était belle comme vous, maman ?

Comment s'était-il arrangé pour dériver vers un sujet aussi personnel ? Elle s'était attendue à ce qu'il la drague, à ce qu'il se montre grossier, pas à ce qu'il lui parle de ses parents.

— Je ne sais pas, mentit-elle. Elle est morte quand j'étais jeune, je me souviens à peine d'elle.

Elle pensait très souvent à sa mère, au contraire. C'était son père qu'elle aurait voulu oublier.

— Vous avez grandi sans mère, c'est ça ? Dans ce cas,

vous faites peut-être partie des sauvageonnes qu'il faut mater. Sauf s'il quelqu'un s'en est déjà chargé…

Arizona le regarda fixement, luttant pour ne pas battre des paupières, pour ne pas détourner les yeux. *Il ne sait pas. Il ne peut pas savoir.* Mais on aurait dit qu'il savait, pourtant, comme s'il suffisait de la regarder pour deviner que son père l'avait vendue et que des proxénètes avaient souillé son âme.

Joel suivait la conversation sans un mot, figé d'angoisse. Janes se tenait près de lui, lui barrant le passage, le dominant de toute sa taille, l'intimidant par sa prestance.

Cette attitude marchait très bien avec le pauvre Joel, mais pas avec elle. Elle se promit de lui faire comprendre qu'il n'avait pas le pouvoir, mais plus tard, quand les innocents qu'il terrorisait seraient à l'abri.

— Me mater ? Je ne vois pas ce que vous voulez dire.

Mauvaise réplique, Arizona. Flirte avec lui. Montre-toi avenante.

— Seriez-vous un pervers ? demanda-t-elle avec un petit rire gêné.

Il éclata de rire et jeta un regard en coin du côté de Joel.

— Celle-là n'est pas pour toi, Joel.

— Oh ! mais mon intention n'était pas de…, bredouilla Joel en se décomposant. Jamais de la vie, je le jure.

Arizona serra les dents. Ce Terry Janes lui tapait vraiment sur les nerfs, et elle avait de plus en plus de mal à jouer les innocentes. Elle était obligée de supporter son numéro de charme tout en sachant quelle ordure et quel tyran il était. C'était absolument odieux.

— Joel est charmant, protesta-t-elle. J'apprécie beaucoup sa compagnie.

Visiblement surpris par son aplomb, Joel s'empressa de rectifier.

— Non, mais je… En fait, je…

— Vous le défendez, on dirait, déclara Janes en tirant sur son bouc.

Puis il ajouta, d'une voix sourde et chargée de menace :

— Disparais, Joel. Tout de suite.

Joel s'empressa de rassembler ses dessins, mais Janes ne lui en laissa même pas le temps. Il le prit par la chemise, le souleva de sa chaise et le poussa sans ménagement.

Le matériel de Joel s'éparpilla au sol.

Joel se précipita sans un mot, l'air contrit et honteux, pour ramasser le tout.

Spencer était à la torture.

Il avait de plus en plus de mal à contenir les assauts de la femme rousse. Elle était persuadée qu'il la désirait et, en d'autres circonstances, peut-être aurait-il pu envisager de coucher avec elle.

Mais là, son attention était concentrée sur Arizona, qu'il sentait prête à exploser. La cruauté de Terry Janes envers l'artiste avait dû la révolter. Il le devinait sans peine, ayant lui-même du mal à supporter que les forts harcèlent les faibles.

Un coup d'œil furtif à sa montre lui indiqua qu'il leur restait vingt-deux minutes avant l'intervention de Dare. C'était tout juste assez pour trouver un moyen de faire sortir Arizona de là sans que personne ne se doute qu'ils étaient ensemble.

Mais c'était largement suffisant pour qu'elle fasse des dégâts.

Tout en serrant les dents pour résister à l'envie de coller son poing dans la figure de Janes, Arizona se baissa pour aider Joel.

— Laissez, intervint Janes.

Le ton était si impératif qu'elle s'arrêta. Mais elle ne put s'empêcher de manifester sa désapprobation.

— C'était cruel de votre part, dit-elle.

— Pas du tout. C'est la loi de la nature. Ne commettez pas l'erreur d'encourager la faiblesse avec votre gentillesse.

Il tendit le bras par-dessus la table et lui prit la main pour l'obliger à se pencher vers lui.

— Joel est comme un petit chien. Si vous lui donnez à manger, il ne vous lâchera plus. Moi, j'ai beau lui donner des coups de bâton, il revient quand même.

Joel était toujours occupé à rassembler ses affaires, courbant l'échine comme un chien qui craint de se faire battre.

Elle avait de plus en plus envie de casser la figure à Janes, lequel se montrait de plus en plus entreprenant avec elle. Il osait même lui caresser les cheveux.

— Je parie que tu es douce et soyeuse partout, murmura-t-il d'une voix enjôleuse.

Une fois de plus, elle ne put s'empêcher de comparer Spencer à cet immonde individu. Auprès de Spencer, elle se sentait en sécurité : il la respectait.

Elle jeta un coup d'œil de son côté. Il était toujours assis avec la rousse, qui s'était déplacée pour se coller contre lui en lui dévorant littéralement le cou. Et lui… il lui pelotait les fesses !

Certes, la rousse lui servait de couverture, mais avait-il besoin de se montrer aussi convaincant ?

— Vous avez l'air inquiète, fit Janes en enroulant ses cheveux autour de sa main, comme s'il la tenait en laisse. Vous n'êtes pas bien, avec moi ?

— Il est tard, murmura-t-elle.

Il fit la moue et tira un peu plus fort sur la mèche qu'il tenait.

— Mais je croyais que vous étiez intéressée par un boulot ?

— Oui…

Le boulot… Elle l'avait presque oublié.

— Oui, je suis intéressée.

— Eh bien, ma chérie, les bars ferment tard. Et, en tant que débutante, vous allez écoper des horaires les plus pourris.

Sous la table, les pieds de Janes enserrèrent les siens.

— Ça vous pose un problème ?

Joel avait disparu. Où était-il passé ? Elle ne le voyait plus.

— Aucun problème, assura-t-elle.

Elle fit un effort pour ne pas regarder de nouveau du côté de Spencer. A l'allure où il allait avec la rousse, elle risquait de surprendre des choses désagréables.

Il allait le lui payer.

— Ravi de l'entendre, répliqua Janes en lâchant ses cheveux pour remplir leurs verres. Vous me plaisez beaucoup, Candy.

Elle lui plairait moins quand il la connaîtrait mieux. Elle battit des paupières.

— Vous êtes vraiment gentil, souffla-t-elle en minaudant.

— Buvez, dit-il froidement. Ensuite, je vous ferai faire le tour des lieux. Vous pourrez commencer demain.

— Si vite ?

— Un problème ?

— Aucun.

Au contraire, voilà qui lui fournirait une excuse pour écourter la stupide fête d'anniversaire.

— Ça me va très bien.

— Tant mieux. Trinquons donc à notre collaboration.

Elle ressentait déjà les effets de l'alcool. Elle avait chaud, elle transpirait. Un verre de plus risquait d'être le verre de trop.

— Je crois que je ne devrais pas…

— Pour travailler ici, vous devez être capable de tenir l'alcool.

— Je peux, je peux, dit-elle précipitamment.

Elle pouvait tenir l'alcool, mais elle devenait impulsive quand elle avait trop bu.

— Mais j'avais déjà bu plusieurs verres avant de…

— Décidez-vous, coupa-t-il d'un ton agacé. Vous voulez ce boulot ou pas ?

C'était donc une condition ? Quelle ordure !

— Je le veux parce que j'en ai vraiment besoin.

Et surtout, elle tenait à ce qu'il lui fasse visiter les lieux. Cela lui permettrait de repérer les issues, de juger si une descente surprise mettrait ou non en danger ceux qui travaillaient ici, d'évaluer les chances qu'il y ait des personnes séquestrées quelque part.

Elle leva donc son verre et porta un toast en regardant Janes droit dans les yeux.

— A notre association ! dit-elle.

— A vous, Candy. Et à la nuit qui nous attend.

C'est ça... La nuit où elle allait lui régler son compte. Elle aussi avait hâte.

Puis ils burent cul sec.

Le whisky lui brûla au passage la langue et le palais, avant de mettre le feu à sa gorge et à ses entrailles. Elle secoua la tête et s'essuya la bouche du revers de la main.

— Je crois que je suis un peu soûle, dit-elle.

— Ça vous rendra plus douce et plus confiante, dit-il en la dévisageant intensément. Ça me plaît.

Il allait les resservir, mais elle se leva en repoussant sa chaise.

— Je suis prête pour la visite.

Jugeant sans doute qu'elle avait assez bu, il se leva à son tour.

— Si vous êtes prête, c'est parfait.

Il la prit par les épaules et l'attira contre lui. Ils avaient tous deux les bras nus, et elle sentait sa peau contre la sienne.

C'était écœurant.

Elle eut la nausée et dut inspirer profondément puis, pour se venger, elle fit mine de tituber et en profita pour lui balancer son coude dans l'estomac.

— Merde ! protesta-t-il en lui broyant le bras. Faites gaffe...

Elle rit sottement, tout en lui caressant le torse. Vu qu'il n'était pas très musclé, elle aurait aisément le dessus sur lui.

Elle avait hâte de lui abîmer le portrait.

Elle s'appuya à lui, tout en pouffant de nouveau.

— Vraiment... Je crois que j'ai un peu trop bu..., gémit-elle.

— Au contraire, je crois que vous avez bu juste ce qu'il fallait, répondit-il d'un ton doucereux.

13

Spencer enrageait en silence en surveillant du coin de l'œil Arizona, qui souriait béatement à Janes. Elle ne tenait aucun compte de ses mises en garde. Elle s'amusait à allumer cet ignoble individu et s'accrochait à lui comme à une bouée de sauvetage. On aurait dit qu'elle avait du mal à tenir debout. Etait-elle déjà ivre, ou s'agissait-il d'une ruse ?

Peu importait, en réalité. Comme il l'en avait avertie, il ne supportait pas de la voir tripotée par un autre homme.

Sa colère fut à son comble quand Janes lui caressa les cheveux d'une main et le dos de l'autre.

Je vais le tuer…

Si Arizona ne lui cassait pas la figure auparavant.

Elle lui avait déjà envoyé un coude dans le ventre, quelques instants plus tôt, et venait maintenant de lui balancer son genou dans l'entrejambe, comme si de rien n'était. Janes pâlit et parut sur le point de riposter, mais elle se pelotonna de nouveau contre lui.

Elle menait vraiment ce petit jeu pervers en virtuose.

Janes la prit par les cheveux et lui tira la tête en arrière.

Spencer sut qu'il allait bientôt être obligé d'intervenir.

Mais comment se débarrasser de la rousse sans avoir droit à une scène ?

Cela faisait déjà plusieurs fois qu'elle se jetait à son cou, et il avait de plus en plus de mal à la tenir à distance. Elle était surexcitée. Elle avait même déjà tenté de glisser une main dans son pantalon.

Mais, en dépit des efforts frénétiques qu'elle déployait,

elle n'avait pas allumé en lui la moindre étincelle. Il ne désirait qu'Arizona. Il ne s'intéressait qu'à elle.

Il devait à tout prix trouver une solution pour la soustraire rapidement au danger qui guettait.

Indifférent à la bouche tiède qui taquinait son oreille, il balaya la salle du regard, en quête d'inspiration.

La rousse crut qu'il cherchait un endroit pour s'isoler avec elle.

— Partons d'ici, murmura-t-elle.

— Oui…

Il pouvait peut-être se lever avec elle, prendre la direction de la sortie et en profiter pour…

Il n'eut pas le temps d'aller jusqu'au bout de son idée : Terry Janes était en train d'entraîner Arizona vers le fond de la salle, avec un air féroce, en la serrant contre lui.

Il se leva, prêt à s'interposer, quand l'artiste apparut de nouveau, comme par magie, et trébucha contre Janes pour montrer un autre dessin à Arizona.

Avec les lumières stroboscopiques, Spencer eut la sensation d'une scène étrange, faite de séquences juxtaposées. Entre les moments éclairés, les acteurs changeaient d'attitude, et il les retrouvait dans une autre posture quand les lumières revenaient.

Il observa la scène avec une rage croissante et la sensation que la musique pulsait à ses tempes.

Janes tenta de contourner l'artiste, mais celui-ci refusa de lâcher Arizona.

Spencer remercia intérieurement ce brave garçon.

La rousse s'était levée pour le suivre. A présent, il devenait urgent de se débarrasser d'elle.

— Les plans à trois, ça te tente ? demanda-t-il.

— Quoi ? Non !

— Oh ! allez…

Il tendit la main vers ses seins.

— Il y a une prostituée au bout de la rue qui ne prend pas cher.

Elle recula, visiblement indécise.

Zut… Il ne s'était pas attendu à ce qu'elle envisage d'accepter.

— Je te paierai aussi, proposa-t-il pour achever de la décourager.

Cette fois, elle explosa.

— Pas question ! répondit-elle d'un ton indigné en le repoussant.

Elle ramassa son sac, se détourna et fit quelques pas, puis elle revint vers lui pour planter sur sa bouche un baiser bien humide.

Quand il parvint enfin à la repousser, elle lui adressa un grand sourire.

— Quand tu seras décidé à te comporter décemment, tu pourras me trouver ici, dit-elle.

Et, cette fois, elle partit.

Il soupira de soulagement. Cela faisait déjà un problème de moins.

Après s'être essuyé la bouche, il se fraya un chemin à travers la salle bondée, tâchant de ne pas se faire remarquer.

Il arriva près d'Arizona, juste pour entendre Janes dire à l'artiste « d'aller se faire foutre », mais celui-ci insista :

— Je veux juste offrir ça à Candy.

Il tendit un autre dessin.

— Oh… merci ! s'exclama Arizona d'un ton ravi. Merci, Joel. Il est magnifique.

Elle avança d'un pas et se jeta dans ses bras.

Janes poussa un juron et tira pour la ramener contre lui, mais elle s'était agrippée à l'artiste — celui qu'elle appelait Joel —, lequel fut entraîné avec elle.

Ils trébuchèrent ensemble.

Terry Janes retint Arizona, mais Joel partit en arrière en heurtant une table, renversant des verres et une chaise.

Avec une impression de déjà-vu qui le renvoya à sa première rencontre avec Arizona, Spencer regarda les clients se lever et se jeter sur Joel. Janes tenta d'extraire Arizona de la mêlée mais, comme souvent dans les rixes de bar, les choses dégénéraient à toute vitesse, bien au-delà de ce qu'on aurait pu prévoir.

Joel perdit de nouveau l'équilibre et fit trébucher le jeune serveur avec lequel Arizona avait discuté un peu plus tôt. Celui-ci tomba sur une serveuse, laquelle atterrit à son tour sur les genoux d'un poivrot qui lâcha son verre.

Pour ne pas être en reste, Spencer fit un croche-pied à un type et en poussa un autre.

Tandis que les coups, les lunettes et même les bouteilles se mettaient à voler, Arizona se laissa bousculer de manière à être séparée de Janes.

Lequel décida de l'oublier pour le moment et de se mettre à l'abri.

Parfait.

Du moins, les choses auraient pu l'être, si un client complètement éméché ne s'était jeté sur Arizona pour l'attaquer en traître, par-derrière. Elle serait tombée si Quin ne l'avait pas retenue au dernier moment.

Elle avait du sang au coin de la bouche, et il vit aussi briller dans ses yeux une lueur d'excitation.

Elle s'amusait, de toute évidence.

Quand l'artiste se prit dans les côtes un coup de coude qui ne lui était même pas destiné, elle intervint pour le faire passer derrière elle afin de le protéger.

Elle envoya un coup de pied à une grosse brute qui lançait une bouteille, et son talon l'atteignit à l'entrejambe. Il tomba à genoux, puis s'effondra en arrière.

Joel, lui, était toujours caché derrière Arizona.

— Je connais un moyen de filer par-derrière, dit-il.

— Pas question, intervint Spencer.

C'était à lui de faire sortir Arizona, et vite, avant qu'un excité ne sorte un revolver ou un couteau.

Dans sa poche, son téléphone vibra.

Il n'attendait plus que ça.

Les trente minutes que Dare leur avait accordées étaient écoulées. Il tira son téléphone de sa poche et lut le message.

C'est fini. Sortez de là.

Il se tourna vers Arizona, qui était en train d'assener deux coups de poing à un type, tout en se protégeant d'un second qui fonçait sur elle.

— Ça suffit, lui dit-il.

— Vous êtes formidable ! s'exclama Joel.

Arizona sourit et accepta le compliment sans fausse modestie.

— Oui, je sais, merci.

Spencer réfléchissait au moyen de quitter la mêlée quand il reçut un violent coup sur l'oreille.

C'était le bouquet.

Dare lui demandait de vider les lieux d'urgence, et voilà qu'il avait sur les bras une Arizona ivre et un artiste qui cherchait à jouer les héros. Il était temps d'en finir. Il lâcha toute sa hargne et assomma d'un coup de poing le minable qui avait eu la mauvaise idée de s'en prendre à lui. Comme son acolyte tentait d'intervenir pour le venger, il l'envoya valser d'un revers de la main.

Arizona leva les yeux au ciel.

— Ce n'était pas la peine de frapper aussi fort… Tu es un frimeur !

Quin les regarda tour à tour, abasourdi.

— Mais qui êtes-vous ? demanda Joel.

Avec le plus grand sérieux, comme si elle n'avait pas compris le sens de la question, Arizona répondit :

— Je suis Candy, voyons… Celle dont vous avez fait deux fois le portrait ce soir.

Spencer songea qu'ils avaient intérêt à filer d'ici au plus vite, avant d'attirer davantage l'attention sur eux.

— Elle est soûle, dit-il. Je vais la raccompagner chez elle.

Quin acquiesça et s'éloigna. Comme Arizona faisait mine de le suivre, Spencer la retint par son chemisier.

Elle se débattit avec de grands moulinets de bras, et il dut l'immobiliser pour qu'elle cesse.

— Je peux la faire sortir, suggéra Joel, tout en serrant son matériel à dessin contre son torse.

Il était blanc comme un linge et paraissait absolument paniqué.

— Elle sera plus en sécurité avec moi, répondit Spencer.

Quel était le moyen le plus rapide de sortir ? Il n'osait pas entraîner Arizona avec lui. Carl et le barman étaient peut-être cachés dans un coin à observer la scène. Mieux valait continuer à jouer leurs rôles.

— Candy…, murmura Joel en la dévisageant avec inquiétude.

— Qu'est-ce que j'entends là ? s'écria soudain Arizona en tendant l'oreille. Les flics ?

— Je n'entends rien, répondit Joel.

Mais il n'avait pas l'air rassuré.

— J'entends moi aussi des sirènes de police, affirma Spencer en entrant dans le jeu d'Arizona.

Il jeta un regard entendu à Joel.

— Si on ne veut pas être embarqués avec tout le monde, il faut se tailler vite fait…

— Merci beaucoup pour les portraits, murmura Arizona en prenant la main de Joel. Ils me plaisent énormément.

Autour d'eux, le pugilat continuait.

— On se reverra ? demanda Joel.

— Bien sûr. Ils m'ont engagée. Je serai là demain.

— Oh ! très bien…, répondit Joel, qui paraissait vraiment rassuré à l'idée de revoir Arizona. Dans ce cas…

La musique s'arrêta brusquement et, cette fois, Spencer entendit vraiment des sirènes de police. Arizona ouvrit de grands yeux et se tourna vers lui.

— Je ne rêve pas ?

— J'ai bien peur que non.

Il suivit des yeux Joel, qui filait vers l'arrière du bar puis disparaissait par une petite porte. Il espéra qu'il s'en tirerait indemne, mais il ne pouvait pas s'occuper de lui. Arizona était sa priorité.

Il se pencha vers elle pour murmurer à son oreille :

— Nous ne devons pas sortir ensemble, au cas où quelqu'un nous surveillerait. Mais je serai juste derrière toi.

Elle agrippa le devant de sa chemise.

— Et les employés ? Et Quin, le serveur ?

Son haleine empestait le whisky, mais il la sentit déterminée et pleine d'énergie.

— Tu les oublies pour l'instant.

— Je ne peux pas partir d'ici sans être certaine que tout va bien pour eux.

Elle plaisantait ou quoi ?

— Le serveur a filé et Joel l'a suivi, répondit-il patiemment. Nous n'aiderons personne en nous faisant tuer ce soir.

Il soupira avant de poursuivre, un peu haletant :

— Et maintenant, avance vers la sortie… Sans te battre et sans parler à qui que ce soit, compris ?

— Oui.

Elle esquissa un drôle de sourire déformé par l'ecchymose qu'elle avait au coin de la bouche.

— Tu es complètement soûle, dit-il d'un ton accusateur.

— Exact.

— Trop soûle pour aller seule jusqu'à la sortie ?

Elle secoua la tête, ce qui la fit chanceler.

— Non. Ça ira.

Elle lissa le tissu de sa jupe, lui adressa un clin d'œil et s'éloigna en titubant et en écartant du bras ceux qui se trouvaient sur son chemin.

Spencer surveilla sa progression. Il la voyait faire un pas de plus à chaque flash de lumière. Elle y était presque. Presque en sécurité.

Il se sentait à la fois perplexe, chagriné et inquiet. Il ne pouvait s'empêcher d'admirer Arizona, mais il éprouvait une étrange frustration qu'il s'efforçait en vain de refouler.

Arizona ne laissait rien ni personne entamer sa détermination. Elle avait plus de cran que nécessaire. Un peu trop, soit dit en passant.

Entre eux, les choses se compliquaient. Elle avait changé d'attitude par rapport à lui. C'était ce qu'il avait espéré, pour l'aider à se débarrasser de son passé… Mais, à présent, il n'était plus très sûr de ses motivations.

Il ne cherchait pas seulement à l'aider, à la sauver d'elle-même, à la faire progresser. Il était emporté par quelque chose d'autre, par cette incroyable alchimie qui s'était instaurée entre eux. Il la désirait. Et il était dévoré de frustration à l'idée de ne pas pouvoir la posséder.

Mais le moment était mal venu pour ruminer ce genre d'idées.

Se reprenant, il se concentra sur Arizona, qui allait maintenant franchir la porte. Elle était suffisamment loin de lui, il se mit donc à la suivre… Et soudain les lumières s'éteignirent, et la salle fut plongée dans le noir.

La panique envahissait son cerveau, il avait les tempes douloureuses, ses yeux le brûlaient. Cette garce n'allait pas s'en tirer comme ça… Il ne la laisserait pas partir. Mais, au milieu de tout ce bruit et de ce chaos, comment faire pour l'arrêter ? Il balaya la salle du regard. Il lui fallait un plan, une idée, et vite.

Elle était sur le point de lui échapper. Il était décidément entouré d'incapables.

Il devait agir maintenant, s'il ne voulait pas la perdre.

Puis, soudain, il eut une idée. Une idée lumineuse qui lui permettrait de récupérer cette fille plus tard, et tant pis pour ce soir… Il allait faire vibrer sa corde sensible, c'était facile. Il allait lui envoyer quelqu'un qui saurait l'émouvoir, et elle se jetterait de son plein gré dans la gueule du loup.

Oh oui, son plan était parfait ! Il ne put s'empêcher de rire. Ça allait marcher, il en était certain.

Une fois dehors, Arizona inspira profondément, avec l'espoir que l'air frais de la nuit lui éclaircirait les idées, mais il faisait humide et lourd, et elle n'en tira aucun bénéfice.

Au cas où quelqu'un l'aurait surveillée, elle prit soin de ne pas attendre Spencer et ne se retourna pas.

Devant la porte, il y avait un attroupement de clients. De temps en temps, une voiture passait. Spencer ne tarderait pas à la rejoindre ; il attendait probablement qu'elle tourne au coin de la rue pour la rattraper.

Elle n'avait pas obtenu tout ce qu'elle aurait voulu de cette soirée, mais ils avaient tout de même avancé. Pour le moment, elle devait s'en contenter.

Tout en s'éloignant, elle souleva la masse de ses cheveux, qui lui tenait chaud au cou, et tenta de s'abstraire du tintamarre croissant de la bagarre qui continuait à l'intérieur. Ignorant les clients qui regagnaient leur voiture en commentant l'événement, elle ne parla à personne et prit soin de ne pas avancer trop vite pour que Spencer la retrouve en sortant.

Penser à lui la fit sourire.

Spencer…

L'étrange turbulence qui agitait son sang n'avait rien à voir avec le fait qu'elle venait de se battre, ni avec l'alcool qu'elle avait ingéré.

Ce qui la mettait dans cet état fébrile, c'était Spencer. Le beau Spencer.

Cet homme était décidément incroyable.

Il était surprenant. Electrisant.

Séduisant comme aucun autre.

Elle leva les yeux vers le ciel pour contempler les étoiles, mais de gros nuages bas et noirs les lui cachaient. L'orage menaçait, mais quelle importance ? Au contraire, la perspective d'une nuit zébrée d'éclairs lui parut… sensuelle.

Qu'est-ce qui lui prenait donc d'avoir des idées pareilles ? Elle venait de supporter les mains baladeuses de ce pervers de Terry Janes et les regards lubriques de Carl, son chien de garde, et elle pensait à faire l'amour ? N'avait-elle pas perdu la raison ?

La violence qu'elle avait libérée au cours de la bagarre l'avait sans doute rendue plus vulnérable, comme souvent, mais tout de même…

Ce qu'elle éprouvait pour Spencer était totalement nouveau pour elle.

Tout en continuant à progresser sur le trottoir, elle poussa un gros soupir. Sans doute était-il temps pour elle de reprendre une vie normale. Dans tous les sens du terme.

Avec Spencer, tout devenait possible. Avec lui, le désir remplaçait la peur.

Il n'allait pas tarder à se montrer, et elle devait sérieusement réfléchir à ce qu'elle allait lui dire. Il n'allait pas être facile de le convaincre de passer à l'acte avec elle.

Mais elle le voulait. Ce soir même.

Elle ne pouvait pas attendre un jour de plus.

Tout se passa très vite.

Un projectile siffla à l'oreille de Spencer, et il sut d'instinct que ce n'était pas un hasard. On avait voulu le viser. Il réagit en faisant volte-face et se figea, prêt à affronter le danger.

Soudain, des bras puissants l'enserrèrent par-derrière. Le barman ! Il lui bloqua aussitôt un bras et lui envoya un coup de coude. L'homme poussa un cri étouffé quand ses côtes craquèrent. Spencer profita de l'avantage pour le faire passer par-dessus son épaule.

Le mastodonte atterrit devant lui en faisant un bruit impressionnant.

La salle était toujours plongée dans une demi-pénombre mais, ajoutées à la lueur des enseignes lumineuses qui éclairaient la salle à travers la grande baie vitrée de la devanture, les veilleuses de sécurité lui permettaient de distinguer des silhouettes. Le barman gisait immobile devant une table cassée. A en juger par l'angle inhabituel de l'un de ses bras et de sa jambe, il n'agresserait plus personne cette nuit.

Mais pourquoi cet homme s'en était-il pris à lui ? Puis, soudain, il comprit. Arizona ! On avait voulu l'empêcher de la rejoindre. Peut-être y avait-il dehors un autre homme qui attendait Arizona.

Au diable leur couverture, à présent !

Il se mit à courir, sautant par-dessus les corps à terre, contournant les tables et les chaises. Une fois dehors il repéra aussitôt Arizona, qui avançait tranquillement le long du trottoir.

Il accéléra le pas pour la rejoindre, mais il n'en eut pas le temps.

Carl apparut au coin d'une ruelle sombre.

Non !

Il fonça aussitôt dans sa direction, sans un bruit, uniquement concentré sur leurs deux silhouettes. Aucun des deux ne le remarqua, mais il avait eu le temps, lui, de voir le couteau que Carl portait à la ceinture.

Ne restait plus qu'à espérer qu'il arriverait à temps.

Arizona méditait sur les différentes manières de séduire Spencer. Absorbée par sa rêverie, elle prêta à peine attention à la forme indistincte postée au coin d'une ruelle. Et, quand une ombre géante barra le trottoir devant elle, son cerveau mit quelques secondes de trop à interpréter l'information.

Elle comprit trop tard qu'il s'agissait de Carl et n'eut pas le temps de réagir.

Il avait dû la voir sortir et il était passé par une autre porte pour la guetter dans cette ruelle.

Et donc, s'il l'avait surveillée, peut-être avait-il surveillé Spencer. S'il avait osé toucher à un seul cheveu de Spencer…

N'étant plus en position de se battre, elle décida de jouer pour le moment les victimes impuissantes et se laissa faire. Carl la maîtrisa donc aisément, puis il l'entraîna sans ménagement dans la ruelle, la serrant dans une poigne de fer.

Il lui fit franchir une porte et la poussa dans une petite pièce délabrée.

Ce n'est qu'à l'intérieur qu'elle se rendit compte qu'elle s'était laissé enfermer. Les deux verres que Janes lui avait fait avaler, presque de force, avaient décidément attaqué ses réflexes, mais elle était encore en état de se battre.

Elle allait régler son compte à Carl.

Elle commença par se défaire du bras qui lui broyait la gorge, en devenant toute molle et en pesant de tout son poids, manœuvre qui le déséquilibra. Quand il voulut se rétablir sur ses deux pieds, elle lui saisit les doigts en les tordant de telle manière qu'elle lui brisa les os. Il y eut un net craquement, dont le bruit lui procura une intense satisfaction.

Et évidemment, Carl lâcha prise.

Elle s'écarta de lui au plus vite, tandis qu'il jurait de douleur. Elle se trouvait maintenant face à lui. Spencer n'aurait pas apprécié qu'elle engage le combat, mais Carl lui barrait l'accès à la porte, et elle n'avait pas le choix.

Impossible de fuir. Il ne lui restait plus qu'à se battre.

Elle se planta sur ses deux jambes, prête, impatiente, en souriant de toutes ses dents.

— Espèce de salope…, éructa Carl.

Et, de la main gauche, il tira un couteau de sa ceinture.

Il était donc ambidextre, comme elle ? Voilà qui devenait franchement intéressant.

Il marcha sur elle pour la faire reculer au fond de la pièce.

— Tu croyais nous avoir embobinés, pas vrai ? dit-il.

Elle ouvrit la bouche pour répondre.

— Boucle-la ! cria-t-il. On t'a vue te battre le sourire aux lèvres et là on a compris.

Qui ça, « on » ? Elle redressa le menton.

— Ah bon ? Est-ce que ça signifie que vous ne voulez plus de moi comme employée ?

Les doigts de Carl remuèrent autour du manche du couteau.

— Ça signifie que tu ne vaux pas le tracas que tu nous as causé.

Pauvre idiot… Il croyait l'impressionner, avec son couteau ? Mais les couteaux, elle les maniait aussi bien que lui. Sinon mieux.

— Ainsi, vous avez compris que je ne suis pas une faible femme qu'on peut transformer en marchandise.

Surpris par son aplomb, et aussi par le fait qu'elle était visiblement au courant de leur trafic, il marqua un temps d'hésitation.

— Tu n'es donc pas aussi sotte que tu en as l'air, dit-il.

— Eh bien… c'est-à-dire que comparée à toi…

Elle sourit, histoire de marquer sa supériorité, tout en reculant, parce qu'il avançait toujours sur elle.

— Je pourrais passer pour un génie, lâcha-t-elle.

Tout en gardant sa main blessée sur le côté, il se mit en position d'attaque.

— Tu crois qu'on plaisante ?

Le dos d'Arizona heurta le mur derrière elle.

— Je crois que tu es un plaisantin.

La poitrine de Carl se gonfla de colère.

— Tu vas regretter d'avoir prononcé les mots qui viennent de sortir de ta bouche, ma petite…

Son expression changea aussitôt, et elle devina qu'il se préparait à charger. Il était temps de faire quelque chose.

Elle baissa la tête et le fixa à travers ses longs cils.

— Et moi qui croyais que ma bouche te plaisait, susurra-t-elle.

Et, pour mieux lui rappeler qu'elle avait une jolie bouche, elle s'humecta les lèvres, les laissant humides et luisantes.

La manœuvre porta, parce qu'il répondit :

— Il est vrai que tu pourrais en faire, des choses intéressantes, avec ta jolie bouche…

Les hommes étaient vraiment trop faciles à manipuler… Elle avait beau le savoir, cette constatation la surprenait chaque fois. Elle glissa deux doigts dans son décolleté et se caressa entre les seins.

— Je parie que tu serais surpris de savoir tout ce que je peux faire avec.

— C'est vrai, ça ?

Il n'avait plus l'air aussi pressé de passer à l'attaque, à présent, et il ne détachait plus ses yeux de ses seins.

Elle acquiesça et fit un pas vers lui.

— Je suis douée, Carl, tu peux me croire. Et je veux bien t'en faire profiter si tu promets de me laisser partir ensuite.

— Voyons ça, dit-il.

Il s'approcha d'elle. Il ne la percevait pas comme un

danger, de toute évidence. Il avait déjà oublié qu'elle lui avait cassé deux doigts. Les hommes avaient décidément la mémoire courte.

— Enlève ton chemisier, ordonna-t-il.

Elle attrapa le bas de son chemisier.

— Tu veux vraiment que je me déshabille ? Ici ?

Visiblement excité à l'idée de la voir nue, il la parcourut du regard des pieds à la tête, puis rajusta ses doigts sur le manche du couteau.

— Si tu n'enlèves pas tes fringues, je vais les découper.

Elle sourit. C'était le moment. Elle allait charger, mais elle n'en eut pas le temps. Surgissant de nulle part, Spencer envoya dans la mâchoire de Carl un coup de poing si violent que celui-ci cracha une dent.

Décidant que c'était le moment de bouger, elle s'écarta sur le côté, loin du mur et hors de portée de la fureur de Spencer.

Parce qu'il était vraiment en fureur.

Allait-il tuer Carl ? Elle inclina la tête de côté pour mieux évaluer la situation. Spencer avait saisi Carl d'une main par le devant de sa chemise et, de l'autre, il lui bourrait le visage de coups de poing. Carl avait lâché son couteau, il ne se défendait pas et poussait des gémissements de douleur.

— Hé, Spence !

Il l'ignora et continua à cogner. Le sang coulait du nez de Carl, et il avait perdu connaissance.

— Hé ho, Spence ! dit-elle presque en chantonnant. Je ne voudrais pas gâcher la fête, mais il me semble que nous avons entendu des sirènes, non ? Tu ne crois pas qu'il vaudrait mieux filer d'ici avant de se faire coffrer ?

Le poing de Spencer s'arrêta net, et il cessa de frapper Carl. L'effort et la colère faisaient saillir les muscles de ses biceps, de ses épaules et de son dos. Il demeura quelques secondes immobile, haletant, les jambes légèrement écartées.

Tout ça pour elle… Il y avait de quoi craquer.

Elle ne put s'empêcher de sourire.

— C'était vraiment une belle démonstration, Spence. Mais enfin… j'aurais très bien pu me débrouiller sans toi…

Il tourna la tête pour la regarder.

Ses narines frémissaient, ses yeux lançaient des éclairs, il serrait les dents.

Bon… Le moment n'était peut-être pas bien choisi pour le taquiner.

— Et si tu me ramenais à la maison ? suggéra-t-elle d'une voix docile.

Dehors, les policiers hurlaient des ordres. Ils entendirent les pas d'un fuyard qui courait, puis le bruit que fit son corps quand il tomba, probablement rattrapé par un agent. Des carreaux se brisèrent avec fracas. Un Klaxon de voiture retentit.

— On devrait se dépêcher, parce qu'ils peuvent nous tomber dessus d'une seconde à l'autre… Il vaudrait mieux ne pas avoir à s'expliquer avec eux.

Encore des carreaux brisés et des Klaxon. Puis des cris.

Sans la quitter des yeux, Spencer soupira, puis il lâcha Carl, qui s'effondra au sol.

— Bravo, lui dit Arizona. C'est du bon travail.

Spencer s'écarta lentement de ce qui restait du pauvre Carl.

— Allez, viens, dit-elle sur le ton enjôleur qu'on prend pour convaincre un animal rétif. Viens, Spence. Il faut vraiment y aller.

Elle marcha vers la porte en se tapotant la cuisse, comme pour lui faire signe de la suivre.

Spencer fronça les sourcils et ferma les yeux en inspirant profondément. Puis il ouvrit les yeux.

— Attends, murmura-t-il entre ses dents.

Il alla jusqu'à la porte pour vérifier que la voie était libre.

— Vas-y, dit-il. Tu passes devant moi.

— Compris, répondit-elle.

Elle se détourna et sortit, le cœur léger, vaguement euphorique.

Elle se sentait heureuse pour la première fois de sa vie.

Spencer était l'homme qu'il lui fallait. Pas seulement en tant que partenaire ou ami.

Elle le respectait. L'admirait.

Elle le désirait.

Elle voulait être à lui.

Et ce soir, si elle abattait les bonnes cartes, elle obtiendrait peut-être ce qu'elle voulait.

Spencer couvait d'un regard jaloux Arizona, qui avançait sur le trottoir en titubant. Il étira ses doigts et les replia, pour soulager ses articulations meurtries. Il était encore traversé d'émotions violentes et contradictoires. Il avait envie de déchiqueter toutes les ordures qui avaient approché ou simplement regardé Arizona. Et elle, cette idiote, elle souriait aux anges, avec l'air ravi d'un enfant qui regarde passer un défilé de carnaval.

Tout en surveillant la zone du regard et en la suivant de près, il appela Dare, qui décrocha et attendit, comme à son habitude.

— Dare, c'est Spencer.

— Vous avez fini de faire les idiots ?

— Carl est dans une petite pièce qui donne dans une ruelle, à droite de l'entrée du bar.

— Tu l'as immobilisé ?

Il avait fait davantage, mais il ne jugea pas nécessaire d'entrer dans les détails.

— Oui.

Il se massa la nuque.

— Je l'ai un peu malmené, ajouta-t-il tout de même.

— Il avait dû le chercher.

Spencer ne jugea pas utile d'expliquer que Carl avait menacé Arizona avec un couteau.

Ni qu'il lui avait demandé de se déshabiller.

— J'aurais dû le tuer, murmura-t-il.

— Vivant, il nous sera plus utile, fit Dare. On va le

récupérer et l'interroger. Emmène Arizona loin d'ici. Je vous suis.

— Merci, répondit Spencer avant de couper la communication.

Dès qu'ils eurent tourné au coin de la rue, il rattrapa Arizona.

— Tu viens avec moi, dans ma camionnette, dit-il.

Elle acquiesça et se mit à rire.

— C'était vraiment une sacrée soirée, Spencer ! Je ne l'oublierai pas de sitôt. J'en ai presque le vertige.

Il n'osait pas la regarder.

— La camionnette, répéta-t-il.

— D'accord, d'accord.

Elle rit de nouveau et se détourna pour marcher à reculons.

— Tu sens l'odeur de la pluie ?

Elle inspira profondément et ouvrit les bras.

— Un orage serait parfait pour clore cette belle soirée, tu ne trouves pas ?

Elle trébucha, et il la rattrapa par le bras.

Elle se pelotonna contre lui.

— Tu m'as beaucoup impressionnée, Spence. Et croismoi, ce n'est pas donné à tout le monde.

Il ne put réprimer un soupir. Mais qu'allait-il donc faire d'elle ?

Probablement pas ce qu'il aurait voulu.

A moins que…

Il lui jeta un regard à la dérobée. Non, elle avait les yeux vagues. Elle était décidément ivre. Pas question d'en profiter.

— Arrête un peu avec cette mine d'enterrement, espèce de rabat-joie ! protesta-t-elle en lui donnant une bourrade. Tout va bien.

— Tu parles…, grommela-t-il.

Elle aurait pu être enlevée, puis assassinée dans une ruelle. Mais apparemment, à ses yeux, c'était un détail. Elle avait eu sa bagarre et elle était euphorique.

— Marche lentement, dit-il. Tu ne tiens pas sur tes jambes.

— Mais non, tu exagères…

Quand ils atteignirent enfin la camionnette, elle se remit à papoter.

— C'était vraiment chouette, quand tu as surgi comme un ange vengeur… Un ange noir. Et paf, en pleine gueule.

Elle envoya un coup de poing dans les airs.

— Le pauvre Carl… Tu l'as mis K.-O. au premier coup de poing.

Spencer lui tint la portière en silence. Elle grimpa sur son siège en souriant.

— Dans le bar aussi, tu en as mis un K.-O. du premier coup. Je vais t'appeler « Spence au poing de fer », ou un truc dans le genre… Quand j'aurai cuvé, je te trouverai un surnom adéquat.

Après avoir jeté un coup d'œil pour vérifier que personne ne les avait suivis, Spencer claqua la portière sur elle, puis il fit le tour de la camionnette et grimpa derrière le volant. Une fois à l'intérieur, il verrouilla les portières et mit le moteur en marche.

Sans se préoccuper de sa mine sombre, Arizona reprit :

— J'ai cassé deux doigts à Carl, tu as vu ?

— Non.

— Tu n'as pas vu ? Quel dommage ! J'aurais voulu que tu voies.

Elle fit le geste de tordre des doigts.

— Tu n'as pas idée du plaisir que ça m'a procuré ! C'est sûrement lui qui a brisé le doigt du pauvre Quin, et je rêvais de lui rendre la monnaie de sa pièce. Mais tu sais, quand je l'ai fait, je n'ai même pas pensé à Quin. Il m'étranglait avec son bras. J'ai réagi d'instinct.

Elle lui adressa un sourire béat.

— Comme quoi, ça sert, de s'entraîner. Je t'avais dit que tout se passerait bien…

Spencer était encore sur les nerfs, et ce bavardage l'agaçait autant qu'un grincement de craie sur un tableau noir.

— Attache ta ceinture, ordonna-t-il sèchement.

Elle lui jeta un long regard de reproche, puis soupira.

— Tu es vraiment un raseur, murmura-t-elle en attachant tout de même sa ceinture.

« Un raseur » ? Elle ne croyait pas si bien dire. Il avait eu envie de raser cet ignoble bar et d'assassiner la moitié des hommes qui le fréquentaient ! Et pourtant, il s'était retenu. De justesse. Il enclencha une vitesse et décida de démarrer avant d'exploser.

— J'aurais bien voulu en mettre autant à ce vieux Terry, reprit Arizona. « Cow-boy »... Tu parles !

Elle rit.

— Le dernier des crétins, oui.

Spencer serra les dents et décida de ne plus l'écouter. Mieux valait se concentrer sur la route. Ils roulèrent quelques minutes en silence, puis elle recommença.

— Il croyait qu'il allait me mater... C'est ce qu'il a dit. Ce sont les mots qu'il a employés. Tu te rends compte ? C'est moi qui vais le mater ! Je vais le briser...

Elle eut un petit rire avant de poursuivre :

— Comme j'ai brisé les doigts de Carl.

Elle se pencha pour tapoter la cuisse de Spencer.

— Mais, pour Carl, je reconnais que c'est toi qui as fait l'essentiel du boulot.

Elle avait laissé sa main sur sa cuisse, qu'elle se mit à caresser, comme distraitement. Il se raidit. Puis la main glissa vers l'intérieur de sa cuisse et la pressa.

— Quand on y retournera, j'espère avoir l'occasion de me charger de Terry et...

Cette fois, c'en était trop.

— Ça suffit !

Il n'allait pas supporter ce manège jusque chez lui. Il était temps de mettre les choses au point. Il freina brusquement pour immobiliser la camionnette.

Puis il serra le volant à deux mains et ferma les yeux, le temps de recouvrer son calme.

14

Arizona inclina la tête pour le dévisager.

— Qu'est-ce qui se passe, Spence ? Tu as un problème ?

Il ignora la question. Il avait brusquement l'impression qu'on les suivait. Aussi scruta-t-il la rue du regard. Non, apparemment, ils n'étaient pas suivis.

Quand son téléphone sonna, il s'empressa de répondre, se préparant au pire.

— Oui ?

— C'est Dare. Il y avait un flic qui vous filait au train, mais je me suis occupé de lui.

Il regarda de nouveau autour d'eux, mais ne vit rien, pas même Dare.

— Tu t'es occupé de lui ? Comme ça ?

— Oui.

Il regrettait presque que le problème soit réglé, car il aurait eu besoin de se défouler.

Il respira profondément.

— Ça va ? demanda Dare.

— Oui.

Il se passa la main sur le visage.

— Il s'est passé quoi, avec le flic ? demanda-t-il.

Il n'était pas vraiment inquiet, mais voulait tout de même savoir.

— On collabore avec la police chaque fois que c'est possible, mais il faut parfois l'écarter pour avoir le champ libre. Sache tout de même que, dans l'ensemble, nous respectons les autorités.

Il savait que le trio ne s'en prenait jamais à des innocents mais, pour le reste, il ignorait tout de leur fonctionnement. Et, d'après ce qu'il avait pu observer jusque-là, ils obéissaient surtout à leurs propres lois. Mais il crut Dare sur parole.

— Ravi de l'apprendre.

Arizona pivota légèrement pour lui adresser un sourire rêveur. Il y avait quelque chose de bizarre dans son comportement. Elle le draguait ou quoi ? Malheureusement, il ne pouvait s'empêcher d'être excité. Elle jouait avec le feu. Avait-elle seulement conscience de ce qu'elle déclenchait ? Comme elle allongeait le bras vers lui, il attrapa sa main pour l'immobiliser.

— L'électricité, c'était toi ? demanda-t-il à Dare.

— C'était moi. Je t'expliquerai ça plus tard, mais j'ai eu à gérer un problème imprévu qui m'a forcé à agir.

Arizona se raidit.

— De quoi est-ce que tu parles ? Quelle électricité ?

Il lui fit signe de se taire, tout en lui caressant la main.

— Carl, vous l'avez ? demanda-t-il à Dare.

— J'ai envoyé deux agents pour le récupérer. Mais j'ai embarqué Terry Janes.

Il rit, puis ajouta d'un ton amusé :

— Tu peux dire à Arizona qu'il a tenté de résister.

Spencer ne lui demanda pas de détails, car il savait qu'il n'en obtiendrait pas. Mais si Janes avait résisté, cela signifiait que Dare l'avait sérieusement amoché. Il décida de ne pas en parler à Arizona. Elle était suffisamment excitée comme ça.

— C'était bien lui qui menait la barque, là-bas ? demanda-t-il, pour s'en tenir aux faits importants.

— Il n'a pas encore avoué, donc on ne peut rien affirmer.

— Mais tu as bien un avis ?

— Mon instinct me dit que non.

— Bon sang…

— On en aura bientôt confirmation.

— Les employés ? demanda Arizona.

Spencer répercuta la question à Dare.

— Tous ceux que nous avons trouvés sont libres et en sécurité.

Spencer adressa un signe de tête à Arizona, qui soupira de soulagement. Il fut touché qu'elle s'inquiète à ce point du sort de ces gens qui étaient pour elle des inconnus.

— On a trouvé dans une camionnette un groupe de jeunes hispaniques, poursuivit Dare. La plupart étaient censés travailler dans un motel du quartier, mais certaines filles étaient peut-être destinées à un autre trafic. La police les interroge en ce moment, mais ils seront tous libérés dans moins d'une heure.

— C'est Janes qui a vendu la mèche ?

— Janes n'a rien dit, mais on va le faire parler.

Spencer allait réclamer des précisions, mais Dare ne lui en laissa pas le temps.

— Ce sont les deux hommes qui se trouvaient à l'avant de la camionnette qui ont parlé. Mais je te raconterai ça plus tard.

Spencer n'avait pas envie d'attendre.

— Tu peux me le raconter maintenant, protesta-t-il.

Puis son regard se posa sur Arizona, et il comprit.

— Ils étaient là pour elle, c'est ça ?

— Entre autres, oui. Mais ils ont craché tout ce qu'ils savaient, tu peux me faire confiance.

Il marqua une pause, puis ajouta :

— Je sais me montrer persuasif quand il le faut.

Spencer regretta de ne pas les avoir eus sous la main. Lui aussi aurait su les faire parler. Et ensuite, il leur aurait réglé leur compte. Il fit un effort pour se calmer. Il devait à présent penser à Arizona. Il avait hâte de la ramener chez lui, car il voulait lui parler. Ce qu'il avait vu et vécu au cours de cette soirée l'avait édifié. Elle prenait beaucoup trop de risques. Il s'était promis de la convaincre de ne plus se mettre en danger.

— Qu'est-ce qu'on fait, maintenant ? demanda-t-il.

— On fait profil bas, parce que c'est ce qu'il y a de plus

raisonnable. Mais on surveille de près la manière dont la police gère l'affaire.

— Vous voulez être sûrs que personne ne passera au travers des mailles du filet, c'est ça ?

— On reste en contact avec la personne chargée de coordonner la force d'intervention. On fera en sorte que les coupables ne s'en sortent pas.

Spencer intercepta de nouveau la main d'Arizona et secoua la tête.

— Arrête ça, murmura-t-il.

Dare rit.

— Elle est soûle ?

— On dirait, oui.

— Ramène-la chez toi saine et sauve, Spencer, fit Dare.

— Je m'y emploie.

Tout en tenant le téléphone, il devait repousser la main d'Arizona, qui cherchait toujours à le taquiner.

Il avait déjà du mal à lui résister ; si elle se mettait à l'exciter, voilà qui n'allait pas lui faciliter la tâche.

Elle fit mine de bouder et renversa la tête sur le dossier de son siège, puis ferma les yeux en bâillant.

— Nous allons directement chez moi, dit-il à Dare.

Il avait hâte d'installer Arizona pour la nuit et de se détendre. Il avait les muscles noués, il n'en pouvait plus.

— Parfait. Pour le moment, ne la laisse pas sortir. Sauf pour venir chez moi. On discutera à ce moment-là de la conduite à tenir.

Et, sur ces mots, il coupa la communication.

Spencer referma son téléphone et le rangea dans sa poche. Son air préoccupé ne put échapper à Arizona.

— Qu'est-ce qui se passe, maintenant ?

Il secoua la tête. Pourquoi Dare lui avait-il demandé de ne pas laisser sortir Arizona ? Etait-ce parce qu'un des trafiquants leur avait échappé, ou bien par simple précaution ?

— Tu me caches quelque chose, fit Arizona.

Elle paraissait avoir recouvré ses esprits, brusquement, et son tempérament combatif reprenait le dessus.

— Pas du tout, répliqua-t-il.

Pour achever de la tranquilliser, il ajouta :

— Je suis juste un peu surpris que tout ça soit déjà terminé.

— Ils ont tué les responsables ?

Il fronça les sourcils. Il n'aimait pas qu'elle parle de tuer des gens avec tant de légèreté.

— Dare nous donnera tous les détails demain, chez lui.

Il hésita avant de poursuivre :

— En attendant, il a dit que tu devais dormir chez moi.

— Mmm…

A sa grande surprise, elle ne chercha pas à argumenter.

— Et ça ne te dérange pas ? demanda-t-elle.

— Non, absolument pas.

Ce qui l'aurait dérangé, ç'aurait été qu'elle tente de lui fausser compagnie.

Sa réponse lui valut un regard éloquent qui lui donna des crampes dans le ventre. Elle le mettait à la torture. Mais pourquoi avait-elle brusquement décidé de flirter avec lui ?

— Et toi, ça te va ? demanda-t-il en s'efforçant de ne pas regarder sa bouche.

Elle eut un petit sourire énigmatique et haussa une épaule.

— Ça me va. J'ai eu l'occasion de comparer.

Il se demanda ce qu'il fallait comprendre.

— Je ne vois pas où tu veux en venir, dit-il.

Elle défit sa ceinture de sécurité pour se tourner vers lui et prit le temps de le parcourir d'un regard appuyé, en s'attardant sur son torse et sur ses épaules. Puis elle s'arrêta sur son visage et déclara d'une voix rauque :

— Toi, Spencer Lark, tu es largement au-dessus du lot.

— Tu me compares à ces malfaiteurs ?

Il se tourna vers elle, lui aussi, un bras sur le volant, l'autre sur le dossier de son siège.

— J'espère bien que la comparaison est à mon avantage.

— Je ne te compare pas seulement à eux. Tu sors du lot, bon sang ! Un point c'est tout.

L'admiration d'Arizona entama un peu plus ses bonnes

résolutions. Comment allait-il faire pour lui résister ? Il tenta de prendre la chose à la légère.

— Tu dis ça parce que tu as bu.

— Oui, sans doute un peu, avoua-t-elle, tout en se rapprochant insensiblement. Mais je sais encore ce que je dis, merde.

Un soupçon l'effleura. Faisait-elle exprès de se montrer grossière pour obtenir un baiser ?

— Tu n'as pas toute ta tête.

— J'avais déjà réfléchi à la question avant le whisky, figure-toi. Et même avant d'entrer dans le bar.

Il était coincé, à présent. Elle manifestait de plus en plus clairement ses intentions. La situation devenait franchement périlleuse.

— Tu avais réfléchi à quoi ? demanda-t-il.

— A toi. A ce que tu es. A ce que tu fais. Aux raisons pour lesquelles tu le fais.

Elle soupira, et son regard s'assombrit.

— A ce que je ressens quand je suis avec toi.

— Je te fais peur, lui rappela-t-il.

Certes, la dernière fois qu'il l'avait embrassée, elle ne s'était pas vraiment débattue. Et, avant d'entrer dans le bar, c'était elle qui avait pris l'initiative d'un baiser. Du bout des lèvres, d'accord…

— Pour un simple baiser, je dois te supplier et presque te for…

— Non, protesta-t-elle en secouant la tête. Ça, c'était avant. Plus maintenant.

Il prit le temps de réfléchir. Elle paraissait sûre d'elle, mais s'il décidait de l'embrasser vraiment, comme il en avait envie, elle risquait de réagir tout autrement.

— Très bien, dit-il.

Il allait lui donner un aperçu de ce qu'était un véritable baiser. Ainsi, elle saurait où elle en était et elle aurait une idée du chemin qui lui restait à parcourir. Et lui aussi.

— Tu veux peut-être me donner ce que tu me dois ?

Elle lui jeta un regard interrogateur.

— Eh bien oui, tu viens de dire une grossièreté, expliqua-t-il.

Persuadé qu'elle ferait machine arrière, il insista :

— Et pas qu'une fois.

— Vraiment ? murmura-t-elle. Merde alors…

Sa respiration se fit haletante.

— Ça m'a échappé.

Elle le mettait décidément à la torture, sans le moindre scrupule.

— Arizona…

— Mais, merde, on s'en fout, pas vrai ? ajouta-t-elle avec un petit sourire provocateur.

Pas de doute, elle accumulait délibérément les grossièretés. Il eut une bouffée de désir.

— J'ai tout de même des circonstances atténuantes, ce soir.

— Circonstances atténuantes ou pas, tu joues avec le feu.

— Je sais. Mais ça m'a coûté, de surveiller mon langage…

Elle leva vers lui ses longs cils noirs et le regarda droit dans les yeux.

— C'était carrément chiant, t'as pas idée.

Impossible de douter. Elle réclamait un baiser.

Et pourquoi pas ? Il suffirait probablement de l'embrasser une fois pour la calmer et lui ôter toute sa morgue.

Car il était persuadé d'une chose : Arizona n'avait aucune envie d'être *vraiment* embrassée.

— Dans ce cas, je vais prendre mon dû, annonça-t-il en se penchant lentement sur elle.

Il s'attendait à un mouvement de recul, mais ce fut tout le contraire. Elle s'humecta les lèvres, puis se jeta à son cou.

Il n'eut pas le temps d'esquiver la bouche tiède qui prenait possession de la sienne. Il eut d'abord conscience d'un goût âpre de whisky, puis de la douceur d'une langue qui le fouillait.

Il voulut s'écarter.

Enfin, il crut qu'il voulait s'écarter.

Il avait posé ses mains sur elle pour la repousser, mais il ne fit rien.

Elle poussa un gémissement affamé et l'embrassa encore plus goulûment.

Il se sentit soudain brûlant.

Mais il n'oublia pas pour autant de réfléchir.

Ce revirement était probablement dû à l'adrénaline et à tout le whisky qu'elle avait descendu.

N'empêche, sa bouche était délicieuse. Avant même de s'en rendre compte, il avait enfoui une main dans ses longs cheveux.

Et le baiser se prolongeait comme s'il ne devait jamais s'arrêter.

Il se renversa sur son siège en l'attirant contre son torse. Elle se laissa faire en gémissant et leva une jambe pour tenter de grimper sur ses genoux.

— Attends, dit-il. Attends.

— Non.

— Il vaut mieux s'arrêter là.

— Aucune envie de m'arrêter.

Apparemment, ce baiser, loin de la rebuter, la poussait à s'enhardir. Elle avait envie de lui, cela crevait les yeux.

C'est l'effet de l'alcool.

Il n'avait jamais profité d'une femme ivre et il n'allait pas commencer avec elle. Il avait intérêt à se reprendre, et vite, sans quoi ils allaient faire quelque chose qu'ils regretteraient ensuite tous les deux.

— Arizona, stop !

Il la tint éloignée de lui, à bout de bras.

Le regard qu'elle lui lança aurait fait fondre n'importe quel homme. Ses beaux yeux bleus exprimaient à la fois la gêne et le chagrin — peut-être même le désespoir.

Il s'efforça de ne pas céder et lui effleura la joue — en espérant qu'elle ne remarquerait pas à quel point sa main tremblait.

— Tu m'avais promis que tout se passerait bien, lui dit-il.

Elle parut désarçonnée par la remarque.

— De quoi parles-tu ?

— Avant d'entrer dans ce bar, tu m'avais promis que tu serais prudente et que tout se passerait bien.

Elle lui tendit les bras, submergée par la frustration.

— Mais tout s'est bien passé, je vais très bien.

— Tu es couverte de bleus et tu saignes. Je n'appelle pas ça aller très bien.

Il caressa du bout des doigts le coin de sa bouche et sa mâchoire, là où son ecchymose était déjà en train de changer de couleur.

— Tu as reçu un sacré coup, là, dit-il.

— Bah, un petit revers de main, rien de plus…

Elle tendit de nouveau les bras vers lui.

— Ce n'est rien, je t'assure.

— Pour toi, peut-être.

Il la tint à distance, et cette fois elle n'insista pas.

— Mais pas pour moi, reprit-il. Quand ce salaud t'a frappée, j'ai cru que j'allais m'évanouir.

— Ah oui ?

N'était-il pas allé trop loin ? Il ne fallait surtout pas qu'elle s'imagine qu'il avait des sentiments pour elle. Il la désirait, rien de plus.

— Je veux que nous rentrions. Ensuite, tu prendras une douche et tu iras te coucher pour cuver ton whisky.

Elle se pencha et posa la tête sur son épaule. Il n'eut pas le cœur de la repousser et se laissa envahir par son parfum.

— Je ne suis pas d'accord, dit-elle.

Il tressaillit. Elle refusait de venir chez lui, après avoir accepté ?

— Tu n'es pas d'accord pour dormir chez moi ?

Elle secoua la tête.

— Je ne suis pas d'accord pour aller au lit.

Il commençait à comprendre où elle voulait en venir. Mais pas question. D'accord, les baisers ne l'effrayaient plus, mais cela ne changeait rien au tableau de fond, à tout ce qu'elle avait vécu. Et puis il n'oubliait pas qu'elle était ivre.

De plus, ils ne pouvaient pas traîner plus longtemps dans la camionnette, exposés au danger, en pleine rue.

Il jeta un coup d'œil au pare-brise arrière, mais ne remarqua rien de louche. Est-ce que Dare les suivait toujours ? Si oui, il devait se demander ce qu'ils trafiquaient.

Il souleva Arizona et la déposa sur son siège.

— Désolé, chérie. Mais je veux que tu attaches ta ceinture.

— Mais…

— Je refuse de discuter. Tu le fais, un point c'est tout.

Elle boucla sa ceinture sans un mot, avec des gestes furieux.

— Tu es vraiment un rabat-joie, tu le sais ?

Il retint un sourire contrit et manœuvra la camionnette pour se glisser de nouveau dans le flux de la circulation. Que Dieu lui vienne en aide, il avait de plus en plus de mal à jouer le jeu.

Et d'ailleurs, il ne s'amusait plus du tout.

Parce qu'Arizona lui plaisait trop. Tout, chez elle, lui plaisait, même son fichu caractère. Elle n'écoutait rien ni personne et s'arrangeait pour obtenir ce qu'elle désirait : un nouveau couteau, une bagarre avec une ordure comme Janes, ou…

Ou un baiser torride avec lui.

Si le jeu n'avait été aussi dangereux, il aurait aimé faire équipe avec elle et la regarder travailler. Elle était parfaite dans le rôle de la pauvre femme sans défense. Mais, quand il le fallait, elle savait se battre avec autant d'adresse et de courage qu'un homme.

Il fit un détour pour rentrer chez lui, parce que c'était plus sûr. Il ne voulait mener personne jusqu'à sa maison.

Quand ils arrivèrent dans sa ruelle, Arizona somnolait sur son siège. Elle s'était recroquevillée contre la portière du passager, les bras croisés sur le ventre. Elle avait ôté ses sandales, qui gisaient sur le plancher de la voiture.

Mais, même ainsi, elle était incroyablement sexy. Elle lui fit penser à un petit chaton féroce.

— Nous sommes arrivés, lui dit-il doucement.

— Youpi !

Elle ne somnolait pas autant qu'elle en avait l'air, finalement.

— Allons-y, dit-il.

Il descendit de la camionnette et en fit le tour, mais Arizona avait déjà ouvert la portière et se mit à remonter l'allée en zigzaguant ; elle était pieds nus, ce qui n'avait pas l'air de la déranger. La brise agitée de la nuit s'enroulait autour d'elle, soulevant ses longs cheveux et envoyant des feuilles battre ses chevilles.

Il ramassa précipitamment son sac et ses sandales, puis il la rattrapa et lui prit le bras.

— Tu es encore soûle, dit-il.

— Ah oui ? Figure-toi qu'on dirait que mon sang absorbe l'alcool seulement maintenant. Je me sens plus attaquée que lorsque j'ai quitté le bar…

Elle s'arrêta net, en regardant du côté de Marla, et agita le bras.

— Salut, voisine ! cria-t-elle.

Spencer tourna la tête juste à temps pour voir retomber le rideau de Marla. Il ne voulait pas avoir à s'expliquer avec elle maintenant : il en avait eu assez pour ce soir.

— Continue à marcher vers la maison, ordonna-t-il.

— Pourquoi ? Tu ne veux pas dire bonsoir à ta maîtresse ?

Marla n'était pas sa maîtresse ! Sa « maîtresse », comme elle disait, il aurait voulu que ce soit Ari…

Du calme… Il refoula aussitôt cette pensée perturbante.

— Entre.

— Oui, chef. Tout de suite, chef. Merci, chef.

— Je ne suis pas autoritaire à ce point, protesta-t-il avec une grimace.

— Tu parles ! s'écria-t-elle en gesticulant si fort qu'elle faillit tomber en arrière. Tu es autoritaire, arrogant et… très très attirant.

Il la prit contre lui et la soutint pour lui faire grimper les marches du porche.

— Pour le moment, répliqua-t-il, tu as surtout besoin de dormir et de cuver.

— Mais je croyais qu'on mangerait du gâteau ?

Il déverrouilla la porte d'entrée et l'ouvrit. Pour ce faire, il avait dû la lâcher. Elle faillit tomber tête la première dans le couloir, et il la retint de justesse.

— Le gâteau attendra demain, déclara-t-il fermement.

Il décida de la soulever dans ses bras, car ils gagneraient du temps.

— Hé ! protesta-t-elle.

Elle tendit le cou pour regarder autour d'elle.

— Tu as vraiment l'intention de me porter ?

Il haussa les épaules et baissa les yeux vers elle. Leurs visages se touchaient presque.

— Je crois que ce sera plus facile que de te faire rouler jusqu'au lit.

— Mais puisque je vais au lit…

Elle appuya son front au sien.

— … on pourrait faire des choses plus intéressantes que dormir…

Elle émit un hoquet sonore.

— Pardon.

— C'est ça, dit-il. Oublie tes plans pour le lit.

Il lui cala le front contre son épaule, pour l'empêcher de l'embrasser et s'éviter une tentation inutile, puis referma la porte d'un coup de pied.

Lui faire traverser dans ses bras la maison silencieuse et sombre fut une expérience agréable. Très agréable. Un peu trop, même.

— Je ne dors pas sur le canapé ? demanda-t-elle tandis qu'ils traversaient le salon.

— Non, pas de canapé ce soir.

— Je ne veux pas dormir dans ta chambre d'amis ! protesta-t-elle.

— Je sais.

Il la serra contre lui, tout en se promettant de découvrir un jour pourquoi elle refusait la chambre d'amis avec tant de véhémence.

— Je vais t'installer dans mon lit.

— Ah oui ?

Elle lui caressa la nuque.

— Tu as changé d'avis ? murmura-t-elle.

— Non.

Il aurait bien voulu… La tenir ainsi dans ses bras semblait si naturel !

Et dangereux. Pour elle comme pour lui.

Il sentait le battement régulier de son cœur, ses seins voluptueux écrasés contre son torse, ses cuisses tièdes sur ses avant-bras… Et tout cela le rendait terriblement conscient de sa féminité.

Il la laissa glisser doucement à terre, à regret, jusqu'à ce que ses pieds nus touchent le sol carrelé de la salle de bains. Il lâcha ses sandales et rangea son sac dans un placard.

— Tu devrais… te préparer pour aller au lit. Je reviens te chercher.

Elle s'appuya mollement au lavabo.

— Où vas-tu ?

— Je vais vérifier les issues. J'en ai pour une minute.

— O.K., chef.

Elle referma la porte sur lui.

Prenant son temps, il alla fermer le verrou de la porte d'entrée, vérifia les fenêtres, puis se rendit dans sa chambre pour ouvrir le lit. Il venait de terminer quand elle apparut.

Elle avait des mèches de cheveux humides autour du visage, qu'elle avait donc aspergé d'eau fraîche, mais elle ne s'était pas démaquillée. Elle s'arrêta devant lui en vacillant.

Il lui prit le menton et examina de près son ecchymose. Même dans la pénombre de la chambre, on distinguait nettement une zone sombre qui partait du coin de sa bouche et s'étendait vers sa mâchoire.

Il l'effleura du pouce.

— Ça me déplaît que tu aies pris un coup.

Elle eut un petit sourire en coin.

— Franchement, j'ai connu bien pire. Cesse de t'en faire pour ce petit bobo.

Son haleine sentait le dentifrice, elle avait les yeux vagues.

— Tu ne me facilites pas les choses, fit-il avec un sourire.

Il se pencha vers elle et caressa ses lèvres du bout des doigts. Elle voulut se laisser aller contre lui.

Il l'arrêta aussitôt, avant qu'il ne soit trop tard.

— Ne bouge pas d'ici, je reviens.

Il se réfugia dans la salle de bains pour faire ses ablutions.

Comme il se méfiait d'elle et qu'il la croyait capable de chercher à lui fausser compagnie, il laissa la porte entrouverte pour la surveiller.

Deux minutes plus tard, quand il ressortit de la salle de bains, il la trouva recroquevillée dans le lit. Elle n'avait même pas eu la force de se glisser sous les draps.

La jupe en jean gisait sur le sol, roulée en boule.

Elle n'avait gardé qu'une petite culotte noire et un haut quasiment inexistant qui moulait ses courbes sensuelles.

La culotte de soie la couvrait à peine, exposant ses fesses et ses hanches galbées. Comme il aurait voulu caresser cette peau couleur de miel… Elle avait replié ses longues jambes de telle manière qu'on aurait dit qu'elle s'offrait à lui. Il suivit du regard la ligne de son épaule, puis descendit vers sa taille étroite et, de là, glissa de nouveau vers ses petites fesses absolument irrésistibles.

Il la désirait tellement qu'il en avait mal au ventre. Ses mains s'ouvraient d'elles-mêmes pour la caresser, comme mues par une volonté propre. Il était bouleversé, submergé d'émotions.

Il se pencha sur elle et repoussa délicatement ses cheveux pour mieux voir son beau visage, puis il posa du bout des lèvres un baiser sur son front. Elle était douce comme un bébé et exhalait en même temps un parfum de féminité accomplie. Le mélange était absolument envoûtant.

Mais à cet instant elle était loin du monde, en paix, profondément détendue.

Jeune.

Insouciante.

Tout ce qu'elle aurait dû être quand elle était éveillée.

Si elle l'avait surpris au pied de son lit, en train de la regarder dormir et de la couver d'un regard voluptueux, elle aurait probablement réagi en se jetant sur lui. Il sourit en imaginant la scène et recula d'un pas, puis défit lentement la fermeture Eclair de son jean.

Il allait dormir près d'elle, la tenir dans ses bras... Mais rien de plus.

Même si cela lui coûtait terriblement.

Voudrait-elle encore de lui le lendemain en se réveillant ?

Sans l'alcool pour diluer ses inhibitions, serait-elle encore capable de surmonter les démons du passé, et ses peurs, pour prendre ce qu'elle désirait ?

Et après ? Même si elle en était capable, cela ne les mènerait nulle part.

Il n'avait pas oublié toutes les bonnes raisons de ne pas se lancer dans une aventure avec Arizona. Il ne pouvait pas envisager une relation suivie avec elle.

Elle était encore embourbée dans un passé qui faussait sa conception des rapports entre hommes et femmes. Elle n'était pas prête à choisir un partenaire. Et il n'avait pas le droit de profiter de son inexpérience.

Il n'avait pas le droit, certes... mais il finirait par craquer. Il menait une bataille perdue d'avance et il le savait.

Il couvrit Arizona en soupirant, éteignit la veilleuse, ôta son jean et le déposa dans un fauteuil, avec la jupe. Il ne garda que son slip.

Arizona ne remua pas quand il s'allongea près d'elle.

Il glissa précautionneusement un bras sous sa tête, un autre sur sa taille, et se colla contre elle. Une fois de plus, il s'émut de la trouver si petite et délicate comparée à lui.

C'était étrange mais, avec leurs deux corps encastrés l'un dans l'autre, tendrement, presque amoureusement, il se sentait merveilleusement bien. Et cela ne lui était pas arrivé depuis très longtemps.

L'eau glacée de la rivière s'était refermée sur elle, mais elle se débattit pour remonter et refit surface assez longtemps pour emplir ses poumons avides d'air. La pluie battait son visage. En dépit du tonnerre, elle distinguait des rires. Un faisceau lumineux se posa sur ses yeux, l'aveuglant aussitôt.

La panique referma sur elle ses griffes acérées, mais elle lutta pour s'en défaire.

Réfléchis, Arizona, réfléchis.

Le plus urgent était de respirer de nouveau, mais le fleuve l'avalait, et sans l'aide de ses bras elle avait du mal à ne pas couler. Frissonnant, elle cracha une eau sale et boueuse.

Où était donc la rive ? De quel côté ? A quelle distance ?

Et une fois qu'elle l'aurait atteinte ? Que faire ?

Ils la jetteraient de nouveau à l'eau, et elle en serait au même point, avec le handicap supplémentaire d'une blessure, car ils n'hésiteraient pas à se servir de leurs couteaux, ou de leurs armes à feu.

Soudain, les commentaires, le chahut et même les rires s'arrêtèrent net. En dépit de la nuit, en dépit du bruit tumultueux du torrent, et de l'orage, l'absence de voix humaines lui fit l'effet d'un grand silence.

Les cuisses au bord de la crampe, le souffle coupé par le désespoir, elle parvint tout de même à sortir la tête de l'eau — pour découvrir qu'on se battait sur le pont.

Elle en fut tellement surprise qu'elle coula de nouveau en buvant copieusement la tasse. Elle donna des coups de pied désespérés pour remonter, mais ses jambes pesaient désormais des tonnes. Ses poumons hurlaient, ses épaules, bloquées en arrière par les liens qui retenaient ses mains, la faisaient atrocement souffrir.

Elle était au bord de l'épuisement, elle sentait venir la crampe… Elle envisagea d'abandonner, de cesser de lutter. Et soudain, il y eut un bruit de plongeon. Elle en oublia de battre des jambes et coula de nouveau — mais, cette fois, des bras puissants la retinrent.

La terreur lui redonna des forces, et elle parvint à se débattre.

— Chut, murmura une voix d'homme. Je vous tiens fermement. Tout va bien, je vous assure.

Un homme, grand et d'une force surprenante — car il parvenait à la soutenir tout en luttant contre la violence du courant —, l'entraînait vers la rive.

Mais qui était-ce ? Pourquoi avait-il pris le risque de plonger pour la repêcher ?

Elle ne pouvait pas lui faire confiance, pas plus qu'à un autre, et donna un coup de tête pour se libérer. Il jura, mais ne la lâcha pas.

Seigneur… Seigneur…

Elle tenta les coups de pied, son talon atteignit plusieurs fois l'homme, sans résultat. Elle se débattit avec une énergie redoublée, mais il continuait à nager, et la rive se rapprochait.

Elle sentit le moment où les pieds de l'homme touchèrent le fond. Les siens se posèrent quelques secondes plus tard.

Elle ne poussa pas un cri, n'émit pas un son. Elle rassembla toutes ses forces pour tenter d'échapper à celui qui venait de la sauver de la noyade, mais dont elle ignorait les intentions.

Tout en continuant à lui parler d'une voix étrangement apaisante, il la cloua au sol boueux, en immobilisant ses jambes. Ses bras, attachés derrière elle, lui firent encore plus mal.

Elle était totalement épuisée. Tétanisée par la douleur et par la peur.

— Je vais couper vos liens, à présent. Cessez de gigoter.

Il sortit un couteau, et elle crut sa dernière heure arrivée, mais il tint parole et, s'accroupissant près d'elle, il coupa les cordelettes de Nylon qui attachaient ses poignets.

Aussitôt, elle recula, en rampant dans la boue. Ses bras étaient inutiles, engourdis et douloureux, ses jambes lourdes de fatigue.

— Tout va bien, dit-il.

Il ne tenta pas de la suivre. Il demeura immobile, les bras tendus vers elle.

— Vous pouvez me faire confiance, insista-t-il.

Lui faire confiance… Il plaisantait ? Elle ne pourrait plus jamais faire confiance à qui que ce soit. Plus jamais.

15

Arizona se réveilla en sursaut, le cœur battant, l'adrénaline pulsant dans ses veines. Elle se redressa aussitôt en jetant autour d'elle des regards affolés.

Mais elle ne détecta aucun danger.

Elle se trouvait dans une chambre inconnue, dans un lit moelleux et agréable, beaucoup plus agréable que ceux des motels qu'elle fréquentait habituellement.

Une aube grisâtre éclairait faiblement la pièce, une petite pluie matinale coulait sur les carreaux de la fenêtre.

Une douce chaleur l'entourait.

Et, à présent qu'elle était bien réveillée, elle éprouvait un sentiment de sécurité tout à fait inhabituel.

Très agréable. Inattendu mais agréable.

Elle déplaça sa main sur le drap.

Quelque chose dans cette pièce sentait merveilleusement bon. Elle inspira à pleins poumons.

— Bonjour.

La surprise suspendit les battements de son cœur. Cette voix profonde, tellement reconnaissable… Elle tourna lentement la tête pour découvrir Spencer allongé à son côté. Le drap ne le couvrait que jusqu'à la taille. Une longue jambe poilue dépassait sur le côté du lit.

Elle en resta bouche bée.

— Mais tu es nu !

Le fait de parler lui fit prendre conscience de la raideur de sa mâchoire. Elle la palpa précautionneusement et constata qu'elle souffrait d'une ecchymose.

— Je porte un slip, déclara-t-il en soulevant le drap.

Oui, enfin, ce n'était pas beaucoup mieux… Spencer en slip, c'était suffisant pour lui mettre la tête à l'envers. Surtout s'il avait une érection, ce qui était le cas.

Une fois de plus.

Marla n'avait pas menti au sujet de la taille de son sexe. Spencer était hors norme physiquement. Y compris sur ce point.

Son cœur se remit à battre comme un fou.

— Tu vas bien ? demanda-t-il d'un ton inquiet.

— Pardon ?

Il acquiesça et regarda fixement la main qui palpait toujours sa mâchoire.

— Ah, tu parles de ça…, murmura-t-elle en laissant retomber sa main. Ça peut aller.

Il fronça les sourcils et s'assit sur le lit.

En voyant ce corps musclé et harmonieux, elle dut prendre de nouveau une longue inspiration, et quelque chose remua étrangement dans son ventre.

C'était donc cela qu'elle avait senti en se réveillant : le parfum stimulant de la peau d'un mâle musclé et sexy.

Délicieux, vraiment…

Il demeura silencieux. Elle aussi. Elle préférait profiter du spectacle plutôt que de parler.

Comme la première fois qu'elle était venue chez lui et qu'elle l'avait surpris au réveil, elle le jugea très séduisant, avec ses cheveux en bataille et son ombre de barbe. Mais il ne la regardait pas comme la première fois : une sorte de tension couvait dans ses yeux sombres.

Elle le soupçonna de l'avoir reluquée pendant qu'elle dormait. Bien sûr, c'était ça… Elle l'avait trouvé bien alerte, soulevé sur un coude, tourné vers elle.

Il l'observait depuis un moment, impossible d'en douter.

Bon sang !

C'était de nouveau le chaos dans son cerveau mais, avec Spencer, elle avait souvent le cerveau embrouillé et le cœur confus. L'impression, au demeurant, n'était pas désagréable. Au moins, elle savait maintenant qu'elle avait un cœur.

La nuit précédente n'était plus qu'un vague souvenir. Sa dernière pensée claire était d'avoir enragé en voyant Spencer attablé avec une autre femme. Ensuite, tout se perdait dans les brumes de l'alcool.

Comment avaient-ils échoué dans ce lit ? S'ils avaient fait l'amour et qu'elle ne s'en souvenait pas, ce serait vraiment embarrassant…

Elle jeta un coup d'œil méfiant à son corps presque nu et, plus lentement, à celui de Spencer. Puis elle haussa un sourcil et tenta de se réfugier derrière l'ironie pour dissimuler son malaise.

— Est-ce que je dois te casser la figure ?

Indifférent à ce que la question contenait de menace, il lui lança un regard intrigué.

— Et pourquoi est-ce que tu me casserais la figure ?

— Pour avoir profité de moi pendant que j'étais soûle.

Il sourit et lui tira gentiment une mèche de cheveux.

— Non, mon bébé… Tu n'as aucune raison de m'en vouloir.

« Mon bébé » ?

— Mais tu ne manques pas de culot, de me demander une chose pareille, ajouta-t-il. Tu mériterais une bonne fessée.

— Une bonne fessée ? Essaie et tu verras. De plus, je trouve légitime de te poser cette question, vu les circonstances.

— Non seulement je n'en ai pas profité, mais tu m'as supplié de le faire et j'ai refusé.

— Sans blague ?

Maintenant qu'il le disait, elle se rappelait vaguement avoir eu un drôle de comportement. Avant d'entrer dans le bar, elle s'était dit qu'elle le désirait. Et d'ailleurs, en ce moment même, il suffisait qu'elle le regarde ou qu'elle écoute sa voix chaude et douce pour avoir envie de lui.

Et pas qu'un peu.

Pourquoi pas, cela dit ? Elle ne pouvait rester célibataire

toute sa vie. Elle voulait être une adulte complète, normale, que diable !

Spencer prétendait vouloir l'aider à progresser dans ce sens. Pourquoi ne pas le mettre à contribution, après tout ?

Elle avait envie de savoir ce qu'était le sexe entre adultes consentants.

Entre elle et Spencer, plus précisément.

Les yeux de ce dernier s'assombrirent encore, et il baissa la voix.

— J'ai eu du mal à te résister, avoua-t-il.

— Mais tu n'as pas cédé ?

Elle se sentit vraiment ridicule. Avec la bimbo du bar, il n'avait pas résisté. Et qu'il ne prétende pas que c'était pour sa couverture !

— Tu avais beaucoup trop bu, fit-il.

Ah, c'était donc cela… Il n'avait pas voulu profiter de son état.

Elle commençait à avoir vaguement honte, à présent. Elle s'était probablement jetée à son cou. Elle espéra qu'elle ne s'était pas couverte de honte et qu'elle n'avait pas trop souffert d'être rejetée. Il était peut-être préférable qu'elle ne se souvienne de rien, après tout.

La grande main de Spencer cessa de jouer avec ses cheveux, et il la posa, l'air de rien, sur l'un de ses genoux.

— J'ai essayé de te raisonner, mais tu as insisté lourdement.

— Ici ?

— Tu ne te souviens vraiment de rien ?

Elle se concentra, le visage froncé.

— Je me suis battue avec Carl en sortant du bar, il me semble…

— Tu lui as cassé les doigts, annonça-t-il.

Une expression haineuse passa sur son visage.

— Je me suis chargé du reste.

Un vague souvenir affleura à la conscience d'Arizona.

— Il me semble aussi que c'est Dare qui nous a forcés à déguerpir et…

Elle ouvrit des yeux ronds.

— C'est fini, n'est-ce pas ? Il les a tous éliminés ?

Spencer acquiesça.

— Il y a eu un imprévu, et il a dû intervenir.

Il la mit au courant de ce qu'il savait.

— Janes t'a fait boire. Tu étais complètement partie.

— La soirée me revient par bribes..., soupira-t-elle. Mais je ne sais toujours pas comment je suis arrivée dans ton lit.

A présent qu'elle était rassurée sur le sort des innocents qu'elle avait tant à cœur de sauver, sa curiosité reprenait le dessus.

— Dare m'a demandé de te garder ici pour la nuit, et tu as accepté de me suivre.

Elle avait donc accepté de dormir dans son lit ? Elle en fut surprise. Jusque-là, elle avait toujours considéré comme dangereux le fait de dormir auprès d'un homme. Endormi, on était exposé, sans défense.

Mais Spencer n'était plus pour elle un homme comme les autres.

A la seconde où elle l'avait rencontré, il avait produit sur elle un effet particulier. Parfois, cela la perturbait, mais la plupart du temps, au contraire, elle appréciait de se sentir vivante auprès de lui.

— J'ai bien dormi, près de toi, Arizona, murmura-t-il en caressant son genou. Tu es douce et tiède.

« Douce et tiède » ? Elle avait du mal à le croire. Elle ouvrit de grands yeux.

Il se méprit sur son air incrédule et fronça les sourcils.

— Tu as fait un cauchemar ?

— Un de mes cauchemars habituels, oui.

— Tu as rêvé de quoi ?

— Du fleuve. J'étais en train de me noyer.

Elle fit un vague geste de la main pour signifier que cela n'avait aucune importance. Elle avait rêvé si souvent de cette scène qu'elle y était presque habituée.

— De Jackson qui me sauvait, et tout le reste...

— Je suis désolé.

— Bah... C'est toujours la même histoire.

Elle balaya la pièce du regard et remarqua le jean de Spencer dans un fauteuil. Cela lui rappela qu'elle était en culotte, et elle en eut la bouche sèche.

— C'est toi qui m'as déshabillée ?

— Non. C'est toi qui as décidé de te coucher dans cette tenue.

Il tira légèrement le drap.

— J'ai eu un noble geste et je t'ai couverte de ce drap.

— Et ensuite, tu es venu te coucher avec moi ?

— C'est mon lit, fit-il.

Elle ne trouva rien à répondre. Mais enfin, il la désirait, oui ou non ? Elle ne savait plus. Aujourd'hui, il lui paraissait différent, plus enclin à l'intimité, mais elle n'osait lui faire clairement des avances, de peur d'être de nouveau repoussée. Elle n'aurait pas voulu non plus qu'il accepte uniquement parce qu'elle était là, à portée de main. Elle essaya d'aborder la chose subtilement.

— Bon… On fait quoi, maintenant ?

— Ça dépend de toi.

Si la suite dépendait d'elle… elle savait parfaitement ce qu'elle avait envie de faire ! Mais elle ne répondit pas et attendit qu'il précise.

— Tu as la gueule de bois ? demanda-t-il.

— Non.

Elle passa deux doigts dans ses cheveux emmêlés, puis bâilla et se laissa retomber près de lui.

— J'ai un peu mal à la mâchoire, c'est tout.

Il se rembrunit.

— C'est un des salauds du bar qui t'a frappée.

Elle leva les yeux vers lui.

— J'ai le cerveau dans la brume, mais pas de véritables séquelles.

— Tant mieux.

Son regard se posa sur ses seins, et ses narines frémirent. Elle ne savait toujours pas où les menait cette charmante conversation matinale.

— Et pourquoi est-ce que tu me poses la question ?

— Parce que nous pourrions terminer ce que nous avons commencé hier soir.

Incroyable ! Il se lançait enfin.

— Tu parles de sexe ?

Il marqua une pause.

— Tu as envie ?

— Oh ! oui !

— Parfait, murmura-t-il en se penchant vers elle.

Mais, maintenant qu'elle avait atteint son but, elle commençait à se sentir nerveuse et elle interposa une main entre eux.

— Une seconde ! dit-elle.

Il la dévisagea d'un air sombre.

— Tu vois les choses autrement à la lumière du jour, n'est-ce pas ? demanda-t-il. Maintenant que tu es lucide…

— Pas vraiment, non.

Elle ne voyait pas les choses autrement, elle avait simplement quelques réserves à formuler. Mais son air de sagesse l'agaça, et sa condescendance masculine encore plus. Elle décida donc de le faire marcher un peu.

— C'est juste que je ne peux pas… Je ne sais pas.

— Ce n'est pas grave, ne t'en fais pas…

Il prit une profonde inspiration et hocha la tête.

— Je comprends, dit-il.

— C'est vrai ?

— Bien sûr que je comprends, insista-t-il d'un air ridiculement solennel en entremêlant ses doigts aux siens. Ce n'est pas grave.

Elle ne put s'empêcher de pouffer et, comme il la regardait d'un air surpris et méfiant, elle éclata de rire.

— Allez, Spence, je plaisantais !

— Tu plaisantais ?

Elle se tourna sur le côté pour lui faire face et imita sa pose, la tête appuyée sur une main.

— Oui, je plaisantais. Et je suis toujours partante. Je meurs d'envie de faire des vilaines choses avec toi.

— Mais… ? demanda-t-il en la dévisageant.

Zut ! Il la devinait toujours aussi aisément.

— Mais…

Elle chercha les mots justes et se racla la gorge.

— Le truc, c'est que j'ai besoin de…

Il ne la pressa pas, ne bougea pas. Il resta là, immobile, silencieux, figé. Elle eut même l'impression qu'il avait suspendu sa respiration.

Elle n'avait plus le choix. Elle devait aller jusqu'au bout.

— Il faudra que ce soit avec la lumière et moi au-dessus. Est-ce que ça te pose un problème ?

Il ne réagit pas.

— Spence ?

— Je ne veux pas te mettre la pression, déclara-t-il enfin. Je préfère attendre que tu sois prête.

— Mais je suis prête ! Crois-moi, je veux le faire. Je pose juste quelques conditions.

— Lesquelles ?

— Mais je viens de te le dire ! La lumière. La lumière allumée.

— Dis-moi pourquoi.

Il demandait pourquoi ? C'était pourtant évident.

— Pour que je puisse te voir. Pour qu'il n'y ait pas de confusion avec mon passé.

Sans lumière, elle risquait de penser à d'autres hommes, à tous ceux qui avaient abusé d'elle. Elle lut dans ses yeux qu'il la comprenait.

Il ferma les paupières, mais seulement quelques secondes.

— Pas de problème, dit-il.

Comme il n'avait fait aucune difficulté, elle se sentit encouragée à aller plus loin.

— Et moi au-dessus, parce que, Spencer… Je sais que tu es un mec chouette, mais j'ai encore des problèmes de confiance. J'ai besoin de savoir que j'ai le contrôle de la situation.

Il haussa des sourcils incrédules.

— Et tu crois que tu aurais le contrôle en étant au-dessus ?

Elle ne releva pas le ton provocateur.

— Oui. Et puis je ne vois pas pourquoi je te faciliterais les choses en faisant tout comme tu veux.

— Je peux t'assurer que tu ne m'as jamais facilité quoi que ce soit, Arizona…

— Ne me repousse pas une fois de plus, parce que cette fois, je crois que je me sentirais vraiment rejetée, coupa-t-elle sans lui laisser le temps de répliquer.

Il lui caressa la joue de sa grande main.

— Aucun homme sensé ne te rejetterait.

Il acceptait ? Il acceptait tout ? Elle en fut si soulagée qu'elle en eut le vertige.

— Donc, tu ne vois pas d'inconvénient à accepter mes conditions ?

— Garder les lumières allumées, avec toi au-dessus ?

— Oui, c'est ça.

— Ça ne me semble pas insurmontable, répondit-il avec un air bienveillant qui adoucissait un peu son expression sévère.

Est-ce qu'il se moquait d'elle ? Elle roula sur elle-même pour grimper sur lui.

— Mais ce sera gai, j'espère ? Parce que, franchement, ton air solennel m'inquiète un peu.

Elle déposa sur sa bouche un baiser appuyé mais rapide.

— Je voudrais aussi que ce soit gai, Spencer !

— J'ai compris. Bien éclairé, toi en position dominante, et des éclats de rire. D'autres exigences ?

Il se moquait d'elle. Elle en éprouva une soudaine exaspération.

— Si mes conditions t'agacent, laissons tomber. Oublie ça.

Elle voulut s'éloigner, mais il la rattrapa.

— Tes conditions me vont à merveille. J'aime que la femme prenne l'initiative.

— Tu parles !

— Je veux pouvoir te regarder, Arizona. Ou plutôt je meurs d'envie de te regarder. Donc, les lumières allumées, ça me va à merveille. Et je te verrai encore mieux si tu te places au-dessus.

Elle n'avait pas envisagé les choses sous cet angle.

Il fixait à présent sa bouche.

— Pour ce qui est de la gaieté…je plaisantais. Je serais vexé si mes caresses te faisaient éclater de rire, mais j'ai envie que tu prennes du bon temps et que tu sois à l'aise. Alors…

Elle fronça les sourcils.

— Tu en es sûr ?

— Je sais que tu as du mal à accorder ta confiance.

Doucement, tendrement, il lissa ses longs cheveux.

— Mais je te demande de ne pas oublier que je ne veux que le meilleur pour toi. Pour tout.

Dans ces conditions, elle avait hâte que les choses sérieuses commencent.

— Nous sommes d'accord, alors…

Elle s'interrogeait à présent sur la façon de procéder.

— Est-ce que je dois me déshabiller ? demanda-t-elle.

Il glissa ses mains le long de son épine dorsale et s'arrêta sur ses fesses.

— As-tu envie de te déshabiller ?

Sa patience était touchante, mais elle ne l'aidait pas beaucoup à se détendre. Elle aurait voulu qu'il se montre un peu plus… frénétique.

— Je ne sais pas. C'est ce que je faisais normalement quand…

Une main ferme vint couvrir sa bouche.

— Je veux que tu oublies tout ça, murmura-t-il d'une voix crispée.

Il paraissait peiné.

Oublier ? C'était plus facile à dire qu'à faire. Apparemment, son passé le dérangeait. Il avait probablement du mal à accepter qu'elle ait connu tant d'hommes avant lui.

Elle saisit son poignet pour repousser sa main.

— Et toi, tu essaies d'oublier ?

Il ouvrit la bouche pour répondre, puis fronça les sourcils.

— Je crois que nous précipitons un peu les choses, dit-il d'un ton de regret.

S'ils les avaient précipitées un peu plus, ils seraient déjà en pleine action, au lieu de discutailler.

— Il faut que tu prennes une douche, dit-il brusquement.

Il tentait de faire machine arrière ? Pas question.

— Viens te doucher avec moi, proposa-t-elle.

Il secoua la tête.

— Comment ai-je pu croire que tu serais plus raisonnable une fois que tu aurais dessoûlé ?

— On se le demande ! répondit-elle d'un ton taquin en caressant son torse.

Elle adorait sentir sous sa main la toison de sa poitrine. Et aussi son corps ferme et musclé. Elle en tremblait d'excitation.

Elle se pencha sur lui pour le taquiner du bout du nez. Il avait une odeur envoûtante qui l'enivrait encore plus que le whisky.

— Il faut que je t'avoue un truc, Spence : je te trouve hypersexy.

Il lui sourit, mais à contrecœur.

— Merci, dit-il en la repoussant gentiment. Mais je serais encore plus sexy si je me douchais. Et il faudrait aussi que je me rase.

— Tu cherches des excuses pour t'éloigner ? murmura-t-elle d'un air mécontent. Tu es sûr que tu veux vraiment de moi ?

— Tout à fait sûr. Je n'ai jamais désiré une femme autant que je te désire.

Cet aveu la surprit. Signifiait-il qu'il la désirait plus qu'il n'avait désiré Marla ? Et sa femme ? Et cette bimbo qu'il cajolait la veille au soir dans le bar ? De quoi parlait-il exactement ?

— C'est un peu difficile à croire, murmura-t-elle, songeuse.

— Je te désire terriblement, Arizona Storm. Je t'interdis d'en douter. Je meurs d'envie de te voir nue et de t'embrasser… Même si ton haleine empeste encore le whisky.

— Mon haleine empeste le whisky ?

Elle fit la moue et recula aussitôt pour ne plus lui souffler son haleine à la figure.

Spencer sourit.

— Et je te trouve très belle, même si ton maquillage d'hier soir a coulé…

Son sourire s'effaça lentement.

— Ton visage me plaît, même couvert d'ecchymoses, ajouta-t-il.

Elle fronça les sourcils et se redressa.

— Les ecchymoses te gênent ?

— Elles me gênent parce que je n'aime pas l'idée que tu prennes des coups.

Il se redressa aussi et lui caressa les cheveux, puis il déposa une série de petits baisers le long de sa mâchoire, sur son oreille, sur son épaule.

— Tu es sûre de vouloir faire le grand saut, ma chérie ?

Elle ne put réprimer un frisson.

— Pourquoi cette question ? Je t'ai déjà dit que oui.

Il continuait à la couvrir de baisers qui laissaient dans leur sillage de délicieux picotements.

— Essaie d'oublier ton passé pendant une minute, d'accord ?

Ce n'était pas vraiment possible, mais elle ne discuta pas.

— D'accord, dit-elle en haussant les épaules.

— Est-ce que tu comprends ce que j'attends de toi ? Est-ce que tu sais que ce sera très différent de ce que tu as connu ?

— Mmm… Peut-être.

— Pour commencer, il ne faut pas brûler les étapes. Je voudrais prendre mon temps.

Il souleva ses cheveux, et elle sentit sa langue sur sa nuque, puis la morsure de ses dents.

— Je suis ravi que tu réclames de la lumière parce que je veux voir le terrain que j'explore.

Il posa une main à l'intérieur de son genou et la fit lentement glisser en remontant le long de sa cuisse. Toute à cette nouvelle sensation, elle parvenait même à anticiper le trajet de ses doigts. Elle en eut le souffle coupé.

Et, brusquement, il s'arrêta.

— J'ai envie de te caresser et de t'embrasser partout, murmura-t-il, la bouche contre sa tempe. Partout.

Elle en eut le ventre remué.

— Partout ?

— Oui, répondit-il avec un lent sourire tranquille. Absolument partout. Je veux connaître le goût de ta peau, respirer ton odeur. Ici.

Il enfouit son nez dans le creux de son cou.

— Et ici.

Il glissa deux doigts entre ses seins.

— Et surtout ici.

Il ouvrit sa main sur son pubis. Elle retint un gémissement, et presque aussitôt il s'écarta.

— Et, même si ça ne va pas être facile pour moi de me retenir, je ne veux pas me précipiter. Je tiens à ce que tu aies le temps d'apprécier.

Tout cela n'avait rien à voir avec ce qu'elle connaissait. Elle se sentit un peu perdue.

— Je ne vois pas pourquoi…

— Nous avons le temps, insista-t-il. Il est tôt. Nous ne partons chez Dare que dans plusieurs heures.

Oh ! Sa fête d'anniversaire… Elle l'avait carrément oubliée…

Il la prit par le menton pour l'obliger à tourner la tête.

— J'aurais voulu passer la journée au lit avec toi et te montrer toutes les manières de faire l'amour. Alors, tu vois, on va au moins utiliser le temps qu'on a. Donc, si tu as quelque chose à faire, fais-le maintenant, avant de commencer.

Vu comme ça… Elle décida qu'elle avait besoin de quelques minutes pour s'habituer à l'idée.

— D'accord, dit-elle. Dans ce cas, je vais prendre ma douche pendant que tu prépares le café, et ensuite on reprendra les choses où on les a laissées.

Elle roula hors du lit et se dirigea vers la salle de bains.

— Fais-le bien fort, le café. Je crois que je vais en avoir besoin.

— Arizona ?

Elle s'arrêta devant la porte de la salle de bains et se retourna.

— Oui, dit-elle tranquillement, comme si elle n'avait pas remarqué qu'il était en train de regarder ses fesses.

— Je te laisserai boire une tasse de café, mais…

Il chercha son regard.

— Ensuite, je ne crois pas que je pourrai attendre plus longtemps.

La douche la revigora et acheva de la réveiller. Ce répit lui servit également à repenser à ce qu'avait dit Spencer.

Et il en avait dit, des choses…

Elle en avait les mains qui tremblaient, et une douce chaleur brûlait en elle. Elle ne pensait plus qu'à ce qu'ils allaient bientôt faire dans son lit. Des images voluptueuses lui traversaient l'esprit.

Ah oui… le joli discours de Spencer l'avait vraiment émoustillée ! Elle comprenait maintenant que c'était probablement le but. Cet homme était diabolique… Il l'avait littéralement mise en transe.

Elle ne perdit pas de temps à se laver les cheveux, d'autant qu'il aurait fallu les sécher ensuite. Elle les noua en queue-de-cheval, enfila un short et un T-shirt, et se rendit dans la cuisine.

Spencer était encore sous la douche. Il fallait donc attendre… Elle s'installa à la table après s'être servi une tasse de café.

Chaque seconde qui passait augmentait la douleur sourde qui couvait dans son ventre. Elle avait de plus en plus de peine à respirer.

Etait-ce cela, le désir ?

C'était plus agréable que ce qu'elle avait imaginé. Bien sûr, elle avait toujours pensé que les choses étaient différentes entre deux personnes qui se désiraient. Elle n'était tout de même pas totalement stupide… Ce qu'elle avait vécu en tant que captive, contrainte et forcée, n'était évidemment pas la norme.

Elle allait sans doute éprouver du plaisir. Elle avait vu ça dans les films… On lui en avait parlé…

Elle avait aussi observé des couples. Jackson et Alani. Dare et Molly. Trace et Priss. On voyait qu'ils s'appréciaient, qu'ils étaient bien ensemble.

Bientôt, elle connaîtrait la même chose. Avec Spencer.

Elle ferma les yeux, à l'écoute de cette sensation douce et tiède qui enflait en elle.

Et il voulait qu'elle attende ?

Elle avait assez attendu !

Elle reposa sa tasse et se précipita dans le couloir. Sur le chemin, haletante de désir, elle se débarrassa de son T-shirt, puis s'arrêta, juste le temps d'enlever son short. Enfin, elle tira sur l'élastique qui retenait ses cheveux. Ce fut en petite culotte qu'elle frappa à la porte de la salle de bains.

— Oui ? répondit Spencer tout en lui ouvrant.

L'espace d'une seconde, il demeura figé de surprise, puis son regard la parcourut des pieds à la tête, et il inspira, le visage crispé.

Il avait une serviette blanche autour des hanches, une autre autour du cou. La vapeur qui s'échappait de la pièce caressait sa peau humide. Il venait juste de finir de se raser.

Ils se regardèrent en silence.

Ou, plutôt, il contempla ses seins, tandis qu'elle ne détachait plus ses yeux de la touffe de poils bruns qui disparaissait sous la serviette.

Sans détourner le regard, il déposa son rasoir sur le lavabo et, se servant de la serviette qu'il avait autour du cou, il essuya la crème à raser qu'il avait encore sur les joues. Puis il abandonna la serviette sur le sol.

Tout en s'humectant les lèvres, elle tendit le bras, agrippa l'autre serviette et tira.

Elle put aussitôt constater qu'il ne lui avait pas menti et qu'il la désirait vraiment.

Et aussi…

— Je suis impressionnée, dit-elle.

— Je vois.

Il prenait le compliment avec une sorte de détachement.

— Alors…

Elle ne pouvait détacher son regard de cette érection si prometteuse.

— On dirait que tu es prêt, souffla-t-elle.

— Je suis prêt depuis le jour où je t'ai rencontrée.

Quel soulagement ! Elle aussi était prête depuis le premier jour, même si elle avait fait de son mieux pour l'ignorer. Mais ce n'était plus le cas maintenant. Elle ouvrit les doigts et laissa tomber la serviette.

— C'est… c'est gentil, dit-elle.

Il serra les poings.

— Tu n'as pas peur ? demanda-t-il.

— Non.

Elle le désirait terriblement, avec une sorte d'angoisse, de désespoir, même. Mais elle n'avait plus peur.

Elle chercha son regard.

— Pas avec toi.

— Tu es absolument sûre de toi ? murmura-t-il en lui prenant le menton. Parce que tout à l'heure tu hésitais encore, je l'ai senti…

C'était donc pour lui donner le temps de la réflexion qu'il avait réclamé une douche et qu'il lui avait imposé ce délai insupportable ? Elle en fut émue.

— Oui, c'est vrai, avoua-t-elle.

— Je ne veux pas que tu aies la moindre hésitation, insista-t-il.

Il se tenait soigneusement à distance.

— Je n'en ai plus.

D'une voix chevrotante, elle ajouta :

— Je te le jure, Spencer. J'apprécie beaucoup ta délicatesse, mais je suis sincère. Je crois que je ne peux pas attendre une seconde de plus.

Il hocha la tête, mais demeura sur la réserve.

— Est-ce qu'un homme a déjà pris le temps de t'embrasser longuement ?

— Non.

Son cœur battait si fort que c'en était douloureux.

— Tant mieux, dit-il.

Il fit un pas vers elle.

— Est-ce qu'un homme t'a déjà caressée rien que pour toi ? En se souciant uniquement de ton plaisir ?

— Bien sûr que non. Les hommes qui…

— Chut…

Il déposa un long baiser tiède sur sa bouche.

— Oh… ! murmura-t-elle en battant des cils quand il s'écarta.

Il se pencha de nouveau vers elle, avec un demi-sourire, et l'embrassa encore, cette fois avec plus de fougue, moins de précaution.

C'était mieux. Elle poussa un soupir tremblotant.

— Mer…

— Serait-ce ta manière de réclamer un baiser de plus ?

— Eh bien oui, je l'avoue. Pour chaque grossièreté sortant de ma bouche, je te dois un baiser. J'ai un sacré répertoire, tu sais.

Elle laissa glisser sa main le long de son torse, jusqu'à sa taille. Seigneur, ce que c'était bon de caresser sa peau.

— Alors, comment procède-t-on, Spencer ? Est-ce que je dois te pourrir les oreilles, ou bien est-ce que tu vas…

Il posa sa bouche sur la sienne, sans la moindre réserve. Elle l'accueillit avec un gémissement sourd, s'agrippant à lui, pressant son corps contre le sien.

— Spencer…

Il l'attira plus près.

— Dis-moi ce que tu veux, murmura-t-il.

— Tout ça est tellement étrange…

— De quoi parles-tu ?

— De faire l'amour.

Elle leva la tête pour chercher son regard.

— Je dois reconnaître qu'avant toi l'idée me rebutait.

— Je sais.

Ses yeux se remplirent de tristesse.

— Je suis désolé.

— Tu n'as pas à être désolé. Tu n'y es pour rien, il me semble.

Elle se laissa aller contre lui, pour profiter de sa force et de sa chaleur.

— Et, de plus, avec toi… c'est différent. Je sens des trucs vraiment bizarres.

Sa grande et large main se déploya sur son ventre.

— Là ?

— Oui.

Elle posa sa main sur la sienne tout en inspirant pour se remplir de son odeur.

— Bizarre comment ? Sois plus précise.

— Je me sens toute chaude et… humide.

Il ravala un gémissement.

— Parfait. C'est exactement ce qu'il faut.

— Et toi ? C'est exactement ce qu'il faut ?

Taquine, elle allongea le bras vers son sexe en érection, mais il lui saisit les poignets pour l'en empêcher.

— Pas tout de suite. Laisse-moi d'abord m'occuper de toi.

— Et toi ?

— Ne t'inquiète pas, je vais apprécier aussi.

Elle avança crânement le menton.

— Apprécier quoi ?

— De te donner du plaisir, répondit-il fermement.

Quoi ? Il ne pouvait pas être sérieux. Elle le repoussa doucement.

— Je te remercie. C'est très généreux de ta part, mais non. Non, merci. Je veux vraiment faire l'amour avec toi. Je veux que tu viennes en moi.

— Mais c'est pour toi, Arizona. Fais-moi confiance. C'est pour que tu…

— J'ai tout de même mon mot à dire ! protesta-t-elle.

Elle se sentait humiliée. Elle le repoussa et se dégagea tout à fait de son étreinte.

— Je ne suis pas un sujet d'expérience.

— Mais je ne…

— Je refuse de me prêter à ton jeu stupide. Tu as envie de moi ou pas ? Il faut te décider.

Elle se désigna du pouce.

— Avec moi, c'est tout ou rien !

Puis elle se détourna, prête à effectuer une sortie théâtrale. Mais elle n'eut pas le temps de faire un pas. Il la retint et lui fit faire volte-face.

— Tes conditions montrent que tu n'es pas « Madame-tout-ou-rien », dit-il d'une voix rauque qui trahissait sa frustration.

— Ah oui ? Eh bien, disons que ce ne sont pas des conditions, mais des préférences fétichistes, riposta-t-elle en se hissant sur la pointe des pieds. Admettons que je fasse partie de ces personnes qui aiment dominer au lit !

— Ce n'est pas du tout ça, et tu le sais.

Ecrasée, blessée, elle murmura :

— Je voulais te sentir en moi. Je voulais être une partie de toi.

Des larmes d'humiliation lui brûlèrent les yeux.

Il inspira profondément, les narines frémissantes, les yeux brillants.

— J'aurais essayé, Arizona… J'aurais vraiment essayé.

Elle allait lui répondre d'aller se faire voir, ou quelque chose d'encore plus brutal, mais une bouche affamée et exigeante la fit taire. Elle gémit et s'agrippa à ses épaules, tandis qu'il lui caressait le dos, puis la hissait de manière à la coller tout contre son sexe.

— J'ai besoin de toi, Arizona, murmura-t-il près de ses lèvres. Et maintenant.

Maintenant ? Parfait ! C'était ce qu'elle lui réclamait depuis le début. Elle préférait affronter un raz-de-marée de désir plutôt que de subir — quelle horreur ! — son respect de gentleman.

— Tu as une drôle de manière de le montrer, fit-elle d'un ton plaintif.

— Je suis désolé.

Il la souleva tout à fait. A présent, ses pieds ne touchaient plus le sol. D'instinct, elle enroula ses jambes autour de sa taille.

— Arizona…

— Comme ça, c'est bien, gémit-elle en enfouissant ses doigts dans ses cheveux humides. Embrasse-moi encore.

— Avec plaisir…

Il lui lécha le cou, puis le mordilla.

— Mais n'oublie pas que tu dois me faire confiance, reprit-il.

— Je te fais confiance.

Elle gémit de nouveau et se serra convulsivement contre lui. Depuis quand son cou était-il aussi sensible ?

— Surtout, ne t'imagine pas que je vais te laisser…

— J'ai abandonné l'idée, murmura-t-il d'un ton résigné. Ce serait au-dessus de mes forces.

Il l'embrassa de nouveau à pleine bouche, la dévorant, la fouillant d'une langue téméraire — tout en l'emportant dans la chambre où il se laissa tomber à la renverse sur le matelas, la plaçant du même coup à cheval sur son ventre.

Il la parcourut d'un regard appréciatif, une main sous la tête, tandis que l'autre glissait le long de sa colonne vertébrale et franchissait l'élastique de sa culotte.

Elle voulut s'allonger, mais il l'en empêcha.

— Non, reste comme ça. Laisse-moi te caresser.

Il laissa échapper un gémissement rauque.

— J'ai besoin de te toucher…

A ces mots, quelque chose fondit en elle.

— D'accord, murmura-t-elle.

Mais elle était tellement excitée à l'idée qu'il allait la caresser qu'elle se jeta sur sa bouche.

Rien n'était plus délicieux que d'embrasser Spencer.

En vérité, elle avait un peu honte de s'agiter ainsi, mais impossible de résister à ce besoin immodéré de le goûter, d'explorer son corps, de se remplir de lui.

Il continuait à lui caresser les fesses, tranquillement, comme s'il savourait le contact de sa peau, puis, brusquement, il plongea, et ses doigts se mirent à danser entre ses jambes.

Elle gémit aussitôt et se cambra.

— Tu es trempée, murmura-t-il.

— Oui, répondit-elle avec étonnement.

Elle baissa les yeux et le surprit à la dévisager. Leurs regards se lièrent, et il fit entrer un doigt en elle.

— C'est…

Elle ne trouva pas les mots pour décrire ce qu'elle ressentait.

Il lui adressa un petit sourire en coin, incroyablement sensuel.

— Un homme doit toujours commencer par le haut et descendre progressivement. Mais tu m'as complètement déboussolé, c'est ta faute… Il ne fallait pas débarquer toute nue dans la salle de bains.

— Toi aussi, tu es nu, répliqua-t-elle.

— Parce que tu m'as arraché ma serviette.

Il posa sa main en coupe sur l'un de ses seins, dont il titilla le mamelon de son pouce. Cette simple caresse lui procura un frisson qui la secoua tout entière.

— Puisque tu tiens à rester au-dessus, c'est comme ça que je dois procéder, déclara-t-il en regardant sa main qui jouait sur son sein. Viens, approche-toi.

Tout en gémissant, elle se pencha vers lui, le corps tendu, le cœur battant d'impatience.

La bouche chaude de Spencer se referma sur elle, avalant son sein qu'il suçota doucement. Elle ferma les yeux, et ses lèvres s'entrouvrirent.

— Oh ! Spencer… C'est tellement…

— Quoi ?

Il enroula sa langue autour du mamelon, le mordilla une dernière fois, passa à l'autre sein.

— … incroyable !

Elle n'avait pas imaginé que ce serait agréable à ce point-là.

Et quand il glissa de nouveau sa main dans sa culotte, ses doigts entre ses cuisses, ce fut presque insoutenable.

La délicieuse douleur qui irradiait dans son ventre

enfla, puis reflua, comme une marée, la faisant haleter et se frotter contre lui, de plus en plus fort, jusqu'à ce qu'elle ait l'impression d'arriver au sommet…

Les yeux fermés, les dents serrées, elle poussa un gémissement sauvage.

Et soudain il la repoussa.

Cette brutale interruption la prit au dépourvu. Elle le regarda sans comprendre.

— Qu'est-ce qui se passe ?

— Il faut que je mette un préservatif.

Il la souleva pour l'écarter de lui, et se redressa sur le lit pour fouiller dans le tiroir de la table de nuit.

Un peu interloquée, déstabilisée par les sensations qui l'envahissaient, elle demeura à genoux. Elle avait à présent vue sur son large dos musclé, tandis qu'il enfilait le préservatif. Puis il se tourna vers elle.

— Il faut se débarrasser de cette culotte, ordonna-t-il.

Elle dut déglutir avant de pouvoir articuler un mot.

— D'accord. Ça me paraît judicieux.

Elle se mit à faire descendre sa culotte, mais il l'arrêta.

— Laisse-moi faire, dit-il en l'allongeant sur le matelas. Je sais que tu ne veux pas que je vienne au-dessus de toi… Ne t'en fais pas, c'est juste le temps que j'enlève ta culotte. Ce serait injuste de m'en priver.

Il la balaya lentement du regard, depuis le menton jusqu'aux genoux, puis ouvrit une main sur son ventre. Elle n'arrivait pas à comprendre comment il pouvait être aussi calme et maître de lui-même.

— Tu es incroyablement bien faite, Arizona. Je n'arrive pas à te trouver un seul défaut. Je crois que je n'ai jamais vu une femme aussi parfaite. Mais je te désire pour beaucoup d'autres raisons…

— Vraiment ?

S'il la désirait autant, pourquoi prolongeait-il ce supplice ?

Il ferma les yeux en posant ses mains sur ses seins et titilla ses mamelons, lentement mais fermement — une caresse qui la rendit littéralement folle.

— Oui, vraiment, répondit-il.

Il retourna à son ventre, puis plus bas, et posa sa main en ventouse entre ses jambes.

— Je crois que tu n'as aucune idée de l'effet que tu produis sur les hommes, et sur moi en particulier…

Elle aurait bien réclamé des détails mais, avec ces mains qui la caressaient, elle n'arrivait plus à réfléchir correctement, et encore moins à parler.

Il ouvrit les yeux.

— Rien que de te voir comme ça, c'est un sacré spectacle…

— Je te trouve très sexy, moi aussi, dit-elle timidement en frétillant sous ses caresses. Je crois que j'aime les hommes grands et costauds.

Il chercha son regard.

— « Les hommes grands et costauds », oui, c'est ce que j'avais cru comprendre…

Elle se demanda s'il faisait allusion à Jackson, mais elle préféra ne pas relever.

— Est-ce que tu me donnes l'autorisation de me pencher pour…

Il suivit du doigt les bords de sa culotte.

— … pour t'embrasser ici ?

Elle recroquevilla les orteils, la gorge nouée, et acquiesça.

— Tu peux y aller, répondit-elle d'une voix rauque.

Il eut un petit sourire en coin.

— Merci. Je ne vais pas me faire prier.

Il se courba en deux et enfouit son nez contre elle, en respirant son odeur. Puis il ouvrit la bouche.

A travers la fine barrière de sa culotte, elle sentit son souffle chaud puis sa langue, qui appuyait. Elle crut qu'elle allait se liquéfier. Ses cuisses s'ouvrirent d'elles-mêmes.

— C'est vraiment… vraiment…

Elle ravala un gémissement et renversa la tête en arrière, uniquement concentrée, à présent, sur cette nouvelle expérience.

— Je meurs d'envie de te goûter, dit-il d'une voix gutturale.

— Je ne m'attendais pas à…

Elle ne termina pas sa phrase. Elle ne s'était pas attendue à ce qu'il se comporte avec tant de délicatesse, encore moins à ce que ses caresses lui fassent un tel effet.

Il la mordilla très doucement, et elle se cambra de plaisir. Puis il la caressa de la langue, et elle ne put retenir un gémissement.

Encouragé par ses réactions, sans doute, il lui mordit l'intérieur de la cuisse.

— Je crois qu'il vaut mieux abandonner momentanément cet endroit trop sensible, si on veut vraiment prendre notre temps…

— Pas d'accord, Spencer, protesta-t-elle.

— Désolé, rétorqua-t-il. Mais j'ai du mal à me contrôler et, si je continue ça, ça va être la catastrophe.

Il déposa un baiser sur sa cuisse, puis sur sa hanche.

— Je risquerais de grimper sur toi, et ce n'est pas ce que tu veux, il me semble…

Tout en parlant, il venait de faire glisser sa culotte le long de ses jambes.

— Je ne voudrais surtout pas réveiller de mauvais souvenirs, conclut-il.

Arizona regrettait presque de lui avoir parlé de ses peurs. Peut-être aurait-elle pu les surmonter, après tout.

Il se redressa et s'installa contre la tête de lit en lui saisissant le poignet.

— Prête ? demanda-t-il.

Elle le regarda sans comprendre.

— Prête pour quoi ?

— C'est toi qui as posé tes conditions, fit-il. J'attends que tu viennes sur moi.

Oh… D'accord… Il l'excitait terriblement, avec sa manière de tout commenter sur ce ton dégagé.

Elle s'humecta les lèvres et vint se placer au-dessus de lui. Elle se sentait frustrée. Il avait cessé de la caresser au moment où le plaisir s'annonçait le plus voluptueux.

Il n'était qu'un homme : il voulait son plaisir, lui aussi.

Quand il l'aida à s'installer sur lui, elle ne put s'empêcher de songer à son sexe, qu'elle allait bientôt accueillir en elle.

Mais il ne la pénétra pas. Comme elle ouvrait les yeux pour lui jeter un regard interrogateur, il lui adressa un gentil sourire.

— Arizona ?

Elle avait la gorge nouée, mais elle parvint tout de même à bredouiller.

— Euh… Oui ?

— Tu veux bien m'embrasser ?

Oui, c'était une bonne idée : l'embrasser l'aiderait à se sentir à l'aise.

— Bien sûr…

Elle se pencha sur lui. Dans quelques secondes, il allait entrer en elle. Est-ce que ce serait douloureux ?

Il entra en douceur. Sans lui faire mal. Ou si peu.

Puis il prit sa bouche et se mit à bouger, une main pesant sur sa tête, l'autre sur ses hanches, pour mieux la guider.

Il prenait son temps, il s'enfonçait avec une lenteur exaspérante, exacerbant son désir, lui arrachant des soupirs de frustration.

Et c'était incroyablement bon, encore plus qu'elle ne l'avait imaginé. Très doux aussi.

Quand il la pénétra tout à fait, jusqu'au bout, elle eut un spasme de plaisir.

— C'est vraiment…

Elle ne put terminer sa phrase, elle en avait le souffle coupé.

— N'arrête pas de m'embrasser, Arizona, murmura-t-il en la couvant d'un regard brûlant.

— D'accord, mais tu ne veux pas que…

— Pas tout de suite.

Jamais personne ne l'avait embrassée ainsi. Il ne cessait de dévorer sa bouche, comme s'il ne pouvait s'en rassasier. Mais il ne bougeait plus, sauf pour empoigner ses seins.

Quand elle poussa un gémissement de bête affamée, il se

mit à couvrir sa gorge et son épaule de petits baisers, puis il s'attaqua à un sein, de la langue et des dents.

Et lorsqu'elle commença à onduler, n'y tenant plus, il lui vint en aide, agrippant ses hanches pour lui imprimer son rythme, la soulevant et la reposant sur lui, se donnant entièrement à chaque poussée.

Une intense chaleur se dégageait de leurs corps. Ils haletaient. Le rythme s'accélérait.

Et pendant ce temps il continuait à la regarder, à la caresser, à l'encourager, attentif à ce qu'elle ressentait.

Elle ferma les yeux en agrippant ses épaules.

— Ne t'arrête surtout pas..., gémit-elle.

— Ne t'inquiète pas...

Il avait maintenant ses deux mains sur ses seins, qu'il caressait en douceur.

— Je pourrais continuer toute la journée, murmura-t-il.

— Pas moi. Je...

Ses cuisses se crispèrent, et elle s'agrippa à lui. Elle était au bord du plaisir, puis, soudain, il lui échappa et reflua.

Oh ! non !

— J'ai besoin de...

Il lui manquait quelque chose.

Son cœur battait si fort qu'elle en était secouée.

— Spencer...

— Chut... Ce n'est pas grave. Je vais t'aider.

Il passa une main entre leurs deux corps, ses doigts glissèrent sur son sexe humide, s'arrêtèrent sur son clitoris.

— Là ?

Il l'interrogea du regard et sourit.

— Oui, là, juste là.

Elle poussa un cri et donna des coups de reins, cherchant la libération. Il venait de trouver le bon rythme, et son cœur s'emballa un peu plus. Elle voulut se taire, mais impossible. Se centrer sur lui, mais impossible. Tout devint étroit. Aigu.

La voix rauque, il murmura :

— Je veux que tu jouisses, Arizona. Pour moi.

Et le plaisir la submergea.

16

Spencer guettait sur le visage d'Arizona la montée du plaisir, et c'était incroyablement excitant. Il arriva enfin, sans la moindre pudeur, accompagné de gémissements sourds, les longs cheveux noirs d'Arizona déployés sur ses seins et ses épaules.

Puis elle se détendit, et des larmes de bien-être roulèrent sur ses joues, tandis que son corps était secoué de petites répliques de la secousse initiale. Enfin, elle devint toute molle et s'allongea contre son torse.

— Oh… ! gémit-elle.

Emu de la voir s'abandonner ainsi, il sourit et lui embrassa la tempe, puis il lui caressa le dos et lissa ses cheveux. C'était réellement une sensation étrange de la désirer à en mourir, tout en appréciant pleinement le simple fait d'être avec elle, de la tenir dans ses bras.

— Je suis vidée, murmura-t-elle. Je suis un mollusque. Je n'ai plus un seul os.

— Mmm… Moi je crois que j'en ai toujours un…

Elle s'esclaffa.

— Je voulais dire que je me sentais toute ramollie.

— Et c'est agréable, j'espère ?

Il lui embrassa de nouveau la tempe avec une tendresse infinie, tout en se demandant si elle se rendait compte que cette tendresse trahissait ses sentiments.

— Très agréable, assura-t-elle.

Elle s'étira et emmêla ses doigts dans la toison de son torse.

— J'adore.

Elle se contenta d'effleurer sa poitrine du bout des doigts, mais le frisson déclenché par cette légère caresse se répercuta jusqu'à son sexe.

— Tu parles de ce que tu as ressenti ? demanda-t-il.

— Je parlais de ces poils si doux qui couvrent ta poitrine. Spencer, c'est fou à quel point j'aime les toucher…

Elle leva la tête et lui sourit.

— Mais ce que j'ai ressenti aussi, c'était fou, murmura-t-elle presque timidement.

— Je suis content que tu ne sois pas déçue, répondit-il seulement.

— C'est une découverte, pour moi, tu sais ? Je ne m'attendais pas du tout à une chose pareille… Je n'avais pas la moindre idée de ce que ça pouvait être.

Elle était visiblement bouleversée.

— La vie réserve parfois de bonnes surprises, fit-il.

— Oui. Bon… j'avais déjà entendu parler de ça et je me doutais que ça valait le coup, mais cette sensation incroyable… Franchement, c'était une grande première, tu peux me croire.

Il la croyait, mais toutes ces précisions l'excitaient encore plus. Il lui prit le visage à deux mains et se jeta sur sa bouche. Il aurait voulu la marquer, qu'elle soit à lui pour toujours, et rien qu'à lui. Et il voulait en même temps se montrer doux et tendre. Lui prouver que l'amour faisait du bien, pas du mal.

L'amour ?

Effrayé par ce mot tabou, il s'efforça de le chasser de son esprit et enfouit ses mains dans ses cheveux, tout en continuant à l'embrasser. Ne pas la retourner pour la clouer au lit sur le dos lui demanda un effort surhumain. Il aurait voulu être sur elle, en elle. La posséder totalement.

— C'est mon tour, chuchota-t-il.

Telle qu'elle était placée, à califourchon sur lui, ses seins contre son torse, il n'eut qu'à lui attraper les fesses et à pousser.

Elle répondit par un gémissement, et son sexe se referma sur le sien.

— Tu crois que tu pourrais jouir une deuxième fois ? demanda-t-il doucement, un peu surpris.

En guise de réponse, elle enfonça ses ongles courts dans les muscles de ses épaules et se mit à remuer des hanches en rythme, avec lui.

Il la serrait si fort qu'elle s'écrasait contre lui à chaque mouvement de son corps. Il était submergé par ses odeurs, sa moiteur, sa tiédeur. Il serrait les dents pour ne pas exploser. Et, au moment précis où il sentit qu'il ne tiendrait pas une seconde de plus, elle poussa un gémissement vibrant, tout en le mordillant de ses petites dents pointues.

Parfait. Il cessa de lutter et se laissa aller en poussant un cri guttural.

Après ce qui lui parut une éternité, ils se laissèrent retomber sur le matelas, le cœur battant, la respiration haletante.

Le corps d'Arizona était un poids doux et chaud sur sa poitrine, son odeur épicée emplissait ses narines.

Les secondes s'écoulèrent.

Il aurait voulu rester toujours ainsi.

Il avait l'impression que quelque chose d'important venait de se produire, que plus rien ne serait désormais comme avant.

Elle se releva lentement sur ses bras et s'écarta de lui pour le regarder. Puis elle secoua la tête et, avec un petit gémissement d'excuse, elle déplia ses jambes et s'effondra de nouveau sur lui. Il sentait à présent ses longues jambes fines et musclées contre les siennes, ses seins si doux contre son torse humide de sueur.

Et c'était terriblement émouvant.

Tout en essayant de calmer ses pensées chaotiques, il caressait sa peau couleur de miel. Une seule de ses grandes mains suffisait à couvrir la largeur de son dos. Il s'émut de la sentir si frêle. Et dire qu'elle était plus courageuse que beaucoup d'hommes !

Du haut de son mètre quatre-vingt-dix, il dominait la

plupart des gens, et son allure en imposait, mais Arizona lui avait toujours tenu tête.

Parce que son orgueil lui interdisait de fuir ou de plier.

Sans doute considérait-elle aussi qu'elle n'avait rien à perdre, ou si peu. De plus, elle savait se battre et elle était capable d'affronter le danger.

Elle était réellement exceptionnelle. Admirable.

— Bon sang, Spence…, murmura-t-elle.

Elle le mordilla gentiment, puis frotta son nez contre son torse.

— Je ne sais pas quoi dire.

Il la caressa de nouveau, des fesses aux épaules. Il ne se lassait pas des courbes sensuelles de son corps.

Il ferma les yeux, accablé par une vérité effrayante qu'il ne pouvait plus occulter : Arizona comptait beaucoup pour lui. N'était-il pas, même, en train de tomber amoureux d'elle ?

En se faisant croire qu'il voulait l'aider à surmonter ses traumatismes, il s'était menti à lui-même. Il l'avait toujours désirée. Il avait toujours su qu'elle lui appartiendrait, qu'il ne pourrait pas lui résister. Il avait triché depuis le début.

Il avait profité de sa naïveté.

Et elle, qui ne connaissait rien des rapports entre un homme et une femme, ignorait ce qu'étaient la tendresse et l'affection. Elle se croyait probablement amoureuse de lui parce qu'il lui avait donné du plaisir.

Il aurait été indigne de sa part d'en profiter.

Elle avait le droit de connaître les émois que la plupart des femmes vivaient dès l'adolescence, le droit de rencontrer d'autres hommes, de prendre le temps de choisir un partenaire pour la vie en connaissance de cause.

— Je te trouve étrangement silencieux, lâcha-t-elle.

Il posa l'une de ses mains dans son dos, l'autre sur sa joue.

— J'ai le cerveau en bouillie, dit-il.

— Tu n'es pas déçu ? demanda-t-elle d'une toute petite voix.

La question lui fit l'effet d'un coup de poignard.

— Non, ma chérie, je ne suis pas déçu.

Il déposa un baiser sur son crâne, un autre sur le bout de son nez.

— Bien au contraire.

— Tant mieux, murmura-t-elle avec un soupir de soulagement. Parce que, moi, j'ai vraiment apprécié.

Il ne put s'empêcher de sourire.

— Je m'en suis rendu compte.

— Vraiment ?

— Deux orgasmes, c'est plutôt bon signe.

— Oui, sans aucun doute…

Elle se redressa, appuyant ses petits coudes pointus sur sa poitrine.

— Ça ne m'était jamais arrivé avant.

— D'avoir un orgasme avec un homme ?

Elle acquiesça, tout en jouant distraitement avec les poils de son torse.

— Seule, ça m'était déjà arrivé, mais ce n'est pas du tout la même chose. Et jamais je n'aurais cru pouvoir faire l'amour de mon plein gré avec un homme.

— Je comprends.

Il était heureux de lui avoir fait découvrir le plaisir partagé. D'être l'élu.

— Tu m'as surprise, dit Arizona.

La pièce était silencieuse, baignée d'une lumière douce et grisâtre. Les draps froissés étaient accueillants et confortables. Il passa ses doigts dans ses longs cheveux emmêlés.

— Donne-moi une heure ou deux, et je pourrai de nouveau te surprendre.

Elle ne lui rendit pas son sourire.

— Quelque chose te tracasse ?

Elle se mordilla la lèvre inférieure, puis lâcha :

— Jackson a la réputation d'être un as au lit.

Un as au lit ? Jackson ?

Il ne s'était pas le moins du monde attendu à cette remarque et en resta muet quelques secondes. Puis il se reprit et, tout en explorant la courbe de ses fesses, il tâcha de prendre la chose calmement.

— Tu n'as pas l'air de le savoir, mais ça ne se fait pas de vanter les mérites d'un homme avec un autre homme. Encore moins celui avec qui on vient de faire l'amour.

Elle fronça les sourcils.

— Mais ça m'intrigue, tout de même, protesta-t-elle.

De pire en pire ! Il ne voulait pas la brusquer et fit de nouveau un effort pour lui dissimuler son mécontentement.

— Tu es curieuse des prouesses sexuelles de Jackson ?

Elle le dévisagea et lui adressa un sourire moqueur.

— Pas exactement, non. C'est juste que je me disais qu'il est vraiment un sacré coureur de jupons.

Il commençait à en avoir assez de Jackson.

— *Ancien* coureur de jupons, répliqua-t-il sèchement.

Elle lui jeta un regard d'incompréhension.

— Pardon ?

— Jackson est amoureux d'Alani, tu le sais ?

— Bien sûr que je le sais, ça crève les yeux… Il ne fait rien pour le cacher.

— Et donc ça signifie qu'en fait de jupons il ne s'intéresse plus qu'à ceux d'Alani.

La réponse la laissa perplexe durant quelques secondes.

— Un homme a donc besoin de tomber amoureux pour accepter de n'avoir qu'une seule partenaire ?

Il ne comprenait pas où elle voulait en venir. Mais il avait décidé de se montrer patient avec elle. Il tenait à ce qu'elle se sente autorisée à aborder tous les sujets avec lui.

— Pourquoi cette question, bébé ?

Elle répondit à côté.

— Pourquoi m'appelles-tu « bébé » ?

Il enfouit son nez dans son cou et respira son odeur.

— C'est parce que ta peau est douce et sucrée comme celle d'un bébé. Tu n'aimes pas que je t'appelle bébé ?

— Si, ça va.

Il l'embrassa pour ne pas sourire.

— Tu ne m'as pas dit où tu voulais en venir.

Après une longue hésitation, elle demanda :

— Est-ce que tu ferais ça avec une autre femme ? Je veux dire… pendant le temps où tu le fais avec moi ?

Il était lui-même jaloux et possessif, mais il n'aurait jamais cru qu'elle le serait aussi. Il fit mine de ne pas avoir compris.

— J'ai proposé à la rousse du bar une partie à trois, dit-il d'un ton rêveur.

Elle lui donna une tape sur l'épaule.

— Ce n'est pas drôle, Spence !

— Ah bon ? J'aurais cru, pourtant…

Elle voulut s'écarter, mais il la retint et, après une brève lutte, elle capitula.

— Très bien, soupira-t-elle en se laissant retomber sur le lit.

— En ce moment, je ne désire que toi.

— Vraiment ?

Le ton était plein d'espoir. Pour la première fois, elle mettait son cœur à nu, laissant tomber ses barrières habituelles.

— Arizona…

Il posa une main sur sa joue et lui caressa la mâchoire de son pouce.

— Comment peux-tu être assez stupide pour croire que je m'intéresserais à quelqu'un d'autre quand je t'ai, toi ?

Elle parut tout à coup joyeuse et se redressa sur le lit en souriant.

— J'ai envie de manger du gâteau. J'ai faim.

Elle le parcourut du regard des pieds à la tête.

— Et un peu de sucré t'aidera peut-être à reprendre plus vite des forces, ajouta-t-elle d'un air coquin.

Elle avait donc encore envie de lui ? Bonne nouvelle !

— Le regard que tu viens de me lancer suffit largement à me faire reprendre des forces, murmura-t-il en tendant le bras vers elle.

A ce moment, on sonna à sa porte. Il suspendit son geste.

— Qui est-ce ? demanda-t-elle d'un air méfiant.

— Aucune idée.

Il la souleva pour l'écarter et se leva.

— Reste là, je vais voir ce que c'est, dit-il.

Il se débarrassa de son préservatif, qu'il jeta dans la poubelle, puis chercha un slip.

Elle suivit la manœuvre des yeux, fascinée.

— Tu as l'air de savoir qui c'est, dit-elle.

C'était Marla, probablement. Et Arizona, qui était assise là, encore nue dans son lit… Cette visite tombait vraiment mal.

— Ah oui ? demanda-t-il. Et qui est-ce, d'après toi ?

— Marla.

— On verra, répondit-il un peu sèchement.

Il enfilait son jean quand on sonna de nouveau.

— C'est peut-être le facteur.

Il lui adressa un sourire taquin.

— Ou Jackson.

— Non.

Elle s'allongea, une jambe repliée, un bras au-dessus de la tête, et s'étira. Il remarqua qu'elle était parfaitement à l'aise.

— Jackson, je vais le voir tout à l'heure chez Dare, déclara-t-elle posément.

Il ne put s'empêcher d'admirer son corps au passage.

— Tu pourrais rester dans cette position jusqu'à ce que je revienne ?

Elle se figea, puis sourit.

— Tu comptes t'absenter longtemps ?

— Non.

Il avait de nouveau envie d'elle. Il allait se débarrasser de Marla le plus vite possible.

— Tu peux me rapporter une part de gâteau ?

Il la rejoignit en deux enjambées et se pencha pour l'embrasser, mais elle l'esquiva en roulant de l'autre côté du lit et en se levant d'un bond.

Elle demeura là, les épaules fières, le visage crispé.

Ils se jaugèrent du regard.

— Désolé, dit-il. J'avais oublié que tu n'aimais pas qu'un homme se penche sur toi quand tu étais sur le dos.

Sa bouche eut un pli contrarié, mais elle acquiesça.

— Ce n'est rien.

Ce n'était pas rien, mais on sonna une troisième fois.

— Je voulais seulement t'embrasser, dit-il.

Elle sauta brusquement par-dessus le lit et déposa un baiser sonore sur sa bouche.

— Je suis désolée. Je n'aurais pas dû réagir comme ça. Vas-y et dépêche-toi de revenir. Si tu restes trop longtemps, je risque de gamberger.

La remarque lui arracha un sourire. Il s'empressa de quitter la chambre avant de changer d'avis et de ne pas aller ouvrir. Feindre d'ignorer Marla n'aurait pas été très élégant.

A la seconde où il sortit, Arizona se laissa retomber sur le lit en gémissant. Elle avait honte de s'être comportée comme une idiote. Honte de sa faiblesse, aussi. Jamais Spencer ne lui aurait fait de mal, elle le savait bien.

Mais sa réaction avait été plus forte qu'elle.

Quelque part, tout au fond d'elle-même, dans un endroit auquel la raison n'avait pas accès, certaines peurs subsistaient. Elles l'empêchaient d'être pleinement heureuse, elles entamaient sa liberté.

Elle demeura quelques secondes dans le lit à broyer du noir, puis se leva et se faufila dans le couloir.

Malheureusement, elle ne parvint qu'à entendre le gazouillis d'une voix douce. Une voix de femme. Marla, bien sûr. D'ailleurs, elle n'en avait jamais douté.

Spencer avait-il encore envie de Marla ? Avait-il de bons souvenirs des moments qu'ils avaient partagés ? Des souvenirs excitants ?

Marla ne devait pas être du genre à sursauter et à fuir le lit pour un baiser. Marla ne posait sûrement pas de conditions pour faire l'amour.

Furieuse contre elle-même, Arizona fila dans la salle de bains pour se regarder dans le miroir. Son visage n'avait pas changé. Son corps non plus. Les seules traces de ce qu'elle venait de vivre avec Spencer se réduisaient à quelques petits suçons dans son cou.

Elle les effleura du bout des doigts, se sentant de nouveau émue et toute molle.

Impossible de nier que Spencer était un amant exceptionnel.

Elle comprenait à présent pourquoi Marla n'avait pas la moindre envie de le partager.

Elle avait décidément tout à apprendre des relations entre un homme et une femme.

Avant Spencer, elle avait tenu les hommes à distance. A l'exception de Jackson, mais ce n'était pas la même chose. Elle et Jackson étaient… amis. Presque frère et sœur.

A présent, elle désirait plus que tout se sentir proche de Spencer. Aussi proche que pouvaient l'être un homme et une femme.

De son côté, il paraissait satisfait de leur petite séance nocturne et sans doute n'attendait-il rien de plus. Il n'avait cessé de lui répéter qu'il voulait l'aider à surmonter son passé et il allait probablement l'inciter à se donner à un autre. Un homme sans nom et sans visage. N'importe qui.

A cette idée, elle ne put s'empêcher de faire la moue. Aucun autre ne pourrait lui plaire autant que Spencer. Et, même si elle prenait du plaisir, cela n'aurait rien à voir avec ce qu'elle venait de vivre avec Spencer. Il l'excitait terriblement. Elle adorait le regarder, ne se lassait pas d'admirer son grand corps tellement musclé. Sa toison de poils… Toute son anatomie.

Même son odeur lui donnait des frissons. Jusque-là, elle n'avait jamais fait attention à l'odeur d'un homme, sinon pour remarquer qu'il empestait l'alcool ou la sueur. Mais lui, il sentait merveilleusement bon, et elle prenait tant de plaisir à le respirer qu'elle se sentait presque défaillir.

Quant à sa bouche… Le goût de sa bouche… Une armée de papillons voleta dans son estomac au souvenir de ses baisers, de ses coups de langue, de sa chaleur.

Et sa peau… Elle avait goûté sa peau, mais… pas partout.

La sonnerie de son téléphone portable la fit sursauter.

Bon sang… Elle se rendit compte que cette sonnerie la tirait d'une rêverie érotique et elle prit conscience, du même coup, qu'elle avait un amant. Un amant qu'elle désirait, et qui était en ce moment sur le seuil de la maison, torse nu, en train de discuter avec une voisine qui avait couché avec lui.

Elle eut envie de les gifler tous les deux, mais ce serait pour plus tard. En attendant, elle devait répondre au téléphone.

Elle fourragea dans son sac et en sortit l'appareil.

— Qu'est-ce qui se passe ? demanda-t-elle sans vérifier l'identité de l'appelant.

Elle était persuadée qu'il s'agissait de Jackson. Il voulait probablement s'assurer qu'elle viendrait chez Dare tout à l'heure.

— Candy ?

Le lit était tout près, heureusement, parce qu'elle avait soudain les genoux en coton et dut s'allonger.

— Oui ?

— C'est Quin.

Elle ne trouva rien à répondre.

— Du Green Goose.

— Quinto ? souffla-t-elle.

— Vous avez glissé votre numéro dans ma poche de chemise, hier soir, vous vous souvenez ?

Oui, à présent, elle s'en souvenait.

— Je suis désolé de vous déranger, murmura Quin d'un ton gêné. Vous étiez soûle, hier, et peut-être que vous…

— Vous ne me dérangez pas du tout, assura-t-elle. Je suis contente de vous entendre, au contraire.

Elle prit un ton enjoué pour cacher sa surprise et, tout en tâchant de remettre de l'ordre dans ses souvenirs, elle demanda sottement :

— Quoi de neuf, Quin ?

Une respiration sonore et hésitante emplit son oreille.

— Comme je ne vous reverrai pas au bar, je tenais à vous remercier.

Il avait une drôle de voix. Quelque chose clochait.

Réfléchis, Arizona. Vite !

Elle s'éclaircit la gorge.

— On pourrait se voir tout de même, proposa-t-elle.

Devait-elle continuer à lui cacher son identité ? Dare avait-il tout dit aux gens qu'il avait trouvés sur place ?

Réfléchis. Réfléchis. Réfléchis.

Dans le doute, elle fit l'innocente.

— Vous ne le savez peut-être pas, mais j'ai été engagée par le patron du bar. Je suis censée revenir ce soir.

Elle entendit un frottement, comme s'il étouffait le téléphone, ou un gémissement, puis il murmura :

— Non, vous n'allez pas travailler dans ce bar.

Elle n'aurait pas su dire pourquoi, mais elle avait la sensation que Quin était en difficulté.

— La police est venue, reprit Quin. Vous faisiez partie du groupe d'intervention, non ?

Elle avait tellement bu, la veille, qu'elle ne savait pas si elle avait laissé tomber ou pas sa couverture, au cours de la bagarre.

Elle se frotta le front.

— Qu'est-ce que vous racontez ? dit-elle prudemment. Je ne fais pas partie de la police, ni d'aucun groupe d'intervention.

Il lui semblait que Spencer et elle ne s'étaient pas trahis. Ils s'étaient tout de même battus côte à côte, contre une bande d'ivrognes. Joel s'était battu aussi, mais il n'avait pas été blessé. La bimbo de Spencer avait filé avant que les choses ne dégénèrent. Terry Janes… Non, elle ne s'était pas battue avec Janes. Et Carl, elle ne l'avait revu que plus tard, quand il lui avait sauté dessus dans l'allée, devant le bar.

Elle ne se souvenait pas du tout de Quin à ce moment-là.

— Je parle de l'intervention de la police. Le bar est fermé. Vous étiez avec l'artiste, et avec M. Janes. Il y a eu une bagarre générale, et la police a débarqué.

Seigneur… Elle ne savait pas si elle devait ou non lui faire confiance. Elle reconnaissait sa voix, mais le Quin de la veille était un garçon taciturne et silencieux, et tout à coup elle le trouvait bien loquace.

Elle se mordilla la lèvre.

— Quin, c'est bien vous ?

Il répondit aussitôt, d'une voix morne :

— Et qui voudriez-vous que ce soit ?

— Je ne sais pas. Qu'est-il arrivé à Joel ? Est-ce qu'il a été blessé ?

— Je n'en sais rien.

— Et Terry Janes ?

— Je ne sais pas non plus.

Elle se mordilla la lèvre, tout en s'efforçant de déterminer si Quin disait la vérité.

Devant son silence, il s'inquiéta.

— Vous auriez préféré que je ne vous appelle pas ?

— Non, ce n'est pas ça…

Mais les circonstances n'étaient plus les mêmes. Elle n'avait plus aucune raison de se rapprocher de Quin, puisque Dare avait démantelé le réseau.

A en croire Dare, Quin ne courait plus aucun danger.

Mais pourquoi n'avait-il pas été pris en charge par la police ? Pourquoi n'était-il pas quelque part, en sécurité ? Ou en train de répondre aux questions des agents ?

— Candy ? Vous êtes toujours là ?

— Oui.

Elle devait se reprendre. Tout de suite.

— Désolée. J'ai vraiment beaucoup bu, hier soir, et j'ai une sacrée gueule de bois…

— Je sais.

Il ajouta, d'un ton plein de sympathie :

— On vous a forcée à boire, vous n'aviez pas le choix. Et moi, on m'a forcé à vous servir.

— Ce n'est rien.

Il avait dû jouer le jeu, pour se protéger, elle le comprenait parfaitement.

— Je n'ai donc plus de boulot, soupira-t-elle.

— Vous ne vous souvenez vraiment pas ?

— Je me souviens d'avoir été embauchée. Je suis un peu déçue, mais ça va.

Il prit une longue inspiration.

— On pourrait tout de même se voir ? demanda-t-il.

— Se voir ?

— Oui. Et se parler. Je vous raconterai ce qui s'est passé hier soir. Et je pourrais peut-être vous aider à trouver un autre travail. Mieux que celui-là.

— Euh…

— C'est vraiment important que je vous parle, insista-t-il. Il y avait dans sa voix quelque chose d'inquiétant, de désespéré.

— Je… j'ai besoin de votre aide.

— Entendu, soupira-t-elle. Où pourrait-on se voir ?

Il y eut une brève pause, puis il reprit, d'une voix contrariée :

— Je peux vous donner le numéro d'une cabine téléphonique devant laquelle on se retrouverait. Ça ira ?

— D'accord.

Elle prit un stylo et du papier.

— Je vous écoute. Elle se trouve où ?

— Au sud de la ville, près du cimetière. C'est de là que je vous appelle.

Elle nota l'adresse et le numéro. Elle connaissait bien le quartier, ce qui la rassura.

— C'est tout près d'une boutique de prêteur sur gages, précisa Quin. Harry's Hocks.

Il poussa un gros soupir.

— Vous ne pouvez pas la louper.

— Quand ?

— Aujourd'hui, proposa-t-il précipitamment. Tout de suite, si possible.

— Désolée, mais tout de suite je ne peux pas.

Elle voulait de tout cœur l'aider, mais elle n'était pas totalement inconsciente.

Il se tut si longtemps qu'elle crut qu'il avait raccroché.

— Demain, alors ? demanda-t-il.

— Demain, ça devrait être possible, oui.

Elle trouverait un moyen de se libérer.

— A quelle heure ? demanda-t-elle.

— Midi ?

Il n'avait pas hésité une seconde, et elle eut la sensation qu'il obéissait à un ordre en lui proposant midi.

Mais à un ordre de qui ?

Le fait de sentir qu'il n'était pas libre de ses mouvements acheva de la décider. Elle ferma les yeux. Les hommes de la bande n'allaient pas apprécier. Mais tant pis.

— Je serai là, Quin.

Elle ajouta, pour lui faire comprendre à demi-mot qu'elle avait perçu sa détresse :

— Et ne vous faites pas trop de souci, d'accord ?

Elle attendait une réponse, mais à l'autre bout il n'y eut qu'un déclic. Puis le silence.

17

— Tu t'en es très bien sorti.

Quin se laissa lentement retomber sur le banc du parc. Il se sentait à la fois soulagé et inquiet. Si seulement il avait pu décrocher un rendez-vous aujourd'hui, pour en finir ! Demain lui semblait atrocement loin.

— Quin… Ne fais pas cette tête. Tout marche comme sur des roulettes. Encore mieux que je ne l'avais espéré.

Quin acquiesça. Effectivement, les choses avaient été plus faciles qu'il ne l'aurait cru. Candy était sotte. Ou sottement courageuse. Il n'aurait pas su le dire.

— Elle est parfaite. Parfaite. Tu l'as vu, n'est-ce pas ?

Oui, il avait vu à quel point elle était parfaite. Et différente des autres. Plus forte, sans doute. Plus téméraire.

Mais elle ne serait ni assez forte ni assez téméraire pour ce qui l'attendait.

L'impatience lui donnait des crampes. Il renversa la tête en arrière et ferma les yeux. *Demain.*

Il ne restait plus qu'à patienter jusqu'à demain.

Et tout serait fini.

Spencer écarta la main de Marla qui lui caressait le torse.

— Tu as essayé d'appeler quelqu'un ? demanda-t-il.

— Je n'ai personne d'autre que toi à qui m'adresser.

Elle lui fit ses grands yeux de pauvre petite fille perdue.

— L'orage a fait beaucoup de dégâts, tu sais… Tout le monde est occupé à réparer.

Il haussa un sourcil et passa devant elle pour sortir, afin d'évaluer lui-même la situation. L'air humide le saisit. Des nuages noirs roulaient dans le ciel.

En effet, il y avait des dégâts importants. Un arbre était tombé dans le jardin de Marla, dont le sol était jonché de branches et de débris. Une énorme branche barrait l'allée et l'accès au porche.

Il se passa la main dans les cheveux. Il avait entendu la pluie pendant la nuit, mais il était si occupé à regarder dormir Arizona, si absorbé par le plaisir de l'avoir tout près de lui, dans son lit, qu'il ne s'était pas rendu compte de la violence de l'orage.

Comme si elle avait lu dans ses pensées, Marla lâcha d'un ton mauvais :

— Je suppose que tu étais trop occupé pour remarquer ce qui se passait dehors ?

Il se tourna vers elle. Elle commençait à lui échauffer les oreilles.

— En fait, oui. J'ai été très occupé, jusque tard dans la nuit. Et il pleuvait à peine quand je suis rentré chez moi.

— Tu n'étais pas seul, je suppose ? demanda-t-elle d'un ton aigre.

— Je n'ai pas à répondre à cette question, dit-il le plus gentiment possible.

Il avait tout à coup la sensation d'être un affreux salaud, à la rembarrer de cette façon.

— Ecoute, Marla…

Elle se mit soudain à pleurer.

— Je suis désolée, Spencer…

Elle se pencha vers lui, visiblement au bord du désespoir.

— Je me demande ce que j'ai bien pu faire pour te détourner de moi.

Comme il détestait ce genre de situation !

— Tu n'as rien fait de mal, assura-t-il.

— Je croyais qu'on s'entendait bien, tous les deux. Que c'était sérieux entre nous.

— Ça ne l'a jamais été, rétorqua-t-il, un peu plus sèchement qu'il ne l'aurait voulu. J'ai toujours été clair à ce sujet.

— Pas assez clair, visiblement.

Il pivota en même temps que Marla, et ils se trouvèrent face à Arizona, nonchalamment appuyée au chambranle de la porte, vêtue d'un T-shirt et d'un short.

Elle lança à Marla un regard plein de compassion, et il en fut surpris. Il s'était attendu à ce que leur rencontre soit plutôt du style « pas de quartier entre rivales ».

Mais, compatissante ou pas, son intervention compliquait une situation déjà délicate.

— Rentre, Arizona, s'il te plaît.

— Dis donc, protesta-t-elle en faisant un pas vers eux. Je n'ai pas d'ordre à recevoir de toi.

Marla ouvrit de grands yeux et se réfugia près de Spencer.

— Je… euh…

— Les hommes sont vraiment des goujats. Pas vrai, Marla ?

Comme Marla paraissait sur le point de défaillir, il intervint.

— Tu ne fais rien pour arranger les choses, Arizona.

— Parce qu'il faudrait que je me montre compréhensive, en prime ?

Elle soupira et s'arrêta devant Marla.

— Qu'est-ce que vous venez faire ici ? demanda-t-elle.

Marla désigna sa maison d'une main tremblante.

— C'est à cause des branches et…

— Ah oui ? Quelles branches ?

— Il y a eu un orage, hier soir, intervint Spencer. Mais tu étais trop soûle pour t'en apercevoir, ajouta-t-il d'un ton appuyé.

Il se frotta le visage à deux mains.

— Un arbre de son jardin est déraciné, et une grosse branche bloque l'accès à son porche.

— C'est vrai que j'étais complètement bourrée, admit Arizona en se tournant vers Marla.

Puis elle sortit sur le porche. Penchée au-dessus de la

rambarde, avec ce short et ce léger T-shirt, elle offrait vraiment un spectacle excitant. Une petite brise soulevait ses longs cheveux d'ébène, qui retombaient jusqu'à son charmant postérieur.

Postérieur que Spencer fixait d'un air rêveur, quand elle émit un long sifflement.

— Punaise ! Mais vous ne pouvez même pas sortir votre voiture.

— Ben… non.

Arizona se tourna vers Marla.

— Et vous avez besoin de l'aide de Spencer, c'est ça ?

Le regard éploré de la pauvre Marla alla d'Arizona à Spencer.

— Euh… oui, enfin…

— Vous avez besoin de son aide ou pas ?

Marla déglutit péniblement.

— Je ne sais pas s'il peut faire quelque chose. C'est la première fois qu'il m'arrive un truc pareil. Tout ce que je sais, c'est que toute seule je ne m'en sortirai pas…

Arizona balaya Marla du regard, puis fixa de nouveau la branche.

— En effet, dit-elle en haussant un sourcil. Tu as une scie électrique, Spence ?

Tiens, voilà qu'elle l'appelait de nouveau « Spence »…

— Oui.

Il la rejoignit près de la rambarde.

— Tout homme a une scie sauteuse, non ? ajouta-t-il.

Elle ne put s'empêcher de rire.

— Tout homme habitant une maison entourée d'arbres, oui, il me semble.

Tout en restant près de lui, elle se retourna pour s'adosser à la rambarde et s'adresser à Marla.

— Nous allions justement prendre notre petit déjeuner. Nous partons dans quelques heures chez des amis.

— Des amis ?

— Oui, je sais que ça peut paraître bizarre, mais j'ai tout de même quelques amis.

Marla devint livide.

— Ce n'est pas ce que je voulais dire…

Arizona agita une main pour signifier que ce n'était pas grave.

— Donnez-nous quelques minutes, et nous viendrons vous aider à nettoyer tout ça.

— « Nous » ?

Marla jeta un regard surpris et quelque peu désespéré du côté de Spencer pour quémander de l'aide.

Mais Spencer connaissait suffisamment Arizona pour savoir qu'il s'exposait à un conflit s'il tentait de l'écarter. Aussi se contenta-t-il de hausser les épaules. Une fois qu'elle avait décidé quelque chose, pas moyen de l'en détourner.

— Vous voulez peut-être vous changer, suggéra Arizona à Marla. On risque de se salir.

Elle tourna vers Spencer un regard plein de défi.

— Bon, on va le boire, ce café ?

Spencer allait de surprise en surprise. Existait-il donc une situation — à part avoir un homme au-dessus d'elle — susceptible de déstabiliser Arizona ? Avec Marla, en tout cas, elle s'en sortait à merveille.

— Oui, répondit-il lentement, tout en essayant de comprendre ce qui se jouait. Je suis prêt.

Il adressa un petit salut à Marla.

— Je crois qu'il ne faudra pas plus d'une heure ou deux pour déblayer tout ça, assura-t-il.

— Ah… D'accord.

Marla resta plantée là. De toute évidence stupéfaite.

— Merci.

Une fois à l'intérieur, Spencer referma la porte derrière lui. Arizona prenait déjà le chemin de la cuisine d'un pas décidé, mais il la retint par son T-shirt.

— Une seconde, dit-il.

Elle demeura le dos tourné, silencieuse, étrangement distante.

— Peux-tu me dire ce qui t'a pris ? demanda-t-il.

— On est censés s'entraider, entre voisins, non ?

Il lui fit faire volte-face et la tint dans ses bras. Elle se raidit, puis céda et le laissa blottir son visage contre son cou.

— Tu sais que Marla ne m'intéresse pas, n'est-ce pas ? murmura-t-il.

— Je t'ai entendu le lui dire, en effet.

— Je n'ai aucune raison de mentir à ce sujet.

Elle posa ses mains sur les siennes, puis hocha la tête.

— D'accord.

Mais elle paraissait encore contrariée.

— Qu'est-ce qui ne va pas ? insista-t-il.

— Rien, répondit-elle un peu trop précipitamment.

Quelque chose la tracassait, mais il savait qu'il ne servirait à rien d'insister. Elle se confierait à lui quand elle serait dans de meilleures dispositions.

— Tu veux savoir ce que je pense ? dit-il.

— Si ça n'est pas un compliment sur Marla, oui.

Décidément, qu'il était compliqué d'éviter le conflit avec elle !

— Mais pourquoi aurais-je l'idée de… ? Ah, laisse tomber !

Il posa son menton sur le sommet de son crâne.

— J'étais en train de penser que je t'admirais.

— Moi ?

Elle renversa la tête en arrière pour le regarder.

— Et pourquoi donc ?

Il avait beaucoup de raisons de l'admirer, mais il se contenta de la dernière.

— A cause de la gentillesse dont tu as fait preuve avec Marla.

— Pff…

Elle inclina la tête, lui offrant son cou, et il y posa sa bouche entrouverte en guise de caresse.

— C'était vraiment chouette de ta part.

— Elle a l'air d'une fille chouette.

— En effet, elle est plutôt chouette.

Ce qui ne l'empêchait pas d'être également un peu collante.

— Mais je reconnais, j'ai eu tort de lui laisser croire que…

Elle recula d'un bond.

— Assez parlé de Marla, Spencer. Le café et le gâteau nous attendent.

Il la souleva et la jeta sur son épaule.

— Le sexe d'abord, Arizona.

Il avait hâte de la posséder de nouveau et, histoire qu'elle comprenne bien ses intentions, il caressa ses fesses et glissa une main sous son short pour sentir la douceur satinée de sa peau.

— Le gâteau et le café, ce sera après.

Elle se raidit, puis se détendit.

— C'est d'accord, dit-elle en lui caressant le dos. Ça me va.

Il la porta jusque dans la chambre et la posa à terre, la coinçant contre le mur.

— Ça te dérangerait qu'on fasse ça debout ? demanda-t-il tout contre sa bouche.

— Non, répondit-elle en essayant de l'embrasser.

— Attends, protesta-t-il en lui prenant le visage à deux mains. Je veux être certain que tu es d'accord.

— Mais oui…

Elle se libéra pour l'embrasser.

— Je viens de te dire que oui… Du moment que tu ne grimpes pas sur moi.

Il chercha son regard.

— Si tu as le moindre doute…

— Je ne suis pas timide, Spencer. Quand ça ne me plaît pas, je le dis haut et fort, parole de scout.

Elle le repoussa pour se débarrasser de son T-shirt.

— Alors, allons-y !

Elle avait des seins fermes et volumineux, pour son buste étroit. Il tendit la main vers eux.

Elle s'interposa et glissa ses pouces dans la ceinture de son jean.

— Je suis sûre que ça marchera encore mieux si on est nus tous les deux.

— D'accord.

Il se débarrassa de ses vêtements en un temps record, pendant qu'elle faisait de même.

— Voilà, dit-il.

— Tu paries que ce sera encore meilleur que le gâteau ? demanda-t-elle d'un ton taquin, lançant son short au loin.

— Pas besoin de parier, ça l'est déjà.

Il la dévora du regard et posa une main sur sa taille étroite. Elle était magnifique. L'impression d'éblouissement était chaque fois aussi forte, quand il la voyait nue.

— Ne bouge pas, d'accord ? demanda-t-il.

— Impossible.

Elle posa ses mains sur son torse, grandes ouvertes, et se mit à explorer son corps.

Il lui prit les poignets, laissant échapper un soupir.

— Laisse-moi te goûter, murmura-t-il d'une voix rauque. Et, cette fois, sans ta culotte pour faire écran.

L'embrasser lui procurait un plaisir inouï, surtout ainsi, quand elle se cambrait nue contre lui, peau contre peau, avec ses courbes qui le caressaient partout.

Il lui saisit les fesses, puis les seins. Il n'avait pas assez de mains. Pas assez de temps non plus pour les préliminaires.

Elle se hissa sur la pointe des pieds pour mieux se coller à lui.

Il déposa un chemin de petits baisers mouillés le long de sa gorge, de sa clavicule, puis sur ses seins, en prenant son temps, jusqu'à ce qu'elle soit en feu, prête à exploser.

Puis il se mit à genoux et étreignit ses hanches, frottant son visage contre son ventre.

Elle enfonça alors ses doigts dans ses cheveux et murmura son nom.

Quand il taquina l'os de sa hanche avec sa langue, elle tressaillit. Etait-elle chatouilleuse ?

— Mmm… ? fit-il avec un sourire.

— Je crois qu'il faut qu'on en finisse, je n'en peux plus…

— Pas d'accord, Arizona.

Puis il ajouta dans un souffle :

— Tu sens si bon…

— Tu n'arrêtes pas de m'exciter, puis de passer à autre chose, protesta-t-elle. C'est à la limite du supportable… Mais j'aime ça !

— Tu n'as pas fini d'aimer, crois-moi. Et moi aussi, j'y prends beaucoup de plaisir, mais…

Il lui ouvrit délicatement les jambes, puis leva les yeux vers elle.

— Appuie-toi au mur et plie les genoux, ordonna-t-il.

Elle hésita, mais s'exécuta tout de même, écartant docilement ses pieds en pliant les genoux.

Il se sentit envahi par une vague de chaleur.

— C'est ça…, dit-il. Comme ça.

Il se pencha alors en avant pour le plus intime des baisers.

Elle émit un long et vibrant gémissement qui l'excita plus encore que le goût de son sexe.

Elle se mit à pousser de petits cris de plus en plus aigus, puis elle cria son prénom, tandis qu'il agrippait ses fesses pour l'immobiliser, se réjouissant de lui avoir si vite donné du plaisir.

Quand elle cessa enfin de trembler, il la souleva pour la porter sur le lit.

Comme elle s'agitait, il la rassura.

— Chhhht… C'est bon.

Puis il alla prendre un préservatif, qu'il enfila prestement, et revint vers elle pour la tirer tout au bord du matelas.

Elle lui jeta un coup d'œil inquiet.

— Je ne suis pas à cheval sur toi, cette fois ? demanda-t-elle.

Il secoua la tête, incapable de parler.

Il attrapa ses chevilles, les posa sur ses épaules et entra en elle, d'une seule et longue poussée.

— Oh… ! gémit-elle en se cambrant.

Il referma ses bras autour de ses cuisses, pour l'empêcher de se retirer.

— Je ne te fais pas mal ? demanda-t-il, soudain inquiet.

— Non, non, c'est…

Elle mordit sa lèvre inférieure et eut un gémissement sourd.

— Ne t'avise pas d'arrêter…

— Je n'ai pas l'intention d'arrêter !

Il recula, puis fit quelques allers et retours, tout en observant le rebond de ses seins, son ventre plat qui se creusait, la manière dont son visage se crispait de plaisir.

Elle saisit le drap à pleines mains pour s'ancrer et de nouveau poussa un cri.

C'en était trop pour lui. Il la rejoignit avec un grognement guttural, et le plaisir qui l'inonda lui vida le cerveau. Il eut juste assez de présence d'esprit pour se laisser tomber à côté d'elle — plutôt que sur elle.

Mais, comme il voulait sentir sa peau, il se débarrassa du préservatif et l'attira sur lui.

— Spencer, tu avais raison…, murmura-t-elle. C'était bien meilleur que du gâteau !

Marla arpentait le jardin, tout en se demandant si Arizona et Spencer prenaient vraiment leur petit déjeuner. Elle avait quelques doutes, à vrai dire. Etaient-ils en train de faire l'amour pendant qu'elle poireautait ?

Elle était dévorée de jalousie et s'en voulait de l'être.

Arizona l'avait surprise, en déclarant vouloir l'aider à dégager son porche. Elle ne connaissait pas beaucoup de femmes qui auraient autorisé leur petit ami à rester en contact avec une ancienne maîtresse.

Cela prouvait qu'Arizona était sûre d'elle et qu'elle n'avait pas peur de perdre Spencer.

Qu'ils aillent au diable tous les deux !

Elle se mordit la lèvre, se sentant un peu coupable de cette mauvaise pensée.

Elle était battue à plate couture, et il ne lui restait plus qu'à s'incliner.

Pas moyen de rivaliser avec le charme exotique de cette fille, son regard de braise, sa peau couleur de miel, ses cheveux noirs et soyeux qui contrastaient avec le bleu pâle de ses yeux.

De plus, Arizona était plus jeune qu'elle, avec un corps

ferme et parfait. A trente ans, Marla ne se jugeait pas vieille mais, évidemment, se retrouver en concurrence avec cette fille lui avait donné un sacré coup au moral.

Si seulement cette petite idiote avait pu disparaître… Spencer serait revenu vers elle. Ils étaient si bien, ensemble, avant l'arrivée de cette intruse…

Elle se sentait écrasée, humiliée.

Tout en se demandant ce qui leur prenait tant de temps, elle traversa le jardin. Le conducteur d'une voiture qui passait au ralenti la héla avec un sifflement admiratif.

Voilà au moins qui flattait un peu son ego. Elle en avait bien besoin, en cet instant. Elle ajouta un petit déhanchement à sa démarche, tout en faisant mine d'étudier une branche d'arbre.

Au même moment, la porte de Spencer s'ouvrit. En voyant apparaître Arizona, le conducteur faillit percuter un arbre. Ses pneus crissèrent, et Marla surprit le regard plein d'adoration qu'il posait sur sa rivale.

Arizona ne lui accorda d'ailleurs aucune attention. Sans doute était-elle habituée à l'admiration des hommes.

Spencer sortit juste derrière elle. Ils souriaient, ils étaient radieux. Bien sûr qu'ils venaient de faire l'amour : ça crevait littéralement les yeux !

La voiture était toujours là, presque à l'arrêt, et le conducteur continuait de reluquer Arizona. Puis, tout de même, il finit par démarrer.

Marla hésitait entre le désespoir et la haine, quand Arizona vint vers elle.

— Je propose que nous coupions les petites branches, annonça-t-elle en s'approchant. Pendant ce temps, Spencer s'occupera des travaux de force. Ça vous paraît convenable ?

Marla ne pouvait se montrer ouvertement hostile, mais pas question pour autant de copiner avec cette mijaurée.

Elle secoua la tête.

— Non, j'ai eu tort de venir chercher Spencer. J'en ai plus que marre, je n'ai pas du tout envie de m'occuper de ça. Je crois que je vais embaucher quelqu'un…

Arizona éclata de rire.

Spencer ne fit pas de commentaire et se dirigea vers le garage où il rangeait ses outils, tout en enfilant de gros gants.

Le soleil, qui sortait de derrière les nuages, les aveuglait en se reflétant sur les surfaces mouillées. Une vapeur s'éleva autour d'eux.

Marla mit sa main en visière devant ses yeux pour surveiller Spencer. Il n'avait pas encore trouvé sa scie. C'était le moment de parler à Arizona.

— Vous comptez partir quand ? demanda-t-elle.

Arizona répondit posément, comme si elle trouvait la question naturelle.

— Je n'en sais rien encore. Ça dépend un peu de Spencer, voyez-vous.

Sa franchise déstabilisa Marla, qui s'humecta les lèvres.

— Quand il vous demandera de partir, vous partirez ?

— Je n'attendrai pas qu'il me le demande, répliqua Arizona. Je ne reste pas quand je ne me sens pas la bienvenue.

Elle chercha le regard de Marla.

— Ma visite vous dérange ?

Une « visite » ? Ma foi, s'il ne s'agissait que d'une simple visite et qu'elle n'envisageait pas de s'installer… Marla se sentit soudain beaucoup plus calme.

Cette fille paraissait bien naïve. Il ne serait pas difficile de la convaincre qu'elle n'avait rien à faire ici.

— Spencer n'a aucune envie de s'installer avec une femme, vous savez, dit-elle prudemment.

— Ah oui ? Sans blague ?

Arizona éclata de rire, tout en ôtant un élastique de son poignet pour s'attacher les cheveux.

— Je l'ai compris, figurez-vous. Il n'a pas plus envie de s'installer avec moi qu'il n'avait envie de s'installer avec vous.

Marla en resta bouche bée.

— Vous avez compris, vous aussi, qu'il était toujours amoureux de sa femme ? ajouta Arizona.

Elle posa ses mains sur ses hanches.

— Même si je disparaissais, je ne suis pas sûre que ça ferait avancer vos affaires avec lui.

Marla ne savait plus que penser. Arizona semblait presque désolée pour elle. Pour qui se prenait-elle, à la fin ?

— Je peux l'aider à surmonter son deuil, assura-t-elle.

— Vous croyez ?

Arizona haussa les épaules et lui adressa un sourire neutre.

— Après tout, pourquoi pas ? C'est une possibilité.

Elle dévisagea Marla quelques secondes.

— Est-ce que je peux avoir confiance en vous ? demanda-t-elle brusquement.

— A quel sujet ?

— Parce que le sujet importe, hein ? répliqua Arizona avec un petit rire.

Elle agita la main.

— Laissez tomber. Vous n'avez pas confiance en moi. Pourtant, je ne suis pas votre rivale.

— Bien entendu, répondit Marla d'un ton ironique.

Puis sa curiosité l'emporta.

— Que vouliez-vous me dire ? Vous avez un service à me demander ?

— Est-ce que vous travaillez, demain matin ? demanda Arizona.

Marla secoua la tête.

— Je commence tard. En milieu d'après-midi.

— D'accord…

Arizona avait pris un air songeur.

— Ça pourrait marcher, dans ce cas.

— Vous ne m'en dites pas plus ?

Elle lui demandait un service, mais elle ne lui disait pas quoi ? Elle ne manquait décidément pas de culot.

— Vu que Spencer arrive, nous reprendrons cette discussion plus tard. Il n'aimerait pas que nous complotions dans son dos. Mais franchement, Marla, quand je disparaîtrai… Et il se pourrait que je disparaisse plus tôt que je ne le voudrais… Je vous souhaite bonne chance avec lui. A condition que vous me rendiez le petit service que je vais vous demander.

Elle se pencha et la regarda droit dans les yeux. Marla se demanda si elle n'était pas en train de se livrer à un chantage.

— Service qui m'aidera à déguerpir plus vite, ajouta-t-elle.

Marla acquiesça en reculant, mais ne répondit rien, car Spencer les avait rejointes. Il lui tendit des sacs à herbe et donna une scie à Arizona.

— Tout va bien ? demanda-t-il.

— Tout va très bien, répondit Arizona avec un grand sourire.

Il la fixa quelques secondes d'un air méfiant.

— Si tu veux bien commencer par couper les petites branches là-bas, je vais m'y mettre à l'autre bout.

— O.K.

— Tu sais te servir de ça ?

Elle fixa l'outil avec un sourire narquois.

— Je crois, oui. On le pose sur la branche et on scie. C'est simple comme bonjour.

Spencer secoua la tête.

— Fais attention aux cloques sur les mains, d'accord ?

Agacée par ce bavardage qui trahissait leur intimité, Marla secoua un sac.

— On ne devrait pas commencer ?

— Si, approuva Arizona.

Et elle s'éloigna, la laissant seule avec Spencer.

L'air était si humide que la chemise de Spencer collait à son torse et à ses larges épaules.

— Merci de m'aider, murmura Marla.

Les branches se mirent à trembler. Arizona sciait déjà.

— C'est normal, dit-il. J'espère qu'on aura le temps de finir avant de partir.

Comme il se dirigeait vers la partie la plus large du tronc et s'agenouillait avec sa scie, elle lui emboîta le pas.

— Elle est spéciale, cette fille, dit-elle.

— Je dirais qu'elle est unique, répliqua-t-il.

Puis il se détourna pour mettre des lunettes de sécurité.

Marla lui toucha l'épaule, pour attirer son attention, et elle ne put s'empêcher de caresser au passage ses muscles puissants.

Il se figea et jeta un regard inquiet du côté d'Arizona, laquelle fit d'abord mine de ne rien avoir remarqué, puis leva tout de même les yeux.

— Qu'est-ce que tu fais, Marla ? demanda-t-il sèchement

Marla eut l'impression d'avoir reçu une gifle. Il ne voulait même pas se servir d'elle pour exciter la jalousie de sa nouvelle copine. Il tenait vraiment à lui faire comprendre qu'elle ne l'intéressait pas.

Mais, au fond, ce n'était pas une surprise. Il n'était jamais venu spontanément vers elle. Il l'avait juste tolérée. Arizona avait raison, il n'avait pas oublié sa femme.

Elle se sentit soudain ridicule, et sa fierté reprit le dessus. Elle laissa alors retomber sa main et redressa le menton.

— Je voulais juste te demander si tu voulais de la crème solaire ? Les nuages s'en vont. La journée va être torride.

Il plissa les yeux en direction du soleil, puis se tourna vers Arizona.

— Tu veux de la crème solaire ? lui cria-t-il.

— Pas besoin de crème solaire si on s'y met sérieusement, répondit Arizona avec un sourire en coin. Mais si vous continuez à bavasser et à perdre du temps, évidemment…

Ah ! Elle leur prêtait donc attention. Marla se força à sourire.

— Je vais commencer à ramasser les branchages, dit-elle.

Elle détestait les travaux de jardin, mais c'était son jardin, et il fallait bien qu'elle participe.

Quand Spencer mit la scie électrique en route, ils cessèrent de parler. Ils eurent vite fait de dégager le jardin. Arizona vint aider Marla à remplir les sacs.

— Je meurs de soif, déclara-t-elle. Vous auriez quelque chose de frais à boire ?

— Du cola ou du thé glacé.

— Du thé glacé, ça m'irait, répondit Arizona. Je peux

finir pendant que vous allez chercher des verres pour tout le monde.

Marla contempla le jardin.

— Si c'est ce que vous voulez, je n'y vois pas d'inconvénient.

Elle était ravie de cette excuse pour se réfugier un peu dans la maison, au frais.

— Merci. Prenez votre temps. Nous avons presque terminé.

Tandis que Spencer empilait du bois sur le côté de la maison, Arizona entreprit de ratisser l'allée en sifflotant, comme si elle prenait réellement plaisir à travailler sous ce soleil brûlant.

Elle était vraiment très spéciale, cette fille.

Et, finalement, presque sympathique. *Presque*. Plus troublée que jamais, Marla rentra pour servir le thé. Avec un peu de chance, le temps qu'elle ressorte, ils en auraient fini avec les tâches les plus ingrates.

18

Tout en conduisant, Spencer ruminait des idées sombres. Il ne comprendrait décidément jamais Arizona. Elle s'était montrée très amicale avec Marla, comme si, brusquement, elle n'éprouvait plus aucune jalousie.

Mais il n'y croyait pas.

Elle avait joué la comédie, et de toute évidence cela signifiait qu'elle mijotait quelque chose.

Mais quoi ?

Il jetait de temps à autre des regards en coin du côté de sa passagère. Elle le fascinait de plus en plus. Il voulait tout savoir d'elle et il aurait eu des milliers de questions à lui poser, mais ils roulaient dans sa camionnette depuis près d'une heure, et elle avait à peine ouvert la bouche.

En remarquant le léger coup de soleil qu'elle avait pris sur le nez, il retint un sourire. Elle était vraiment touchante — si l'adjectif pouvait convenir à une guerrière débordant de sensualité.

Superbe, fière, efficace… et touchante. Elle était tout cela à la fois.

Comme elle regardait sa main, il demanda :

— Tu as réussi à te faire des ampoules ?

— Ce n'est pas grave. J'étais tellement contente que je m'en suis à peine rendu compte.

— Contente ?

— Oui. De travailler dehors, à l'air libre. De me servir de mes muscles. De transpirer.

Elle leva les yeux vers lui.

— Mais toi, tu as une maison avec un jardin et tu dois trouver ça tout naturel.

Elle ne possédait pas de maison, elle. Elle ne possédait rien, d'ailleurs.

— Je vois, dit-il.

Elle rêvait donc secrètement d'une maison à elle. Jackson ne s'était pas trompé en choisissant son cadeau d'anniversaire. La question était de savoir si elle l'accepterait.

Telle qu'il la connaissait, elle était capable de s'offusquer qu'il songe à dépenser autant d'argent pour elle.

— C'est pour ça que tu n'as pas apprécié autant que moi, conclut-elle.

Elle se trompait. Lui aussi avait apprécié ce moment, mais surtout parce qu'elle était avec lui. Il avait éprouvé une grande quiétude à accomplir avec elle cette tâche qui consistait à nettoyer un jardin.

Comme s'il ne menait pas une vie de mercenaire. Comme s'il avait droit au bonheur simple des gens normaux.

Il ne répondit pas et lui prit la main pour évaluer l'étendue des dégâts. Il secoua la tête en découvrant plusieurs ampoules, puis porta sa paume à sa bouche et l'embrassa.

— Je n'aurais pas dû te laisser scier.

— Me laisser scier ? Reviens sur terre, Spence. Tu n'aurais pas pu m'en empêcher !

Tout en souriant, il entrelaça ses doigts aux siens et compara la taille de leurs mains. Celle d'Arizona paraissait bien frêle dans la sienne. Une fois de plus, il s'étonna qu'une femme si menue cache autant de détermination et de volonté.

— Ma main est deux fois plus grande que la tienne, déclara-t-il.

— Oui, et alors ? répondit-elle en lui adressant un clin d'œil. Plus on est grand, plus on tombe lourdement quand on s'écroule.

Il se retint de sourire. C'était tellement agréable de flirter avec elle. Et cela faisait si longtemps qu'il n'avait pas flirté avec une femme.

— Vas-y, ferme ton poing, que je voie s'il est crédible, dit-il.

Elle ferma son poing.

— Tu veux que je te l'envoie en pleine figure, pour que tu puisses vraiment juger ?

Il éclata de rire.

— Pas vraiment, non.

— Je ne l'aurais pas fait, de toute façon.

Elle ouvrit sa main sur sa joue, puis dériva vers son cou, son épaule, le long de son bras, et s'arrêta sur sa cuisse.

— Si je devais t'attaquer, je viserais plutôt de ce côté-là…

Elle allongea sa main à l'intérieur de sa cuisse.

— … parce que c'est le point le plus sensible.

— Je sais que tu en es capable, dit-il. Pas besoin de me le rappeler.

Elle le lui avait déjà démontré, par le passé. Il n'avait pas oublié qu'elle l'avait laissé à terre.

Il lui prit la main et la posa sur son genou : c'était plus sûr.

— Ensuite, je viserais la gorge, poursuivit-elle. Ça esquinte moins les poings que la mâchoire ou le menton, parce que c'est mou. Et un type qui s'est pris un coup dans la gorge en a pour un moment à se remettre.

Elle s'animait, comme chaque fois qu'elle parlait d'armes ou de combat. Il lui caressa la main. Il aurait tant voulu que sa douceur parvienne à la détourner de la violence.

— Tout homme sachant se battre est capable de parer un coup à la gorge, assura-t-il.

— Ah oui, tu crois ?

Elle lui jeta un drôle de regard.

— Bon, en tout cas, on dirait que tu as fini de bouder, dit-elle. Est-ce qu'à présent je peux te poser une question sérieuse ?

Elle avait cru qu'il boudait ? Il se demanda pourquoi.

— Je ne boude pas, protesta-t-il.

Elle eut un grognement incrédule.

— Tu fais souvent ce petit bruit désagréable, fit-il. Je préférerais largement que tu me traites de menteur.

Elle eut un sourire malicieux et renversa la tête sur l'appuie-tête, les yeux fixés sur lui.

— Menteur, déclara-t-elle posément.

Puis elle se tourna vers lui, avant qu'il ne riposte.

— Tu fais la tête depuis tout à l'heure, Spence, avoue-le.

— Je t'assure que non. En fait, je réfléchissais.

— A quoi ?

— Toi d'abord. Tu voulais me poser une question, je t'écoute.

— D'accord.

Elle ôta sa main de son genou et la posa sur son ventre.

— Comment fais-tu pour avoir un corps aussi musclé et impressionnant ?

Elle avait proféré cette question avec tant d'admiration qu'il en fut ému. Elle appréciait son corps autant qu'il appréciait le sien, et c'était une bonne nouvelle. Il haussa les épaules.

— Je fais de temps en temps de l'exercice. Je cours tous les deux jours. Je m'efforce d'être actif.

— D'accord…

Elle tira sur sa ceinture de sécurité pour allonger le bras vers lui.

— C'est pour ça que tu n'as pas le temps de ramollir.

Il intercepta sa main à temps pour l'empêcher de se refermer sur son sexe. En dépit de leur petite séance matinale, il n'en aurait pas fallu beaucoup pour qu'il ait de nouveau une érection.

Parce qu'avec ce minuscule short et ce T-shirt à col boule elle était terriblement excitante.

Sauf que le moment était mal choisi.

— Assieds-toi correctement, dit-il d'un ton sévère. Et attache ta ceinture comme il faut.

Elle fit la moue.

— Tu me traites comme une gamine.

Une gamine… Après ce qu'ils avaient fait le matin même ? Elle plaisantait ?

— Comment oses-tu me dire ça après avoir fait l'amour avec moi ? demanda-t-il.

Elle se radoucit.

— Oui, tu as raison. Tu prévois de recommencer ? demanda-t-elle en inclinant la tête de côté.

— Et toi ? Tu en as envie ?

Elle fixa d'un air rêveur les ampoules sur sa paume.

— Eh bien… en fait… si tout est réglé au Green Goose, je n'ai plus aucune raison de rester chez toi, n'est-ce pas ?

— Tu dois rester, objecta-t-il.

Voilà qu'il avait répondu avec un peu trop de précipitation, et qu'à présent elle lui jetait un regard intrigué. Il s'empressa de rectifier le tir.

— Tant que Dare et Trace n'auront pas démantelé l'ensemble du réseau, on ne sait pas ce qui peut se passer…

Cette objection-là, au moins, était rationnelle. Il poussa un soupir de soulagement.

— Mais j'avais cru comprendre que le réseau était démantelé, s'étonna-t-elle. Ils tiennent Terry Janes et son minable homme de main, Carl. L'affaire est réglée, non ?

Il se demanda si elle s'en réjouissait et si elle avait hâte de reprendre sa liberté.

— En effet, concéda-t-il.

— Mais ça ne nous empêche pas de jouer les prolongations si on en a envie, de temps en temps.

Il sourit.

— Absolument, répondit-il.

Les prolongations, d'accord, mais pour combien de temps ? Il n'aurait pas fallu qu'elle s'imagine qu'elle faisait déjà partie de sa vie.

Cela dit, lui aussi commençait à avoir de drôles d'idées sur le sujet. Pour être franc, il n'avait aucune envie qu'elle disparaisse. Aucune envie de se passer d'elle.

— Et à propos d'exercice, lâcha-t-elle en palpant son biceps, je voulais te demander quelque chose. Est-ce qu'on pourrait s'entraîner ensemble au combat ?

Il jeta un coup d'œil de son côté pour embrasser d'un regard son ossature frêle et sa fine silhouette.

— Pas question, dit-il.

— Je t'en prie, Spence, je te demande d'y réfléchir. D'autant plus que, si je dois rester calfeutrée chez toi un moment, je serai bien obligée de m'entraîner avec toi.

Et, pour achever de le convaincre, elle ajouta :

— Tu ne voudrais pas que je perde la main, non ?

Mais si, justement, il aurait bien voulu qu'elle perde la main. Pourquoi s'inquiétait-elle autant de maintenir à niveau ses talents de combattante ? Il ne put réprimer un soupir. Elle n'aurait pas été sensible à cet argument, et il préféra se taire.

— Un corps-à-corps avec moi ne te gênerait pas ? demanda-t-il seulement.

— Non. Je n'ai pas été gênée de coucher avec toi.

— C'est le moins qu'on puisse dire.

Elle eut un sourire ravi.

— C'est vrai. C'était dingue, non ?

Ç'avait été complètement dingue, en effet, et il n'en revenait toujours pas. Il se souvint de sa propre surprise quand elle était parvenue au sommet du plaisir.

— Alors ? insista-t-elle. Qu'est-ce que tu en dis ?

Il secoua de nouveau la tête.

— Pas d'entraînement au combat avec toi.

Il refusait catégoriquement d'encourager son penchant pour la violence.

— Mais ça nous mène directement à la question que je voulais te poser. Si tu ne supportes pas d'avoir un homme au-dessus de toi, comment fais-tu quand tu te bats ?

Agacée par son refus, elle répondit sèchement :

— Je ne laisse personne venir au-dessus de moi.

Il secoua de nouveau la tête. Cette réponse n'en était pas une. Quand on se battait, on se retrouvait parfois en fâcheuse posture sans l'avoir voulu.

— Et, à part avoir un homme au-dessus de toi, il y a autre chose qui te gêne ?

Elle haussa les épaules, comme si ce genre de question n'avait pas vraiment d'importance.

— Quelques petits trucs, avoua-t-elle.

— Tu veux bien préciser ?

— Je pense que je devrais, en effet. Si je dois rester chez toi, tu finiras par t'en apercevoir, de toute façon.

Elle laissa échapper un gros soupir.

— Je n'aime pas beaucoup les espaces clos. Comme… ta chambre d'amis. Celle dans laquelle tu voulais absolument m'enfermer.

— Je n'ai jamais projeté de…

Il s'arrêta net. Inutile de s'étendre sur la question. Il lui avait proposé la chambre d'amis, et elle avait refusé. Il n'avait pas insisté, contrairement à ce qu'elle prétendait, parce qu'il avait senti que sa réticence cachait quelque chose.

— Je ne t'obligerai jamais à faire quoi que ce soit, dit-il seulement.

— Super ! Dans ce cas, serais-tu d'accord pour que je continue à dormir dans ta chambre, avec toi ? Pendant le laps de temps où je séjournerai chez toi, je veux dire…

Elle lui jeta un regard en coin et ajouta précipitamment :

— Je n'ai pas l'intention de m'éterniser, rassure-toi.

Et où irait-elle ensuite ? Dans un motel ? Il détestait cette idée.

— Partager mon lit avec toi ne sera pas une corvée, assura-t-il.

Il songea brusquement que sa phobie des espaces clos avait probablement un rapport avec sa séquestration et refoula la colère qui s'emparait de lui chaque fois qu'elle évoquait cette période de sa vie.

— Et pourquoi cette chambre t'effraie-t-elle tant ?

— Tu n'en as pas une petite idée ? Sérieusement ?

Il avait plus qu'une petite idée, mais il voulait la pousser à se confier à lui, à faire émerger ce qu'elle gardait enfoui en elle.

— Tu étais enfermée dans de petites chambres ? suggéra-t-il.

— Oui, c'est exactement ça.

En dépit de la ceinture de sécurité qui entravait ses mouvements, elle parvint à remonter ses genoux et à les entourer de ses bras.

Il attendit la suite.

— J'y ai passé de longues heures, seule, assise, à guetter les bruits dans le couloir. Les gens qui circulaient, qui parlaient, les filles qu'on enfermait, ou qui recevaient des clients. Je me demandais toujours ce qui allait me tomber dessus et quand.

Il soupira. Pareille épreuve avait dû être terrible.

— Je suis désolé, dit-il.

— Oui, moi aussi. Quand je dors dans une chambre de motel, je laisse toujours la fenêtre ouverte. Pour m'enfuir en cas de problème, mais aussi, tout simplement, pour ne pas me sentir enfermée. J'ouvre aussi la porte de la salle de bains. Les petites chambres qui ressemblent à des boîtes, ça me fiche une trouille pas possible.

Elle demeura silencieuse durant quelques instants.

— La nuit, c'est le moment le plus pénible. Souvent, je quitte mon motel et je roule, juste pour vérifier que je suis libre de circuler. Parfois, je finis dans un bar. Parfois non.

Si elle dormait dans son lit, elle ne pourrait pas lui fausser compagnie en pleine nuit sans qu'il s'en aperçoive.

— Et dans ma chambre tu n'as pas la même sensation ?

— Non.

Elle le dévisagea.

— C'est étrange, mais je pense très peu à tout ça quand je suis avec toi.

Il fut sincèrement ému par cet aveu.

— J'en suis heureux, dit-il.

Après cet échange plein de sérieux et de tristesse, Arizona se tourna du côté de la vitre de sa portière.

Elle était manifestement morose, à présent. Il la connaissait depuis peu, mais il devinait son humeur, ses inquiétudes, parfois même ses pensées.

— Il y a encore quelque chose qui te tracasse, assura-t-il.

Quelques secondes s'écoulèrent dans le silence, puis elle murmura, si bas qu'il l'entendit à peine :

— Je ne veux pas me baigner.

— Et pourquoi ?

Elle tourna vers lui un visage marqué par l'angoisse.

— Je n'ai plus mis un pied dans l'eau depuis que les salauds que tu sais ont voulu me noyer, répondit-elle d'une voix trop aiguë.

Elle ajouta d'un ton acerbe :

— Et ça ne m'intéresse pas de nager.

Cela n'avait rien de surprenant, et il s'en voulut de ne pas y avoir pensé. Comme elle ne craignait pas l'orage, il en avait hâtivement déduit qu'elle avait surmonté le souvenir de cette affreuse nuit où elle avait failli mourir.

— Tu n'es pas obligée de te baigner, dit-il fermement. Tout le monde comprendra que…

— Non ! coupa-t-elle en levant la main. Je ne veux pas que tout le monde sache que je suis une froussarde et que j'ai peur de l'eau.

Evidemment. A cela aussi, il aurait pu s'attendre. Elle n'était pas de ceux qui admettent aisément leurs faiblesses.

Il ne chercha donc pas à la convaincre que les autres auraient compris sans la juger.

— Qu'est-ce que je peux faire pour t'aider ? demanda-t-il.

Elle le regarda fixement.

— Tu as apporté ton maillot ?

— Oui, répondit-il.

Bien sûr qu'il avait apporté son maillot ! C'était l'été, il faisait chaud, ils allaient manger au bord d'un lac. Il était prévu de se baigner, et cela faisait même partie des réjouissances.

— C'est bien ce que je pensais. Moi aussi, j'ai un maillot sous mes vêtements. De toute façon, l'excuse « pas de maillot » n'aurait servi à rien. Les filles auraient insisté pour m'en prêter un.

— Tu veux que je t'aide à trouver une excuse ? demanda-t-il.

— Non. Ce que je voudrais, c'est que tu nages avec moi. Et, quand je dis avec moi, ce n'est pas simplement en même temps que moi. Je veux que tu restes tout près, que tu ne me quittes pas d'une semelle.

Il pouvait faire cela pour elle. Ce serait même plutôt plaisant, à condition qu'elle ne soit pas dévorée d'angoisse.

— Si c'est ce que tu veux, pas de problème.

Elle leva les yeux au ciel.

— Tu crois que tu seras capable de jouer la comédie pour que ça ait l'air naturel ?

Il ne doutait pas d'y arriver. De plus, personne ne serait surpris qu'il la suive partout comme un petit chien…

— Je serais ravi de te rendre ce service et de nager tout contre toi, assura-t-il.

— Parfait.

Elle se détendit un peu.

— Je suis prêt d'ailleurs à te rendre bien des services, ajouta-t-il.

— Sauf celui de t'entraîner avec moi.

— Arizona…, dit-il sur un ton d'avertissement.

Elle sourit.

— Tu connais à présent toutes mes faiblesses. J'ai peur de l'eau et des pièces confinées. C'est déplorable, non ?

— Pas du tout. Tout le monde a des phobies : les insectes, le vertige, le feu, l'obscurité. Il est normal d'avoir des peurs. Il faut simplement apprendre à surmonter les trau…

— Bon, ça va, coupa-t-elle. Tu ne vas pas commencer à me parler de traumatismes. Et, tant que tu y es, mets aussi un mouchoir sur ta sollicitude. Je n'en ai pas besoin et je n'en veux pas.

— Que tu en veuilles ou pas, elle t'est acquise. Ainsi que bien d'autres choses. Qu'est-ce qui te ferait plaisir ?

Elle reposa ses pieds sur le plancher et pivota vers lui.

— Le sexe, dit-elle en détachant bien les syllabes. Je voudrais du sexe avec toi.

— Pas de problème, on recommencera.

Un lent sourire remplaça le froncement de sourcils d'Arizona.

— Merci de te montrer aussi serviable et de faire abstraction de mes… défauts.

Faisait-elle allusion à sa phobie de l'eau ? Et si, au passage, il profitait de la baignade d'aujourd'hui pour associer l'eau à des souvenirs agréables ? En lui faisant l'amour dans le lac, par exemple… L'idée serait difficile à mettre en œuvre, avec les trois acolytes qui ne les quitteraient pas d'une semelle, mais elle était diablement tentante.

A condition qu'Arizona soit partante, bien sûr. Il tenta d'aborder habilement le sujet.

— Il y a bien des façons de faire l'amour, dit-il.

— Comme si je ne le savais pas ! Mais peu importe la manière, c'est généralement l'homme qui prend les initiatives.

— Pas toujours.

Elle parut intriguée.

— Ah oui ? Intéressant… Jusqu'à présent, c'est toi qui as pris toutes les initiatives, fit-elle. Mais ce n'est pas un reproche, juste une constatation. Ça ne m'a pas dérangée, je me sentais bien.

— Vraiment bien ?

Elle prit le temps de réfléchir avant de répondre :

— Je me suis laissé emporter… C'était étrange… Comme si je n'étais plus tout à fait moi-même. Je ne pensais plus qu'à te caresser, te goûter, profiter de tes caresses. C'était tellement…

— Dévorant ?

Il en avait chaud rien que d'en parler.

— Oui, « dévorant » est le mot juste. Dévorant, mais d'une manière agréable.

A l'écouter en parler si tranquillement, il en tremblait. Chaque fois qu'elle s'ouvrait à lui avec tant d'ingénuité, il en avait le cœur broyé.

Il aurait voulu lui promettre qu'il lui donnerait encore du plaisir, longuement, longtemps…

Toujours.

Mais cela, il ne le pouvait pas.

— Tu es merveilleuse, ma chérie, murmura-t-il en évitant de la regarder. Surtout, ne change pas.

Il agrippa le volant et ajouta, autant pour elle que pour lui :

— Et, à l'avenir, tu devras exiger que tes partenaires te respectent et se soucient de ton plaisir.

« Tes partenaires. »

L'idée lui répugnait et la mettait en rage.

Mais le fait était là : le but de Spencer était de la « soigner », et c'était tout. Certes, il ne considérait pas comme une corvée le fait de coucher avec elle, et elle s'en était rendu compte. Elle n'était pas une affreuse sorcière et, à part quelques blocages, elle ne se débrouillait pas trop mal au lit.

Mais elle ne s'était pas trompée en disant à Marla que Spencer était toujours amoureux de son ex-épouse. Les autres femmes n'étaient pour lui que des remplaçantes temporaires de celle qu'il avait perdue.

Aucune ne comptait vraiment.

Elle aurait bien voulu l'aider à oublier sa solitude, mais il ne voulait pas d'elle. Il n'avait besoin de personne. Il était l'homme le plus indépendant qu'elle ait jamais rencontré.

L'homme le plus merveilleux, le plus incroyable, le plus…

Du calme ! se dit-elle. Elle n'était pas une midinette, tout de même.

Heureusement, elle avait sa fierté et elle n'allait pas ramper aux pieds de Spencer comme la pauvre Marla. Elle lui jeta un regard plein de reproches, mais il ne lui prêtait aucune attention et se concentrait sur la route.

— Merci du conseil, dit-elle. Je tâcherai de m'en souvenir.

Un muscle de sa mâchoire tressaillit — comme si l'idée ne lui plaisait pas tant que ça, finalement —, et ses grandes mains, ses mains qui pouvaient être si douces quand elles la caressaient, se crispèrent sur le volant.

Il était donc possessif. Comme Jackson. Il ne voulait pas qu'elle approche un autre homme tant qu'elle serait avec lui. Mais il ne risquait rien, puisqu'il ne la laissait pas s'éloigner d'un mètre.

Elle se souvint brusquement qu'elle lui fausserait compagnie, le lendemain, pour rencontrer Quin.

— Ce soir, dès que nous nous serons débarrassés de cette stupide fête chez Dare…

— Il s'agit de ta fête d'anniversaire, pas d'une stupide fête, coupa-t-il.

— Peu importe. Je disais donc que ce soir j'aimerais bien faire l'amour avec toi sans que tu prennes la direction des opérations, puisqu'il paraît que c'est possible.

Il ouvrit la bouche, puis la referma.

Elle le dévisagea en souriant, consciente d'avoir excité son désir.

Il tapota nerveusement le volant et lui lança un regard brûlant.

— Tu veux voir jusqu'où tu peux aller ?

— Avec toi, précisa-t-elle.

Que cela lui plaise ou non, elle ne voulait pas entendre parler de quelqu'un d'autre pour le moment.

— Oui, c'est ce que je veux.

Il inspira longuement, et sa poitrine se gonfla. Puis il haussa les épaules pour cacher son trouble.

— C'est d'accord, dit-il.

Elle sourit. Bien sûr qu'il était d'accord : elle n'en avait pas douté une seconde. Les hommes étaient tellement prévisibles…

Mais elle n'en avait pas terminé avec lui. Elle voulait faire monter encore la pression.

— Je pense à un certain endroit que tu as embrassé et je voudrais te faire la même chose…

Il se racla la gorge.

— Tu veux dire… ?

Elle acquiesça.

— Tu serais sur le dos et tu me laisserais faire.

Elle inclina la tête.

— Tu aimeras que je te prenne dans ma bouche, tu crois ?

— Oui, répondit-il sans hésitation.

— Et tu crois que tu pourras rester tranquille ? Te laisser faire ?

— Je promets d'essayer. Mais pour l'instant…

Il remua sur son siège.

— On va bientôt arriver, et je ne voudrais pas me présenter avec une érection.

Elle jeta un coup d'œil de son côté.

— Parfait, lança-t-elle sur un ton de triomphe. Je me découvre de nouveaux talents.

Il ne put s'empêcher de rire.

— En effet ! Mais ce n'est pas trop difficile, pour toi, alors reste modeste.

Elle se réjouit à l'avance de leurs ébats du soir… Ce soir… Tout à l'heure… Pour le moment, ils arrivaient chez Dare.

Elle regarda les bois à travers le pare-brise.

— Je vois déjà le lac…, murmura-t-elle.

— Tu sens la fraîcheur de l'air ? demanda-t-il en faisant descendre sa vitre.

— Oui. Ça sent la verdure.

Elle inspira à pleins poumons, tout en essayant de ne pas penser à la baignade.

Spencer lui prit la main.

— Détends-toi, d'accord ? Oublie le lac pour l'instant. Tu es ici avec des amis, des gens qui t'aiment et se soucient de toi. Profite de leur attention et de leurs cadeaux.

— Des cadeaux ? demanda-t-elle d'un ton plaintif. Mais c'est ridicule ! Mon anniversaire, c'était hier.

Il éleva sa main et embrassa ses phalanges, soucieux de la rassurer, comme toujours.

— Ne t'en fais pas. Et, quoi qu'il se passe aujourd'hui, n'oublie pas que je suis là, près de toi.

Sans aucun doute. Aujourd'hui, il serait là. Tout près d'elle.

Mais elle ne tarderait pas à lui fausser compagnie. Beaucoup plus tôt qu'il ne le pensait.

19

Le soleil flambait dans un ciel bleu pâle et sans un nuage. La surface du lac étincelait et ondulait sous la caresse d'une légère brise.

Depuis la cime des arbres qui se balançaient, des merles plongeaient pour attraper des insectes. Des écureuils sautaient de branche en branche pour cueillir des baies et des noix. Une cigale chantait sans relâche.

Ils venaient de finir de déjeuner sur la terrasse, et c'était le moment tant redouté des cadeaux. L'ambiance était chaleureuse, mais Arizona avait l'impression d'être une intruse. Elle n'avait pas sa place dans cette ambiance familiale. Elle n'avait de place nulle part.

Elle se sentait nulle, moche, mal habillée.

Auparavant, elle n'avait jamais prêté attention à ces choses-là. Ce qu'elle attendait avant tout d'un vêtement, c'était qu'il soit pratique. Elle choisissait des jeans à la coupe un peu évasée pour cacher le revolver qu'elle attachait à sa cheville, des hauts suffisamment longs et larges pour lui permettre de dissimuler un couteau dans son dos.

A part ça, le style du vêtement lui importait peu. La mode, ce n'était pas son affaire.

Mais aujourd'hui, pour la première fois, en se comparant aux femmes présentes autour de cette table, elle regrettait de ne pas avoir fait un effort vestimentaire.

Avec ses longs cheveux roux noués en natte, Priss était sans doute la plus jolie des trois. Surtout avec le léger paréo coloré qu'elle portait par-dessus son maillot de bain. Molly, avec son pantalon corsaire blanc et son dos nu, était, quant à elle, du dernier chic.

La plus élégante était Alani, qui portait une robe d'été très fluide et des sandales de marque. Même la manière dont le vent jouait dans ses cheveux avait une classe indéniable. En ce moment, elle posait une main protectrice sur son ventre. Et la main de Jackson recouvrait la sienne. Cela ne se voyait pas encore, mais elle attendait un bébé, et cette grossesse les rendait tous deux fébriles.

Jackson va avoir un enfant.

Arizona avait du mal à y croire. Les enfants lui faisaient peur. Mais Jackson et Alani ne cessaient de lui répéter qu'elle ferait une merveilleuse « tata ».

Elle n'en était pas convaincue. Elle avait même prévu de prendre des distances, une fois que le bébé serait là.

Chris, le bras droit de Dare, se pencha pour murmurer à son oreille.

— Fais un effort, ma petite, sinon tout le monde va penser que tu fais la tête.

Ils la regardaient, en effet. Ils attendaient qu'elle ouvre ses cadeaux.

Chris, aimable et attentionné, comme toujours, vint s'asseoir à sa droite et lui donna un coup de coude.

— Commence par les petits paquets, suggéra-t-il. Ensuite, tu passeras aux cadeaux plus importants.

Plus importants ? Elle ne voulait même pas savoir, mais elle accepta le paquet qu'il lui tendait.

— Merci, murmura-t-elle d'un ton bourru en dénouant le ruban.

Elle eut la surprise de trouver à l'intérieur un appareil photo, un album photo vide et une photo encadrée.

La photo était petite, heureusement, parce qu'elle n'avait pas de mur où l'accrocher. Elle pourrait peut-être la fixer au tableau de bord de sa voiture. Ailleurs, il ne fallait pas y songer, vu qu'elle allait de motel en motel.

— C'est moi qui l'ai prise en douce, avoua Chris. Alani

tenait à ce que tu aies une photo de famille et elle voulait que ce soit une surprise.

Le cœur d'Arizona resta coincé dans sa gorge.

Jackson et Alani faisaient face à l'appareil, côte à côte, tandis qu'elle-même contemplait Jackson avec un sourire niais, comme si elle était en train de rire à quelque chose qu'il venait de dire.

— J'adore ton petit sourire en coin, dit Alani.

Jackson allongea le bras par-dessus la table pour lui tirer gentiment les cheveux.

— Oui, il est très mignon, approuva-t-il.

« Mignon ». Ma foi, l'adjectif était rarement employé pour la qualifier, mais puisqu'il le disait…

En tout cas, elle n'était pas mal, sur cette photo. Elle paraissait même… heureuse.

— Ça te plaît ? demanda Alani.

Elle déglutit péniblement et fit un effort pour regarder Alani.

— C'est super. Merci.

Elle était sincère. Et sincèrement touchée.

— C'est un appareil numérique, tu peux le brancher à n'importe quel ordinateur et imprimer tes photos, expliqua Alani. J'espère que tu rempliras l'album.

Elle sourit avant de poursuivre :

— Ce serait bien que tu aies un album de famille, conclut-elle.

Chris se pencha vers elle pour lui donner une bourrade.

— Avec nous tous. C'est nous, ta famille, que ça te plaise ou non !

— Et pourquoi est-ce que ça ne lui plairait pas ? protesta Jackson en lui souriant. Si elle arrive à supporter Trace, c'est gagné. A côté de lui, le reste du groupe, c'est du gâteau.

— Pas d'accord ! s'écria Priss, qui allongea le bras par-dessus la table pour donner une petite claque à Jackson. Trace est le meilleur de nous tous, et tu le sais très bien, Jackson Savor !

— Euh… tout dépend de quoi tu parles, ma chère, répondit-il en esquivant une autre claque.

Il s'ensuivit un échange d'amicales boutades, ponctuées de rires. Ils semblaient tous tellement à l'aise… Ils formaient vraiment une famille.

Mais Arizona n'avait pas la sensation de faire partie de leur groupe.

Le cœur lourd, elle regarda Jackson à la dérobée. Il avait tenté de l'intégrer. Mais il allait bientôt épouser Alani. Et ensuite viendrait le bébé.

Il allait avoir une vraie famille. Sa propre famille.

Toute son attention était désormais accaparée par Alani. Durant tout le déjeuner, il n'avait cessé de la regarder, avec une insistance presque gênante. Il l'aimait. Ses sentiments crevaient les yeux.

Et elle, Arizona, n'avait pas sa place dans leur relation de couple.

Chris lui donna sous la table un coup de genou qui l'arracha à ses pensées mélancoliques.

Lorsqu'ils échangèrent un regard, elle eut l'impression qu'il comprenait ce qu'elle ressentait.

— Ne te laisse pas impressionner par ces gens, lui dit-il sur le ton de la plaisanterie, lui tendant un autre cadeau.

— J'aime écouter les autres plaisanter autour de moi, dit-elle.

— Je vois, répondit Chris. Et, comme tu ne peux pas les faire taire, tu ferais aussi bien de participer. Allez, reviens parmi nous et ouvre ton cadeau.

Il s'agissait de T-shirts, le cadeau de Priss et Trace. Ils portaient tous des inscriptions amusantes.

— Je les adore, dit-elle. Merci beaucoup.

De la part de Molly et Dare, elle eut un parfum qui sentait délicieusement bon, et de jolies barrettes, un peu fleur bleue, qu'elle n'aurait jamais choisies, mais qui lui plurent tout de même.

Chris lui en glissa aussitôt une dans les cheveux, de travers, ce qui fit rire Molly.

Dare intervint aussitôt pour la replacer.

— Ça te va très bien, dit-il.

— Tu as vraiment des cheveux magnifiques, renchérit Molly.

Et tout le monde s'empressa d'approuver.

Arizona rougit, en jetant un coup d'œil à Spencer.

Il lui adressa un clin d'œil et lui tendit un autre cadeau.

— Celui-là, c'est de ma part, dit-il.

— Mais tu l'as acheté quand ? s'étonna-t-elle.

— Je l'ai commandé sur internet et je l'ai fait livrer.

— Impossible.

— Parfaitement possible.

Il sourit.

— Le plus dur a été de passer discrètement la commande.

— Tu es un sournois.

Elle prit soin de ne pas déchirer le joli papier qui enveloppait le cadeau et l'écarta soigneusement pour dévoiler une boîte à bijoux en argent, avec ses initiales gravées sur le couvercle.

C'était un cadeau très personnel. Et qui avait dû coûter cher.

Elle n'avait que très peu de bijoux, et uniquement des fantaisies sans valeur, mais elle fut tout de même ravie de l'intention.

— C'est magnifique, murmura-t-elle en caressant du bout des doigts ses initiales.

— Ouvre-la, dit Spencer.

— Ah !

Elle retint son souffle et souleva le couvercle. La boîte contenait une parure complète — bracelet, tour de cou, boucles d'oreilles et bague — avec sa pierre de naissance.

Le soleil faisait étinceler les pierres et l'argent. Elle éleva légèrement le bracelet en l'air.

— C'est vraiment… c'est…

Elle en avait les yeux humides. Non. Elle n'allait tout de même pas se mettre à pleurer ?

— Je n'ai jamais rien vu d'aussi beau…

Spencer prit le bracelet et le lui noua autour du poignet. Puis, tout en lui tenant la main, il déclara d'un ton solennel :

— Tout le monde doit fêter son anniversaire.

— Et pas le faux, ajouta Jackson. Avec nous, tu fêtes le vrai.

— Et ça donne une occasion de se réunir, ajouta Chris. On devrait organiser une fête à chacun de nos anniversaires.

Emue, Arizona les dévisagea tout à tour. Après tout, elle ne se sentait plus aussi décalée. Elle découvrait à quel point il pouvait être agréable d'avoir des amis.

— J'approuve cette idée, déclara Dare. Tout est bon pour réunir ma famille et mes amis. Et je propose donc qu'on le fasse ici.

Molly alla s'asseoir sur ses genoux, et il l'accueillit en lui mordillant l'oreille.

— La prochaine grande réunion, ce sera notre mariage, dit Alani.

Elle regarda Spencer.

— J'espère que tu viendras, Spencer.

— Arizona m'a déjà invité, répondit-il.

Il ne parla pas de leur stupide pari, et elle lui fut reconnaissante de sa discrétion.

Quand Alani enchaîna en évoquant sa grossesse, Trace sourit, serrant Priss contre lui. Elle lui murmura quelque chose à l'oreille et il se figea, puis il lui répondit tout bas de « se tenir correctement ». Mais il l'embrassa et Priss posa la tête sur son épaule avec un sourire coquin.

Elle paraissait à la fois heureuse et confiante.

Pour Arizona, c'était totalement incompréhensible. Se sentir en confiance avec un homme… Etre heureuse… Comblée…

Elle ne s'était jamais sentie ni heureuse ni comblée. Elle ignorait à quoi pouvait bien ressembler la paix intérieure. Jamais elle ne pourrait vivre comme ces trois femmes.

De nouveau, elle se sentit totalement étrangère.

Elle croisa le regard de Spencer et sut, aussitôt, qu'il avait deviné ses pensées.

Maintenant qu'elle avait ouvert ses cadeaux, elle aurait aimé s'éclipser, avant que quelqu'un ne propose d'aller nager. Mais il ne fallait pas y compter. Un peu plus tôt, avant qu'ils ne se mettent à table, elle avait tenté de s'isoler quelques minutes, mais en vain. Partout où elle allait, ils la suivaient, comme s'ils tenaient absolument à ce qu'elle reste la reine de la fête.

Elle ne pouvait pas les décevoir. Ils paraissaient si contents, tous autant qu'ils étaient.

— Merci à vous tous, dit-elle. Je ne sais vraiment pas quoi dire pour tout ça…

Chris se leva.

— Ce n'est pas fini.

Il sortit un dernier cadeau enfoui sous la pile de papiers.

— Tu n'as pas encore ouvert le mien.

— Encore un cadeau ?

Elle n'en avait jamais reçu autant de toute sa vie.

— Je ne sais vraiment pas quoi dire…, répéta-t-elle en ouvrant le paquet.

En découvrant ce qu'il contenait, elle en oublia presque de respirer.

— Eh bien ? demanda Chris avec un sourire coupable.

— Mon Dieu… ! murmura-t-elle.

Elle soupira.

— J'ai l'impression que je rêve. C'est sérieux ?

Il s'agissait d'un couteau. Et pas n'importe lequel. Celui qu'elle convoitait depuis longtemps et pour lequel elle économisait.

— Chris, c'est génial ! s'exclama-t-elle en le soupesant.

Le silence tomba autour de la table, mais ni elle ni Chris n'y prêtèrent attention.

— Il te plaît ? demanda-t-il.

— Tu veux rire ? S'il me plaît ? Mais regarde cette lame et ce manche…

Elle tourna et retourna l'objet pour le faire admirer à la cantonade.

— Comment pourrait-il ne pas me plaire ?

— Ravi de l'entendre.

Abasourdie et émue, elle secoua la tête.

— Comment as-tu deviné que je le voulais ?

— J'ai des oreilles. Je t'ai entendue en parler.

Il jeta un regard entendu au groupe rassemblé autour de la table.

— Je savais que ça te ferait plaisir.

Il se pencha pour la dévisager.

— Du moins, je l'espérais.

Elle remit soigneusement le couteau dans sa boîte.

— Arizona ?

Elle se jeta contre le torse de Chris et sentit ses bras se refermer autour d'elle. Refouler ses larmes ne fut pas facile. Rien n'aurait pu lui faire plus plaisir que ce couteau. Pour la première fois de sa vie, elle avait l'impression d'être comprise et acceptée.

Elle serra si fort Chris qu'il finit par éclater de rire.

— J'en déduis que j'ai vraiment fait le bon choix, dit-il.

— J'économisais pour m'acheter ce couteau, avoua-t-elle.

— Tu pourras utiliser tes économies pour t'acheter autre chose.

Elle le serra de nouveau, si fort qu'il poussa un grognement et feignit de s'évanouir. Elle s'écarta de lui, le prit par le menton et, sans se préoccuper de son regard surpris, elle planta un énorme baiser sur sa jolie bouche.

— Eh bien ! murmura-t-il quand elle l'eut libéré. Essaie ça avec un autre type que moi, et il te traînera aussitôt dans son lit.

— Je ne vois pas qui d'autre pourrait mériter cette récompense, répondit-elle, la gorge nouée. Tu es épatant, Chris. Tout simplement épatant.

— Aussi épatant que ce couteau ?

— Oui, aussi épatant que ce couteau.

Elle le lâcha en souriant.

Jackson la dévisagea fixement. Trace se racla la gorge. Dare s'essuya la bouche. Les femmes la fixèrent d'un air désapprobateur.

Qu'est-ce qu'ils avaient tous ? Pour une fois, elle se fichait pas mal de ce qu'ils pensaient.

Puis elle remarqua le visage sombre de Spencer. Il n'était donc pas content qu'elle ait embrassé Chris ?

Ou bien était-ce à cause du couteau ?

Et puis zut ! Elle se fichait aussi de ce qu'il pensait.

— C'est le couteau que je t'avais montré, expliqua-t-elle. Sur le magazine ? Tu t'en souviens ?

— Oui, je me souviens.

Chris ne se formalisa pas plus qu'elle de la désapprobation générale.

— Il y avait une gaine qui allait avec, mais je ne l'ai pas achetée, désolé, dit-il.

— J'en ai une qui devrait faire l'affaire.

Elle allongea la main pour attraper le couteau qu'elle attachait dans son dos puis, se souvenant qu'elle ne l'avait pas emporté, elle haussa les épaules.

— Je l'ai laissé chez Spencer. Mais vraiment, Chris, ce cadeau, c'est vraiment beaucoup trop… Et trop cher aussi… Je…

— J'ai les moyens, coupa Chris d'un ton grave. Et tu le mérites.

Pourquoi aurait-elle mérité un tel cadeau ? Elle n'avait rien mérité de tout ce qu'on lui avait offert aujourd'hui.

Et pourtant, elle était là. Des gens se souciaient pour la première fois de fêter son anniversaire et la couvraient de cadeaux.

Elle n'allait plus pouvoir retenir ses larmes longtemps.

— Merci, murmura-t-elle en tenant le couteau contre son cœur. Merci à tous. Vraiment. C'est merveilleux. Je suis juste…

Elle laissa échapper un soupir tremblotant.

— Je ne m'attendais vraiment pas à tant de…

Ils lui sourirent.

S'ils continuaient avec leur gentillesse, elle allait craquer.

— Oui. Enfin, merci… merci beaucoup.

Elle avait la gorge de plus en plus nouée.

— Je vais déposer tout ça dans la camionnette de Spencer, annonça-t-elle. Comme ça, je serai sûre de ne rien perdre.

Submergée par l'émotion, elle fit volte-face et partit en courant, si vite que les deux chiennes, Tai et Sargie, se levèrent d'un bond et la suivirent, persuadées sans doute qu'il s'agissait d'une invitation au jeu.

Elle avait besoin de solitude pour se reprendre. Elle aurait préféré mourir plutôt que d'éclater en sanglots devant cette belle assemblée.

Harry's Hocks avait fermé des semaines plus tôt, mais ça lui avait permis de louer pour pas cher et pour seulement quelques jours.

Il ne lui en fallait pas plus.

Dès qu'elle serait devenue raisonnable et obéissante, il l'installerait ailleurs, là où il pourrait profiter d'elle à son aise.

Il la voyait déjà, à sa merci, à disposition… Elle ne serait peut-être pas tout de suite d'accord, mais elle ne tarderait pas à le remercier.

Il en riait d'aise. Une fois qu'il lui aurait expliqué qu'il l'avait sauvée en lui évitant une situation pire encore, elle éprouverait pour lui une profonde gratitude. Lui, au moins, il ne la vendrait à personne.

Il l'accueillerait et la protégerait, et en retour elle lui donnerait… tout.

Il ne demandait rien de plus.

Spencer aurait voulu suivre Arizona, mais il savait qu'elle n'aurait pas apprécié. Il avait souffert pendant tout le déjeuner de la sentir extérieure à ce qui se passait, comme si elle se considérait comme différente, indigne de leur groupe. Mais ce qui lui avait gâché définitivement la fête, c'était de la voir émue aux larmes à la vue d'un couteau.

Et pas n'importe quel couteau.

Un couteau conçu pour un vrai combattant. Un couteau fait pour tuer.

Chris se mit à rassembler les papiers cadeau épars et déchirés.

Jackson se leva.

— Qu'est-ce qui t'a pris, Chris ?

— Eh bien quoi ? protesta Chris. Tu as vu son visage… On dirait que la fête d'aujourd'hui est un succès. Elle est contente, non ?

Dare secoua la tête.

— Mais tu ne te rends pas compte que tu sapes tout notre boulot ? On essaie de l'inciter à se tenir tranquille.

— Et on ne l'encourage surtout pas à se battre, ajouta Trace.

— Vous ne l'acceptez pas telle qu'elle est, rétorqua Chris.

Il se tourna vers Spencer.

— Elle n'a pas envie de changer.

— Et où aura-t-elle l'usage de ce couteau, d'après toi ? demanda Jackson.

Chris cessa de ramasser les papiers pour regarder Jackson droit dans les yeux.

— Elle n'a pas envie de changer, répéta-t-il.

— Qu'est-ce que ça signifie ? demanda Trace. Tu trouves normal qu'elle veuille se mêler de nos activités ? Prendre des risques ? Combattre des hommes sans scrupule ?

— Je trouve que c'est une fille à part, avec un passé particulier. Elle a le droit de décider de ce qu'elle peut ou ne peut pas faire.

— Il marque un point, fit Spencer en ramassant un long ruban sur la table. Avez-vous une idée de ce qu'elle ressent ?

Molly acquiesça.

— Il est vrai que nous ne cessons de lui laisser entendre qu'elle devrait être autre chose que ce qu'elle est.

— Et après ce qu'elle a vécu, après ce que la vie lui a appris…, murmura Priss.

Elle ferma les yeux avant de conclure :.

— … elle ne peut probablement pas changer.

Spencer en eut les entrailles nouées.

— Ça n'est facile pour personne de se heurter à la désapprobation générale, soupira-t-il en écrasant le ruban dans son poing. Elle a avant tout besoin que nous l'acceptions telle qu'elle est.

— Alléluia, tu as tout compris ! approuva Chris en lui envoyant une boulette de papier. Comment pourrait-elle nous faire confiance et croire en notre amitié, si nous ne l'aimons pas pour ce qu'elle est ?

— Il a parfaitement raison, admit Spencer.

Il se tassa sur sa chaise en poussant un gémissement.

— Et je dois reconnaître que j'ai été le premier à mal me comporter avec elle.

— Moi aussi, murmura Jackson en se levant.

Il se massa la nuque.

— Je voulais juste la protéger.

— C'est vrai que tu as tendance à vouloir protéger les femmes, fit Alani en lui prenant la main. Mais Arizona n'est pas n'importe quelle femme.

— Ni n'importe quelle victime, murmura Spencer.

Arizona ne ressemblait en effet à personne. Elle était forte et fière, farouchement indépendante.

— Avec cette histoire de couteau, je ne lui ai pas parlé de mon cadeau, grommela soudain Jackson. Je vais la chercher.

— Non, intervint Spencer. Il vaut mieux attendre qu'elle revienne.

Jackson s'arrêta net, visiblement surpris que Spencer ose lui donner un ordre. Puis il pivota lentement sur lui-même.

— Pardon ? dit-il.

Spencer leva les yeux au ciel. Il ne paraissait pas intimidé le moins du monde.

— Elle a besoin d'être seule.

— Elle ne tardera pas à revenir, intervint Chris pour calmer le jeu.

Spencer contempla la baie vitrée par laquelle Arizona avait disparu.

— Et elle n'apprécierait pas que tu la surprennes à pleurer, ajouta-t-il.

Jackson dut reconnaître que Spencer avait raison. Arizona pouvait se montrer très susceptible, quand il s'agissait d'avouer ses faiblesses. Mais ne pas intervenir lui réclamait un gros effort.

Sans doute préférait-elle, en effet, qu'il ne la voie pas pleurer. Ils s'étaient mis d'accord pour laisser à Arizona le temps dont elle avait besoin. Elle les rejoindrait quand elle se sentirait prête.

En planque, il pouvait patienter des heures, voire des jours entiers. Mais le fait d'attendre quelques minutes le retour d'Arizona le mettait à la torture.

Il faisait le va-et-vient sur la terrasse. Ses clés tintaient dans sa poche.

Arizona apparut enfin au coin de la maison, avec les chiens. Elle caressait Tai, tout en parlant à Sargie.

Elle aimait apparemment les animaux. Jackson songea qu'il lui offrirait un chien pour son prochain anniversaire.

Il avait l'intention de prendre soin d'elle. De la combler de présents. Elle était pour lui comme une sœur, et il se sentait responsable d'elle.

Il l'aimait profondément et souhaitait la garder près de lui.

Il espérait que son cadeau l'en convaincrait.

Elle s'arrêta en voyant qu'ils l'attendaient autour de la table.

— Je pensais que vous seriez partis nager, ou vous promener.

— C'est prévu, répondit Chris. Mais Jackson a encore une surprise pour toi.

Jackson la vit ravaler un gémissement.

— Pas de ça, dit-il. J'ai un cadeau pour toi, et tu vas l'accepter.

Il la prit par les épaules et l'attira au milieu du groupe.

— Sois gentille avec moi, d'accord ? Fais-moi plaisir.

— Oui, bien sûr, mais…

Elle laissa échapper un long soupir.

— Sérieusement, Jackson, non. Mon coffre est déjà plein.

Alani eut un sourire radieux.

— Le cadeau en question ne risque pas d'encombrer ton coffre. Au contraire, il te permettra de l'alléger, dit-elle d'un air mystérieux.

Arizona paraissant abasourdie, elle ajouta :

— C'est un cadeau qui contient beaucoup. Beaucoup plus qu'un coffre.

Comme elle ne comprenait toujours pas, Jackson intervint :

— Je ne veux plus que tes affaires tiennent dans un coffre.

Elle chercha Spencer du regard, et Jackson se demanda si cela avait un rapport avec ce qu'elle rangeait dans son coffre de voiture. Il se tourna vers Spencer, mais ce traître affichait une expression neutre. Tout en se promettant de vérifier le coffre d'Arizona à la première occasion, il sortit des clés de sa poche.

— Tu sais que Chris a une maison ici, dans la propriété de Dare ?

Arizona recula d'un pas. Cette fois, elle commençait à comprendre.

— Non.

C'était du pur déni. Elle était au courant. Elle avait fait le tour de la propriété de Dare la première fois qu'elle y était venue. Elle avait exploré le hangar à bateaux, la cabane à outils, le garage… et la maison de Chris.

Tout en fixant les clés qu'il tenait à la main, elle secoua la tête.

— Tu n'as pas… Tu n'aurais quand même pas…

Elle en bégayait presque.

Il allait pourtant falloir qu'elle s'habitue à être choyée.

Du moins l'espérait-il.

— *Nous* avons, déclara-t-il en attirant Alani contre lui.

Chris haussa les épaules, comme si tout cela n'avait pas vraiment d'importance.

— J'ai ma propre maison pour bénéficier d'un peu d'intimité, mais je suis le plus souvent ici, pour m'occuper de tout.

— C'est tout près de chez nous, assura Molly. Ce sera parfait.

Arizona secoua de nouveau la tête, cette fois avec plus de conviction.

— Je veux que tu continues à travailler pour moi, reprit Jackson.

Il décida d'ignorer son air incrédule et son visage crispé.

— Tu es minutieuse, poursuivit-il. Tu as tout de suite compris comment fonctionnaient les programmes informatiques que nous utilisons. Et tu as pigé.

— Pigé quoi ? demanda-t-elle.

— L'ensemble de notre boulot. Ce qu'il faut rechercher, ce qui est important... Tu es capable de repérer les indices et de les rassembler.

— Tu sais ce qu'est le trafic humain, dit Trace. Tu sais reconnaître les signes.

— Exactement, approuva Jackson, comme si Trace venait de lui fournir un moyen de la convaincre. Et je veux que tu travailles avec moi.

— Tu veux dire *pour* toi ?

Elle ne put s'empêcher de rire.

— Comme secrétaire ?

Eh bien oui, comme secrétaire. Et alors ? Il n'était pas disposé à la laisser se jeter dans la mêlée. Il quêta un appui du côté de Spencer, mais le pauvre baissait le nez, l'air contrit. Spencer s'était manifestement laissé prendre dans les filets d'Arizona, ce qui n'avait rien d'étonnant. Elle rendait les hommes littéralement fous, avec ce mélange de vulnérabilité et de bravade, cette manie de se battre contre tous.

Spencer voulait le bien d'Arizona autant que lui. Mais il était amoureux d'elle, ce qui compliquait sérieusement sa position. Jackson comprenait la situation pour avoir vécu la même chose avec Alani. Spencer avait peur, tout simplement. Il gaspillait son énergie à lutter contre ses sentiments. Mais cela, il devrait le découvrir seul.

Et s'il ne le découvrait pas... cela signifierait qu'il ne méritait pas Arizona.

— Je dirais « assistante » plutôt que « secrétaire »,

répondit-il. D'autant plus que le mot « secrétaire » a une connotation péjorative dans ta bouche.

— Je t'assiste, en effet, dit prudemment Arizona. Je n'ai jamais pris de retard, non ? J'ai toujours soigneusement étudié les dossiers que tu me confiais.

Alani s'agrippa au bras de Jackson.

— Jackson est satisfait de ton travail, affirma-t-elle.

Jackson hocha la tête.

— Mais nous aimerions t'avoir plus près de nous.

Arizona se dandina d'un pied sur l'autre, prit une pose, puis une autre.

— Eh bien… c'est que…

De nouveau, elle jeta un drôle de regard du côté de Spencer.

— J'apprécie beaucoup, reprit-elle. Ce qu'il y a, c'est que…

Ne supportant plus ses atermoiements, Jackson lâcha les clés sur la table.

— Ces clés ouvriront une serrure, déclara-t-il. Une serrure de porte d'entrée. La porte d'une maison qui sera sur notre propriété.

Il la défia du regard avant de poursuivre :

— Tu ne peux pas continuer à errer de motel en motel. A vivre dans la rue, en somme.

Elle plissa les yeux, puis les fixa, Alani et lui, l'un après l'autre.

— Non, je ne peux pas accepter, dit-elle enfin.

Jackson fit comme s'il n'avait pas entendu.

— Ma propriété est suffisamment grande pour accueillir deux maisons. Comme Chris, tu auras ton indépendance.

— Non, répéta-t-elle en déglutissant, le souffle court. C'est trop généreux… Trop…

A court d'arguments, elle se tut et secoua la tête.

— J'apprécie le geste, vraiment, reprit-elle. Mais je ne peux pas. Merci tout de même.

Il ne s'agissait pas d'un geste mais, quand il voulut protester, Alani lui pressa le bras pour le faire taire.

— Je t'en prie, Arizona, prends au moins le temps d'y

réfléchir, d'accord ? dit-elle. Les clés sont un symbole. La maison n'est pas encore construite.

— Nous voulions te consulter pour l'emplacement exact et pour les plans, expliqua Jackson. Et Alani tenait à ce que tu l'aides à décorer l'intérieur.

— Seigneur… ! murmura Arizona en se frottant le front, comme si elle avait la migraine.

Alani lâcha le bras de Jackson pour s'approcher d'Arizona.

— Ne réponds pas tout de suite, d'accord ? dit-elle. Tu veux bien ? C'est tout ce que je te demande.

Arizona acquiesça.

Jackson ne fut cependant pas dupe. Elle n'avait pas changé d'avis, mais il lui était impossible de résister à la gentillesse d'Alani, qui savait se montrer extrêmement persuasive.

C'était une immense chance, pour lui, d'avoir une telle compagne.

Il s'avança en souriant vers les deux femmes et les prit par les épaules.

— C'est parfait, dit-il. Donne-toi le temps de t'habituer à l'idée avant de te décider, Arizona.

— Et en attendant, attaquons-nous à ce délicieux gâteau, conclut Chris.

20

Grâce à Dieu, ils lui épargnèrent le supplice d'un « Joyeux Anniversaire » chanté en chœur, ainsi que celui des bougies à souffler. Quand ils eurent enfin débarrassé la table, elle commença à se détendre.

Et à avoir l'esprit libre pour penser à Quin et à cet étrange coup de fil qu'elle avait reçu de lui.

— Au fait, Dare…

Elle déplaça son verre de citron pressé et contempla la trace ronde et humide qu'il avait laissée sur la table de la terrasse.

— Tout est réglé, au bar ?

— Tu parles du Green Goose ?

De combien de réseaux implantés dans des bars s'occupaient-ils en ce moment ? Il faisait semblant de ne pas comprendre. Il se moquait d'elle ou quoi ?

— Oui, le Green Goose, répondit-elle sèchement.

— Pas complètement, dit-il en haussant les épaules. Mais tout le monde est en sécurité, et des gens compétents s'occupent de régler les derniers détails.

Tout le monde n'était pas en sécurité, sans quoi Quin n'aurait pas éprouvé le besoin de l'appeler.

Soit Dare se trompait, soit il mentait.

— Nous sommes en contact avec l'homme qui dirige la force d'intervention chargée de l'affaire, expliqua Trace. Il est toujours en train d'interroger Terry Janes, mais je doute qu'il puisse en tirer quoi que ce soit de nouveau.

Trace devait savoir de quoi il parlait. Il avait sans doute

interrogé Janes personnellement, avec des méthodes musclées, puisqu'il n'était pas tenu par des règlements de police. S'il n'avait rien obtenu de lui, personne n'obtiendrait rien.

— Tu penses que, si tu n'as pas réussi à le faire parler, la police y arrivera encore moins, c'est ça ?

Le visage de Trace se ferma.

— L'affaire est en de bonnes mains, conclut-il, évitant de répondre à la question.

— Bien sûr. Je n'en doute pas. Mais, si tout est réglé et le réseau démantelé, pourquoi interroger Janes ?

Jackson fronça les sourcils.

— Il y a toujours des points à éclaircir ou à creuser. Par exemple, nous n'avons pas le nom du propriétaire du bar.

— Ce n'est pas Janes ?

— Non.

Elle essuya du bout des doigts des gouttes d'eau sur la table.

— Dans ce cas, qui est-ce ?

— Nous travaillons là-dessus, répondit Dare. Nous allons devoir chercher les papiers de l'établissement.

Elle prit le temps de réfléchir.

— Vous avez Janes et son acolyte, Carl. Et puis le barman.

— Et aussi deux autres voyous qui sont arrivés dans une camionnette blanche, ajouta Jackson. Dare les a coincés dans la ruelle derrière le bar.

Arizona leva les yeux vers Jackson. C'était la première fois qu'elle entendait parler de cette camionnette blanche.

— Mais nous n'avons plus à nous en inquiéter, poursuivit Jackson, comme pour couper court à cet interrogatoire. Ces types sont hors d'état de nuire. Pour de bon.

Il n'allait pas la convaincre aussi aisément.

— Très bien, reprit-elle. Vous avez coincé les membres du réseau. Mais les employés du bar ?

— Ils étaient environ une douzaine, ma chérie, répondit-il doucement.

— Tu veux dire par là qu'ils étaient trop nombreux pour que tu t'intéresses de près à leur sort ?

Il commença à se méfier, et son regard se fit plus aigu.

— Pourquoi cette question ?

Consciente d'être allée un peu trop loin, elle s'empressa de faire machine arrière.

— Je me demandais. Comme ça…

Elle écarta un bourdon qui tentait de se poser sur son bras et afficha une expression détachée.

— Tu te souviens de Quin ?

— Le garçon d'origine hispanique ? intervint Dare.

Il prit le temps de réfléchir, puis secoua la tête.

— Je ne me souviens pas l'avoir vu partir avec la police.

— C'est bizarre, non ?

Tant pis pour la subtilité, elle avait besoin de savoir.

— Il était pourtant là, hier soir, fit-elle. C'est même lui qui m'a servie.

— Il a probablement filé en entendant les sirènes, proposa Jackson. Il n'a peut-être pas de papiers. Ces salauds de trafiquants font croire à leurs esclaves qu'ils iront directement en prison si la police les coince.

— Tu as une raison de t'inquiéter à son sujet ? demanda Trace.

— Non, aucune raison, mentit-elle.

Elle se tut et rumina en silence quelques instants. Puis, pour rendre son mensonge plus crédible et faire disparaître la méfiance qu'elle lisait sur leurs visages, elle ajouta :

— Et Joel Pitts, le type un peu gauche qui faisait des portraits ?

Dare haussa les épaules.

— Je ne connais pas les noms, mais je peux me renseigner sur ces personnes, si c'est tellement important pour toi.

Non, ce n'était pas tellement important. Elle allait rencontrer Quin le lendemain. Pourquoi ennuyer Dare en lui demandant de se renseigner ? Il avait d'autres chats à fouetter.

— Pas la peine. J'avais juste envie de savoir.

— Mais pourquoi ces deux-là ? demanda Spencer d'un ton un peu trop calme.

Elle lui jeta un drôle de regard.

— Parce que c'est avec eux que j'ai eu des contacts. Quin,

je l'avais repéré dès la première fois comme une victime, et Joel a fait plusieurs portraits de moi…

Elle haussa les épaules.

— J'ai l'impression de les connaître.

— Comment ça, il a fait des portraits de toi ? demanda Priss. Quel genre de portraits ?

— J'allais poser la même question, intervint Alani.

— Je peux vous les montrer. Ils doivent toujours être dans mon sac.

Pour se donner un répit, elle regagna l'intérieur et chercha son sac. Les portraits y étaient, froissés et même un peu tachés, mais elle décida de les montrer tout de même. Comme elle les déroulait sur la table, elle se crut obligée d'expliquer :

— J'étais assez soûle hier soir, sinon j'aurais pensé à les sortir de mon sac pour ne pas les abîmer…

Tout le monde s'approcha pour admirer.

— Pas mal, lâcha Priss. Et même plus que ça ! Ce Joel a vraiment du talent.

Arizona ne protesta pas : elle était trop soulagée d'avoir une occasion de détourner la conversation.

— Je n'ai même pas pris la pose. Il m'a dessinée sans que je m'en aperçoive. C'est plutôt ressemblant, mais en mieux.

— Ce n'est pas vrai, protesta Dare.

— Mieux ? C'est difficile à imaginer, fit Jackson. C'est vraiment toi.

— Tu es vraiment magnifique, approuva Alani. Il n'y a rien à améliorer chez toi.

— Ah bon… Merci…

Les compliments la mettaient mal à l'aise, et elle reporta son attention sur Trace et Dare.

— J'espérais les revoir. Ou au moins avoir de leurs nouvelles.

Elle jeta un coup d'œil du côté de Spencer. Il était étrangement silencieux et la dévisageait avec attention. Se doutait-il de quelque chose ?

Tout en caressant du bout des doigts le bras de Priss, Trace demanda :

— Tu te fais du souci pour eux ?

Ignorer le regard insistant de Spencer n'était pas facile. Comme Trace ramassait un des portraits pour l'étudier de plus près, elle haussa les épaules.

— Ils m'avaient l'air tous les deux un peu paumés. Je serais plus tranquille si je savais qu'ils vont bien.

— Arizona ? demanda brusquement Spencer.

Elle faillit sursauter.

— Pourquoi poses-tu des questions à propos de Quin et de Joel ?

— Mais je t'ai déjà répondu.

Elle ne voulait pas lui mentir, mais elle ne pouvait pas non plus lui dire toute la vérité. Tout en roulant les portraits, elle opta pour un demi-mensonge.

— Je m'intéresse à eux. C'est de la curiosité.

— Mouais…

Spencer chercha son regard.

— Et quoi d'autre ?

Ils se figèrent tous, comme s'ils avaient senti que la tension venait de grimper d'un cran.

Arizona rangea les dessins dans son sac. Elle avait supporté pendant tout le repas d'être le centre d'attention, elle n'allait pas laisser Spencer la mettre sur la sellette.

— Et pourquoi faudrait-il qu'il y ait autre chose ?

— Avec toi, il y a souvent des motivations cachées.

Elle avança le menton.

— N'importe quoi ! Je n'avais aucune motivation cachée quand je suis venue te demander de faire équipe avec moi pour traquer des proxénètes. Et pourtant, tu as refusé.

Les yeux de Spencer s'assombrirent, sans doute de colère.

— Parce que je n'aimais pas l'idée que tu serves d'appât.

— Et pourquoi pas ? Je suis parfaite dans le rôle. J'ai des appas, je m'en sers pour attraper des hommes. Tu n'es pas gêné quand Marla se sert de ses apps avec toi ? ajouta-t-elle d'un ton mielleux.

Elle se tourna vers le groupe et expliqua :

— Marla est sa voisine.

Spencer serra les dents.

— Qu'est-ce que sa voisine vient faire là-dedans ? demanda Jackson.

— Elle en pince pour lui, annonça Arizona.

— Arizona cherche à noyer le poisson, répondit en même temps Spencer.

Il avait donc compris depuis le début et n'était pas dupe le moins du monde de sa manœuvre.

— J'avais proposé à Spencer de travailler avec lui, dit-elle à la cantonade.

Puis elle se tourna vers lui.

— Mais sans doute préfères-tu que je fasse équipe avec le prochain.

Spencer se raidit et la fixa d'un regard glacial.

Puis quelque chose en lui se ferma. Elle le vit, le sentit intensément, et cela lui fit mal.

Elle était peut-être allée un peu trop loin, avec cette dernière provocation. Mais à présent elle ne savait plus comment se rattraper, car il paraissait hors d'atteinte.

Chris, toujours subtil et charitable, intervint pour lui sauver la mise.

— Puisqu'on parle de boulot, Spencer…

Il se racla la gorge.

— Je voulais te montrer un nouveau programme. Je pense qu'il te serait très utile, en tant que chasseur de primes.

Spencer repoussa lentement sa chaise de la table et se leva, puis il s'éloigna avec Chris, sans un mot, raide comme la justice.

Elle se serait volontiers giflée. Elle se trémoussa sur sa chaise en se retenant de lui courir après pour s'excuser. Mais que lui aurait-elle dit ?

« Je me suis vengée parce que tu prétends me former pour mes futurs amants ? »

Elle ne savait décidément pas se comporter dans une

relation amoureuse. Elle n'y connaissait rien. Elle ne savait ni ce qu'il fallait faire, ni ce qu'il fallait éviter de faire.

Elle aurait eu besoin de conseils. Mais à qui s'adresser ?

Dare se leva soudain de table.

— Je veux bien te tester au combat, si ça t'intéresse, annonça-t-il sans préambule.

Elle se tourna vers lui, sans comprendre. Il avait un drôle d'air. Qu'est-ce qu'il pouvait bien lui vouloir ? Molly était rouge de plaisir, comme si elle se réjouissait pour elle, ce qui acheva de la décontenancer.

— Pardon ?

— Je te propose un combat.

Il l'obligea à se lever de sa chaise. Il avait l'air parfaitement sérieux.

— Allez, viens… On va voir ce que tu as dans le ventre.

Trace s'adossa à son siège en souriant.

— Je dois admettre que je suis curieux de voir ça.

Jackson poussa un gémissement mécontent.

Arizona n'arrivait pas à croire à sa chance. Dare Macintosh voulait combattre avec elle ? Elle rêvait, de toute évidence.

— Tu veux dire… ?

Elle agita une main entre eux.

— Toi et moi ? Sérieusement ?

Il répondit d'un brusque hochement de tête.

— Sérieusement.

— Et pourquoi ? demanda-t-elle, les yeux plissés.

— Et pourquoi pas ? rétorqua-t-il.

Trace prit le parti de Dare.

— Tout bien considéré, Arizona, il est essentiel que tu saches te battre.

Elle ne prit pas la peine de lui signaler qu'elle savait déjà se battre.

— Et pour quelle raison ?

— Parce que tu nous fréquentes, dit-il. Et parce que tu travailles pour Jackson.

— Et parce que tu fourres ton charmant petit nez là où tu ne devrais pas, ajouta Dare.

Cela, tout de même, elle ne pouvait le laisser passer.

— Et qui décide si je dois fourrer mon nez quelque part ou pas ?

Elle se sentait le droit de lutter contre les trafiquants. Autant qu'eux, sinon plus.

Jackson ouvrit la bouche, mais Dare ne lui laissa pas le temps de parler.

— Alors, on le fait, ce combat, ou pas ? demanda-t-il.

Le cœur d'Arizona s'accéléra.

— On y va.

Elle se leva de sa chaise et quitta la terrasse pour se planter sur l'herbe. Dare la suivit.

— Ça ne te dérange pas que les autres regardent ? demanda-t-il.

— J'ai l'habitude des rixes dans les bars, répondit-elle en haussant les épaules. Le public ne me gêne pas.

— Seigneur… ! murmura Priss. Tu te bats vraiment dans les bars ?

— Je garde toujours mon couteau sur moi, répondit-elle. Ça me permet d'être à égalité avec mes adversaires.

Les hommes ne firent aucun commentaire, mais les femmes ne purent dissimuler leur incrédulité — et probablement leur désapprobation. Ce dont, par ailleurs, elle se moquait éperdument.

Elle secoua les bras et se mit en garde face à Dare.

— Puisque tu aimes manier le couteau…

Dare ramassa une branche aussi épaisse que son index et la cassa de façon à en faire un bâtonnet de vingt-cinq centimètres environ.

— Disons que ceci est ton couteau, dit-il.

Il le fit tourner dans sa main et le lui tendit.

Un bâton ? D'accord. Elle jouerait le jeu. Elle le fit passer d'une main à l'autre, puis le tint fermement tout en adressant un signe de tête à Dare.

— Essaie tout de même de ne pas me crever un œil, d'accord ?

Elle eut un sourire amusé.

— Ne t'inquiète pas, je ne te blesserai pas, rétorqua-t-elle d'un ton railleur.

Dare ne prit pas la peine de répondre à la provocation, et elle n'en fut pas surprise : il avait la réputation de ne jamais perdre son sang-froid.

Le terrain descendait en pente douce vers le lac. Pas de problème. Les vrais combats se déroulaient rarement dans des situations idéales. Dare devrait s'adapter au terrain autant qu'elle.

Le soleil lui chauffait les épaules et la tête, mais il ne l'aveuglait pas. Elle se sentait prête.

Elle se planta sur ses jambes en soufflant lentement.

— Quand tu veux, dit-elle.

Espérant sans doute l'avoir par surprise, Dare plongea, tête en avant. Elle réagit aussitôt, d'instinct, avec la même précision mortelle que si elle avait eu un couteau en main. Comme une flèche, le bâton de bois heurta la poitrine de Dare, à la hauteur du cœur. Abasourdi, ce dernier s'arrêta net dans son élan.

— Je t'ai eu ! s'exclama-t-elle.

Il allait peut-être la prendre au sérieux, à présent ?

Trace laissa échapper un rire tonitruant.

— Pas mal, Arizona, lança Dare.

Il se pencha en avant.

— Mais ce coup n'était pas porté pour tuer. Ton adversaire est blessé, mais toi, tu es en difficulté parce que tu as perdu ton arme.

Trace hocha la tête.

— Essaie encore, dit-il.

Avec une expression énigmatique sur le visage, Dare lui rendit le couteau de bois et se remit en garde.

— Prête ?

Elle écarta les jambes et remua les épaules pour les assouplir.

— Oui.

Cette fois, à la seconde où il bougea, elle plongea elle

aussi, sous son bras, et se servit du bâton pour simuler un coup porté à l'entrejambe. Puis elle roula loin de lui.

Elle se relevait, tout en se félicitant de sa rapidité, quand elle se rendit compte qu'il était derrière elle.

— A présent je suis vraiment touché, mais encore vivant, et j'ai décidé de te tordre le cou.

Il l'immobilisa en lui enserrant le cou.

— Et on va mourir tous les deux.

Il ne lui faisait pas mal, mais impossible de se libérer.

— Que ferais-tu, maintenant ? lui demanda-t-il à l'oreille.

— Normalement, je devrais tenter un coup de pied ou un coup de tête. Ou tout simplement peser de tout mon poids pour t'obliger à réajuster ta prise. Mais je suis complètement bloquée. Je ne peux plus.

— Exact, répondit-il.

— Alors je crois que je vais prendre mon mal en patience et attendre le moment opportun pour agir.

Elle tourna la tête vers lui et lui sourit.

— Tu finiras bien par relâcher ton attention.

— Possible, dit-il en la libérant. Mais j'aurais pu aussi te briser le cou tout de suite.

Il lissa ses cheveux ébouriffés, puis la prit par le menton.

— Voilà ce que tu dois retenir de ta première leçon, Arizona : on ne connaît jamais son adversaire. La plupart des crétins qui traînent dans les bars sont des alcooliques ramollis, mais tu pourrais avoir des surprises et tomber un jour sur un véritable combattant.

Tout en sentant son sang pulser dans ses veines, elle sourit.

— D'accord. Apprends-moi.

Elle secoua les bras et les jambes.

— Je ne demande qu'à progresser.

Trace rit de nouveau.

— C'est ce qu'on avait cru comprendre, oui.

Durant les minutes qui suivirent, ils tentèrent plusieurs types d'approche. Absorbée par le combat, Arizona en arriva presque à oublier que Spencer était parti en lui faisant la tête.

Presque. Pas tout à fait quand même.

Où était-il passé ? Qu'est-ce qu'il fabriquait ?

Etait-il furieux au point d'avoir décidé de l'éviter jusqu'à la fin de la journée ?

Eh bien, si c'était le cas, elle ne le laisserait pas broyer du noir tout seul dans son coin. S'il voulait discuter, pas de problème, ils discuteraient. Mais pas question de…

Elle poussa un grognement de douleur. Dare venait de la prendre par surprise et de la faire basculer sur le dos.

Elle se releva d'un bond, se déplaça sur le côté pour l'éviter et envoya un coup de pied en plein dans son postérieur si sexy.

Les femmes se mirent à applaudir, comme si elles avaient attendu ça depuis le début.

Puis elles huèrent Dare quand il lui attrapa les jambes pour la faire tomber.

— Tu es distraite, on dirait, lâcha-t-il. Et ça, c'est un truc qui peut te coûter la vie.

Quand elle roula sur elle-même pour le prendre à la gorge, les femmes poussèrent de nouveau des cris de joie.

— Pas si distraite que ça, répondit-elle en enfonçant ses genoux dans son dos pour faire contrepoids.

Il ne put s'empêcher de rire.

— Tu es rapide.

— Tu te rends ? demanda-t-elle d'un ton appuyé, pour entrer dans le jeu des femmes.

— Je ne pense pas, non.

Il la fit basculer par-dessus son épaule et la lança dans les airs, lui arrachant un cri de surprise.

Trace s'avança pour la rattraper, sans pouvoir s'empêcher de rire.

Jackson s'approcha à ce moment-là.

— Tu parlais de se rendre, Arizona ?

Euphorique, à bout de souffle, elle cria :

— Jamais !

Sargie et Tai, qui voulaient jouer aussi, vu que c'était si drôle, se mirent à gambader autour d'eux. L'un des chats,

Grim, cracha et fila en courant. L'autre chat, Liger, se détourna lentement et partit s'installer à distance raisonnable.

Arizona s'était allongée sur le dos, dans l'herbe, et repoussait en riant les chiens qui se jetaient sur elle. Comme elle s'amusait ! Elle ne se souvenait pas de la dernière fois qu'elle avait ri ainsi. Peut-être même cela ne lui était-il jamais arrivé.

Dare lui jeta des brins d'herbe à la figure, en secouant la tête, tandis que Tai et Sargie tentaient de s'installer sur ses genoux.

— Je dois admettre que tu es douée.

Jackson se pencha sur elle, les mains sur les hanches, le sourire aux lèvres.

— Si tu habitais tout près de chez moi, je pourrais t'entraîner tous les jours, jusqu'à ce que tu deviennes une vraie combattante.

Elle leva vers lui un regard de défi.

— Je suis déjà une vraie combattante.

— Oui, peut-être…

Il eut un grand sourire avant de conclure.

— … pour une fille.

Elle lui saisit la cheville et tira pour le déséquilibrer. Il atterrit sur les fesses, à côté d'elle. Pendant une seconde, il demeura assis dans un silence stupéfait, tandis que Trace et Dare riaient et que les femmes huaient. Puis ses yeux se plissèrent méchamment.

— Tu vas le payer cher, ma chérie.

Elle se leva d'un bond, mais n'alla pas loin. Elle cria quand Jackson la fit tomber de nouveau, mais au lieu de l'immobiliser il se mit à la chatouiller. Elle n'aurait jamais cru être aussi sensible aux chatouilles. Elle riait et se débattait à coups de pied et de poing, tout en tâchant de lui échapper.

Mais, contre Jackson, elle n'était pas de taille. Il la bloqua en lui saisissant les poignets.

— Rends-toi, dit-il en riant, lui aussi.

— Non, jamais ! Je finirai bien par trouver un moyen de…

Jackson attrapa ses deux poignets dans une seule de ses

grandes mains et se pencha, tout en l'immobilisant avec une jambe.

Elle comprit trop tard dans quelle mauvaise posture elle se trouvait.

Elle ne riait plus. Son cœur se mit à battre la chamade. Elle avait du mal à respirer.

Et elle avait beau essayer, pas moyen de se libérer.

Avec les cris et les rires qui leur parvenaient, Spencer n'arrivait plus à se concentrer sur le programme de recherche que Chris essayait de lui expliquer, à seule fin de le distraire.

Il comprenait que cette fête d'anniversaire n'avait pas été un moment facile pour Arizona ; aussi s'efforçait-il de ne pas prendre trop à cœur la remarque cruelle qu'elle lui avait lancée.

Mais était-elle sérieuse ?

La pousser vers un autre homme ? Non, alors ! Quand il l'imaginait avec un autre, il se sentait dévoré de jalousie.

Depuis qu'il l'avait rencontrée, il menait une difficile lutte intérieure. Il y avait ce qu'il considérait bon pour elle : avoir des amants, faire un choix. Et puis il y avait ce qu'il désirait vraiment : la garder pour lui.

— On dirait que quelqu'un égorge les chats, fit Chris en souriant, alors que les cris s'intensifiaient.

Il se dirigea vers la porte, visiblement désireux d'aller voir de plus près.

— C'était Arizona, répondit Spencer en fronçant les sourcils.

Il avait effectivement reconnu la voix d'Arizona, mais ces glapissements ne lui ressemblaient pas.

— Quelque chose ne va pas, murmura-t-il.

— Ils doivent être en train de faire les idiots, assura Chris.

Spencer emboîta le pas à Chris, et ils traversèrent ensemble l'étendue de pelouse qui les séparait de la maison de Dare.

Et ce qu'il découvrit lorsque la terrasse fut en vue le laissa perplexe.

Arizona était couchée par terre, sur l'herbe, entourée de Dare et de Jackson. Elle se tortillait. En hurlant de rire ?

Il n'aurait pas su dire pourquoi, mais ce spectacle le mit mal à l'aise. Chris, qui ne partageait visiblement pas ses inquiétudes, lui adressa un sourire complice.

— Je crois que nous avons raté le plus drôle, dit-il.

Spencer ne lui rendit pas son sourire. Il fixait toujours le trio, en essayant de comprendre. Puis, soudain, Dare s'écarta, et il eut une vision plus claire du tableau.

Jackson était à cheval sur les hanches d'Arizona. Il lui maintenait d'une main les bras au-dessus de la tête, tout en chatouillant son ventre nu, tandis qu'elle se contorsionnait dans tous les sens.

Elle ne riait plus et elle paraissait terrorisée.

Parce que Jackson était au-dessus d'elle !

Une émotion phénoménale — brûlante, explosive — le traversa.

— Lâche-la tout de suite ! hurla-t-il.

— Dis donc…, ricana Chris. Il est subtil, le chevalier servant. Vraiment subtil.

Spencer se moquait absolument de l'opinion de Chris. Et aussi de celle des autres. Il rejoignit Arizona et Jackson en trois longues enjambées, saisit Jackson par le bras et l'écarta pour libérer Arizona.

La seconde d'après, elle était sur ses pieds et inspirait bruyamment pour remplir ses poumons avides d'air, encore tremblante, luttant pour le dissimuler, un poing appuyé contre son ventre, l'autre posé sur sa hanche.

Spencer ne put s'empêcher de l'admirer. Elle était au bord de la syncope, mais elle ne se plaignait pas.

Il eut envie de la prendre dans ses bras.

Et aussi de casser la figure à cet idiot de Jackson.

Les autres les observaient en silence. Leurs regards atterrés en disaient long. Ils avaient compris.

Arizona n'allait pas du tout apprécier. Elle ne supportait pas d'exciter la pitié.

Elle fixa le groupe d'un air menaçant, et tout le monde comprit qu'il valait mieux s'abstenir de commentaires.

Pour faire diversion, Spencer se tourna vers Jackson et s'approcha pour lui demander tout bas, d'un ton fiévreux :

— Tu as perdu la tête ou quoi ?

Avec des mouvements lents et précis, Jackson se redressa de toute sa hauteur — ce qui le laissa tout de même à quelques centimètres en dessous de Spencer. Il se rembrunit, puis regarda Arizona, puis de nouveau Spencer.

Ce dernier soutint son regard, en espérant qu'il comprendrait le message.

Il fallait impérativement qu'il comprenne.

Et Jackson comprit.

— Elle est douée pour le combat, lâcha-t-il en plaisantant. Contre un type ordinaire, elle aurait ses chances.

Spencer soupira de soulagement, tout en acquiesçant.

— Si elle évite les endroits glauques et les ennuis, elle n'aura pas besoin de se battre, fit-il, entrant dans le jeu.

— Sans doute, mais est-ce qu'elle va vraiment les éviter ?

— Avec ses qualités, ce serait tout de même dommage, ajouta Dare. Elle compense son manque de force par sa rapidité. Le résultat n'est pas mauvais.

— Et par son audace, ajouta Trace. Elle vient de nous montrer qu'elle est une combattante téméraire. Ce qui est une qualité autant qu'un défaut.

Arizona repoussa ses cheveux en arrière, puis elle fit un pas en avant.

— Je suis là, vous savez.

Un faible tremblement trahissait encore son trouble.

— Chris avait raison, tout à l'heure… Elle a besoin d'action.

— Qu'est-ce que Chris a dit ? demanda Arizona.

Mais personne ne daigna lui répondre.

Spencer lui prit la main et lui sourit, mais il continua à s'adresser aux trois hommes.

— Il y a danger et danger, murmura-t-il. Elle aurait du mal à avoir le dessus avec un criminel déterminé.

— C'est à moi de décider, Spence, protesta-t-elle en levant les yeux vers lui. Pas à toi.

— Ce sont eux qui vont décider, déclara-t-il en désignant le groupe.

Il pria intérieurement pour qu'ils choisissent de la tenir à l'écart de leurs activités. Ce qui venait de se passer montrait qu'elle n'était pas prête. Pas plus physiquement qu'émotionnellement.

— Je leur fais confiance, ajouta-t-il. Ils ne sont pas complètement inconscients.

— A ta place, je n'en serais pas si sûr, fit Jackson avec un étrange sourire.

Trace poussa Jackson de l'épaule et s'adressa à Dare.

— Ce serait peut-être le moment de lui faire notre proposition, dit-il.

— Quelle proposition ? demanda Spencer, tout en caressant discrètement du pouce la main d'Arizona.

— Voudrais-tu travailler avec nous ? demanda Dare.

Jackson le bouscula d'une grande claque amicale dans le dos.

— Le salaire est bien plus intéressant que ce à quoi tu es habitué. Et tu pourras entraîner ton disciple féminin.

Il cligna de l'œil.

— Tout le monde y gagnerait, conclut-il.

Spencer dut reconnaître qu'il ne s'était pas attendu à cette proposition.

Il baissa les yeux vers Arizona.

Elle ne paraissait ni contrariée ni jalouse qu'il obtienne la place qu'elle convoitait.

Au contraire. Elle rayonnait de fierté.

21

Arizona s'isola quelques minutes dans la salle de bains pour s'asperger le visage, refaire sa queue-de-cheval, rafraîchir le maquillage qui camouflait l'ecchymose de sa mâchoire.

Et surtout, elle prit le temps de souffler et de se remettre de ses émotions.

Ils voulaient donc embaucher Spencer…

Elle se sentait tellement fière de lui ! L'offre de Dare était une preuve de confiance, un hommage, l'un des plus beaux qui se puissent imaginer.

Et, si Spencer acceptait, il serait amené à la côtoyer. Et peut-être accepterait-il de faire équipe avec elle.

Elle se sentit soudain pleine d'espoir — un sentiment nouveau pour elle, aussi exaltant qu'effrayant.

En quittant la salle de bains, elle entendit les femmes discuter dans la cuisine et décida de les rejoindre. Elles plaisantaient et riaient. Elles l'avaient généreusement acceptée, mais elles ne tarderaient pas à comprendre qu'elles n'étaient pas du même monde.

Elle afficha tout de même un sourire sur son visage pour entrer dans la cuisine.

— Tu as pensé à apporter un maillot ? demanda Priss en la voyant arriver. On va se baigner.

— Oui. Je l'ai sous mes vêtements, répondit-elle.

— Parfait, dit Alani. Dès que les hommes auront fini de palabrer, on descendra tous ensemble au lac. Je crois que Chris veut faire de la bouée tractée ; et moi, j'ai vraiment besoin de me rafraîchir.

Molly rinça un verre qu'elle mit dans le lave-vaisselle.

— J'en ai pour une minute, annonça-t-elle avant de quitter la pièce.

Priss se leva.

— Il faut que je trouve la crème solaire. Trace devient insupportable quand il a un coup de soleil.

— J'en ai, dit Alani.

— Bon, je vous laisse, lança Arizona.

Elle avait d'autres sujets d'intérêt que la crème solaire et les maillots de bain.

— Je vais vous attendre dehors.

— Tu veux entendre ce qu'ils se disent ? fit Alani d'un ton taquin. Petite curieuse… Vas-y. On te rejoint.

En sortant dans le jardin, Arizona ne vit pas les hommes. Ils se trouvaient plus loin, derrière la maison, et elle entendait leurs voix. Elle décida de les rejoindre.

— Tu as tort de lutter contre toi-même, disait Dare. Quand on a rencontré la femme de sa vie, on ne peut pas résister. Crois-moi, j'en ai fait l'expérience.

Ils n'avaient pas l'air de parler affaires professionnelles. Arizona allait faire un pas en avant pour se montrer, quand la réponse de Spencer l'arrêta.

— Malheureusement, la femme de ma vie, je l'ai déjà enterrée et je ne cherche pas à la remplacer.

Elle recula en titubant. Son cœur était soudain à l'étroit dans sa poitrine. Elle n'entendit pas ce que répondit Dare. Ses oreilles sifflaient.

Elle avait déjà compris que Spencer ne parvenait pas à oublier celle qui avait été sa femme. Mais de l'entendre l'énoncer aussi clairement…

Eh bien… ça faisait terriblement mal.

Mais elle ne pouvait s'en prendre qu'à elle-même. Spencer ne lui avait jamais menti. Au contraire, il avait été avec elle d'une honnêteté presque brutale.

Elle se détourna et s'éloigna discrètement, en direction du lac, pour s'isoler.

Elle était sous le choc.

Les pensées se bousculaient dans son crâne. Elle avait un point vague et douloureux au niveau du ventre.

Demain, elle allait fausser compagnie à Spencer pour rencontrer secrètement Quin.

Et, pour un homme comme Spencer, ce serait une trahison. Même s'il n'y avait pas de sentiments entre eux.

Cela dit, comme elle aurait souhaité qu'il y en ait ! Au moins un peu…

Après tout, s'il aimait faire l'amour avec elle, peut-être pourrait-elle le convaincre de s'investir un peu plus dans leur relation ?

Elle se sentit soudain honteuse. Marla avait déjà tenté la manœuvre, et le succès n'avait guère été au rendez-vous. Il n'y avait aucune raison pour qu'il le soit avec elle.

Une brusque bouffée de désespoir monta en elle. Jamais elle n'avait désiré quoi que ce soit, ni qui que ce soit, autant qu'elle désirait Spencer Lark. Il valait la peine qu'on se batte pour lui.

L'ennui, c'est qu'elle ne savait pas comment engager ce genre de bataille.

De plus, elle s'apprêtait à trahir sa confiance en lui faussant compagnie pour rejoindre Quin, ce qui revenait à griller un atout important pour le séduire.

Mais elle ne voulait pas renoncer à lui, du moins pas tout de suite. Elle décida donc de s'arranger pour lui faire comprendre qu'elle voulait poursuivre leur relation, faire encore l'amour avec lui, sans rien attendre ni exiger en retour. Et, aussi, être un peu son amie. Profiter de sa présence. Peut-être accepterait-il cet arrangement.

En tout cas, elle tenterait quelque chose, parce que la perspective de ne plus le revoir était insoutenable.

Arizona trouva Chris paresseusement allongé sur le ponton du lac, en train de se dorer au soleil. Il avait déjà piqué une tête. Des gouttelettes recouvraient ses larges épaules et tombaient de ses cheveux, créant une rigole qui coulait dans le creux de son dos bronzé, jusqu'à son short trempé, qu'il portait bas sur les hanches. Si bas, en fait, qu'on voyait un peu de peau blanche sous la marque du bronzage.

— Arrête de me mater, dit-il les yeux fermés, d'une voix langoureuse. J'ai l'impression d'être tout nu.

— Tu n'es pas nu, assura Arizona en s'installant près de lui.

Elle songea à s'asseoir sur le bord du quai pour tremper ses pieds dans l'eau fraîche du lac, puis elle se pencha sur les eaux sombres et se ravisa.

— Il est vrai que les endroits stratégiques sont pudiquement couverts, concéda-t-il.

Il remua un peu, ferma un œil pour lutter contre le soleil aveuglant et se repositionna.

Elle n'y avait jamais fait attention auparavant, mais Chris était séduisant. Il dépassait le mètre quatre-vingts, il était brun aux yeux bleus, fin mais musclé. D'après ce qu'elle savait de lui, il adorait nager et passait une grande partie de son temps dans l'eau.

Le bruit d'un poisson qui sautait attira son attention, et elle se détourna du corps de Chris pour contempler la surface du lac.

— Il t'arrive de faire de la plongée ici ? demanda-t-elle.

— D'après toi ? répondit-il avec une petite moue amusée.

— Je parie que oui.

— Un peu moins souvent depuis que Molly est là.

Il roula sur le dos et se gratta le torse, puis glissa ses bras sous sa tête, jambes écartées.

Elle ne put s'empêcher de remarquer de nouveau qu'il portait son maillot-short un peu trop bas. De face, c'était… troublant. Elle n'y aurait prêté aucune attention quelques jours plus tôt. L'intérêt qu'elle portait à Spencer avait augmenté sa curiosité pour les hommes en général — ou plutôt pour les attributs masculins.

Chris remarqua la direction de son regard, mais ne fit pas de commentaire.

— Et toi ? demanda-t-il. Tu as envie de plonger ?

— Non.

Pas question de se mettre à l'eau sans Spencer à son côté. Elle avait impérativement besoin de son soutien.

— Où sont passés les autres ? demanda Chris. Toujours en train de négocier ?

— Je suppose.

Arizona se demanda si Spencer allait accepter de travailler avec eux.

— Molly et Alani mettent leurs maillots, dit-elle. Priss se passe de la crème solaire.

— Et toi ?

— Je n'ai pas besoin de crème solaire, avec ma peau mate.

De plus, elle n'avait pas l'intention de rester assez longtemps au bord de ce lac pour prendre un coup de soleil. Elle entrerait dans l'eau le temps de prouver que… Que quoi ? Qu'elle n'était pas une froussarde ?

— Moi non plus, dit Chris. J'ai la peau tannée. Pas besoin de crème.

Il suivit des yeux une libellule, puis ferma les paupières et ne bougea plus. Il paraissait assoupi.

— Tu peux dormir au soleil, par cette chaleur ?

— Oui. Si on ne me parle pas.

Ainsi, elle le dérangeait ? Eh bien, tant pis. Elle avait besoin de conseils, et c'était à lui qu'elle voulait s'adresser.

Si elle se confiait à l'un des garçons, il raconterait tout à Spencer, ou se lancerait dans un sermon interminable. Pour le sermon, surtout, elle n'avait aucun doute. Ils étaient tous les trois machos, protecteurs et têtus.

Quant aux femmes… Elles étaient adorables, mais elle ne se sentait rien de commun avec elles.

Il ne restait donc que Chris.

Il gémit, puis laissa échapper un rire.

— Allez, Arizona, crache le morceau !

Il se protégea les yeux de son avant-bras pour la regarder.

— Tu es venue me rejoindre parce que tu avais quelque chose à me dire, non ?

Elle haussa une épaule.

— Où est Matt ? demanda-t-elle.

Il lui jeta un long regard, puis reposa son bras sur ses yeux et s'allongea de nouveau.

— Aucune idée.

— Il n'a pas été invité ?

Cette fois, il se redressa.

— Tu ne fais tout de même pas partie de ces gens qui pensent que lorsque deux homosexuels se trouvent ensemble dans la même pièce ça signifie qu'ils forment un couple ? Je peux aussi avoir des amis, tu sais. Des amis avec lesquels je ne couche pas.

Elle battit des paupières. Il était bien susceptible.

— Tu es chatouilleux sur le sujet, on dirait, fit-elle remarquer.

Il prit un air perplexe et soupira.

— Non, en général, je ne le suis pas. Mais c'est marrant que ce soit toi qui me fasses cette remarque.

— Tu sous-entends quelque chose ? demanda-t-elle en se raidissant.

— Rien du tout, voyons ! Inutile de faire l'innocente. Tu as beau prendre ton air méchant et tout le reste, je ne suis pas dupe.

Il se redressa pour s'asseoir, les jambes croisées, et passa ses avant-bras devant ses genoux.

— Alors, comme ça, tu n'aimes pas être bloquée au sol ? Tu parles d'une affaire… Maîtrise-toi un peu, et puis c'est tout.

Elle ne sut pas quoi dire. Nier aurait été ridicule et lâche. Elle avança le menton.

— Je m'y efforce.

— C'est ça. Très bien. Entraîne-toi avec Spencer. Tu lui fais confiance, non ?

Ce n'était pas une question de confiance. De plus, elle n'était pas venue pour aborder ce sujet. Elle commençait à regretter d'avoir entamé cette conversation.

— Tu es vraiment un idiot, dit-elle.

— Surtout quand je fais mouche, répondit-il.

Il sourit et se pencha en avant pour lui pousser gentiment l'épaule.

— Reconnais-le, au moins, dit-il.

Elle se redressa et le regarda droit dans les yeux, peu disposée à reconnaître quoi que ce soit. Pour le moment, en tout cas. Il l'avait agressée gratuitement. Et elle tenait à ce qu'il l'admette.

— Si je me demandais pourquoi Matt n'était pas là, c'est uniquement parce que je sais que Priss l'aime beaucoup. Ça n'a rien à voir avec des préjugés sur les homosexuels.

— Oh ! Dans ce cas…

Il haussa les épaules.

— … je comprends. Mais aujourd'hui, il s'agissait d'une réunion de « famille ». Et si je suis si susceptible sur la question, c'est que j'ai déjà été échaudé.

— Tu veux dire que tout le monde vous croit en couple ?

— Oui.

— Et ce n'est pas le cas ?

Il leva les yeux au ciel.

— Non. Ce n'est pas le cas. Je suis célibataire, et ça me convient. C'est un choix.

— Oui, je comprends ça.

— Je n'en suis pas si sûr, rétorqua-t-il.

Il inclina la tête et prit un air sérieux et solennel.

— Alors… tu vas te décider à me parler de Spencer ?

C'était le moment de se lancer. Mais par quoi commencer ? Elle chercha les mots justes.

— Si un type aimait t'embrasser et… tout le reste, tu penserais qu'il veut de toi ?

Chris lui jeta un regard amusé.

— Sois plus directe. Tu veux savoir si Spencer veut de toi. La réponse est oui.

Il s'allongea de nouveau sur le dos et étira ses bras au-dessus de sa tête.

— Et tu le sais, ajouta-t-il.

Profitant de ce qu'il ne regardait pas dans sa direction, elle se leva pour enlever son short et son T-shirt.

— Mais je ne parle pas de sexe.

Comme il poussait un grognement agacé, elle lui pinça le bras.

— Arrête de faire ces bruits désobligeants, Chris. Je ne peux parler de ça avec personne d'autre.

Il se redressa de nouveau, à demi assis, puis retomba aussitôt en découvrant qu'elle était en maillot.

— Seigneur… ! murmura-t-il. Quel choc !

Il la parcourut lentement du regard et secoua la tête.

— Pas la peine de se demander pourquoi tu plais tant aux hommes.

A présent, c'était elle qui se sentait nue.

— Mais tu es homo, Chris !

De plus, elle avait choisi un maillot noir tout simple. Il n'était pas minuscule, et on ne voyait pas à travers.

— Je n'en suis pas aveugle pour autant, répondit-il en fronçant les sourcils. Tu te rends compte que tu es incroyablement sexy, non ?

— Mais je m'en fiche !

— Tu n'es vraiment pas à prendre avec des pincettes, aujourd'hui ! Bon… A part ça, de quoi voulais-tu me parler ?

Elle inspira longuement et profondément avant de se lancer.

— J'ai besoin de savoir ce que je dois faire pour plaire à Spencer, dit-elle en s'asseyant.

— Tu lui plais déjà, répondit-il d'un ton las.

Elle ne lui plaisait pas suffisamment pour qu'il accepte, demain, la déception d'être trahi. Pas suffisamment pour qu'il supporte son caractère difficile. Pas suffisamment pour qu'il envisage de la garder longtemps près de lui. Mais elle ne pouvait pas expliquer tout cela en détail à Chris.

Il lui prit le menton et lui fit lever le visage.

— D'ailleurs, on ne voit pas ce qui pourrait déplaire en toi, déclara-t-il d'un ton solennel.

Il y avait trop de choses pour en dresser la liste complète, et c'était bien le problème. Elle ne se croyait pas capable de changer. Pas assez pour Spencer, du moins.

— Inutile de me passer de la pommade, dit-elle.

— Moi ? protesta-t-il d'un ton faussement dramatique. Je ne te passe pas de pommade, je suis honnête, comme toujours.

Il sourit et lui caressa les cheveux.

— Tu es une fille bien, avec de la personnalité, mais discrète, honnête, loyale et super sexy. Crois-moi, tu plais beaucoup à Spencer.

Elle évita son regard et ramassa une grosse écharde de bois du ponton.

— Mais qu'est-ce que je pourrais faire pour… qu'il m'aime encore plus ?

— Je n'en sais rien, articula-t-il lentement, tout en la dévisageant. Tu voudrais qu'il t'aime à quel point ?

— Suffisamment pour… qu'il oublie tout le reste.

Avant qu'il ne pose une autre question, elle inspira profondément et poursuivit :

— Suffisamment pour qu'il ait tout le temps envie de faire l'amour avec moi, même quand il est furieux contre moi.

— Bah, ça, tu pourrais l'obtenir d'à peu près n'importe qui. Les hommes oublient tout quand il s'agit de sexe.

— Chris, arrête de faire l'idiot ! Je voudrais qu'il tienne à moi.

Il cessa aussitôt de la taquiner.

— C'est donc ça, hein ?

C'était ça, en effet, elle en avait bien peur. Elle aurait voulu prendre les choses à la légère, mais elle n'y arrivait pas.

Elle acquiesça en silence.

Chris se tut, l'air rêveur, puis leva la tête vers la colline, avec un sourire satisfait.

— Je crois que, pour le moment, tu fais exactement ce qu'il faut.

En voyant l'expression amusée qui se peignait sur le visage de Chris et l'air coupable d'Arizona, Spencer sentit son sang bouillir dans ses veines. Qu'est-ce qu'elle pouvait bien mijoter encore ?

Et d'où sortait-elle ce petit maillot noir ?

Il n'appréciait pas du tout qu'elle s'exhibe dans cette tenue devant tout le monde. C'était grotesque, mais il n'y pouvait rien.

Quelques instants plus tôt, il s'était confié à Dare, Trace et Jackson, pour leur parler de son problème avec Arizona. Quand il avait évoqué ce qui les séparait, ses propres arguments lui avaient paru vides et creux. Quant à eux, ils n'y avaient pas cru une seconde. Jackson avait tourné le dos et s'était éclipsé, comme s'il ne supportait pas d'écouter de telles inepties. Trace lui avait jeté un regard apitoyé et s'était éloigné également.

Seul Dare était resté, pour lui expliquer qu'il ne servait à rien de lutter contre ses sentiments.

Il s'était donc servi de l'argument ultime, celui de son épouse décédée. Du coup, Dare était parti rejoindre les deux autres, le laissant seul avec ses doutes.

Il avait brusquement eu envie de voir Arizona, de la tenir dans ses bras, de lui parler, de… de profiter du temps qu'il leur restait à passer ensemble. Il était donc parti à sa recherche et l'avait aperçue sur le ponton, avec Chris.

Quasiment nue !

Tout en sachant qu'il avait tort de se laisser emporter par sa mauvaise humeur, il avança vers eux d'un pas lourd et furieux qui fit tanguer le ponton.

— Est-ce que je vous dérange ? demanda-t-il, d'un ton qui laissait percer la menace.

Chris éclata de rire et se leva d'un bond en s'étirant, comme s'il ne se sentait pas concerné par ce qui se jouait.

— Vous avez tendance à oublier mes préférences sexuelles, tous tant que vous êtes, quand il s'agit de défendre vos femelles.

Il secoua la tête avant de poursuivre :

— C'est comique, vous n'avez pas idée !

Et, sur ces mots, il se leva pour plonger.

Spencer s'approcha lentement d'Arizona, qui lui tournait

toujours le dos. Quand il fut suffisamment près et que son ombre s'allongea devant elle, elle leva les yeux vers lui.

Elle était le péché incarné. Ni plus ni moins. Le soleil brillait dans ses prunelles bleues, aussi bleues que le ciel transparent, et qui tranchaient singulièrement avec sa peau mate. Elle défit le bandeau retenant la masse de ses longs cheveux noirs, qui retombèrent librement autour de ses épaules — et ce simple geste parut à Spencer incroyablement sensuel.

Plus il passait de temps auprès d'elle et plus il la désirait. Physiquement, bien sûr. Mais pas seulement.

Il y avait bien davantage.

— Les autres ne vont pas tarder à nous rejoindre, dit-il en s'accroupissant près d'elle.

Il remarqua qu'elle détaillait du regard son torse nu, ses abdominaux, ses cuisses.

— J'ai chaud et j'ai envie de me baigner, dit-il.

Elle s'humecta les lèvres.

— Tu ne veux pas attendre un peu ?

— J'avais prévu d'attendre…

Il contempla, fasciné, le renflement de ses seins, qui dépassaient du haut de son maillot.

Jamais il n'avait vu des seins aussi ronds, aussi affriolants.

Il secoua la tête.

— … mais de te voir dans ce maillot m'a fait changer d'avis.

Elle caressa du bout des doigts les poils de son torse.

— Très bien, dit-elle avec un soupir résigné. Je suis prête.

Lui aussi était prêt. Pour autre chose. Mais ce n'était pas le moment. Il fit de son mieux pour se concentrer sur le visage d'Arizona et éviter de regarder son corps.

— Je vais entrer dans l'eau et t'attendre en bas de l'échelle.

Elle mit sa main en visière devant ses yeux.

— Tu vas plonger ?

Il marqua une pause, tout en s'interrogeant sur le pourquoi de cette question.

— Sans aucun doute, répondit-il.

Elle redressa fièrement ses fines épaules.

— Dans ce cas, moi aussi.

La veille encore, il aurait tenté de la raisonner. Mais il avait appris à la connaître. Elle était terriblement orgueilleuse. Son orgueil lui avait permis de survivre à tout. Spencer respectait ce sentiment, même s'il le trouvait parfois déplacé. Il ne fit donc aucun commentaire.

Le mieux était de se lancer.

Une fois qu'elle serait dans l'eau, dans ses bras, tout irait bien. Elle se rendrait compte qu'elle n'avait rien à craindre.

Il se sentait capable de la mettre en confiance.

Sans un mot, il avança lentement jusqu'au bord du ponton et plongea. Chris faisait la planche un peu plus loin et ne lui prêta aucune attention.

Il leva les yeux vers Arizona et attendit.

Le soleil éclaira chaque courbe de son corps quand elle se leva pour plier soigneusement son T-shirt et son short, qu'elle posa sur un banc. Comme si elle se préparait pour un combat, elle s'arrêta tout au bord du ponton, les jambes légèrement écartées, les bras ballants, ses cheveux magnifiques retombant sur ses épaules et sur ses seins.

Son petit maillot deux-pièces lui allait à la perfection, et il profita de son hésitation pour l'admirer en silence.

Puis, comme le reste du groupe approchait en devisant joyeusement, elle pinça les lèvres, prit trois profondes inspirations et plongea résolument dans le lac.

— Si tu rates ton coup, je te tue.

Quin avait décidé de ne pas se révolter. Il tenait à la vie et, de toute évidence, *l'autre* n'hésiterait pas une seconde à le tuer. Il savait parfaitement à qui — et surtout à quoi — il avait affaire.

L'autre était aussi dangereux qu'incontrôlable.

— Elle a dit oui pour un rendez-vous demain.

— J'espère pour toi qu'elle viendra.

Quin s'humecta les lèvres et tenta de maîtriser le tremblement dans sa voix.

— Où est Joel ? demanda-t-il.

— Oublie Joel, nous n'avons pas besoin de lui.

Il préférait avoir affaire à Joel plutôt qu'à *l'autre*.

— Il ne va pas revenir ?

— Peut-être plus tard. Je ne sais pas.

L'autre se mit à faire les cent pas, et ajouta, comme pris d'une soudaine inspiration :

— Tu devrais plutôt t'inquiéter pour ta sœur.

— Je m'inquiète ! répondit Quin en sursautant. Je ne pense qu'à elle.

L'autre sourit, puis eut un bref éclat de rire.

— Elle va bien, répondit-il en agitant la main.

Quin pria pour que ce soit vrai. *L'autre* était imprévisible, on ne pouvait se fier à sa parole.

L'estomac de Quin gargouilla, et il pressa son poing sur son ventre pour lutter contre la crampe qui le prenait.

— Tu as faim ! s'exclama *l'autre*. Bien sûr… ça fait longtemps que je ne t'ai rien donné à manger.

Il caressa la tête de Quin, comme il aurait caressé celle d'un petit animal domestique.

— Je suis tellement excité à l'idée de revoir Candy, reprit-il. Elle a tout gâché. Elle nous a tous trompés depuis le début. Toi aussi, tu étais tombé dans le panneau, pas vrai ?

Quin acquiesça. Il ne fallait pas contrarier les fous. De plus, il fallait que *l'autre* lui donne à manger. Il avait besoin de reprendre des forces pour se sortir de là.

Sa survie en dépendait. Et aussi celle de sa sœur.

Quant à Candy… Il espérait qu'elle saurait se défendre, parce qu'il ne pouvait absolument rien pour elle.

A la seconde où Arizona refit surface, Spencer fut près d'elle pour la soutenir.

— Ça va ? demanda-t-il.

Elle battit ses longs cils chargés d'eau, et il lut la peur dans ses yeux, mais il décida de ne pas en tenir compte.

Elle acquiesça d'un bref hochement de menton.

— Ça va, répondit-elle.

— Tu es très belle. Tu es magnifique. Tu es surprenante...

Il l'embrassa, tendrement, furtivement, et sentit ses lèvres pleines frissonner sous les siennes.

— ... et tu es sexy.

Il l'embrassa encore, un peu plus longuement cette fois.

— Tu es unique.

Il lui donna un troisième baiser. Plus long. Plus profond.

— Tu es exceptionnelle.

— Tu es fou, protesta-t-elle en pouffant comme une gamine.

Et ce rire était le plus beau des remerciements.

Lorsqu'elle se mit à battre des jambes, leurs pieds se heurtèrent.

— Ça va toujours ?

— Je promets de ne pas paniquer et de ne pas nous noyer tous les deux.

— Tu m'en vois ravi.

Ils entendirent les voix d'Alani et de Jackson qui atteignaient le ponton. Trace plongea, suivi de Priss. Molly s'installa sur le bord, en laissant pendre ses jambes. Dare lança une bouée à l'eau et sauta.

— On dirait qu'ils s'amusent vraiment, fit Arizona en enfonçant ses ongles dans les épaules de Spencer.

— Nageons de ce côté, suggéra-t-il.

Il la prit par la taille et se servit de son bras libre et de ses jambes pour les entraîner de l'autre côté du ponton, vers la rive. Ils n'étaient pas vraiment isolés, mais suffisamment loin des autres pour ne pas être éclaboussés.

Quelqu'un alluma une radio. Les conversations et les rires résonnaient autour d'eux.

Quand Spencer sentit ses pieds toucher le fond, il s'arrêta et caressa les cheveux d'Arizona, puis ses joues.

— Tu te sens bien ?

— Pas trop mal.

Elle paraissait elle-même surprise.

— C'est vrai ?

— Avec toi, ça va.

Elle s'agrippa à son cou et se laissa aller contre lui.

— Est-ce que les autres… est-ce qu'ils t'ont posé des questions à notre sujet ?

Il comprit qu'elle faisait allusion à ce qui s'était passé quelques instants plus tôt avec Jackson.

— Ils se font du souci pour toi, répondit Spencer, c'est tout.

Son nez effleura son torse. Elle se cala un peu plus contre lui.

— Et qu'est-ce que tu leur as répondu ?

— Que tu étais une femme solide.

Elle eut un rire étranglé et renversa la tête en arrière pour le regarder.

— Ce n'est pas ça que je te demande.

— C'est pourtant ce que je leur ai dit.

Sans même y songer, il l'attrapa par les fesses. Pour la soutenir, bien entendu.

— Ils ne sont pas stupides, reprit Spencer. Ils savent ce que tu as vécu. Ils comprennent que certaines choses sont difficiles pour toi.

— On peut en effet le dire comme ça.

Elle jeta un coup d'œil du côté de Jackson, qui sautait bruyamment dans l'eau. Les femmes hurlèrent parce qu'il les éclaboussait. Chris éclata de rire.

— Et c'est tout ? C'est tout ce qu'ils ont dit ?

Ce n'était pas tout, mais il n'avait pas envie de lui parler du reste.

— Ils pensent comme moi que tu es une femme exceptionnelle, conclut-il.

Il l'embrassa délicatement sur la tempe.

— J'ai cru comprendre que ta démonstration avec Dare les avait impressionnés.

Elle haussa les épaules.

— Pourtant, comparée à eux, je…

— Il ne faut pas te comparer à eux, et tu le sais…

Il s'écarta un peu plus des autres. A présent, on ne pouvait plus les voir, mais ils n'étaient pas encore suffisamment isolés pour… Pour faire l'amour, car il n'avait pas tout à fait renoncé à l'idée.

— Ils sont meilleurs que tout le monde, ajouta-t-il.

Elle jeta un regard du côté de la crique.

— Tu sais à quoi je pense ? demanda-t-elle.

— Je sais à quoi *je* pense, rétorqua-t-il.

Il l'embrassa délicatement dans le cou, puis sur l'épaule. C'était apparemment un bon moyen de lui faire oublier sa peur de l'eau : pourquoi s'en priver ?

— Je pense que j'ai surmonté beaucoup de choses grâce à toi, dit-elle.

Il ne la croyait qu'à moitié, mais ne protesta pas. Il lui prit le visage à deux mains et, après un baiser affamé, la serra de nouveau dans ses bras.

— Tu as affronté de très dures batailles, et ça en dit long sur toi, Arizona.

— Peut-être.

Elle se cala un peu plus contre lui et cacha son visage dans son cou.

— Mais je n'arrive pourtant pas à surmonter certains traumatismes.

— Je sais, et je suis désolé de ne pas avoir été là pour toi. Et pour ce qui s'est passé tout à l'heure avec Jackson… Je regrette de m'être éloigné et de t'avoir laissée seule pour faire bêtement la tête.

Il sentit son sourire contre sa peau.

— Tu n'y es pour rien, Spence. Mais merci quand même d'être intervenu en jouant les gros machos.

Il ne jugea pas utile de lui expliquer qu'il n'avait pas *joué*. C'était totalement stupide de sa part, mais il ne supportait pas que d'autres hommes l'approchent.

— Ça t'a amusée que je joue les gros machos ? dit-il.

— Oui, un peu.

Il inspira l'odeur de sa peau chauffée par le soleil. Son

corps ferme et tiède collé contre le sien lui donnait de drôles d'idées.

— On pourrait essayer, avec moi au-dessus de toi, dit-il.

Une expression attristée passa sur le visage d'Arizona, puis elle se força à sourire.

— Je te rappelle que c'est à moi de prendre l'initiative, la prochaine fois. Essaierais-tu de me piquer mon tour ?

L'esprit de Spencer fut soudain bombardé d'images suggestives. Il allait se pencher vers Arizona pour l'embrasser quand il fut éclaboussé par une gerbe d'eau glacée.

Il se tourna pour regarder d'où cela venait.

— Du calme, vous deux ! Vous n'êtes pas seuls.

Spencer ravala un gémissement. Derrière Chris, il y avait Jackson. Alani était là aussi, flottant sur la bouée. Dare grimpait l'échelle du ponton où Molly attendait.

— Nous allons faire un tour, annonça Priss depuis le bateau. Vous voulez venir ?

Spencer allait refuser, mais Arizona chuchota à son oreille.

— C'est une bonne occasion de sortir de l'eau.

Il fut bien obligé d'acquiescer.

— Bien sûr, répondit-il. Pourquoi pas ?

Tandis qu'il progressait péniblement en rasant le mur de pierre qui consolidait la berge du lac, il se pencha vers Arizona.

— Mais il va falloir t'envelopper dans une serviette.

— Tout le monde est en maillot, répliqua-t-elle.

Spencer regarda autour de lui. C'était vrai. Mais il se moquait bien des autres.

— Peu importe, déclara-t-il fermement.

Une fois sorti de l'eau, il ramassa une serviette pour envelopper Arizona. Chris eut un sourire moqueur, mais Jackson lui adressa un petit geste complice, tout en faisant de même pour Alani.

Dare et Trace les ignorèrent et aidèrent leurs femmes à grimper sur le bateau.

Spencer avait hâte que cet après-midi se termine, hâte

de ramener Arizona chez lui. Une fois qu'ils seraient seuls, il lui montrerait à quel point il tenait à elle.

Ensuite… ensuite, il verrait.

Il avait le temps de réfléchir à la question.

22

Il avait tout préparé minutieusement, et il était déjà tard. Les rideaux de la fenêtre de façade dissimulaient l'intérieur du rez-de-chaussée. Depuis la rue, la rusée petite Candy ne pourrait pas voir que Harry's Hocks était vide. Elle ne se douterait pas que cet endroit était destiné à l'accueillir quelque temps — il l'avait installée à l'étage —, le temps qu'elle s'habitue à sa nouvelle vie.

Il vérifia une dernière fois la solidité des liens qu'il avait attachés à un passe-fil vissé dans le sol de la pièce.

— Bien, très bien…

Il remit le matelas en place. Elle allait pouvoir s'allonger et être à l'aise, même avec les mains attachées.

— Mets des draps propres sur le matelas.

Quin obéit et étala un drap blanc sur le grand matelas posé par terre.

— Il lui faut aussi des oreillers et une couverture, reprit *l'autre*. Je veux qu'elle soit confortablement installée.

Il eut un petit rire.

— Je sais qu'elle aime le whisky, mais quoi d'autre ?

Quin haussa les épaules d'un air résigné.

— De l'eau ? demanda-t-il. Du Coca ?

— On va se procurer les deux. Et les conserver dans une glacière.

— D'accord.

— Sors, à présent. Va l'attendre sur le banc.

Il fit le tour de la pièce et jeta un coup d'œil anxieux par la fenêtre.

— Elle est maligne, murmura-t-il. Très maligne.

— Vous croyez qu'elle pourrait arriver en avance ?

— Pour repérer les lieux ? C'est probable.

Il se tourna vers Quin.

— Je te conseille de bien jouer ton rôle et de ne rien faire pour l'inquiéter.

— C'est promis.

— Et ne parle à personne.

— C'est promis.

— Bon sang, ça me tape sur les nerfs de t'entendre répéter tout le temps : « C'est promis, c'est promis. » Sors, maintenant. Tu ne bouges plus de ce banc tant qu'elle n'est pas là, c'est compris ?

Quin jeta un coup d'œil inquiet du côté de la porte.

— Ce n'est pas dangereux, de dormir dehors ?

— C'est moins dangereux pour toi que de faire tout foirer, répondit *l'autre*. Tu comprends ?

— Oui, oui, je comprends.

Quin sortit précipitamment, en traînant les pieds, les épaules voûtées.

L'autre resta seul. Tout était prêt, à présent, mais il était bien trop excité pour dormir. Les hommes qu'il avait engagés arriveraient le lendemain matin, pour surveiller les issues et la maîtriser si elle se mettait à faire des difficultés.

Au cas où elle ne comprendrait pas tout de suite à quel point elle avait de la chance.

Ensuite... elle serait à lui. Et plus rien d'autre ne compterait.

Arizona s'était montrée docile tout l'après-midi, et Spencer finissait par trouver son comportement un peu louche.

Après la baignade dans le lac, elle avait paru s'amuser et apprécier la promenade en bateau. Il la revit, le visage exposé au vent, les yeux fermés, parfaitement détendue.

Plus tard, elle avait ri de bon cœur au spectacle de Jackson ballotté, rebondissant sur une bouée. Ensuite, c'était Chris qui avait impressionné tout le monde en slalomant derrière le bateau, coupant le sillage, comme s'il n'avait fait que cela toute sa vie.

Après la promenade sur le lac, ils avaient passé un long moment à discuter paisiblement autour d'un feu de bois, sous un ciel magique et constellé d'étoiles, avec les insectes de la nuit qui bourdonnaient autour d'eux et, de temps en temps, le bruit d'un poisson qui sautait dans l'eau.

Arizona avait pris des photos avec son nouvel appareil. Au moment de partir, elle avait serré les chiens dans ses bras, puis les chats, puis les gens — acceptant sans rechigner, pour une fois, les démonstrations d'affection de ses semblables. Ce n'était pas son genre, et Spencer avait eu l'impression qu'elle disait adieu plutôt qu'au revoir.

Il était près de minuit quand ils avaient quitté la propriété de Dare, et ils roulaient maintenant depuis plus d'une heure. Ils écoutaient la radio, étourdis par ce long moment passé au grand air et au soleil. Arizona avait fermé les yeux, et on aurait pu la croire assoupie, mais elle soupirait et s'étirait de temps en temps. Elle ne dormait donc pas, mais il n'osa pas la déranger.

Ils demeurèrent donc silencieux pendant tout le trajet.

— Fatiguée ? demanda-t-il en garant sa camionnette.

— Détendue, répondit-elle en souriant. Je me sens presque aussi ramollie qu'après avoir fait l'amour avec toi.

Il en resta muet de désir.

— Est-ce que je peux laisser mes cadeaux dans ton coffre, pour le moment ? demanda-t-elle.

— Je peux me charger de les porter à l'intérieur, si tu veux.

Elle secoua la tête.

— Non. Pas la peine.

Elle prit ses sandales à la main, ouvrit la portière et sortit.

— Il est tard. On s'en occupera demain.

— Parfait.

Il trouvait son comportement de plus en plus étrange, mais n'aurait pas su dire pourquoi.

Tandis qu'ils remontaient l'allée, elle regarda plusieurs fois du côté de la maison de Marla et, quand Marla se montra à la fenêtre, elle la salua gentiment de la main.

Marla laissa retomber le rideau sans lui rendre son salut.

— Elle est vraiment mordue, soupira Arizona.

— Ça lui passera, fit sobrement Spencer.

Le cas Marla ne l'inquiétait pas. Elle n'était pas une femme à se battre pour un homme qui ne voulait pas d'elle. Elle finirait bien par se résigner.

Et par comprendre qu'il était amoureux d'Arizona.

Car il l'était bel et bien.

Il ouvrit la porte de chez lui et entra en allumant.

Arizona lâcha aussitôt ses chaussures et lui prit les mains. Puis elle recula vers la chambre en l'entraînant avec elle.

— Spence, tu dois maintenant tenir ta promesse…

Il savait à quoi elle faisait allusion, mais il décida de la taquiner.

— De quoi parles-tu ?

— Tu le sais très bien, riposta-t-elle.

Une fois dans la chambre, elle se colla à lui et se hissa sur la pointe des pieds pour se pendre à son cou.

— J'ai des trucs à expérimenter avec toi.

A présent, elle exprimait clairement le désir qu'il lui inspirait. C'était un progrès.

Il l'aimait. Il commençait même à l'aimer un peu trop.

Dare avait raison. Il ne servait à rien de résister quand on avait trouvé la femme de sa vie.

Arizona lui mordilla la lèvre inférieure.

— Et au fait, pour ce qui est de la proposition des garçons ? Tu vas l'accepter ou pas ?

Il referma ses mains sur sa taille.

— J'ai dit à Trace que j'y réfléchirais, et c'est ce que je vais faire.

— Oh… Je t'en prie !

Elle lui mordilla le torse, cette fois.

— Tu sais tout de même si ça te tente ou pas ? insista-t-elle. A ta place, en tout cas, je n'hésiterais pas.

Il aimait la voir d'humeur taquine. Mais il l'aimait aussi

quand elle était susceptible, ou butée, ou quand elle faisait la fanfaronne.

— Parce que c'est bien payé ? demanda-t-il.

— Pfff… Ne sois pas ridicule.

Il ne plaisantait qu'à moitié. En tant que chasseur de primes, il n'avait pas le même train de vie que les trois mercenaires de choc. Pour commencer, leurs maisons ne pouvaient pas se comparer. La sienne était modeste, celles de Dare, Jackson et Trace étaient luxueuses. Dare possédait plusieurs bateaux. Jackson était suffisamment à l'aise pour offrir à Arizona une maison en guise de cadeau d'anniversaire.

Ils auraient pu prendre leur retraite sans avoir le moindre souci financier.

Mais ils n'y songeaient pas. Ils cherchaient plutôt à développer leur activité avec une nouvelle recrue.

— L'argent ne t'intéresse pas ? demanda-t-il à Arizona.

— Si, tout de même un peu…

Elle le lâcha pour s'asseoir sur le bord du lit.

— Mais apparemment, je vais devenir propriétaire et tout le toutim… De quoi d'autre pourrais-je avoir besoin ?

De toute évidence, elle demandait bien peu à la vie. Les choses matérielles ne comptaient donc pas pour elle ? Les mains sur les hanches, il baissa la tête vers elle.

— Je ne sais pas, répondit-il.

— Tu ne sais pas quoi ? Tu n'es pas sûr d'accepter ?

— Je dois réfléchir à la question.

— Je vois.

Elle lissa distraitement le couvre-lit du plat de la main pour éviter de le regarder.

— Tu as peur que ça t'oblige à avoir des contacts avec moi ?

C'était tout le contraire, évidemment. Mais comment le lui avouer ?

Comme elle le voyait hésiter, elle poursuivit :

— C'est vrai que je les vois régulièrement. Jackson me

considère comme une petite sœur, et les autres… ils m'ont acceptée, en quelque sorte.

— Ils t'ont plus qu'acceptée, ils t'apprécient.

Mais quand donc comprendrait-elle qu'elle était aimée ?

— Oui, sans doute, murmura-t-elle.

Elle avait un léger coup de soleil sur le nez et sur les épaules, ce qui lui donnait un air très touchant.

— Quant aux femmes… je crois que je leur fais à la fois peur et pitié, mais elles sont gentilles avec moi.

Il vint s'asseoir près d'elle. Le matelas se creusa, les poussant l'un vers l'autre. Il sentait sa hanche presser contre la sienne.

— Tu te trompes, dit-il. Tu leur inspires du respect. Elles t'admirent autant que moi. Et oui, bien sûr, elles sont désolées de ce qui t'est arrivé, mais elles savent que ça ne t'a pas abîmée. Au contraire, ça t'a rendue plus forte.

— Oui, je crois.

Elle croisa ses mains entre ses genoux et balança ses pieds nus.

— Je suis si forte que j'ai peur de me baigner dans un lac…

Spencer la regarda intensément. Elle était devenue tellement précieuse pour lui… Il ne supportait plus de la voir malheureuse. Il lui prit le menton pour l'obliger à tourner la tête vers lui.

— Tu t'es baignée, tu as surmonté ta peur, que je sache.

— Je me suis baignée parce que tu étais là.

Cet aveu tranquille le toucha plus que tout.

— Tu es si forte que ça m'effraie, murmura-t-il.

— Pourquoi ?

Il lui donna un léger baiser sur la tempe.

— Je sais qu'il n'y a pas moyen de te dominer. Pas autant que je voudrais.

— Tu t'en rends compte ? demanda-t-elle d'un ton un peu trop solennel.

— Je me rends également compte que tu n'es pas le

genre de femme à rester les bras croisés et je fais de mon mieux pour l'accepter.

Sa respiration s'accéléra, et elle lui caressa le torse.

— Je ne voudrais pas te compliquer la vie, dit-elle.

— Je sais.

Il s'allongea lentement sur le lit.

— Et si nous poursuivions cette conversation plus tard, Arizona ?

— Pourquoi ? demanda-t-elle avec un sourire dans ses beaux yeux bleus. Tu as autre chose en tête ?

— Exactement.

Il glissa ses bras sous sa tête pour se mettre à l'aise.

— Il me semble que tu voulais prendre l'initiative. Eh bien, je suis prêt. En vérité, j'ai déjà une érection, rien que d'y penser…

— Ah oui ?

Il constata avec plaisir qu'elle entrait dans son jeu et qu'elle avait abandonné son air sérieux et son ton solennel.

— Dans ce cas…

Tandis qu'elle rampait sur le lit pour se placer au-dessus de lui, il inspira avec délice l'odeur de ses cheveux et de sa peau.

— Tu sens bon, murmura-t-il en enfouissant son nez dans son cou.

— Je devrais prendre une douche, non ?

— Non. Tu sens l'herbe et le soleil. Ça me rend fou.

Elle frétilla contre lui.

— Moi aussi, j'aime ton odeur. Au point que je crois que je pourrais te dévorer tout cru.

Elle accompagna cette déclaration d'une série de petits baisers, bouche ouverte, sur sa gorge et son torse.

Puis elle se redressa et s'installa à califourchon sur ses cuisses.

— Enlève ta chemise, ordonna-t-elle.

— D'accord.

Il attrapa les pans de sa chemise et la fit passer par-dessus sa tête.

— C'est très bien, murmura-t-elle.

Elle posa ses mains à plat sur lui et se mit à explorer méticuleusement ses abdominaux, ses hanches, son sexe en érection.

Il laissa échapper un gémissement étouffé, et elle s'écarta de lui.

— Soulève tes hanches, je vais t'enlever ton short, dit-elle en le fixant d'un regard brillant.

Il inspira et ferma les poings, tout en soulevant docilement le bassin.

Se laisser dévêtir par Arizona était un plaisir unique. Elle se montrait empressée et un peu brusque. Après lui avoir ôté son short, elle s'arrêta pour le regarder.

Il n'était pas facile pour lui de rester passif, mais il le lui avait promis. Aussi s'interdit-il de bouger.

— Tu veux bien enlever tes vêtements, toi aussi ?

— Bien sûr. Mais tu regardes, tu ne touches pas, d'accord ?

Il acquiesça d'un signe de tête.

— Je ferai tout ce que tu me diras, murmura-t-il tandis qu'elle se déshabillait lentement.

— C'est parfait, répondit-elle avec un sourire. Ça me plaît.

D'un geste, elle lança ses vêtements au loin.

— Où est-ce que tu ranges tes préservatifs ? demanda-t-elle.

— Dans la table de chevet.

Il avait du mal à articuler, tant il était tendu.

— Mais nous n'en avons pas besoin tout de suite, ajouta-t-il.

— Peu importe, je veux les avoir à portée de main.

Elle fouilla dans la table de nuit et se tourna vers lui.

— Ecarte un peu les jambes, ordonna-t-elle.

Bon sang… Elle allait droit au but ! Il ouvrit les jambes et sentit aussitôt ses mains sur ses mollets, puis à l'intérieur de ses cuisses.

— Tu es si fort, murmura-t-elle. Un monstre de force et de puissance.

Elle était assise entre ses jambes et se pencha pour explorer son torse, ses côtes et ses abdominaux.

— Mais tu ne te servirais jamais de ta force pour me faire du mal, ajouta-t-elle.

— Jamais.

— Je le sais. Je le sais au fond de moi.

Ses longs cheveux chatouillèrent sa peau quand elle se pencha pour embrasser sa gorge et ses épaules.

— C'est pour ça que je me sens bien avec toi. J'ai confiance en Jackson, par exemple, mais aujourd'hui j'ai tout de même paniqué avec lui. Tandis qu'avec toi…

Comme il aurait voulu la prendre dans ses bras ! Elle le mettait au supplice, avec ses exigences.

— Je suis désolé, pour ce qui s'est passé avec Jackson, murmura-t-il.

— Chut…

Elle lui lécha un sein, puis mordit doucement l'un de ses pectoraux.

— Je pense qu'avec toi je ne paniquerais pas. Je ne sais pas pourquoi, mais tu produis sur moi un effet très particulier.

Voulait-elle dire qu'elle oubliait auprès de lui ce qu'elle avait vécu, ou bien parlait-elle uniquement de sexe ?

— Je t'ai promis d'être très obéissant. Tu peux tout me demander.

— Ne t'inquiète pas… Ce soir j'ai l'intention de profiter de toi.

Prévoyait-elle de se contenter d'une dernière nuit ? Lui, il avait besoin de bien davantage et il ne savait pas quoi faire du désir fou qu'elle lui inspirait.

Pendant une bonne dizaine de minutes, elle le couvrit de baisers, un peu partout. Il sentait la morsure de ses petites dents pointues, la tiédeur de sa langue.

La masse soyeuse de ses cheveux noirs dérivait sur son corps. Ses mamelons taquinaient sa peau quand elle s'appuyait contre lui. Chaque fois qu'elle s'écartait de lui pour changer de position, elle lui jetait un regard langoureux.

Quand elle concentra son attention sur son sexe, il sentit qu'il était sur le point de jouir.

Elle referma ses deux mains sur lui, et il ne put réprimer un gémissement.

Elle eut un sourire satisfait et malicieux.

— Tu es tout près, n'est-ce pas ?

— Oui, avoua-t-il.

Il respira lentement — tout en priant pour qu'elle le prenne enfin dans sa bouche. Il se sentait égaré, tant il la désirait.

Elle se pencha alors entre ses jambes, frotta contre lui ses joues si douces et demanda :

— Est-ce que ça t'excite ?

— Bien sûr que ça m'excite, tu le sais parfaitement… Tu es diabolique !

Il frémit quand elle caressa son sexe d'un grand coup de langue, de la base au sommet.

Elle entrouvrit enfin les lèvres et referma sur lui la chaleur humide de sa bouche.

— Ah ! Arizona…

Il sentait ses coups de langue, la prise ferme de sa main… A ce train-là, il n'allait pas résister longtemps.

— Désolé…, murmura-t-il en se tortillant pour se dégager.

Elle leva vers lui un regard hébété.

— Tu n'aimes pas ?

— Le problème serait plutôt que j'aime trop…

— Oh !

Elle baissa les yeux vers lui, haletante. Elle tenait toujours fermement son sexe.

— C'est bien, alors.

Elle se baissa pour s'y remettre. Il s'arqua, de la tête aux orteils.

— Si tu continues, je ne vais pas pouvoir me retenir.

— C'est peut-être ce que je veux.

Il éleva une main et, comme elle ne protestait pas, il s'enhardit à lui caresser la joue.

— Tu as du mal à respirer, tu es rouge, tes seins sont tendus. Si je mets un doigt en toi, je vais te trouver humide et prête. Admets-le.

Elle déglutit et hocha la tête.

— Oui.

— Et tu me voudrais en toi, insista-t-il.

Une drôle de lueur passa dans ses yeux, mais elle ne répondit pas.

— Ça signifie que nous devons terminer ça ensemble, reprit-il.

— Avec toi en moi ?

— Exactement.

— D'accord, dit-elle.

Puis elle le fixa d'un air coquin et provocateur.

— Mais c'est tout de même moi qui commande.

Il replaça sa main derrière sa tête, continuant à obéir comme il avait commencé de le faire.

Elle prit son temps pour lui enfiler un préservatif.

— Tu es vraiment exceptionnel, déclara-t-elle d'un ton sibyllin.

Il comprit qu'elle faisait allusion à la taille de son sexe, mais, derrière la boutade, elle exprimait aussi une admiration sincère pour tout ce qu'il était. Ou pour ce qu'elle croyait qu'il était. Mais il n'était qu'un homme comme les autres : il fallait qu'elle le comprenne, car il ne voulait pas décevoir des attentes inconsidérées.

— Je ne suis qu'un homme, avoua-t-il.

— Tu plaisantes, j'espère.

— Et, en ce moment, je suis un homme terriblement excité, précisa-t-il. J'ai besoin d'entrer en toi, Arizona. Tout de suite. Cesse de jouer, maintenant.

Leurs regards se croisèrent, et ce fut… profond et sincère.

— Je veux être en toi, tu comprends ?

— Oui, je comprends.

Elle s'installa au-dessus de lui.

— Tu veux que je te caresse en même temps ?

— Non, protesta-t-elle tout en secouant la tête et en le guidant en elle. Je veux te regarder.

— Prends-moi tout entier, dit-il.

Elle se mordilla la lèvre supérieure et glissa lentement le long de son sexe.

— Assieds-toi, Arizona.

Les mains nouées derrière la tête, il l'observait sans bouger mais, en la voyant hésiter, il ne put s'empêcher de prendre les commandes.

— Pose tes mains sur mon torse, dit-il.

Elle obéit et prit appui sur sa poitrine, les bras tendus.

— Voilà, c'est bien.

Il avait la voix rauque.

— Installe tes jambes. Détends-toi. Voilà. Encore… Oui. Descends complètement.

Elle était déjà installée sur lui et remua les hanches pour s'enfoncer un peu plus, jusqu'à ce qu'il pousse un gémissement.

— Oui, c'est bien…, haleta-t-elle. Comme ça, c'est bien.

Luttant contre le désir d'aller et venir en elle, il demanda :

— Qu'est-ce qui est bien ?

— De t'entendre gémir.

— Bon sang, Arizona, on dirait que ça t'étonne !

Il contempla son corps, puis son visage.

— Tu ne te rends donc pas compte de l'effet que tu produis sur moi ? De ce que ça me fait de te voir comme ça ? D'être comme ça avec toi ?

— Si, je crois.

Elle tendit les bras.

— Je t'autorise à me caresser autant que tu veux.

Il lui laissa à peine finir sa phrase et l'attira à lui pour la serrer dans ses bras, la caresser fébrilement, s'emparer de sa bouche, tout en pénétrant plus profond en elle…

Elle enfonça ses ongles dans ses épaules et cria.

Il aurait voulu atteindre le plaisir en même temps qu'elle, mais il se retint et, agrippant ses fesses, il l'aida à trouver le bon rythme, pour qu'elle profite pleinement de chaque vague de plaisir.

Bientôt, ce serait son tour.

Mais d'abord elle.

*
* *

Arizona flottait dans une agréable brume, son cœur battait contre celui de Spencer, elle se sentait molle et vidée.

— C'est encore plus dingue que la première fois…, murmura-t-elle en souriant.

Spencer lui caressa paresseusement les cheveux, puis, lentement, il fit pivoter leurs deux corps enlacés pour se placer au-dessus d'elle. Il était toujours en elle et se hissa sur les coudes pour ne pas faire peser sur elle le poids de son torse. Il demeura ainsi quelques instants, à la contempler, en tenant son visage à deux mains.

Elle ne céda pas à la panique et fut surprise de constater que ce n'était pas si terrifiant que ça, après tout, d'avoir un homme au-dessus d'elle.

Il lui embrassa le front, l'arête du nez, puis les lèvres.

— Ça va ? demanda-t-il.

Elle sentit trembler son grand corps au-dessus du sien et acquiesça.

— A ton tour, maintenant, dit-elle. Je veux te voir jouir.

Il posa son front contre le sien et se retira lentement, puis revint, tout aussi lentement. Il ahanait contre ses lèvres, et son souffle chaud l'envahissait.

Dans cette position, avec lui qui la couvrait de sa taille et de sa force, elle se sentait… protégée. Pas dominée.

Sans même y réfléchir, elle enroula une jambe autour de lui.

Il poussa un peu plus vite et plus fort. Plus loin.

La sensation était incroyable.

Elle passa l'autre jambe et croisa les deux.

— Arizona…, murmura-t-il.

Puis il l'embrassa passionnément.

Et bientôt, il renversa la tête en arrière et gémit. Tout cela était invraisemblable.

Elle sourit en allongeant les jambes.

Elle avait réussi !

— Tu es bien ? demanda-t-il.

Elle hocha la tête, les yeux fermés, tandis qu'il lissait ses cheveux, puis ses sourcils, avec son pouce.

— Je veux que tu me regardes, ma chérie… J'ai besoin de m'assurer que tu es bien…

Mais elle ne pouvait pas le regarder. Elle n'osait pas. Des larmes lui brûlaient les yeux, et elle ne voulait pas qu'il se méprenne.

— Arizona ? demanda-t-il encore d'une voix douce et insistante. Regarde-moi.

Elle passa ses bras autour de lui et l'attira à elle.

— Je crois que c'est la première fois de ma vie que je pleure, dit-elle.

Il ne lui demanda pas de cesser de pleurer. Il demeura silencieux.

Il la tint dans ses bras et, tout en roulant sur le côté, il l'enveloppa de sa chaleur, de son grand corps, de sa tendresse.

Et, à sa grande honte, ce mouvement ne fit qu'aggraver les choses. Elle se mit à sangloter, et il lui fut impossible de s'arrêter. Bientôt, tout son corps fut secoué de sanglots. Le torse de Spencer en était trempé.

Il parvint à s'asseoir, la serrant toujours contre lui, et à s'adosser à la tête de lit. Là, il éteignit la lampe de chevet, plongeant la pièce dans une demi-pénombre. Puis il tira les draps sur eux et, une main dans ses cheveux, il la berça doucement.

Tout en se balançant, il lui embrassait le front, l'oreille, le crâne, il lui caressait le dos et les hanches.

Encore et encore.

— Je suis lamentable…, dit-elle entre deux hoquets.

— Mais non, pas avec moi, répondit-il tout bas. Avec moi, tu peux. Je ne suis pas comme les autres… L'aurais-tu oublié ?

Elle ne put s'empêcher de rire et enfouit son visage dans son cou pour se remettre à pleurer. Non, il n'était pas comme les autres. Il était même tellement unique qu'il avait réussi à la faire craquer.

Enfin, au bout d'un moment qui lui parut une éternité,

elle se calma. Spencer remua et tendit le bras pour attraper un mouchoir en papier, qu'il lui proposa en silence.

Elle s'essuya le visage et se moucha. Elle ne savait plus quoi dire, se sentant absolument ridicule.

— J'aimerais bien m'excuser…

— C'est parfaitement inutile, coupa-t-il. Pas avec moi, Arizona. Tu ne t'excuseras pas d'avoir pleuré.

— Je m'en doutais un peu…

Elle se cala contre lui en soupirant. Ses pensées vagabondaient, et elle n'arrivait pas à les fixer.

— Tu es fatigué ? demanda-t-elle.

— Non.

— Moi non plus.

Elle sentait contre ses seins les poils qui recouvraient son torse et son cœur qui battait.

— Tu dis ça pour ne pas interrompre ma crise de larmes ? demanda-t-elle.

— Non.

Il baissa les yeux vers elle.

— Tu ne pleures plus, de toute façon.

— J'étais repoussante, hein ?

— Non, pas du tout. Et cesse de dire des conneries.

— Tu viens de dire un gros mot…

Il haussa les épaules.

— Et toi, tu viens de pleurer. Ça veut dire que nous ne sommes que des êtres humains.

C'était donc tout ce que lui inspirait cette désastreuse démonstration de faiblesse ? Il la considérait comme normale parce qu'elle avait pleuré ?

— Je me sens vraiment stupide, Spencer…

— C'est ça qui est stupide.

Elle fronça les sourcils. Elle commençait à être agacée par ses réponses lapidaires.

— Tu n'as pas envie de parler ? demanda-t-elle.

— J'ai envie de profiter de ce moment où je te serre simplement dans mes bras.

Il plaisantait ou quoi ? Il profitait du moment ? Il n'était ni dégoûté, ni mal à l'aise ?

C'est alors qu'il prit son visage entre ses mains et posa sa bouche sur la sienne.

— Je suis content que tu aies pleuré avec moi, content que tu m'aies donné cette preuve de confiance.

De la confiance ? En effet, c'était peut-être une preuve de confiance… Mais c'était aussi autre chose : elle avait brusquement pensé que cette nuit était peut-être leur dernière nuit. Dès le lendemain, il se sentirait trahi et ne voudrait peut-être plus d'elle.

— Bon…, dit-elle en caressant son cou de l'extrémité du doigt. Tu serais partant pour une douche ?

— Oui.

— Et est-ce que… ?

Elle se racla la gorge.

— Ça va te paraître bizarre, après tous ces sanglots, mais…

Elle le sentit sourire contre son front.

— Tu as encore envie de moi, ma chérie ?

Il se montrait subtil, et cela ajoutait encore à son charme. Elle adorait être devinée.

— Oui, quelque chose comme ça…, dit-elle.

Il se leva et la souleva dans ses bras, sans le moindre effort.

— Il me faut une petite heure pour me refaire mais, comme j'ai l'intention de t'embrasser pendant une heure, je crois que nous pouvons aller tout de suite sous la douche.

Et il osait dire qu'elle était diabolique ?

23

A la seconde où il s'éveilla, avant même d'avoir ouvert les yeux, Spencer sut qu'Arizona n'était plus là. La force de son absence le frappa avec la violence d'un tsunami d'eau glacée.

Le lit, la maison, l'air… Tout paraissait vide.

Le sentiment de vide était terrible. Absolu.

Il se redressa pour vérifier l'heure : 9 heures. Ils avaient fait l'amour jusqu'à une heure tardive et s'étaient endormis enlacés — Arizona les yeux toujours gonflés de larmes et le nez rosi d'avoir trop pleuré.

Elle avait manifestement profité de ce qu'il dormait pour lui fausser compagnie. Un soupçon atroce l'effleura : peut-être l'avait-elle intentionnellement épuisé, la veille, pour être certaine de pouvoir s'esquiver.

Mais peut-être avait-elle seulement voulu faire l'amour une dernière fois avant de partir.

— Bon sang…, murmura-t-il.

Elle était probablement en train de faire une grosse bêtise, de prendre des risques inconsidérés. Il s'empara de son téléphone, sur la table de chevet, pour tenter de la joindre, mais il n'obtint aucune réponse et n'en fut pas surpris. Elle avait un second numéro, qu'il essaya également. Toujours rien.

Il repoussa les draps et s'arracha à son lit, l'esprit en ébullition. Quelle devait être sa priorité ? Chercher des indices dans la maison ? Appeler Jackson ? Attendre ? Mais attendre quoi ?

Il sauta dans son jean, tout en maudissant une fois de plus l'inconscience d'Arizona.

Peut-être Jackson parviendrait-il à tracer son portable, si elle ne l'avait pas éteint… Peut-être même savait-il où elle se trouvait.

Et s'il ne savait pas ?

Il commençait à paniquer.

C'est alors qu'on frappa à la porte d'entrée. Ses pieds prirent d'eux-mêmes la direction du salon.

Il ouvrit la porte — et se retrouva face à Marla.

— Marla !

Il eut du mal à maîtriser son agacement, mais parvint tout de même à ne pas lui claquer la porte au nez.

— Je n'ai pas le temps, grommela-t-il en se détournant. Ce n'est pas le moment.

— C'est au sujet d'Arizona, répondit-elle.

Il fit volte-face.

— Je t'écoute.

— Je suis désolée, Spencer. Je ne pouvais pas me douter. Hier, elle m'a demandé si je serais là ce matin. Elle m'a dit qu'elle serait peut-être obligée de partir plus tôt que prévu… Elle m'a demandé si je tenais vraiment à toi, et si on pouvait me faire confiance…

— Où est-elle ? coupa Spencer.

Marla tressaillit.

Il leva alors les mains, et s'efforça de prendre un ton rassurant.

— Je suis désolé…, dit-il.

Au prix d'un effort considérable, il parvint à lui parler gentiment, tout en l'entraînant à l'intérieur.

— Le fait qu'elle soit partie est très inquiétant, expliqua-t-il. Elle a le chic pour se fourrer dans des situations dangereuses. Plus vite je pourrai la rattraper, et plus… Donc, si tu sais quelque chose…

— C'est pour ça que je suis venue te parler, rétorqua Marla d'un air boudeur. Elle m'a dit qu'elle devrait être de retour dans l'après-midi, mais…

Marla lui tendit un message.

— Elle m'a donné ça, en me demandant de te le remettre si elle ne rentrait pas. Et j'avoue que je n'ai pas pu résister… Je l'ai ouvert.

Spencer lui prit le message des mains et le déplia. L'écriture d'Arizona était large et appuyée, mais propre et lisible.

Marla lui saisit le poignet.

— Elle ne voulait pas que je te le montre tout de suite, mais après l'avoir lu, même si je n'ai pas tout compris, je me suis dit que je ne devais pas attendre.

Il froissa le message dans son poing, la rage l'emportant soudain sur l'abattement.

Quand il mettrait la main sur Arizona, elle passerait un mauvais quart d'heure.

— Je te remercie, dit-il. Tu as fait ce qu'il fallait.

Il se détourna de nouveau, mais elle l'arrêta.

— Spencer ?

— Quoi ?

— Toi et moi, ça n'aurait jamais marché, c'est ça ?

Il secoua la tête.

— Je suis désolé, mais… non, ça n'aurait pas marché.

— Arizona me l'avait dit, murmura-t-elle d'un ton résigné.

Elle prit une profonde inspiration avant de poursuivre :

— Tu es amoureux d'elle ?

En cet instant, il ne manquait plus que ce genre de question !

— Oui, répondit-il.

— Elle ne le sait pas ?

— Non.

Il s'était comporté comme un bel idiot ! Heureusement, Marla lui avait remis le message avec de l'avance, ce qui lui laissait le temps d'intervenir pour aider Arizona.

— Tu devrais le lui dire, affirma Marla.

Puis elle ajouta, d'un ton de reproche :

— Les femmes ont besoin qu'on leur dise ces choses…

Elle avait raison. Et Arizona en avait besoin plus que quiconque.

— Je me suis vraiment comporté comme le dernier des…, murmura-t-il sans finir sa phrase.

Il devait appeler Jackson. Agir sans perdre un instant.

Marla acquiesça.

— Est-ce que je peux faire quelque chose ?

Il allait répondre non, mais se ravisa.

— Appelle-moi si elle revient ici.

— D'accord.

Elle se força à sourire.

— J'espère que tout ça va s'arranger, Spencer. Je suis sincère.

— Merci.

Marla était vraiment une fille chouette. Arizona l'avait d'ailleurs tout de suite compris. Elle avait un jugement sans faille sur les gens. Restait à espérer que ce jugement la préserverait du piège dans lequel elle s'était fourrée.

Mais il ne la laisserait pas se débrouiller seule. Il comptait intervenir. Et appeler les autres en renfort, bien sûr.

Arizona n'était plus seule au monde.

D'une manière ou d'une autre, elle allait devoir s'y habituer.

Un soleil matinal d'un rouge flamboyant perçait le ciel. Des nuages roses et mauves tourbillonnaient en se reflétant sur le trottoir. La journée allait être torride, chaude et humide, temps typique à cette époque de l'année.

Mais Arizona ne songeait pas à s'en plaindre ; elle préférait souffrir de la chaleur que du froid. De plus, les couches de vêtements étaient gênantes quand il fallait se battre.

Elle était arrivée en avance sur le lieu du rendez-vous. Elle remontait la rue en roulant au ralenti, cherchant du regard une éventuelle embuscade. Elle repéra tout de suite Quin, assis sur un banc devant Harry's Hocks.

Elle savait que Harry's était fermé depuis un certain temps, mais il y avait sur la porte une pancarte indiquant que l'établissement ouvrait à midi.

L'hypothèse du piège devenait de plus en plus probable.

A droite du bâtiment, il y avait une épicerie, avec un comptoir de vente extérieur, une porte verrouillée, une grille de fer destinée à protéger ce qui restait de la vitrine, des murs couverts de graffitis. Le guichet du comptoir de vente à emporter était protégé par une vitre à l'épreuve des balles et équipé d'un plateau tournant pour faire circuler l'argent et les produits.

A gauche se trouvait une ancienne boutique de fleuriste, avec un jardin envahi par les mauvaises herbes et une enseigne à moitié décrochée dont l'inscription, autrefois gravée, avait quasiment disparu. A côté de cette boutique, c'étaient une station-service avec paiement à la pompe qui avait connu des jours meilleurs puis un magasin de pièces détachées pour voitures, un bureau de tabac, et un guichet permettant d'échanger des chèques contre du liquide.

Sur les autres bâtiments, dont certains servaient visiblement de logements, Arizona remarqua des fenêtres calfeutrées avec du carton ou du contreplaqué. Les porches tenaient à peine. Le quartier était totalement délabré.

A cette heure matinale, il y avait très peu de monde dehors et peu de voitures. En cas de problème, elle ne devrait compter que sur elle-même.

Quin était affalé sur le banc d'un arrêt de bus, dans des vêtements sales, les cheveux emmêlés, les jambes repliées, le visage posé sur les genoux. De grands chênes dont les grosses racines affleuraient en déformant les trottoirs le séparaient d'un parking vide jonché de verre brisé. Il avait l'air d'avoir dormi là, à l'abri des arbres.

Il avait donc réussi à échapper à Dare et à la police. Peut-être avait-il quelque chose à cacher, un passé qui lui faisait craindre les forces de l'ordre, même quand leur intervention était destinée à le sauver.

A moins que quelqu'un ne l'ait embarqué avant l'arrivée des flics…

Arizona alla garer sa voiture plus loin, à environ cinq cents mètres, près d'une épicerie, puis retourna à pied en direction de l'endroit où elle avait aperçu Quin. Ce matin, elle s'était levée dans le noir, en prenant soin de ne pas réveiller Spencer. Elle avait enfilé un jean passé, des baskets sans lacets, un grand T-shirt. Elle avait noué ses cheveux en queue-de-cheval, comme d'habitude. En somme, elle avait revêtu sa tenue de combat.

Le soleil cognait déjà fort et lui chauffait le crâne. Sa nuque transpirait. De la sueur coulait dans son dos.

Tout en marchant, elle admirait les arbres. Autrefois, ce quartier avait dû être magnifique, mais le temps et les mauvais traitements l'avaient considérablement dégradé. Il ne retrouverait plus jamais sa splendeur d'antan. Un peu comme elle.

Quin ne l'avait pas vue arriver, ce qui la rassura. S'il avait voulu lui tendre un piège, il l'aurait guettée et repérée depuis longtemps. Elle l'avait approché sans chercher à se cacher, en passant par la grande rue et non par les petites ruelles, qui auraient été beaucoup plus dangereuses.

Quin se frotta le visage à deux mains, puis se leva pour faire les cent pas devant son banc. Les bras croisés sur le ventre, les épaules voûtées, il boitait légèrement.

Elle avait caché son revolver sous son jean, attaché à sa cheville. Elle sentait battre le fourreau de son couteau contre son dos. Elle n'avait pas pris le couteau que Chris venait de lui offrir : il était beaucoup trop précieux, et elle craignait de le perdre.

Elle l'avait laissé dans la camionnette de Spencer, en espérant qu'il le verrait et comprendrait le message : elle avait bien l'intention de revenir vers lui, s'il voulait encore d'elle.

Elle arrivait près de Quin et afficha un grand sourire.

— Salut, Quin, lança-t-elle.

Surpris, il fit volte-face, si brusquement qu'il faillit tomber. Il se figea en la voyant et resta là, à la dévisager, les yeux écarquillés, avec une expression terrible sur le visage — quelque chose qui ressemblait à de la terreur.

Il paraissait ravagé.

— Qu'est-ce qui vous arrive, Quin ? demanda-t-elle d'une voix douce.

Une brise chaude agita les branches des arbres, et des ombres dansèrent sur la peau basanée de Quin. Il secoua la tête sans répondre.

— Vous êtes en avance.

Ces mots sonnaient comme une accusation. Il avait un regard sauvage, presque paniqué.

Elle comprit aussitôt qu'un piège lui était tendu.

— Je ne suis pas à cheval sur les horaires, répondit-elle en haussant les épaules.

Il leva une main tremblante vers son visage et ferma les yeux. Il paraissait au bord du malaise.

— Je suis désolé…, dit-il.

— Pourquoi ?

Elle passa devant lui et s'installa sur le banc, tout en regardant autour d'elle. Les bâtiments environnants offraient de multiples opportunités pour se cacher. Le danger pouvait venir de n'importe où.

— Je n'avais pas le choix, dit-il.

— Je m'en suis doutée, répondit-elle posément. Je sais faire la différence entre les bons et les méchants. Et si nous partions d'ici tous les deux, maintenant ? Je pourrais vous aider, si vous me laissiez faire.

Il secoua la tête.

— Je ne peux pas.

— Pourquoi ?

— Je…

Il déglutit, livrant visiblement une bataille intérieure, puis lâcha enfin :

— J'ai une sœur. Une jeune sœur. Elle est tout ce que j'ai.

— Quelqu'un se sert d'elle pour faire pression sur vous, c'est ça ?

Elle avait pitié de lui, mais sa colère n'en était pas diminuée pour autant. Elle-même n'avait pas de sœur. Elle n'avait personne. Peut-être Jackson… Mais personne n'aurait osé faire pression sur Jackson…

— Quel âge avez-vous, Quin ?

— Seize ans.

Elle s'installa sur le banc.

— Vous êtes manipulé par quelqu'un.

Pour toute réponse, il se contenta de pâlir.

— Je le sais déjà, insista-t-elle. Ce que j'ignore, c'est qui vous manipule. Comment avez-vous fait pour échapper à la police, l'autre soir ? Et cette personne ? Est-ce qu'elle était là aussi ?

Il secoua la tête.

— Je n'ai pas eu le choix, répéta-t-il d'une voix lamentable.

— Oui, j'ai compris. Vous me l'avez déjà dit.

Elle demeurait en alerte, prête à réagir à la moindre agression.

— Je ne vous en veux pas, vous savez…

— Mais vous n'allez pas tarder à m'en vouloir.

Il était paralysé par la peur. Elle le comprenait d'autant mieux qu'elle avait vécu le même genre de situation. Il lui arrivait encore d'avoir peur…

— Venez, Quin, asseyez-vous. Nous allons parler, d'accord ?

Il secoua la tête en reculant.

— Puisque je suis en avance d'une heure, ça nous laisse un peu de temps, je suppose, insista-t-elle.

Il respirait plus vite.

— En fait…

Il baissa les yeux et secoua de nouveau la tête.

— Non.

Arizona sentit soudain un changement dans l'air.

Elle se leva d'un bond. Trois hommes approchaient, venus de trois endroits différents, pour l'encercler.

Ils étaient donc trois. Les salauds… Ils avaient décidé de ne prendre aucun risque.

Elle sourit quand le premier approcha et attendit qu'il soit à sa portée pour lui décocher un coup de pied à l'entrejambe. Foudroyé par la douleur, il se plia en deux. Elle enchaîna aussitôt en esquivant un poing qui venait par-derrière et fit volte-face pour riposter avec un coup de pied dans le genou. Le coup porta, mais pas suffisamment pour mettre son agresseur hors d'état de nuire.

Elle songea à sortir son couteau, mais elle ne se faisait pas d'illusions.

Contre trois hommes, elle n'avait aucune chance.

Montrer son couteau maintenant aurait signifié le perdre à coup sûr, et elle préférait le garder. Il lui serait utile plus tard.

Un bras noueux s'enroula autour de son cou, lui tirant la tête en arrière. Deux mains saisirent ses poignets. Une main tenant un morceau de tissu écrasa sa bouche.

Elle comprit de quoi il s'agissait quand elle voulut respirer et qu'elle reconnut l'odeur douceâtre du chloroforme.

Elle parvint à donner un coup de tête. Envoya son talon dans le bas-ventre d'un des hommes.

Il émit un juron furieux, et l'un de ses compagnons éclata de rire.

— Attrapez ses pieds, bande de crétins ! cria une voix au loin.

Un quatrième ? Ils n'avaient tout de même pas envoyé un bataillon rien que pour elle !

Ce fut Quin qui intervint pour lui saisir les pieds — sans doute par peur d'être accusé de ne pas avoir aidé à sa capture. Elle le frappa au visage et atteignit son nez. Il partit en arrière et s'effondra au sol, le visage en sang.

Il y eut un autre éclat de rire.

— Tu es vraiment nul, Quin, fit la voix lointaine. Totalement nul.

Puis elle reçut un coup sur la tempe.

Avant de perdre connaissance, elle eut le temps de songer au pauvre Quin, et aussi à cette voix, qu'elle avait reconnue.

Joel Pitts.

Le gentil garçon du bar. L'artiste.

Elle comprenait tout, à présent.

Posté sur le toit d'un bâtiment à l'abandon, Spencer suivait des yeux Arizona, que les trois hommes traînaient dans la boutique. Ils avaient osé poser leurs sales pattes sur elle, et ils allaient le payer cher… Il y veillerait personnellement.

Pour l'instant, il surveillait froidement la scène. Parce que c'était la seule chose à faire.

Mais dès qu'elle serait en sécurité…

Jackson rampa vers lui.

— Ils sont combien ?

— En comptant le gamin et cette ordure d'artiste, ils sont cinq. L'artiste et le gamin sont entrés avec elle.

— Les autres sont restés dehors ? Ça nous arrange.

— Elle les a amochés, déclara Spencer en s'efforçant de ne pas laisser percer son admiration.

Jackson se pencha par-dessus le toit et sourit en voyant l'un des hommes se frotter l'entrejambe, un autre toujours plié en deux, tandis que le troisième contournait le bâtiment en boitillant.

— Ah oui, elle ne les a pas loupés…, dit-il, amusé.

Spencer eut envie de rire. Il avait autrefois fait les frais des qualités de combattante d'Arizona. Mais c'était avant qu'elle ne lui accorde sa confiance. Avant qu'elle ne vienne chez lui.

Avant qu'elle ne se donne à lui.

Il fit un effort pour se concentrer. Il devait faire barrage à ses émotions pour réfléchir correctement.

— Dare est posté derrière le bâtiment ? demanda-t-il à Jackson.

— Oui. Il surveille la sortie et le type qui est devant. A moins d'emprunter un tunnel, ils ne peuvent pas filer sans qu'on les voie. Ils n'iront nulle part avec elle.

Par chance, le bâtiment dans lequel Arizona était enfermée était carré, trapu, et visible de tous les côtés.

Dans le mot qu'elle lui avait laissé, elle avait glissé des informations précises sur le quartier. Elle s'était également excusée d'avoir décidé d'agir seule. Mais elle lui demandait de suivre ses instructions s'il décidait d'intervenir.

Elle voulait faire ses preuves.

— Ils ont peut-être un sous-sol, dit-il.

Il était surpris d'être capable de parler aussi calmement, malgré cette rage qui lui serrait la gorge et faisait bouillir son sang.

— Sûrement, répondit Jackson. Au moins une cave ou quelque chose comme ça. La plupart de ces anciens immeubles pourris ont des caves.

Jackson se mordit la lèvre inférieure.

— Qu'est-ce que tu comptes faire ? demanda-t-il.

Spencer fut étonné que Jackson s'en remette à lui.

— Les tuer. Tous.

— Sérieusement ?

L'idée n'avait pas l'air de choquer Jackson, ni de lui déplaire.

— Non, en fait non, pas le gamin, répondit Spencer.

Il se frotta les yeux avant de poursuivre :

— Je crois qu'il s'agit de Quin, le serveur du bar. Arizona l'a pris en affection… C'est pour lui qu'elle est venue ici, j'en suis certain. Il doit agir sous la contrainte. Elle nous en voudrait terriblement s'il lui arrivait quoi que ce soit.

— Et s'il s'avère qu'il n'a pas agi sous la contrainte ?

— Elle fera ce qu'elle voudra de lui.

— Pigé.

Jackson envoya un code à Dare et à Trace, puis observa à travers des jumelles les fenêtres du premier étage de la boutique où Arizona avait disparu.

— Je les vois, dit-il.

Spencer prit les jumelles des mains de Jackson et fut soulagé de constater qu'Arizona avait les yeux ouverts et qu'elle souriait.

A présent qu'il était rassuré, sa colère reprit le dessus. Il avait craint qu'elle soit sans connaissance, mais elle était consciente et elle adoptait son attitude provocatrice habituelle, ce qui était plutôt bon signe. Il respira un peu mieux.

— Et si on tentait une entrée en force ? suggéra Jackson.

— Trop risqué, rétorqua Spencer. Elle pourrait être blessée.

Ils ignoraient si Quin et l'artiste étaient armés.

— Nous devons procéder autrement. De plus, elle nous

demande, dans son message, de tenir compte de ce qu'elle veut.

Jackson marmonna quelque chose qu'il ne comprit pas, mais il acquiesça tout de même.

— Tu as raison. Une entrée en force serait trop hasardeuse.

Spencer ne quittait pas des yeux Arizona, tout en priant intérieurement pour qu'elle se montre prudente.

— Elle a agi sans nous prévenir parce qu'elle était certaine que nous ne l'aurions pas laissée faire, murmura-t-il.

— Bien sûr qu'on ne l'aurait pas laissée faire ! s'exclama Jackson.

— Elle a fait ça pour nous prouver qu'elle valait autant que nous, insista Spencer.

Pour forcer leur respect. Ils devaient le comprendre et ne plus chercher à la faire changer.

Ils se turent pendant quelques instants. Ils réfléchissaient tous les deux à la meilleure manière de procéder.

Arizona était installée sur un grand matelas posé au milieu de la pièce, visible à travers la fenêtre. Quin se penchait sur elle. Il avait le visage barbouillé de sang, la lèvre supérieure et le menton violacés. Il avait probablement le nez cassé, mais Spencer n'éprouvait pour lui aucune pitié. Joel Pitts se tenait au pied du matelas. Il regardait Arizona en se frottant les mains.

Spencer abaissa les jumelles et se tourna vers Jackson.

— Tu crois que tu pourrais tirer, d'ici ?

Jackson était un tireur d'élite. Il visa la fenêtre avec son fusil et ajusta sa position.

— Je pense que oui, répondit-il.

Il fixa un moment la cible à travers la lunette du fusil, puis le déposa.

— Mais le problème… Tu ne vas pas aimer ça, Spencer.

Le cœur de Spencer cessa de battre. Il regarda de nouveau à travers les jumelles.

— Qu'est-ce qu'il y a ? Qu'est-ce qui se passe ?

— Arizona m'envoie un signal qui signifie qu'elle nous demande d'attendre.

— Vous avez un signal pour ça ? demanda-t-il sèchement.

Jackson se gratta l'oreille.

— On a un signal pour tout.

Spencer avait du mal à y croire.

— Ça veut dire qu'elle sait qu'on l'observe ?

— Oui, elle le sait. Elle a dû nous repérer.

Il roula sur le dos et sortit son téléphone portable.

— On dirait qu'elle est bien réveillée et réellement furieuse. Je crois qu'il vaut mieux lui laisser la direction des opérations.

24

Arizona s'efforçait d'ignorer la douleur qui battait dans son crâne et la nausée qui agitait son estomac.

— J'ai l'impression que vous m'avez broyé le cerveau, murmura-t-elle.

En l'entendant parler, Joel tressaillit de joie, et son visage s'illumina. Quand elle se redressa, il poussa un soupir d'excitation.

— Tu es réveillée !

— A peine, connard ! Qu'est-ce que tu espères obtenir ?

— Quel langage ! lâcha-t-il, presque offusqué. Tu as un problème ?

— Moi ? C'est toi qui as un problème. Tu es cinglé !

Elle lutta pour se redresser et constata avec soulagement que ces idiots lui avaient lié les mains dans le dos, mais qu'ils n'avaient pas pensé à lui enlever son couteau. Elle sentait la pression familière du fourreau contre sa colonne vertébrale et le manche contre ses poignets.

Manifestement, elle n'avait pas affaire à des adversaires très doués.

— Oh ! mon Dieu… ! murmura-t-elle.

Sa tête était si lourde qu'elle avait l'impression qu'elle allait se détacher, ses yeux la brûlaient. Mais elle fit tout de même l'effort de balayer la pièce du regard.

— Qu'est-ce que tout ça signifie ? demanda-t-elle.

— Tu es chez toi. Enfin, si l'on peut dire. En tout cas dans un endroit où je pourrai te voir plus souvent. Et en voir un peu plus de toi…

Il allongea le bras pour caresser l'encolure de son T-shirt. Elle se servit de ses pieds pour le repousser.

— Bas les pattes !

Surpris par sa virulence, il vacilla et faillit tomber, puis il se frictionna l'entrejambe, là où elle l'avait frappé.

— Tu es fâchée ? demanda-t-il.

— Fâchée ?

Tirer sur ses liens n'éveillerait pas leur méfiance. Elle espérait atteindre son couteau et les surprendre…

— Libère-moi, espèce de malade, et tu verras si je suis fâchée !

— Mais….

Il secoua la tête d'un air abasourdi.

— Tu n'as pas peur ?

— Peur d'un mort ? Redescends sur terre.

Il agita les mains en éclatant de rire.

— Il me semble que je suis vivant, rétorqua-t-il.

— Tu es un homme mort, insista-t-elle. Mais tu es trop stupide pour t'en rendre compte.

Elle jeta un coup d'œil du côté de la fenêtre et secoua la tête. En ouvrant les yeux, elle avait entrevu un reflet sur le toit d'en face et elle avait aussitôt compris qu'il s'agissait d'une paire de jumelles.

Spencer l'avait trouvée. Plus tôt que prévu. Marla avait-elle agi avec de l'avance ?

Ma foi… Si c'était le cas, tant mieux. Marla avait sans doute eu peur pour elle. Elle n'osait pas la considérer comme une amie — elle qui n'avait jamais eu d'amie —, mais il s'agissait au moins d'une alliée.

— Tu devrais cesser de t'agiter parce que tu n'arriveras pas à te libérer, fit Joel. Et, à présent que tu es réveillée, je vais t'attacher au sol.

— Ah oui ? C'est ce que tu crois.

Elle lui balancerait un coup de pied en pleine figure, s'il osait l'approcher. Plutôt mourir que de le laisser faire.

— Approche. Tu verras.

Il haussa un sourcil amusé.

— Je verrai quoi ?

— Approche, répéta-t-elle.

Spencer avait probablement prévenu Jackson, et sans doute les deux autres.

Son estomac se souleva de nouveau, et elle dut prendre le temps de respirer pour lutter contre la nausée. Vomir n'était pas envisageable.

Près d'elle, Quin était affalé, silencieux et triste, le visage en piteux état. Elle lui adressa un regard d'excuse, puis se détourna de lui. Elle ne le considérait pas comme une menace.

— Ecoute, Joel…

Elle marqua un temps de pause.

— Joel n'est pas ton vrai nom, je suppose ?

— C'est mon vrai nom.

— Super.

Comment avait-elle pu se tromper à ce point sur son compte ?

— En plus d'être un psychopathe, tu es vraiment un idiot.

Il plissa les yeux.

— Je te conseille de cesser de m'insulter.

— Ou bien quoi ? Tu vas m'enlever ? Me frapper à la tête ?

Elle regarda autour d'elle.

— M'attacher dans une pièce infâme sur un matelas miteux ?

— La ferme !

Elle poussa un long soupir, tout en remuant de nouveau, comme si elle cherchait à se défaire de ses liens.

Elle avait presque la main sur son couteau.

— Où sont passés les autres minables ? demanda-t-elle.

— Ils surveillent le bâtiment.

— Ils sont dehors ?

On ne pouvait rêver mieux. C'était parfait.

— Oui, répondit-il.

Elle retint de justesse un sourire de satisfaction.

— Ecoute bien, Joel. Si tu me relâches maintenant, je te laisserai peut-être la vie sauve… Mais si tu persistes dans ton attitude…

Il eut une réaction à laquelle elle ne s'attendait pas. Il se leva d'un bond et la gifla violemment du revers de la main. Comme elle était encore dans le brouillard, avec le coup qu'elle avait pris sur la tête, elle n'eut pas le réflexe de l'éviter, et il la frappa de plein fouet. Sa tête fut projetée sur le côté. Du sang coulait de sa lèvre. Elle le lécha, puis remua la mâchoire. Il ne restait plus qu'à espérer qu'il ne pouvait pas faire mieux.

— Tu veux savoir ce que j'espère, Joel ?

Elle chercha son regard.

— J'espère qu'ils vont te tuer.

A côté d'elle, Quinto fut secoué d'un frisson.

— Ce n'est plus Joel, dit-il. C'est *l'autre.*

Quoi ? Qu'est-ce que ça signifiait ?

— Pardon ?

— Joel est un idiot, déclara Joel.

Arizona le dévisagea sans comprendre. Ou plutôt si, elle commençait à comprendre.

Elle se tourna vers Quinto.

— Qu'est-ce que c'est que ça ? murmura-t-elle. Qui c'est, ce type ?

— Je suis toujours Joel, répondit Joel d'une voix traînante. Mais je suis plus fort que Joel. Je ne suis plus un artiste stupide et geignard.

Il ne manquait plus que ça ! Arizona ne put s'empêcher de rire. Comme le visage de Joel se crispait, elle rit de plus belle.

— Et dire que j'ai douté de mon instinct... Je ne m'étais pas trompée, en fait. Le Joel que j'ai rencontré dans le bar était un brave type. Je ne pouvais pas savoir que vous étiez deux.

— Tu ne pouvais pas, approuva-t-il.

Bizarrement, elle se sentait rassurée. Elle pouvait donc se fier à son jugement.

— Donc tu es... Une sorte de Dr Jekyll et Mr Hyde ?

— Comment oses-tu te moquer de moi ?

Il tressaillit sous l'insulte, les poings serrés, le visage écarlate.

— Tu dois être complètement cinglée.

— C'est l'hôpital qui se moque de la charité, dit-elle posément.

Elle cracha du sang, tout en refermant ses mains sur le manche de son couteau.

— Ma tête bat comme un tambour…, geignit-elle.

— Tu en rajoutes.

— Oui, un peu.

Elle regarda de nouveau du côté de la fenêtre et secoua discrètement la tête en espérant que là-bas, sur le toit, ils comprendraient qu'elle ne voulait pas qu'ils interviennent pour le moment. Ni Quinto ni Joel n'y prêtèrent attention.

— Alors, Joel numéro deux, tu savais que les patrons du bar étaient des trafiquants d'hommes, n'est-ce pas ?

Il prit un air ahuri.

— C'est ça, poursuivit-elle. Fais l'étonné. Je sais tout sur leur sale affaire.

Elle fit lentement glisser le couteau hors du fourreau.

— Ces crétins de Terry et de Carl pourrissent en prison. Mais toi, tu t'en es tiré.

— En effet.

— Alors, dis-moi, est-ce que tu savais ce qu'ils faisaient ?

— Je le savais forcément, puisque je suis le propriétaire de ce bar.

Elle mit quelques secondes à encaisser le coup.

— C'est toi, le propriétaire ?

Joel haussa les épaules.

— Eh bien oui. C'est pour ça que j'y suis très souvent. Pour consoler celles qui sont usées.

Bon sang… Ce type était vraiment fou à lier.

— Tu parles du gentil Joel, non ? demanda-t-elle en entrant dans son jeu.

— Nous ne faisons qu'un, objecta-t-il.

— Mais l'autre Joel, Joel numéro deux, reprit-elle patiemment, il ne cherche pas à consoler les fuyardes ?

Il eut une moue de dédain qui transforma son visage. Elle eut du mal à reconnaître le timide artiste du bar.

— Elles sont laminées, détruites. Sales. Je prends soin d'elles quand elles ne servent plus à rien.

— Tu veux dire que tu les utilises à ton tour ?

— Elles ont besoin de moi.

Il fit un pas vers elle et lui jeta un regard menaçant.

— Elles le savent, et ça les rend dociles.

Elle aurait pu se jeter sur lui, mais il était trop instable et imprévisible. Il risquait de tuer Quinto, et elle ne voulait pas avoir la mort de ce gamin sur la conscience. Le pauvre Quinto avait assez souffert.

— Mais tu les veux pour quoi ? Pour les violer ? Pour les prostituer ?

Elle devait l'occuper à parler, afin de gagner du temps.

— Bien sûr que non. Je ne suis pas comme ça.

Son regard se perdit au loin.

— J'en fais mes servantes. Mes animaux domestiques. Comme Quinto.

Tout en l'écoutant, elle s'activait sur ses liens. En manœuvrant le couteau, elle se blessa, mais pas suffisamment pour être ralentie dans l'opération.

— Mais tu fais pression sur Quin, non ?

Joel haussa les épaules, comme si la question lui paraissait superflue, mais qu'il ne voyait aucun inconvénient à y répondre.

— Il a une sœur. Ou plutôt, j'ai sa sœur.

Il eut un petit rire.

— Ah bon ?

Elle n'allait pas lui confier que Quin l'en avait déjà informée.

Elle sentit ses liens se détendre.

Ça y est presque…

— Et où est-elle, en ce moment, cette sœur ?

Il inclina la tête.

— Tu mijotes quelque chose ? Tu crois pouvoir t'enfuir ?

Il eut un rire de malade.

— Tu es vraiment complètement stupide, conclut-il.

— Je sais où il habite, murmura Quinto avec un regard furieux. Je le sais.

— Oui, mais ta sœur n'est pas chez moi, Quin, lâcha Joel en observant un de ses ongles.

— Elle n'est pas chez toi ? demanda Arizona d'un air dégagé. Tu as un autre endroit où la cacher ?

Où pouvait-elle bien être ?

— En fait, elle était dans une camionnette qui devait la livrer au bar, l'autre soir… Mais avec l'arrivée de la police…

Il haussa les épaules.

— Les gars de la camionnette ont dû filer, mais ils reprendront contact avec moi, je n'en doute pas.

Quinto parut effondré. Il ne savait pas, pour la camionnette.

— Ah oui ? demanda Arizona, qui jubilait à présent. Tu es mal renseigné, on dirait…

Elle le regarda droit dans les yeux. Encore une minute, un petit effort, et ses mains seraient libérées.

— Cette camionnette a déjà été retrouvée.

— Je ne te crois pas.

— Tu as tort.

Elle se tourna vers Quin.

— Et ceux qu'elle transportait sont en sécurité.

— En sécurité ?

Quin resta d'abord interdit, puis il se laissa tomber à genoux près d'elle.

— Vous en êtes certaine ?

— Elle ment ! cria Joel. Elle ne peut pas savoir où se trouve la camionnette.

— Détrompe-toi : je sais et je peux beaucoup de choses.

A travers la fenêtre, au loin, Arizona aperçut Spencer, qui passait par-dessus un mur de béton en ruine. Trace le suivait. Elle en déduisit que Dare surveillait l'arrière du bâtiment, et que Jackson était probablement posté quelque part, prêt à tirer.

Sa priorité était maintenant de faire sortir Quin indemne de ce piège à rats.

— Tous ceux qui se trouvaient dans cette camionnette sont en sécurité, et toi, tu es un homme mort.

Joel serra les poings.

— Personne ne va me tuer, assura-t-il.

Il fit vers elle un pas menaçant et décidé.

Elle était prête. Mais Quin se jeta en avant, entre eux, pour la protéger.

— Non !

Bon sang… Il ne manquait plus que ça, qu'il se mette à jouer les héros.

— Quin, pourrais-tu t'écarter ? demanda-t-elle calmement.

Joel écumait de rage. Il sortit de sa poche un petit revolver.

— Pousse-toi de là, ordonna-t-il.

Quin lui jeta un regard de défi.

— Pas question. Vous en avez fait assez comme ça.

Joel éleva lentement son arme, en visant Quin.

— Quin, écarte-toi, insista Arizona. Je t'assure que je n'ai pas besoin de ton aide.

Avant que Quin ait eu le temps de s'exécuter, Joel le frappa à la tempe avec la crosse de son revolver. Quin chancela et s'effondra sur un genou. Joel le repoussa d'un coup de pied pour le faire tomber tout à fait.

Arizona aurait voulu l'aider, mais elle ne pouvait se laisser distraire. Elle ne quittait pas Joel du regard.

— Tu étais déjà très mal parti, mais tu viens de signer ton arrêt de mort, dit-elle.

— Tu as une grande gueule et tu parles beaucoup. Je te rappelle que tu n'as pas les mains libres.

Elle ne sentait plus la douleur dans son crâne. Elle ne sentait plus rien. Juste sa colère, qui lui permettait de soutenir le regard de Joel.

— Même avec les mains attachées, je vais t'écraser, dit-elle.

Quin poussa un gémissement de douleur.

— La ferme, lui dit Joel en le poussant de nouveau du pied.

Puis, soudain, il s'avança vers la fenêtre.

— Tu n'es pas venue seule ? demanda-t-il d'un ton inquiet. On t'a suivie ?

Il repéra les deux hommes de main qui montaient toujours la garde, ce qui parut le rassurer ; il se tourna vers Arizona en affichant un air triomphant et croisa les bras en souriant.

— Tu as failli m'avoir, dit-il. J'étais presque convaincu que tu étais suivie par toute une armée.

— Pas une armée, mais presque.

Ils n'étaient que quatre, mais ils valaient une armée à eux seuls.

— Allez, approche, reprit-elle. Tu as l'air en forme. Voyons ce que tu as dans le ventre.

Elle avait toujours les mains derrière le dos et rien, dans son attitude, ne trahissait qu'elle était prête à se battre. Mais elle l'était.

Hésitant, un peu incertain en dépit de son arrogance, Joel fit un pas vers elle et leva le point pour la frapper — mais il n'en eut pas le temps car elle lança son pied en visant l'entrejambe. Tandis qu'il essayait de se redresser, elle frappa une deuxième fois, cette fois en plein plexus. Il émit une sorte de sifflement et tomba à la renverse.

Elle se leva d'un bond du matelas, en brandissant son couteau.

Joel devint hystérique.

— A l'aide, à l'aide ! hurla-t-il en reculant.

Un grand malabar fit aussitôt irruption dans la pièce, un fusil à la main, mais Joel n'eut pas le temps de se réjouir. La vitre de la pièce éclata et, comme au ralenti, l'homme fit une embardée vers l'avant tandis qu'une tache de sang s'élargissait sur sa poitrine. Puis il s'effondra sur le sol, face contre terre.

— Je te l'avais bien dit, déclara Arizona d'un ton satisfait.

Sous le choc, Joel eut tout de même le réflexe de la viser, mais elle réagit en se jetant sur lui et en tranchant dans son poignet. La lame coupa les tendons et les muscles avec facilité.

Joel poussa un hurlement. Le revolver tomba de sa main.

Un filet de sang coulait le long de son bras. Son visage était blanc, sous l'effet du choc et de la douleur.

— Oh ! mon Dieu… ! gémit-il. Qu'est-ce que tu as fait ?

Il avait les larmes aux yeux et se tenait le poignet. Il se laissa aller contre le mur et glissa lentement au sol.

— Oh ! mon Dieu… ! répéta-t-il.

Son expression avait changé. Joel l'artiste était de retour.

Arizona ramassa l'arme du garde abattu — lequel n'était que blessé et gémissait faiblement. Puis elle prit l'arme de Joel et la lança au loin, hors de sa portée.

Un coup d'œil du côté de Quinto la rassura sur son état.

— Tu vas bien ? demanda-t-elle.

— Oui, répondit-il d'un ton craintif. Oui, je vais bien.

Elle alla s'accroupir devant Joel.

— Alors, mon pote, qu'en penses-tu ? Tu es content de la tournure que prennent les choses ?

Soudain, Spencer apparut, faisant irruption par la porte. Il était harnaché comme un soldat. Il avait l'arme au poing, il portait un gilet pare-balles, il arborait un air féroce. Il paraissait prêt à tout.

Joel hurla de nouveau, de peur, cette fois.

Spencer était vibrant de haine. Il y avait en lui quelque chose de franchement terrifiant.

— Tu as vu ça ? demanda Arizona en s'adressant à Joel.

Spencer s'arrêta net en la découvrant accroupie près de Joel. Elle se leva lentement. Elle se sentait gauche, tout à coup. Elle désigna du menton sa ceinture de munitions.

— Je vois que tu as mis ton costume de soirée. Tu prévoyais des ennuis ?

Il balaya la pièce du regard avec attention, en s'arrêtant sur Quinto, puis sur le garde au sol. Quand il revint vers Arizona, il plissa les yeux et se mit à avancer vers elle d'un pas lourd.

— Joel séquestre des femmes chez lui, dit-elle précipitamment. Quinto peut nous montrer où elles sont.

Spencer s'arrêta et se tourna vers Quin, qui s'empressa d'acquiescer pour confirmer.

— Quant à lui, reprit Arizona en désignant Joel du bout de son couteau ensanglanté, il est fou. Complètement givré.

Elle grimaça.

— Tu ne peux pas le tuer, d'accord ?

— Je n'en avais pas l'intention, répondit-il.

— Ah !

Elle avait préparé une longue et noble tirade pour plaider la cause de Joel. Spencer lui coupait l'herbe sous le pied.

— Très bien.

— Je me doute bien que si tu avais voulu qu'il meure tu te serais chargée de le tuer.

— Euh… oui, en effet.

Il était sérieux ? Il lui faisait vraiment confiance à ce point ? Il la laissait décider du sort de Joel sans discuter.

— Tu pourrais faire passer le message aux autres ? Je veux dire… pas la peine de s'encombrer d'un cadavre quand…

Spencer la rejoignit en trois longues enjambées pour la serrer dans ses bras.

— Je ne suis vraiment pas présentable, fit-elle.

Elle était couverte de sang et elle allait tacher son T-shirt.

— Tu es à moi, répondit-il.

Elle allait lui demander ce qu'il entendait par là, mais il la serrait à l'étouffer, et elle ne pouvait pas parler.

Et curieusement, c'était très agréable.

— Tu as désarmé le guignol qui est à terre ? demanda Spencer.

— Oui, répondit-elle d'une toute petite voix.

— Il n'est plus armé ?

Il embrassa sa tempe et son oreille.

— J'ai pris son revolver.

Ses grandes mains ouvertes caressèrent son dos, la câlinèrent, puis la pressèrent de nouveau contre lui.

— Et le gamin, il n'est pas dangereux ?

Elle secoua la tête.

Jackson arriva sur ces entrefaites, lui aussi armé jusqu'aux dents. Sa présence à l'intérieur du bâtiment signifiait que les deux autres gardes avaient été maîtrisés.

Il leva les yeux au ciel en les découvrant enlacés.

— Bon, qu'est-ce qu'on fait, maintenant ? dit-il.

Spencer ne lui répondit pas.

— Tu penses que tu as une commotion cérébrale ? demanda-t-il à Arizona en lui caressant les cheveux.

— Euh… c'est probable, admit-elle. Je suis sur le point de vomir, je vois double et j'ai un mal de tête atroce.

Il poussa un gémissement et lui embrassa le front.

— Bon, qu'est-ce qu'on doit faire d'eux ? Décide-toi, que je puisse t'emmener à l'hôpital.

— A l'hôpital ?

Elle ne voulait pas aller à l'hôpital. Elle devait se rendre chez Joel sans tarder, elle voulait savoir comment allaient les femmes qu'il séquestrait. Elle voulait…

— Calme-toi, murmura Spencer, qui la sentait s'agiter. Dis-nous ce que tu veux. C'est toi qui décides.

— Vraiment ?

— Vraiment. C'est ton opération. Tu décides. J'apprends vite, comme tu peux constater.

Il lui jeta néanmoins un regard de reproche.

— Il faut dire que le message était on ne peut plus clair.

Dans le message confié à Marla, elle lui expliquait qu'il n'était pas question pour elle de changer : elle ne le voulait pas et ne le pouvait pas. Elle lui demandait de l'accepter telle qu'elle était, avec les expériences difficiles qui l'avaient forgée, avec sa personnalité effervescente et sa volonté d'agir. Elle était d'accord pour se montrer plus prudente à l'avenir, mais il lui était impossible de devenir une simple observatrice.

— Je…

Elle se racla la gorge.

— Si tu es vraiment intéressé par moi, je peux faire la moitié du chemin.

— Chaque chose en son temps, ma chérie, dit-il avec un sourire aimant. Un agent des forces de l'ordre est en route avec son équipe, ainsi qu'une ambulance. Tu vas aller à l'hôpital sans discuter. Compris ?

En quête d'un conseil, elle chercha Jackson du regard, mais il venait d'enlever son T-shirt pour envelopper le bras de Joel.

— Où sont les autres ? demanda-t-elle.

— Ils attendent les instructions, répondit Jackson en lui jetant un coup d'œil. Mais, pendant que tu réfléchis, je m'occupe de lui. Je suppose que tu ne veux pas qu'il se vide de son sang.

Joel paraissait terrorisé par Jackson et sur le point de défaillir. Arizona fit un vague geste de la main pour signifier à Jackson qu'il pouvait continuer, puis elle se tourna vers Spencer.

Pourquoi se sentait-elle aussi intimidée, brusquement ?

Spencer lui prit les mains. Elles étaient ensanglantées, et ce n'était pas beau à voir.

— Ce ne sont que des blessures superficielles, je t'assure, dit-elle. Je me suis entaillée avec mon couteau en me libérant de mes liens.

Elle ne savait pas quoi faire de ses mains sanglantes, mais Spencer, suivant l'exemple de Jackson, ôta son T-shirt et le déchira sans le moindre effort.

Il n'avait plus sur lui que son gilet pare-balles, fixé par de larges bandes Velcro sous ses pectoraux et au niveau de ses abdominaux. Les muscles de ses épaules roulèrent quand il se pencha vers elle.

— C'est Trace qui a insisté pour que je mette ça, expliqua-t-il, voyant qu'elle avait surpris son regard. J'avais d'autres choses en tête.

— Ah oui ? Lesquelles ?

Elle retint son souffle, tandis qu'il bandait précautionneusement l'une de ses mains.

— Te retrouver.

Il prit son autre main et ajouta d'une voix rauque :

— Je ne pensais plus qu'à ça.

Il avait donc eu peur pour elle ? Sans aucun doute. Spencer était du genre à s'inquiéter pour tout le monde.

— Désolée, dit-elle.

— Tu es pardonnée.

Il venait de finir d'envelopper ses mains quand ils entendirent les sirènes de police.

— Et maintenant ? demanda-t-il.

Elle se tourna du côté de Quinto. Il était appuyé contre le mur, les yeux fermés, dans une attitude de vaincu.

— Il faut lui donner à manger, dit-elle. Et il a besoin de voir sa sœur. Et de repos. Et…

Trace posa une main sur son épaule.

— Je m'en charge, dit-il.

Comme elle ne l'avait pas entendu entrer, elle ne put s'empêcher de sursauter. Il chercha son regard et lui pressa l'épaule.

— Tu as très bien agi, Arizona. Mais le meilleur des soldats sait quand il doit battre en retraite.

— Je ne suis pas un soldat, marmonna-t-elle en rougissant.

— Non, mais tu es obstinée, intuitive et courageuse. Ce sont des qualités de soldat.

Il l'attira à lui pour lui embrasser le front.

— Et maintenant, que dirais-tu de mettre fin au calvaire de Spencer en acceptant de t'asseoir jusqu'à l'arrivée de l'ambulance ?

Le calvaire de Spencer ? Elle dévisagea ce dernier et fronça les sourcils. Il avait, en effet, un air pitoyable.

— Il me semble qu'il s'est montré suffisamment conciliant et respectueux de tes désirs pour mériter une récompense, fit Jackson sans se retourner.

— Foutez-lui la paix, tous les deux, grommela Spencer d'un ton mauvais.

Il la prit alors par les épaules.

— Viens, dit-il. Je vais t'emmener dehors. Un peu d'air frais te fera du bien en attendant l'ambulance.

— D'accord.

Elle le suivit sans résistance, en essayant de ne pas grimacer de douleur.

— Je me sens vraiment minable, dit-elle.

Il voulut dire quelque chose, mais ils étaient déjà dehors,

au milieu de la foule qui s'amassait. Les forces de police, les gens du quartier… Il y avait beaucoup de monde.

Les ambulanciers se précipitèrent à l'intérieur pour s'occuper de Joel et de l'homme sur lequel Jackson avait tiré. D'autres ambulanciers vinrent vers elle puis, après un rapide examen, ils déclarèrent qu'elle devait se rendre à l'hôpital, donnant ainsi raison à Spencer.

— Super, murmura-t-elle. C'est vraiment le bouquet.

Spencer se pencha pour lui embrasser un sourcil.

— Je te suis, dit-il. Tu ne risques pas de te débarrasser de moi de sitôt.

Elle fut tellement bouleversée par ces mots qu'elle en oublia de protester quand on la fit monter dans l'ambulance.

25

Spencer était installé sur une chaise en plastique, avec une tasse de café qui refroidissait dans la main. Jackson faisait les cent pas dans la salle d'attente.

Ils avaient accompagné Arizona à l'hôpital, tandis que Dare et Trace restaient sur place pour suivre de près le déroulement des opérations et s'assurer que les criminels paieraient.

Spencer faisait désormais partie de l'équipe. Il avait décidé d'accepter leur offre.

Ce qui signifiait déménager. Recommencer. Enterrer le passé pour de bon. Changer de vie.

Avec Arizona, si elle voulait de lui.

Il se frotta le visage. Arizona était en consultation depuis une heure — le temps de lui faire passer les examens de routine —, et il avait hâte que cela se termine.

Telle qu'il la connaissait, elle était capable de leur filer entre les doigts et de refuser les soins.

Elle se croyait invincible.

Et elle ne savait pas prendre soin d'elle.

Elle…

— Arrête ça, bon sang ! s'exclama Jackson. Tu me stresses.

Il était hirsute et paraissait aussi exaspéré qu'épuisé.

Spencer haussa lentement les sourcils.

— Mais je n'ai rien fait, protesta-t-il.

— Tu ne cesses de ruminer.

Jackson se laissa tomber à côté de lui.

— Bon sang, pourquoi est-ce que c'est si long ? gémit-il.

Spencer lui jeta un regard presque apitoyé.

— Je me demande dans quel état tu seras le jour de l'accouchement de ta femme.

— Oh ! la ferme…

Il se releva et recommença à arpenter la pièce.

Spencer se joignit à lui.

— Si c'était un mec…, murmura Jackson.

Spencer ne put s'empêcher de rire.

— Je ne serais probablement pas là, répliqua-t-il.

— Oui… Sans doute, répondit Jackson en souriant. Elle a vraiment fait ses preuves, aujourd'hui, non ?

— C'est exactement ce que j'étais en train de me dire.

— Ça m'agace quand Chris a raison, tu n'as pas idée…

Jackson glissa les mains dans les poches arrière de son jean, paumes au-dehors.

— Qu'est-ce qu'on va faire d'elle ? demanda Jackson.

— Je veux faire équipe avec elle, répondit Spencer.

— Ah oui, vraiment ?

Le ton moqueur le rappela à la réalité.

— Je vais la convaincre d'être raisonnable, affirma-t-il en défiant Jackson du regard. Et la garder près de moi.

Il soupira avant de poursuivre :

— Je l'aime.

— Et c'est censé être un *scoop* ?

Interloqué, Spencer haussa les épaules. Jackson n'était pas surpris ? Lui, en tout cas, l'était par sa propre déclaration.

— Je disais ça comme ça…

— Mais pourquoi à moi ?

— Je n'en sais rien, murmura-t-il en se frottant de nouveau le visage. En tout cas, si elle fait équipe avec moi, on saura où elle se trouve et ce qu'elle mijote. Mais si on décide de la tenir à l'écart de nos activités…

— Elle se jettera tête la première dans la gueule du loup, je sais, répondit Jackson tout en s'approchant de la fenêtre pour jeter un coup d'œil sur le parking. Et seule…

Il haussa un sourcil.

— Elle a dit qu'elle voulait faire équipe avec toi ? demanda-t-il.

— Oui.

Mais il n'avait rien voulu entendre. Parce qu'il s'était mis en tête de la changer, d'influer sur le cours de sa vie.

— Ça nous permettrait de la surveiller de près, poursuivit-il. De savoir ce qu'elle trafique et avec qui.

Jackson hocha la tête.

— Et elle ne disparaîtra plus dans la nature.

Spencer soupira.

— On n'a pas le choix. C'est la seule solution. Arizona n'acceptera jamais de jouer un rôle passif.

— Elle ne peut pas, en effet, approuva Jackson. Pas plus que moi. Pas plus que toi.

— C'est exactement ça.

— O.K. Je suppose qu'on peut la considérer comme l'une des nôtres.

Spencer fut surpris qu'il accepte aussi aisément.

— Tu ne dois pas d'abord en discuter avec Dare et Trace ?

Jackson se retourna pour lui rire au nez.

— Non. Eux, ils attendaient simplement qu'on comprenne tous les deux qu'il n'y avait pas moyen de faire autrement. Ils ont le même point de vue que toi : ça permettra de la surveiller de près.

— Et aussi de l'accepter et de l'aimer telle qu'elle est, renchérit Spencer.

Le médecin entra dans la salle d'attente. Il souriait, mais il paraissait ébranlé. L'effet Arizona, sans doute.

Elle n'était pas une femme ordinaire, après tout.

Et cette femme peu ordinaire lui appartenait.

Elle avait enfilé son jean et bataillait avec la braguette quand Spencer passa derrière le rideau. Elle plissa le nez en le voyant.

— J'aurais pu me passer de ces stupides bandages, mais

le médecin n'a rien voulu savoir. Je n'arrive même pas à boutonner mon jean.

Spencer écarta ses mains sans un mot et boutonna le jean. Puis il lui effleura le ventre et lissa son T-shirt.

— Tu seras guérie pour le mariage de Jackson.

— Mais oui, évidemment ! Je t'avais dit qu'il ne s'agissait que de blessures superficielles.

Elle haussa une épaule pour montrer qu'elle ne s'inquiétait pas de ces petites égratignures.

— Pas de quoi en faire un fromage, dit-elle.

Il prit son visage dans ses mains et se pencha pour l'embrasser.

Tendrement.

Délicatement.

C'était infiniment agréable. Mais, à la seconde où il retira sa bouche, elle ne put s'empêcher de demander :

— Alors, on en est où ? Qu'est-ce que j'ai manqué ?

Elle s'attendait à ce qu'il proteste et elle avait déjà préparé ses arguments : vu qu'il s'agissait de *son* affaire, elle avait le droit d'être mise au courant.

Mais, à sa grande surprise, il répondit aussitôt :

— Jackson a hâte de t'en parler, mais j'ai insisté pour te voir en premier. Il a attendu avec moi. Il était fou d'angoisse.

— Sans blague ?

Elle avait du mal à imaginer Jackson en train de se ronger les sangs pour un petit bobo.

— Mais vous êtes rassurés, maintenant. Alors, on en est où ?

— Dare et Trace s'occupent de tout, on peut leur faire confiance.

— En effet, répondit-elle en souriant.

— Ils vont s'assurer que Joel ne profitera pas des failles de la loi et qu'il ne nuira plus à personne. Ils ont libéré les femmes qu'il séquestrait. Quin a retrouvé sa sœur.

— J'aurais bien voulu voir ça.

— Quin va bien. Il est en meilleur état que toi, en tout cas.

Il plia les genoux pour placer ses yeux à la hauteur des siens.

— Comment est-ce que tu te sens ?

Il se montrait vraiment plein de délicatesse et de sollicitude.

— Je vais survivre, ne t'en fais pas.

Il prit sa joue et lui caressa les cheveux, l'air sombre.

— Tu es une battante, je le sais. Ce que je te demande, c'est si tu as toujours aussi mal à la tête.

— C'est supportable.

A présent, elle ne savait plus quoi dire. Elle finissait par se demander où ils en étaient, tous les deux.

— Tu pourrais me ramener à la maison ? demanda-t-elle d'un ton incertain.

— Si tu parles de ma maison, oui. Tu viens chez moi, n'est-ce pas ?

Il tenait toujours son visage entre ses mains et la fixait d'un air grave et attentif.

— Je… euh…

— Le médecin a dit que quelqu'un devait veiller sur toi ces jours-ci, au cas où tu aurais des vertiges ou que tu te mettes à vomir.

Il l'embrassa de nouveau.

— Tu as besoin de quelqu'un pour prendre soin de toi, Arizona. Et je voudrais que ce soit moi, s'il te plaît…

Quand il était tendre de cette façon, elle se sentait les genoux en coton.

— Si tu veux jouer les infirmières, après tout, c'est ton…

Il la fit taire d'un baiser.

Quand il s'écarta d'elle, elle se sentit chanceler.

Remets-toi, Arizona.

Elle se racla la gorge. Ces démonstrations d'affection la troublaient au plus profond d'elle-même.

— Je…

— Je vends ma maison, coupa-t-il.

— Pardon ?

Il la serra contre son torse.

— J'ai accepté la proposition de travail de tes amis. Ça te va ?

Elle en tressaillit de joie.

— Oh !

Elle s'écarta légèrement de lui.

— Oui, ça me va. Mais raconte, j'ai hâte de savoir !

Elle se massa les tempes, car elle avait toujours la tête douloureuse. Spencer la prit par le poignet et la fit asseoir sur le lit.

— Tu serais d'accord pour devenir ma partenaire ? demanda-t-il.

Abasourdie, elle leva les yeux vers lui. Il avait bien fait de la faire asseoir avant de lâcher cette bombe.

— Tu peux répéter ?

— J'accepte de travailler avec eux à condition que tu sois ma partenaire. Et je vends ma maison parce que trop de gens savent que je l'habite, et que je dois me montrer discret.

— Oh… Eh bien, oui… Ta partenaire… Peut-être.

Mais sa maison… Il aimait cette maison, non ? Et elle aussi l'aimait.

— Tu as vécu avec ta femme, dans cette maison, fit-elle. Il y a toutes vos affaires.

— Chut…

Il embrassa son front, puis l'arête de son nez.

— Je pensais que nous pourrions tout racheter pour la nouvelle maison. Notre maison.

Quelque chose remua dans son estomac.

— Notre… ?

Elle agita son index entre elle et lui.

— Qu'entends-tu par « notre maison » ?

Il hocha la tête.

— C'est pourtant simple. La maison que nous habiterions, toi et moi. En tant que partenaires dans la vie.

Il la serra contre lui. Apparemment, il n'arrivait pas à se détacher d'elle.

— J'aimais bien la manière dont ta femme avait décoré cette maison, murmura-t-elle.

— Et moi, je t'aime, Arizona.

Aussitôt, elle se débattit pour s'écarter de lui et scruter son visage.

— Spence, est-ce que tu aurais reçu un coup sur la tête ? demanda-t-elle.

— Non. Mais, quand je me suis réveillé et que j'ai vu que tu n'étais plus là, je me suis brusquement rendu compte que je m'étais comporté comme un idiot. Mais je crois que je le savais déjà, au fond. Je voulais…

Il pinça la bouche avant de poursuivre :

— Je voulais t'aider à surmonter ton passé.

— Et tu as réussi. J'ai fait énormément de progrès, Spence.

Il sourit.

— Tu recommences à écourter mon nom… C'est signe que tu vas mieux ?

Il poussa un soupir.

— Tu es si belle…

— Et toi, tu es bizarre, aujourd'hui.

Avait-il vraiment dit qu'il l'aimait ?

Il parlait sans doute d'affection. Il l'aimait comme une sœur, un peu comme l'aimait Jackson. Sauf que Jackson n'avait pas couché avec elle. Jackson ne l'avait pas fait fondre de plaisir. Jackson ne…

— Je t'aime, Arizona, dit-il, coupant court à ses réflexions. Je veux rester près de toi.

— Tu veux dire… être mon partenaire, c'est ça ?

Elle avait réellement du mal à croire que les garçons l'acceptaient dans leur équipe. C'était comme si son rêve devenait réalité. Et c'était trop beau pour être vrai.

— Ton partenaire et ton amant.

S'il ne l'avait pas tenue fermement dans ses bras, elle serait tombée du lit.

— Vraiment ? s'exclama-t-elle. Ce serait merveilleux ! Je l'espérais, mais je n'osais pas m'imposer… et ensuite… Ensuite, j'ai eu cet appel de Quinto et je me suis dit que tu m'en voudrais tant de ne pas t'en avoir parlé que…

Il lui mit la main sur la bouche.

— Qu'on travaille ou pas avec le trio de choc, je veux être ton partenaire.

— Et mon amant, lui rappela-t-elle.

Il acquiesça, puis ajouta :

— Pour le meilleur et pour le pire.

Les yeux d'Arizona pétillèrent. Qu'est-ce que cela signifiait ? On aurait dit une demande en mariage. Mais vu qu'elle n'y connaissait rien, dans ce domaine, elle n'était pas sûre d'avoir bien compris. Elle eut un petit rire nerveux.

— Est-ce que ça veut dire que… ?

Il lui prit le menton et se pencha sur elle pour l'embrasser.

— Je te trouvais trop jeune pour moi.

— C'était totalement idiot.

Il l'embrassa de nouveau, en la chatouillant car il riait.

— Arizona, je crois que je ne pourrais pas me passer de toi. Tu n'es pas trop jeune, tu es la femme qu'il me faut. Et je t'aime.

Encore… Il l'avait encore dit ! Avec des accents sincères et passionnés. Pas du tout sur le même ton que Jackson.

— Je n'étais pas sûre que…

— Mais moi, je suis sûr de moi, coupa-t-il. Tout à fait sûr.

Il l'enveloppa dans ses bras, écrasant son visage contre lui, et elle respira son odeur avec délice.

— Je croyais vouloir t'aider à vaincre ton passé. Ça me déchirait le cœur, quand je pensais à ce que tu avais vécu.

— Tu m'as aidée. Mon passé est derrière moi, à présent.

Comme il méritait toute la vérité, elle ajouta :

— Même s'il m'arrive encore de faire des cauchemars dont je ne me débarrasserai sans doute jamais.

— A partir de maintenant, je serai là pour te réconforter chaque fois que tu feras un cauchemar, murmura-t-il.

— Oh ! D'accord.

Elle leva son visage vers lui.

— Tu es prêt à m'accepter telle que je suis ?

— Je t'aime telle que tu es. J'espère simplement que tu apprendras à être plus prudente et…

— Mais j'ai toujours été prudente ! protesta-t-elle.

Il fronça les sourcils.

— Plus de disparitions, plus de messages.

— Je n'avais pas le choix, Spencer. Il fallait bien que je te montre que j'étais capable de me débrouiller.

— Je l'ai compris. Tu es une femme qui en vaut cent. Tu es époustouflante.

Le compliment la fit rougir, et elle ne put s'empêcher de sourire.

— Vraiment ?

Spencer soupira d'exaspération.

— Ce que j'essaie de te dire, c'est que je voulais t'aider, mais qu'en vérité c'est toi qui m'as aidé. Grâce à toi, je ne regarde plus vers le passé, mais vers l'avenir.

— Vers un avenir avec moi ? murmura-t-elle timidement. Elle osait à peine y croire.

— Oui. Demain. Après-demain. Toujours. Toute la vie.

— Ce serait vraiment… merveilleux.

— Tu le penses ? demanda-t-il en souriant.

Avant Spencer, elle n'aurait pu s'imaginer prononçant ces mots, mais avec lui c'était presque facile.

— Oui, puisque… Enfin… Tu me comprends… Moi aussi, je t'aime.

Le sourire de Spencer s'élargit. Et elle lui sourit en retour, car le fait d'avouer son amour l'avait soulagée d'un grand poids. Elle se sentait libre pour la première fois de sa vie.

Il lui saisit la nuque et l'attira à lui pour l'embrasser.

— Viens, ma chérie, dit-il. On rentre à la maison.

Adossé au mur, Dare à côté de lui, Spencer observait Arizona, qui tenait dans ses bras le minuscule nouveau-né. Elle paraissait impressionnée, craintive, et elle dégageait une douceur incroyable.

La douceur faite femme.

Elle allait être une tante exceptionnelle.

— Bon sang, Jackson, ce qu'elle est belle !

Jackson était assis auprès d'Arizona, qu'il tenait par les

épaules, tandis que sa petite fille crispait son poing sur son index.

— Elle sent bon, non ? murmura-t-il.

Arizona approcha son nez du duvet blond qui recouvrait le crâne du bébé.

— Oui, elle sent bon, dit-elle en riant.

Elle serra le bébé contre elle.

— Si on mettait ton parfum en bouteille, ma petite, tu serais riche.

Jackson sourit.

— Elle ressemble à Alani, fit-il d'un air extatique.

Trace se tenait derrière le canapé et se penchait d'un air attendri sur le nouveau membre de la famille. Alani se trouvait dans la pièce voisine en compagnie de Molly et Priss, occupées à ouvrir les cadeaux de naissance.

Chris entra, sortant visiblement de la douche, enfilant un T-shirt propre. Il alla s'installer à côté d'Arizona.

— Tu as l'instinct maternel, on dirait, déclara-t-il.

Elle sourit mais, quand elle se tourna vers lui, ce fut pour parler travail.

— Tu as vérifié le passé du propriétaire du salon de massage ?

— Oui. Dare dit que ça vaut le coup d'approfondir l'enquête.

Il toucha précautionneusement les doigts de pied du bébé.

— Il y a au moins du travail forcé, mais sans doute aussi un réseau de prostitution, d'après les fréquentations du propriétaire…

— Je me charge d'aller voir ça de plus près, intervint Trace. J'essaierai de rapporter des photos et des preuves.

— Comment veux-tu rapporter des preuves d'un salon de massage ? demanda Jackson. En te payant une prestation spéciale ?

— J'ai déjà quelqu'un qui me fournit des prestations spéciales, espèce de c…

— J'en suis heureux pour toi mais, vu que tu m'interdis

de jurer devant Alani, j'aimerais autant que tu ne le fasses pas devant ma fille.

— Elle est trop petite pour comprendre.

Le bébé s'étira, et Arizona l'encouragea d'une voix douce. Puis elle s'adressa de nouveau à Trace.

— Tu me tiendras au courant de ce que tu auras trouvé ?

Trace lui donna une pichenette sur le bout du nez.

— Tu seras la première avertie, c'est promis.

— Merci.

Dare donna un coup de coude à Spencer, qui était plongé dans ses pensées.

— Ça ne te donne pas des idées, ce bébé ?

Spencer était si heureux que son bonheur lui faisait peur. Il allait s'installer avant la fin de la semaine dans sa nouvelle maison avec Arizona. Elle avait déjà préparé toute une collection de photos de famille pour décorer les murs.

Pour l'instant, leur arrangement fonctionnait à merveille. Il était toujours effrayé à l'idée qu'elle poursuive des délinquants, mais elle s'épanouissait dans ce travail et elle s'acquittait remarquablement de sa tâche.

Maintenant qu'elle collaborait avec le groupe, elle se pliait aux règles de prudence, ce qui réduisait considérablement les risques. Elle ne faisait plus que rarement des cauchemars, dont il la consolait en la cajolant.

— Je ferai ce que veut Arizona, dit-il.

Dare ne put s'empêcher de rire.

— Une telle attitude pourrait t'attirer de gros ennuis.

Dare se trompait.

Une telle « attitude », comme il disait, lui avait permis d'obtenir ce qu'il désirait le plus au monde.

L'amour d'Arizona.

A paraître le 1er septembre

Best-Sellers n°615 • suspense

Les secrets d'Asher Falls - Amanda Stevens

Depuis son arrivée à Asher Falls, en Caroline du Sud – une petite bourgade ramassée sur les contreforts des Blue Ridge Mountains dont elle doit restaurer le vieux cimetière – Amelia ne peut se départir d'un oppressant sentiment de malaise. Comme si sa venue ici suscitait la défiance des habitants… Pourquoi, en effet, ceux-ci s'enferment-ils dans le mutisme dès qu'elle évoque le cimetière de Bell Lake, englouti cinquante ans plus tôt sous les eaux profondes et insondables d'un lac artificiel ? A qui appartient la tombe qu'elle a découverte cachée au cœur de la forêt et dont personne, apparemment, ne sait rien ? Et, surtout, qui a tenté à plusieurs reprises de la tuer ? Si elle veut trouver la réponse à toutes ces questions, Amelia le sait : elle devra sonder l'âme de cette ville mystérieuse et en exhumer tous les secrets…

Best-Sellers n°616 • suspense

Mortel Eden - Heather Graham

Au milieu des eaux turquoises du sud de la Floride, l'île de Calliope Key est un véritable paradis terrestre à la végétation luxuriante, d'une beauté à couper le souffle. Rares sont ceux qui résistent à son charme – mais plus rares encore sont ceux qui connaissent ses secrets…

Lorsque Beth, venue passer quelques jours de vacances sur l'île, découvre un crâne humain à moitié caché dans le sable, elle comprend immédiatement qu'elle est en danger. Car deux plaisanciers ont déjà disparu, alors qu'ils naviguaient dans les eaux calmes de Calliope Key… comme s'ils menaçaient de troubler un secret bien gardé. Prise de panique, Beth dissimule en toute hâte le crâne. Mais ne peut échapper aux questions de Keith, un inconnu qui semble très intéressé par sa macabre découverte... Très vite, Keith se mêle – mais dans quel but ? – au petit groupe des vacanciers. Beth ne parvient pas à lui faire confiance. Pourtant, lorsqu'elle s'aperçoit que le crâne a disparu, et que de mystérieuses ombres envahissent la plage, la nuit, et rôdent autour de sa tente, elle comprend qu'elle va avoir besoin de son aide – et que, pour tous les vacanciers de l'île, le temps de l'insouciance est désormais révolu…

Best-Sellers n°617 • suspense

L'étau du mal - Virna DePaul

Lorsque le cadavre d'une adolescente est découvert enterré dans les environs de Plainville, l'agent spécial Liam McKenzie comprend tout de suite qu'il va devoir s'attaquer à une affaire beaucoup plus complexe qu'elle n'y paraît au premier abord. Et quand, quelques jours plus tard, une photographe de renom, Natalie Jones, est agressée chez elle, non loin de la scène de crime, il est aussitôt convaincu qu'il existe un lien entre les deux affaires. Qu'a vu la jeune femme, qui a poussé le tueur à sortir de sa cachette et à commettre une imprudence ? La clé de l'enquête se trouve-t-elle sur les photos qu'elle a prises deux mois plus tôt à Plainville ?

Pour élucider ce meurtre, et pour protéger Natalie, Liam McKenzie va non seulement devoir donner le meilleur de lui-même, mais aussi résister au désir fou que cette dernière lui a inspiré au premier regard. Car il ne peut se laisser distraire : chaque jour qui passe, le danger se rapproche d'elle…

Best-Sellers n°618 • roman
Amoureuse et un peu plus - Pamela Morsi

Diriger la bibliothèque de Verdant dans le Kansas ? Dorothy (D.J. pour les intimes) a l'impression de vivre un rêve aussi improbable que merveilleux. Et pas question de se laisser décourager parce que la bibliothèque n'a en réalité rien du pimpant établissement qu'elle avait imaginé, mais tout du tombeau lugubre. Pas question non plus de se laisser abattre parce que les membres de sa nouvelle équipe se montrent pour le moins étranges et peu sociables : elle saura les apprivoiser. Mais son enthousiasme et sa détermination flanchent sérieusement quand on lui présente Scott Sanderson, le pharmacien de la petite ville. Là, D.J. doit définitivement se rendre à l'évidence : elle est vraiment très, très loin du paradis dont elle avait rêvé. Car Scott n'est autre que le séduisant inconnu qu'elle a rencontré six ans plus tôt à South Padre et avec lequel elle a commis l'irréparable avant de fuir, éperdue de honte, au petit matin… Heureusement, elle ne ressemble en rien à la jeune femme libérée et passionnée qu'elle s'était alors amusée à jouer le temps d'une soirée entre copines : avec son chignon, ses lunettes et ses tenues strictes, elle est sûre que Scott n'a aucun moyen de la reconnaître.

Best-Sellers n°619 • historique
Envoûtée par le duc - Kasey Michaels

Paris, Londres, 1814

Lorsqu'il apprend qu'il doit succéder à son oncle, Rafael est sous le choc. Rien ne l'avait préparé à devenir duc un jour. Comment lui, un capitaine qui vient de passer six ans sur les champs de bataille, pourrait diriger le domaine familial ? Heureusement, il sait qu'il peut compter sur le soutien de Charlotte, sa chère amie d'enfance, à qui il a pensé avec tendresse toutes ces années. Elle qui chaperonne aujourd'hui ses sœurs à Ashurst Hall pourra le guider dans ses nouveaux devoirs. Mais lorsqu'il revient au domaine, c'est pour découvrir que l'adolescente maladroite qu'il avait laissée a disparu. A sa place, c'est une séduisante jeune femme, fière et sûre d'elle, qui l'accueille. Rafael est sous le charme... Mais autre chose en elle a changé. Si elle lui offre généreusement ses conseils, comme il l'espérait, Charlotte se dérobe avec gêne dès qu'il essaie d'en savoir plus sur elle. Pourquoi a-t-il l'impression qu'un terrible secret l'éloigne irrémédiablement de lui ?

Best-Sellers n°620 • historique
Audacieuse marquise - Nicola Cornick

Angleterre, 1816

Lorsqu'un aristocrate sans vergogne tente de la faire chanter, Tess comprend qu'il est temps d'assurer ses arrières. Elle avait cru pouvoir camoufler ses activités politiques sous une réputation de coquette mondaine et frivole, mais hélas, une femme seule est toujours vulnérable. Si elle veut continuer à œuvrer dans l'ombre contre la pauvreté et l'injustice, il lui faut une couverture honorable. Et qui pourrait mieux l'aider en cela que le vicomte Rothbury, mandaté pour arrêter les opposants au régime ? Elle a souvent croisé chez son beau-frère cet Américain franc et viril, anobli pour services rendus à la Couronne : elle sait qu'il ne sera jamais vraiment accepté dans la haute société tant qu'il n'aura pas épousé une aristocrate. Une riche marquise, par exemple... Tess frissonne en considérant les dangers d'une telle alliance mais, à n'en pas douter, ce mariage la placerait au-dessus de tout soupçon. Seulement, il lui reste encore à convaincre le vicomte, qu'on dit très méfiant à l'égard des femmes du monde...

Composé et édité par HARLEQUIN

Achevé d'imprimer en juin 2014

BRODARD & TAUPIN

La Flèche
Dépôt légal : juillet 2014

Pour l'éditeur, le principe est d'utiliser des papiers composés de fibres naturelles, renouvelables, recyclables, et fabriquées à partir de bois issus de forêts qui adoptent un système d'aménagement durable. En outre, l'éditeur attend de ses fournisseurs de papier qu'ils s'inscrivent dans une démarche de certification environnementale reconnue.

Imprimé en France